MARTIN WALKER, geboren 1947 in Schottland, ist Schriftsteller, Historiker und politischer Journalist. Er lebt in Washington und im Périgord und war 25 Jahre lang bei der britischen Tageszeitung *The Guardian*. Er ist im Vorstand eines Think-Tanks für Topmanager in Washington. Seine *Bruno*-Romane erscheinen in 18 Sprachen.

Titel der 2019 bei Quercus Editions,
Ltd., London, erschienenen Originalausgabe:
›The Body at the Castle Well‹
Copyright © 2019 by Walker & Watson, Ltd.
Die deutsche Erstausgabe
erschien 2020 im Diogenes Verlag
Covermotiv: Foto von Jean-Baptiste Leroux
Copyright © Collection Jean-Baptiste Leroux/Dist. rmn-Grand Palais

Veröffentlicht als Diogenes Taschenbuch, 2021
Alle deutschen Rechte vorbehalten
Copyright © 2020
Diogenes Verlag AG Zürich
www.diogenes.ch
600/21/852/1
isbn 978 3 257 24590 5

Martin Walker

Connaisseur

Der zwölfte Fall für Bruno,
Chef de police

ROMAN

Aus dem Englischen von
Michael Windgassen

Diogenes

Zum Gedenken an Josephine Baker,
»Die schwarze Perle« und Résistance-Heldin

Bruno war nach seinem morgendlichen Ausritt im Gelände um Pamelas Reiterhof immer noch in bester Stimmung, als er in Fauquets Café seinen ersten Kaffee trank und die Schlagzeilen der *Sud Ouest* überflog. Balzac, sein Basset, hockte in Erwartung seines Anteils am Croissant geduldig zu seinen Füßen und merkte auf, als Brunos Handy zu vibrieren anfing. Missmutig ließ er sich auf den Bauch fallen und legte den Kopf auf die Pfoten. Ihm war klar, dass er auf seinen Leckerbissen noch eine Weile würde warten müssen.

»*Bonjour,* Florence«, grüßte Bruno, nachdem er sich mit einem Blick auf die Nummer im Display vergewissert hatte, wer ihn da zu erreichen versuchte. »Du rufst aber früh an. Ist mit den Kindern alles in Ordnung?«

»Alles bestens, Bruno, aber ich mache mir um Claudia Sorgen. Gestern Abend während des Vortrags im Schloss von Limeuil ging es ihr plötzlich ziemlich schlecht, und als ich sie soeben anzurufen versucht habe, um mich zu erkundigen, wie es ihr inzwischen geht, hat sie nicht abgenommen. Von ihrer Vermieterin musste ich dann hören, dass sie gestern gar nicht nach Hause zurückgekommen ist.«

Claudia, eine amerikanische Studentin der Universität Yale, arbeitete an ihrer Dissertation über ein kunstgeschichtliches Thema und war vor kurzem nach Frankreich gekommen, um sich von einem bedeutenden Vertreter ihres Fachs betreuen zu lassen. »Vielleicht hat sie bei ihrem *petit ami* übernachtet«, meinte Bruno, der wie etliche seiner Freunde auf Anhieb Gefallen an Claudia gefunden und sich mit ihr angefreundet hatte.

»Ich glaube nicht, dass sie einen festen Freund hat, jedenfalls nicht hier in Frankreich. Gestern Abend ging es ihr wirklich nicht gut. Sie litt unter Schwindel und war kreidebleich. Ich wollte sie nach Hause bringen, aber sie sagte, sie komme allein zurecht und brauche nur ein bisschen Ruhe.«

»Hast du dich mal bei der Notaufnahme erkundigt?«

»Nein. Dafür habe ich jetzt auch keine Zeit. Ich muss die Kinder zur *maternelle* bringen.«

»Na schön, ich kümmere mich darum.«

Bruno beendete das Gespräch und hatte schon im Gefühl, dass er seiner üblichen Amtshandlung – er regelte jeden Morgen den Verkehr vor dem Kindergarten – nicht würde nachkommen können. Er rief die örtliche Feuerwehr an, die *pompiers,* die auch für Krankentransporte zuständig waren, und erfuhr, dass es am Vorabend keinen solchen Einsatz gegeben habe. Daraufhin meldete er sich bei der städtischen Klinik. Aber auch dort konnte man ihm nicht weiterhelfen. Bruno zahlte für den Kaffee und das Croissant, überquerte den Platz und bestieg die Stufen zur *mairie,* um der Sekretärin des Bürgermeisters mitzuteilen, dass er sich auf den Weg nach Limeuil machen werde. Unten auf dem Platz ließ er Balzac auf den Beifahrersitz seines Transporters springen und fuhr los, vorbei an der Feuerwehrstation und dem städtischen Weinberg und bergan in Richtung eines der schönsten und wohl auch ältesten Dörfer Frankreichs.

Limeuils Geschichte reichte, wie Bruno wusste, bis in die keltische Zeit zurück. Das befestigte Dorf war im Gallischen Krieg von Cäsars Legionen eingenommen und zu einem Oppidum ausgebaut worden, einer stadtartigen Siedlung, die insofern von strategischer Bedeutung war, als von ihr aus der Zusammenfluss von Vézère und Dordogne überblickt werden konnte. Was Florence als Schloss bezeichnet hatte, war ein eher modernes, kaum mehr als hundert Jahre altes Bauwerk, errichtet von einem ehemaligen Arzt am Hof des marokkanischen Sultans, der in sein heimatliches Périgord zurückgekehrt war, um seinen Lebensabend dort zu verbringen. Er hatte die ganze Hügelkuppe aufgekauft, mitsamt all ihren Ruinen sowie der alten Burg aus dem Mittelalter, und einen Neubau in Auftrag gegeben, dessen Vorbild, wie Bruno vermutete, eines der Forts der französischen Fremdenlegion in der marokkanischen Wüste gewesen war.

Die einst weißen, stuckverzierten Mauern waren inzwischen grau geworden. Sie umschlossen heute einen Souvenirladen, ein Café und Aufenthaltsräume für die Gärtner, die im Auftrag der Stadt die zu einer Touristenattraktion avancierten Grünanlagen pflegten. Die großen Säle innerhalb des Schlosses, die einen prächtigen Ausblick auf die beiden Flüsse boten, waren nunmehr das kulturelle Zentrum des Dorfes. In ihnen wurden Vorträge, Lesungen und gelegentlich auch Kunstausstellungen durchgeführt.

Am Vorabend hatte ein hiesiger Historiker über die

Altertumsforschung in und um Limeuil referiert. Bruno hätte sich den Vortrag gern angehört, war aber wegen der wöchentlichen Sitzung des Stadtrates von Saint-Denis verhindert gewesen. Eigentlich nur eine Routineveranstaltung, doch hatte er diesmal teilnehmen müssen, um zum Stand der Vorbereitungen für das Veranstaltungsprogramm der kommenden Touristensaison Rede und Antwort zu stehen, das aus öffentlichen Konzerten, Nachtmärkten und Feuerwerksspektakeln bestehen würde. In dieser Rolle als Impresario fühlte sich Bruno durchaus wohl, ja sie machte ihm sogar Spaß. Im Anschluss an die Ratssitzung, die frühzeitig mit einem kleinen *vin d'honneur* für ein aus Altersgründen ausscheidendes Mitglied beendet worden war, hatten Bruno und der Bürgermeister ebendieses Mitglied zu einem Abendessen in Ivans Bistro eingeladen. Mit der jüngsten Ausgabe der Fachzeitschrift *Archéologie* war Bruno dann gegen zehn zu Bett gegangen und eine halbe Stunde später eingeschlafen, in Vorfreude darauf, mit seinem Pferd Hector am nächsten Morgen gegen sieben auszureiten.

Der Parkplatz auf dem Hügel von Limeuil war gut besetzt. Obwohl es erst April war und eigentlich noch zu früh für Touristen, sah man Fahrzeuge mit Kennzeichen aus Holland, England und Deutschland. Bruno stieg vor dem angrenzenden Restaurant aus seinem Transporter und folgte Balzac über den gewundenen Pfad zur Parkanlage, die für die Öffentlichkeit noch nicht geöffnet war. Er fragte nach David, dem bärtigen jungen Mann, der die Anlage betreute, und fand ihn beim Unkrautjäten im sogenannten Apothekergarten vor, wo Heilpflanzen und Kräuter gezogen wurden. Wie immer und bei jedem Wetter trug David seine alte kurze Lederhose und mehrere T-Shirts übereinander. Er und Balzac begrüßten sich wie alte Freunde.

»Mir ist nichts Ungewöhnliches aufgefallen, aber ich kann mich ja mal umhören«, sagte David, nachdem Bruno ihm den Grund seines Besuchs erklärt hatte. »Wollen Sie, dass wir nach ihr suchen?«

Bruno nickte. »Ihr soll schwindlig gewesen sein. Vielleicht ist sie ohnmächtig geworden. Hat sich womöglich der eine oder andere Kollege von Ihnen den Vortrag angehört und sie anschließend gehen sehen?«

»Ich rufe mal meine Leute zusammen«, antwortete David und holte eine Trillerpfeife hervor, wie sie von Schiedsrichtern benutzt wurde. »In vierzig Minuten kommt eine Schulklasse, bis dahin hätten wir noch Zeit zum Suchen.«

Er stieß dreimal kurz in die Pfeife, worauf hinter Hecken und Sträuchern zwei junge Männer und zwei junge Frauen auftauchten und am Wassergarten und dem Riesenmammutbaum vorbei mit Spaten und Gartenscheren in den Händen auf sie zukamen. Statt Bruno die schmutzigen Hände zu reichen, hielten sie ihm zum Gruß die Unterarme hin und gingen in die Hocke, um Balzac zu hätscheln, während David ihnen erklärte, weshalb Bruno gekommen war.

»Ja, ich war bei dem Vortrag«, sagte Félicité, die als Schülerin an Brunos Tennistraining teilgenommen hatte. »Und ich kenne Claudia. Sie ist irgendwann aufgestanden, hat etwas zu Florence gesagt und dann leise den Raum verlassen, um nicht zu stören. Das war kurz nachdem das Licht runtergedreht worden war und der eigentliche Diavortrag begonnen hatte. Florence meinte später, dass es Claudia nicht gutging.«

»Wann genau ist sie gegangen?«, fragte Bruno.

»Wir waren um sieben da, und der Vortrag hat, glaube ich, eine Viertelstunde später angefangen. Mit der Dia-Show ging es dann schon nach wenigen Minuten los«, erklärte Félicité. »Vorher hat es für alle ein Glas Bowle gegeben. Vielleicht ist ihr davon schlecht geworden.«

Während die Gruppe um David nach Claudia suchte, ging Bruno, dicht gefolgt von Balzac, den Hügel hinunter zum Haus von Madame Darrail, bei der die amerikanische Studentin ein Zimmer gemietet hatte. Das Haus war am Hang gebaut und schien, wenn man sich ihm von der Straße aus näherte, nur aus einem Geschoss zu bestehen. Es wirkte, von außen betrachtet, winzig klein. Im Eingangsbereich aber zeigte sich ein Treppenschacht, der in ein angebautes Souterrain mit eigenem Dach führte. Madame Darrail war die Witwe eines Mannes, der den Kanuverleih des Ortes betrieben hatte, eine mürrische Frau um die sechzig, gepflegt, mit dunkelbraunen Augen, fahler Haut und stahlgrauem Haar. Im Sommer war sie meist im Kiosk am Fluss anzutreffen, wo sie Buchungen entgegennahm, Gebühren kassierte und Schwimmwesten ausgab, während sich ihr Sohn Dominique um die Kanus kümmerte. Als geborene Limeuilerin war sie es gewohnt, drei- oder viermal am Tag den steilen Weg hinunter zum Fluss und wieder hinauf zu gehen – in einem Tempo, das Bruno außer Atem brachte. Er war froh, sie an diesem Morgen in ihrem Haus anzutreffen.

»Ah, Bruno, Sie haben meine Nachricht also gelesen«,

sagte sie, und ihre besorgte Miene ging in ein halbes Lächeln über, als sie Balzac sah, sich bückte und ihn streichelte. »Wegen dieser Amerikanerin.«

»Auf meinem Handy war keine Nachricht«, entgegnete er. »Wenn Sie mich übers Festnetz angerufen haben, werde ich sie abhören können, wenn ich wieder im Büro bin. Nun, aber deswegen bin ich hier. Florence vom *collège* macht sich Sorgen um Claudia. Sie sagt, sie habe mit Ihnen gesprochen.«

»Das letzte Mal habe ich Claudia gestern um sechs gesehen, als sie von der Arbeit zurückgekommen ist. Sie wollte dann zu einem Vortrag. Ich habe ihr noch einen Teller Suppe und etwas Käse vorgesetzt, aber sie meinte, dass sie nichts herunterbekommen würde. Sie hatte Krämpfe, wissen Sie. Also habe ich ihr einen Thymiantee gekocht, mit dem sie eine Tablette eingenommen hat. Es ging ihr danach anscheinend wieder gut genug, um sich diesen Vortrag anzuhören. Ich bin schon früh zu Bett und habe erst heute Morgen nach dem Anruf von Florence gemerkt, dass Claudia die Nacht über nicht zu Hause war. Ihr Bett war unberührt.«

»Darf ich einen Blick in ihr Zimmer werfen?«, fragte Bruno. »Kommt es öfter vor, dass sie woanders übernachtet? Hat sie vielleicht einen Freund?«

»Nein, es ist das erste Mal, dass sie nicht hier in ihrem Bett geschlafen hat, und von einem Freund hat sie nie gesprochen. Ich glaube allerdings, dass sie in Amerika einen hat. Für gewöhnlich steht da ein Foto von ihm neben ihrem Bett, aber das scheint jetzt verschwunden zu sein.«

»Wissen Sie, was sie für Tabletten nimmt?«

Sie zuckte mit den Achseln. »Es müssten hier irgend-welche Medikamente von ihr sein.«

Madame Darrail bewohnte die obere Etage des Hauses mit einer Küche und einem Esszimmer auf der einen Seite des Flurs und einem Wohn- und ihrem Schlafzimmer auf der anderen. In der Diele hingen mehrere gerahmte Fotos, eines von ihrer Hochzeit, ein anderes von einer schönen Stadt mit strahlend weißen Häusern an einem Hang über einem Hafen, eine Stadt, die Bruno in Algerien vermutete. Auf zwei weiteren Fotos waren Soldaten zu sehen, die Fall-schirmspringeruniformen und rote Bérets trugen. In einem der Soldaten erkannte Bruno General Jacques Massu wie-der, einen Mann mit strengen Gesichtszügen und einem kurzgeschorenen Oberlippenbart; von 1940 an und bis zu seinem Tod war er ein loyaler Gaullist gewesen.

»Massu«, sagte Bruno und deutete auf das Bild.

»Ein großer Soldat«, erwiderte sie. Bruno nickte, obwohl er in Massus Sieg über die algerischen Freiheitskämpfer ein klassisches Beispiel dafür sah, dass militärischer Erfolg auch eine strategische Niederlage bedeuten konnte. Massus Einsatz von Folter hatte den algerischen Widerstand nur gestärkt und in Frankreich immer mehr Kriegsgegner auf den Plan gerufen.

»Und wer ist der andere auf dem Bild?«, fragte Bruno.

»Mein verstorbener Vater. Ich war noch ein Säugling, als unsere ganze Familie Algerien verlassen hat.«

Bruno nickte wieder. Rund eine Million französische Siedler waren in ihr Mutterland zurückgekehrt, als sich de Gaulle darauf eingelassen hatte, über Algeriens Un-abhängigkeit zu verhandeln.

Madame Darrail führte Bruno über die Treppe in die untere Etage, wo sich zwei Schlafzimmer und ein Bad befanden. In beiden Schlafzimmern gab es zusätzlich je ein Waschbecken.

Claudias Zimmer hatte einen kleinen Balkon, auf dem gerade einmal zwei größere Stühle Platz fanden. Er bot einen prächtigen Ausblick auf das Tal der Dordogne. Im Zimmer selbst standen ein Doppelbett, das frisch gemacht war, ein Kleiderschrank, eine Kommode sowie ein kleiner Tisch mit Stuhl. Unter dem Tisch war ein Rucksack verstaut, darauf stapelten sich Bücher über Kunst. Ein kleiner Stapel Taschenbücher lag auf einem Nachttischchen. Neben einem Spiegel hingen mit Klebestreifen befestigte Postkarten an der Wand, darauf waren Gemälde alter Meister abgebildet, wie es schien.

Im Rahmen des Spiegels steckten Familienfotos. Auf zweien war ein etwa neun- oder zehnjähriges Mädchen zu sehen, das zwischen zwei Erwachsenen stand, offenbar den Eltern. Der Mann war groß und kahlköpfig; er hatte dem Mädchen eine Hand auf die Schulter gelegt. Die rundliche Frau hatte schöngeschnittene Augen und einen heiteren Gesichtsausdruck, der vermuten ließ, dass sie viel lächelte. Hinter ihnen lag ein großer Garten, von dem steinerne Stufen zu einer imposanten Terrasse vor einer Art Herrenhaus aufstiegen. Obwohl es altmodisch wirkte, schien es neu gebaut zu sein. Ein anderes Foto schien fünf oder sechs Jahre später aufgenommen worden zu sein und zeigte dasselbe Mädchen an der Seite desselben großgewachsenen Mannes und einer dritten Person, die aber aus dem Foto herausgeschnitten worden war.

Auf dem Glasbord über dem Waschbecken stand eine geöffnete Kosmetiktasche. Bruno entdeckte darin zwei Arzneiröhrchen aus gelbem Plastik und eine angebrochene Packung hochdosiertes Ibuprofen. Eines der Röhrchen stammte aus einer New Yorker Apotheke, das andere war von einer Drogerie aus New Haven, Connecticut. Bruno konnte mit den Namen der Medikamente nichts anfangen und machte sich Notizen. Im Papierkorb unter dem Waschbecken fand er ein paar gebrauchte Papiertaschentücher und ein in der Mitte durchgerissenes Foto. Bruno zog Gummihandschuhe an und legte die Hälften zusammen. Das Foto zeigte das Halbporträt eines gutaussehenden jungen Mannes mit einem Tennisschläger in der Hand und eine handschriftliche Widmung auf Englisch: *»All my love to darling Claudia. Ever yours, Jack.«*

»Ihre Kleider sind alle hier, wie Sie sehen können. Tolle Sachen, Armani und Chanel, dabei trägt sie normalerweise nur Jeans und Sweatshirts«, sagte Madame Darrail, nachdem sie den Kleiderschrank geöffnet hatte. »Und ihr hübsches seidenes Nachthemd liegt unter dem Kopfkissen. Von Lanvin. Wenn Claudia nicht unterwegs ist, arbeitet sie hier an ihrem kleinen Computer.« Sie schaute sich um. »Seltsam, den scheint sie mitgenommen zu haben«, fügte sie überrascht hinzu.

Bruno blätterte ein paar Papiere auf dem Schreibtisch durch, in der Hauptsache Ausdrucke oder Fotokopien von Artikeln aus verschiedenen Fachzeitschriften auf Französisch, Englisch und Italienisch. Sie alle beschäftigten sich mit der französischen Renaissance und Gemälden beziehungsweise Skulpturen aus dieser Periode. Auf ähnliche

Themen bezogen sich jede Menge handgeschriebener Notizen, die mit den Namen verschiedener Museen und Châteaus überschrieben waren. In einem Skizzenblock fand Bruno Bleistiftzeichnungen von Limeuil, seinen beiden Brücken, dem Schloss, der Parkanlage, und auch ein paar flüchtige Studien vom Markt in Saint-Denis. Sie waren so gut, dass Bruno sogar zwei Bekannte darauf wiedererkennen konnte. Claudia zeichnete hervorragend. Neben den Papieren lag auf einem blauen amerikanischen Reisepass ein Smartphone an einem Ladekabel, das noch an der Steckdose hing.

Bruno nahm den Pass zur Hand und sah, dass er auf Claudia Ursula Muller ausgestellt war, geboren in Philadelphia. Das französische Studentenvisum war noch für zwei weitere Jahre gültig. Claudia war fünfundzwanzig Jahre alt. Sie hatte, wie aus den Stempeln im hinteren Teil des Passes zu ersehen war, allein im vergangenen Jahr Thailand, Singapur und Großbritannien bereist. In der Handyhülle war ein kleines Einsteckfach, aus dem Bruno zwei Kreditkarten hervorzog: eine Visa Platinum und eine schwarze Karte von einem gewissen Muller Investment Trust. Bruno hatte nie davon gehört. Als er das Display des Handys berührte, leuchtete es auf und zeigte das Foto einer weißen Katze, die ihm in die Augen starrte, darunter ein Ziffernblock mit der Aufforderung, die PIN für das Gerät einzugeben. Er legte es zurück auf den Tisch.

»Hat sie eine Handtasche oder ein Portemonnaie?«, fragte er.

»Mit Handtasche habe ich sie nie gesehen, immer nur mit der Computertasche. Wenn die Miete fällig ist, holt sie ein Herrenportemonnaie aus der Gesäßtasche und zahlt mit einem Scheck einer französischen Bank. Den Namen weiß ich nicht mehr. Auch alle ihre anderen Papiere bewahrt sie in diesem Portemonnaie auf, den Führerschein, ihren Studentenausweis und was da sonst noch alles ist.«

»Wer benutzt das andere Schlafzimmer hier unten?«, wollte Bruno wissen und fragte sich, wie groß das Interesse der Hauswirtin an den privaten Angelegenheiten ihrer Untermieter war.

»Eins der Mädchen, die oben im Park arbeiten. Félicité. Sie und Claudia haben sich angefreundet. Was, glauben Sie, könnte passiert sein?«

»Vielleicht ist sie kränker, als Sie dachten, und irgendwo zusammengebrochen. Die Leute vom Park suchen nach ihr. Wenn Balzac mal an ihrem Nachthemd schnuppern dürfte, könnte er sie vielleicht aufspüren.«

2

Bruno stieg zurück auf den Hügel. Balzac trottete voran, so zielstrebig wie immer, wenn er einer Fährte folgte. Er lief über den gewundenen Pfad und dann geradewegs auf das Schloss zu, schnüffelte sich durch den Veranstaltungssaal, der immer noch voller Stühle war. Durch eine offenstehende Terrassentür eilte er wieder nach draußen, lief den Hang hinauf, an einem Riesenmammutbaum vorbei und entlang der hüfthohen Steinmauer, die die Hügelkuppe umschloss. In einiger Entfernung sah Bruno zwei Mitglieder des Parkpersonals, die sich weit über die Mauer beugten und in die Tiefe schauten.

Bruno folgte ihrem Blick. Etwa fünf oder sechs Meter unterhalb war das Dach des ersten am Steilhang klebenden Hauses zu sehen, ein Stück weiter darunter das Gebäude aus dem achtzehnten Jahrhundert, das von den Anwohnern als das neue Château bezeichnet wurde. In der Felswand unter der Mauer klaffte ein Spalt, durch den man nach Brunos Einschätzung relativ problemlos hinaufklettern konnte. Die Jungs aus dem Dorf hatten das bestimmt schon ausprobiert. Etwas abgesetzt davon erstreckte sich eine lange, grasbewachsene Terrasse, die an eine weitere Mauer grenzte. Von Claudia war nichts zu sehen. Balzac drängte weiter. Er trottete an der Mauer entlang, hin zu dem Aussichtspunkt, von dem sich die Täler der Dordogne und der Vézère überblicken ließen, dann über einen breiten, von Kastanien gesäumten Weg hinauf zu dem steinernen Brunnen, über den das Schloss jahrhundertelang mit Wasser versorgt worden war.

Von seinen früheren Besuchen der Schlossanlage wusste Bruno, dass der Brunnen normalerweise abgedeckt und mit einer schweren Kette samt Vorhängeschloss gesichert war. Jetzt schienen Bauarbeiten an ihm vorgenommen zu werden, und der hölzerne Deckel war entfernt worden. Ein rot-weißes Absperrband und ein Warnhinweis sicherten die Stelle nur notdürftig, was Bruno als Verstoß gegen geltende Bauvorschriften registrierte. Um den Brunnen herum hatte man ein Gerüst errichtet, von dem eine Strickleiter in den Schacht hineinhing. Daneben stand ein Betonmischer. David hockte auf einer der Bohlen, die über das Gerüst gelegt worden waren, griff nach der Strickleiter und spähte in die Tiefe.

»War der Brunnen über Nacht offen wie jetzt oder haben ihn die Arbeiter erst heute Morgen aufgedeckt?«, fragte Bruno. Er hatte sein Handy hervorgeholt und machte Fotos, die automatisch datiert sein würden.

»Die Leute vom Bau haben sich heute noch nicht blicken lassen«, antwortete David. »Die Maueranker müssen erneuert werden. Wie es scheint, ist aber noch nichts passiert. Haben Sie eine Taschenlampe dabei?«

»Nur eine kleine hier am Schlüsselanhänger«, sagte Bruno und reichte ihm den Bund. »Nicht fallen lassen, sonst kriege ich meinen Transporter nicht mehr gestartet. Gibt's hier nicht irgendwo eine geeignetere Lampe?«

»Ihre hilft mir nicht weiter, sie ist zu schwach«, sagte David und warf Bruno die Schlüssel wieder zu. Er schwang sich auf den Brunnenrand, sprang zu Boden und eilte davon. Im Schloss gebe es eine stärkere Taschenlampe, rief er über die Schulter zurück.

Bruno kletterte auf das Gerüst und blickte in den Brunnen. Außer ein paar Seilen und der Strickleiter, die in die Tiefe führte, sah er nichts. Dass eine junge Frau, der schwindlig war, über das Absperrband stolperte und über die gut einen Meter hohe Brunnenmauer stürzte, hielt er allerdings für ausgeschlossen.

Plötzlich hörte er ein leises Maunzen wie von einer Katze. Balzac schlug an wie immer, wenn er Brunos Aufmerksamkeit forderte. Bruno schaute angestrengt in die Tiefe und hörte es wieder, ein Miauen. Wie von weit her. Bruno setzte einen Fuß auf die Strickleiter und stieg ein paar Sprossen hinab, um seine Augen an die Dunkelheit des Schachtes zu gewöhnen. Und wieder war ein klägliches Miauen zu hören.

Bruno stieg wieder nach oben zurück. Aus drei dicken Brettern hatten die Arbeiter eine wacklige Bühne gezimmert, die an vier Seilen am Gerüst hing und mit Hilfe eines Flaschenzugs abgesenkt beziehungsweise hochgezogen werden konnte. Auf den Brettern klebten getrocknete Zementreste, und das Ganze sah alles andere als stabil aus. Bruno bat David, der zurückgekehrt war, die Seile zu führen, während er selbst herauszufinden versuchte, wie sich die Bühne in Bewegung setzen ließ.

Vorher aber kletterte er über die gesamte Länge der Strickleiter in den Schacht hinab, vielleicht fünf oder sechs

Meter tief, hielt sich mit einer Hand an den Sprossen fest, mit der anderen an einem der Seile. Den Blick nach unten gerichtet, sah er nur ein schwarzes Nichts. Plötzlich fiel ihm auf, dass es im Schacht merklich kühler war. Von unten stieg ein Geruch auf, der ihn an die Atmosphäre tiefer Höhlen erinnerte. Der Geruch war nicht unangenehm, aber irgendwie fremd und tot, als würde das feuchte Kalkgestein noch etwas aushauchen von den Fossilien, aus denen es entstanden war.

Jemand rief von oben, und dann kam etwas langsam auf ihn zu, ein Licht, das hin und her pendelte und dann sein Gesicht streifte. David schickte ihm eine Stablampe an einem Seil. Bruno löste die Hand von der Strickleiter, griff danach und richtete den Lichtstrahl in die Tiefe. Weil er aber sein Gewicht verlagert hatte, fing die Arbeitsbühne zu schwingen an, und er drohte den Halt zu verlieren. Er zwang sich, innezuhalten und nachzudenken. Schließlich nahm er das Seil, an dem die Lampe hing, zwischen die Zähne, hielt sich mit der freien Hand wieder an der Strickleiter fest und wartete, bis die Bühne wieder in ruhiger Position war. Bruno fragte sich, wie es die Arbeiter schafften, unter diesen erschwerten Bedingungen die Mauersteine zu vermörteln.

Es gelang ihm, ein Bein um die Strickleiter zu schlingen, womit es ihm möglich wurde, die Bühne ruhigzuhalten. Vorsichtig verlagerte er das Gewicht ein wenig, um über den Rand der Bretter nach unten zu blicken und den Schacht auszuleuchten. Immer wieder hörte er das leise Miauen. Er bemerkte nun, dass die gemauerten Schachtwände nur noch zwei oder drei Meter tiefer reichten. Darunter befand sich nackter Fels, der behauen oder vielleicht auf natürliche Weise ausgewaschen war. Der Durchmesser des Schachtes schien sich zu verjüngen, wobei Bruno nicht ausschließen konnte, dass die Perspektive täuschte. Als er den Strahl der Lampe direkt nach unten richtete, wurde er vom Licht geblendet, das der Wasserspiegel in der Tiefe reflektierte.

Bruno schwenkte den Lichtstrahl auf die Wand über dem Wasserrand und entdeckte eine kleine Katze, die auf Wasser zu sitzen schien. Aber dann sah er, dass sie sich verzweifelt an einem Gegenstand festklammerte, den er auf Anhieb nicht identifizieren konnte. Er war gewölbt, vielleicht ein Holzpflock. Er wusste, dass manche Besitzer von Swimmingpools im Winter Holzpflöcke ins Wasser warfen, die verhindern sollten, dass sich eine Eisschicht bildete. Vielleicht versuchte man das Gleiche mit dem Brunnenwasser.

Bruno hörte einen Ruf von oben, schaute hinauf in den kleinen Lichtkreis und sah, dass sich ein Schatten darüberlegte. Gleichzeitig geriet die Bühne wieder in Schwingung. Es dauerte eine Weile, bis er in dem Schatten eine Silhouette von Kopf und Schultern ausmachen konnte. Sie konnte kaum mehr als zehn Meter entfernt sein, die Distanz wirkte aber sehr viel weiter.

»Alles okay da unten?«, rief David. »Können Sie was erkennen?«

»Würde die Strickleiter auch Ihr Gewicht noch halten?«, fragte Bruno.

»Hier arbeiten meist zwei Männer gleichzeitig, einer auf der Bühne, der andere auf der Leiter.« Davids Stimme klang merkwürdig verzerrt. »Soll ich runterkommen?«

»Hier unten sitzt eine Katze fest«, rief Bruno. »Warten Sie einen Moment.«

Bruno hatte jetzt seinen linken Arm in die Strickleiter gehakt, um die Pendelbewegung der Bühne zu bremsen. Als er ein Knie auf den Brettern versetzte, stieß er sich an einem der getrockneten Zementklumpen und spürte einen Schmerz im Knie. Er nahm das Seil, an dem die Lampe hing, wieder zwischen die Zähne, löste mit der freien Hand den Klumpen und warf ihn hinab, um die Tiefe zu ermessen. Im Stillen zählte er tausendeins, tausendzwei, und kaum hatte er tausenddrei zu denken angefangen, hörte er unten Wasser klatschen.

Aus der Grundschule wusste er, dass ein frei fallender Gegenstand schon in der ersten Sekunde fast zehn Meter zurücklegte. *Mon Dieu,* dachte er. Es ging also noch zwanzig bis dreißig Meter weiter nach unten.

Er nahm die Stablampe zur Hand und beleuchtete den Felsrand über dem Wasserspiegel. Er sah, dass sich die Katze oder vielmehr der Gegenstand, an dem sie sich festhielt, bewegte, vor und zurück und dann im Kreis. Er schien im Wasser zu schwimmen, doch es handelte sich gewiss nicht um einen Holzpflock. Bruno schwante plötzlich Schlimmes.

Er fuhr den schwimmenden Gegenstand mit dem Lichtstrahl ab und schaute genauer hin. Was er für einen Pflock gehalten hatte, mochte ein Bein sein. Jetzt glaubte er auch die Umrisse eines Rumpfes erkennen zu können und einen im Wasser liegenden Kopf. Sicher konnte er sich nicht sein. Vielleicht spielte ihm die Phantasie einen Streich. Er würde tiefer hinabsteigen müssen, um Gewissheit zu erlangen.

Als er aber den Flaschenzug wieder in Bewegung zu setzen versuchte, zeigte sich, dass sich die Bühne nicht weiter absenken ließ.

»Wie weit reicht die Strickleiter herab?«, rief er nach oben.

»Sie ist nur fünfzehn Meter lang, aber ich habe hier eine zweite. Wir könnten beide miteinander verbinden. Haben Sie was gesehen?«

»Ich komme wieder nach oben«, antwortete Bruno, dem ein weiterer Abstieg über die Strickleiter nicht geheuer erschien. Das war etwas für Profis mit geeigneter Ausrüstung.

Wieder nahm Bruno das Lampenseil zwischen die Zähne und kletterte an der Strickleiter nach oben. Vom Knien auf der Bühne waren seine Beine steif geworden, und seine Hände, mit denen er die Seile umklammert hatte, fühlten sich taub an. Die Strickleiter fing immer heftiger zu schwingen an und ließ ihn mal gegen die Brunnenmauer prallen, mal gegen die Seile, an denen die Bühne aufgehängt war. Bruno legte eine Pause ein, holte tief Luft und schüttelte zuerst das eine, dann das andere Bein aus, um die Muskulatur zu entkrampfen. Er biss die Zähne aufeinander und stieg weiter, Schritt für Schritt. Drei Sprossen ein Meter, dachte er, insgesamt maximal dreißig Sprossen, und mehr als die Hälfte hatte er schon geschafft.

Das von oben einfallende Licht reichte schon aus, um einzelne Mauersteine unterscheiden zu können. Bald würde er wieder oben sein. Nach fünf, vier, drei weiteren Tritten sah er David über den Brunnenrand gebeugt. Mit einer Hand hatte er die Strickleiter gepackt, mit der anderen hielt er sich am Baugerüst fest.

»*Putain*, mir reicht's«, keuchte Bruno und ließ sich von David über die Mauer helfen. Balzac winselte und wedelte mit dem Schwanz, als er sein Herrchen wieder erblickte. »Aber es muss jemand runter, und zwar die ganze Strecke.« Bruno füllte die Lungen mit frischer Luft. »Ich fürchte, die Katze sitzt auf einer Leiche.«

»Eine Leiche?« Davids Stimme sprang vor Entsetzen eine Oktave höher. »Himmel, glauben Sie etwa …«

Bruno hatte schon die Nummer der *pompiers* von Saint-Denis gewählt. Ahmed meldete sich. Er war einer der beiden Berufsfeuerwehrmänner, die den Freiwilligentrupp anführten. Er hatte auch eine Ausbildung als Sanitäter absolviert. Bruno erklärte, dass im Brunnen des Schlosses von Limeuil in rund dreißig Meter Tiefe womöglich eine Leiche liege. Über dem Brunnen sei ein Gerüst errichtet worden.

»Dreißig Meter?«, rief Ahmed. »Dann müssen wir wohl mit dem Kranwagen anrücken, wenn wir mit dem überhaupt dahin kommen.«

»Der ist doch allradgetrieben, oder?«, fragte Bruno.

»Klar. Limeuil also. Gib uns fünfzehn Minuten, vielleicht zwanzig. Bist du sicher, dass wir eine Leiche bergen müssen? Oder ist da womöglich noch Leben drin?«

»Wohl kaum. Ich bin mir allerdings nicht ganz sicher, ob es sich überhaupt um eine tote Person handelt. Allerdings wird seit gestern Abend eine junge Frau vermisst …« Bruno stockte.

»Wir sind schon unterwegs«, sagte Ahmed zu Brunos Beruhigung. »Soll ich einen Notarzt rufen?«

»Das mache ich«, antwortete Bruno. »Auch wenn sie

nicht mehr zu retten ist, brauchen wir einen Arzt, der ihren Tod feststellt. Übrigens, in dem Brunnen ist noch eine Katze, und die lebt definitiv.«

Er unterbrach die Verbindung und drückte die Schnellwahltaste für Fabiola, die mit ihm befreundete Ärztin, der er am meisten vertraute. Es meldete sich nur ihre Voicemail. Er bat sie um schnellstmöglichen Rückruf und fragte daraufhin in der Rezeption der Klinik nach, ob Fabiola Dienst hatte. Sie sei in der Ambulanz, wurde ihm gesagt. Sobald sie mit ihrem Patienten fertig war, würde sie sich bei ihm melden.

Bruno wandte sich an David. »Der Park müsste jetzt geschlossen werden. Tut mir leid für die Schulkinder, aber wir haben es hier womöglich mit einem Tatort zu tun, der gesichert werden muss.«

David machte große Augen und wollte protestieren, doch Bruno ließ es nicht dazu kommen und fuhr fort: »Und dann möchte ich Sie bitten, aufzulisten, wer sich gestern Abend den Vortrag angehört hat, wer alles zum Personal gehört und vor allem, wer gestern abgeschlossen hat. Ich muss sie alle befragen, am besten sofort.«

David nickte und holte sein Handy hervor.

Bruno fragte sich, ob die Stadt und der Parkbetrieb mit ernsten Schwierigkeiten zu rechnen hätten, falls sich sein Verdacht bestätigen sollte. Er würde sie warnen müssen und ärgerte sich über die Fahrlässigkeit des Bauunternehmers.

»Vielleicht sagen Sie Ihrem Bürgermeister auch, dass die Stadt womöglich zur Verantwortung gezogen wird, weil sie die Baustelle nicht ordnungsgemäß hat absichern lassen.«

Bruno hob die Hand, als David ihn zu unterbrechen versuchte, und fuhr mit lauterer Stimme fort: »Ich kann nicht glauben, dass Sie Schulkinder hier an diesem offenen Brunnen vorbeiführen wollten. Das Gerüst lädt doch zum Klettern ein. Ein dünnes Absperrband reicht wohl kaum, um sie davon abzuhalten.« Je mehr Bruno darüber nachdachte, desto wütender wurde er. »Den Arbeitern war's anscheinend zu lästig, das Gerüst jeden Abend abzubauen und den Brunnen zu verschließen. Ich will von allen Namen und Adresse und eine Kopie des Kostenvoranschlags, den Sie bekommen haben. Es interessiert mich, ob darin auch ein Posten für Baustellenabsicherung enthalten ist.«

»Keine Ahnung, ob es so ein Papier überhaupt gibt«, entgegnete David. »Der Typ, der den Auftrag erteilt hat, gehört dem Stadtrat an. Und Sie wissen doch bestimmt, wie's in einem Ort wie unserem zugeht. Da wird vieles unter der Hand gemacht.«

Bruno verzog keine Miene. »Dann raten Sie Ihrem Bürgermeister, einen Blick in die Versicherungsunterlagen zu werfen und insbesondere darauf zu achten, wie Haftpflichtschäden geregelt werden.«

»*Merde*, Bruno, die Parktore waren die ganze Nacht über geschlossen.«

Bruno schüttelte den Kopf. »Nicht zur Zeit des Vortrags. Und wenn ich richtig tippe, wer da unten liegt, können sich das Bauunternehmen und die Stadt auf einiges gefasst machen.«

3

Während er auf die *pompiers* wartete, dachte Bruno an seine erste Begegnung mit Claudia zurück. Es war an einem Tag gewesen, als laut dem *cahier de surveillance* (einer Datenbank der französischen Polizei, in der die Aktivitäten verdächtiger oder straffällig gewordener Personen registriert werden) ein verurteilter Straftäter aus Saint-Denis nach verbüßter zehnjähriger Haft entlassen werden sollte.

Seine Verhaftung hatte zwar vor Brunos Dienstantritt in Saint-Denis stattgefunden, aber er wusste davon, denn alle französischen Medien hatten über den Fall berichtet. Laurent Darrignac war ein aufgeweckter, begeisterungsfähiger junger Mann gewesen, der gerade seine Ausbildung an einer angesehenen Landwirtschaftsschule in Lothringen abgeschlossen hatte. Eigentlich sollte er nach Hause zurückkehren und auf dem väterlichen Hof mitarbeiten, um ihn später zu übernehmen – einen stattlichen Betrieb mit gut fünfzig Hektar Acker- und Weideland, was für die Verhältnisse im Périgord überdurchschnittlich groß war. Von der EU großzügig unterstützt, lebten die Darrignacs vor allem von der Milchwirtschaft und Rinderzucht. Sie bauten auf dem fruchtbaren Talboden aber auch Getreide und Sonnenblumen an.

Die Abschlussprüfung hatten Laurent und seine Mitschüler mit einem Mittagessen gefeiert, und weil er am wenigsten getrunken hatte, sollte er fahren. Es war spät am Nachmittag, und die Sonne stand so tief, dass sie ihn blendete. Abgelenkt von seinen ausgelassenen Freunden, die eine Cognacflasche kreisen ließen, lenkte Laurent den Wagen in einer scharfen Kurve in eine Gruppe von Pfadfindern, die am Straßenrand entgegenkam. Drei von ihnen starben, darunter der Führer, der vorneweg ging, und vier wurden zum Teil schwer verletzt, einer so sehr, dass er nie wieder auf eigenen Beinen würde stehen können.

Der Unfall ereignete sich zu einer Zeit, als die französische Nationalversammlung über eine Verschärfung der Grenzwerte für Alkohol am Steuer und die Angleichung des Grenzwertes an die in anderen europäischen Ländern geltenden Richtwerte debattierte. Der Widerstand gegen das neue Gesetz, der vor allem von Vertretern weinproduzierender Regionen geleistet wurde, schmolz dahin, als das Unglück Schlagzeilen machte. Doch das hielt verschiedene Interessenverbände nicht davon ab, den Druck zu verstärken. Laurent war in ihren Augen ein Symbol dafür, wie gefährlich Alkohol am Steuer sein konnte.

Laurent hatte eine Winzigkeit über 0,8 Promille im Blut, was damals noch im zulässigen Bereich war. Die Befürworter schärferer Regeln drängten jedoch auf eine Absenkung auf 0,5 Promille, und auf Laurent richtete sich der Fokus ihrer Kampagne, an deren Spitze ein Verein mit dem Namen »Mütter gegen Alkohol am Steuer« stand. Der strengte auch eine Zivilklage gegen Laurent an und verlangte eine Entschädigung für die Familien der Opfer.

Nach der bestehenden Gesetzeslage drohten Laurent wegen des Todes der Pfadfinder der Entzug seines Führerscheins für fünf Jahre, ein Bußgeld sowie eine wahrscheinlich zur Bewährung ausgesetzte Haftstrafe. Das Gericht aber, wahrscheinlich nicht ganz unbeeinflusst von den Politikern, der öffentlichen Meinung und den Medien, verdonnerte ihn zu drei Jahren Haft wegen fahrlässiger Tötung und vier Jahren wegen schwerer Körperverletzung, die nacheinander verbüßt werden sollten. Da sie von den Kosten der Zivilprozesse ohnehin schon finanziell überfordert waren, verzichteten die Eltern auf eine Berufung.

Bald darauf mussten sie ihren Betrieb aufgeben. Der Vater beging Suizid. Laurents Mutter starb an Brustkrebs, kurz nachdem Laurents Haftstrafe wegen seiner Beteiligung an einer Gefängnisrevolte verlängert worden war. In Handschellen und unter Polizeibewachung hatte er sie zu Grabe getragen. Er war damals immer noch so bekannt, dass sich auf dem Friedhof Fernsehteams und die Presse tummelten. Inzwischen aber war die Stimmung umgeschlagen, und die Medien, wie immer wetterwendisch in ihren Urteilen und darauf bedacht, eine alte Geschichte aus einem neuen Blickwinkel zu betrachten, sagten nun, dass das Urteil zu weit gegangen und dass Laurent sowohl Täter als auch Opfer der Justiz sei.

Auf den Tag also, an dem Bruno Claudia zum ersten Mal begegnete, fiel Laurents Rückkehr nach Saint-Denis. Bernard Marty, einer der Freunde, die mit im Unfallauto gewesen waren, hatte auf seinem Bauernhof ein Zimmer für Laurent eingerichtet und versprochen, ihn bei seinem Neustart zu unterstützen. Er, Bernard, war im Übrigen der

Einzige aus der Freundesgruppe gewesen, der Laurent regelmäßig im Gefängnis besucht hatte.

Bruno versuchte zu ermessen, wie schlimm die Zeit für Laurent im Gefängnis gewesen war, und konnte sich vorstellen, dass der junge Mann aufgrund seiner drakonischen Bestrafung voller Ressentiments war. Einen verbitterten und wahrscheinlich arbeitslosen Exhäftling zurück in der Stadt zu wissen, schmeckte ihm nicht besonders, aber vielleicht gab es Hoffnung. Im *cahier de surveillance* war vermerkt worden, dass Laurent die letzten drei Jahre im offenen Vollzug im Jura verbracht und dort auf einem Bauernhof gearbeitet hatte.

Bruno wusste, dass Laurent bei seiner Entlassung nur eine Zugfahrkarte nach Saint-Denis ausgehändigt worden war. Aus Sorge, selbst in die Schlagzeilen zu geraten, hatte Bernard Marty lieber darauf verzichtet, Laurent am Bahnhof abzuholen, und stattdessen Bruno darum gebeten. Dafür hatte Bruno Verständnis. Er war in seinem alten Land Rover schon fünf Minuten vor der planmäßigen Ankunft des Zuges am Bahnhof eingetroffen, um zu sehen, ob die Medien von Laurents Rückkehr Wind bekommen hatten. Falls Philippe Delaron, der Lokalredakteur der *Sud Ouest*, mit seiner Kamera da wäre, würde er ihn irgendwie abwimmeln müssen. Laurent verdiente einen Neuanfang, ohne von der Presse behelligt zu werden. Zum Glück war kein Mensch auf dem Bahnsteig, als der Zug einfuhr.

Die erste Person, die ausstieg, war eine attraktive, brünette junge Frau in Jeans, Lederjacke und einem mehrfach um den Hals geschlungenen langen Schal, auf dem ihr Pferdeschwanz im Nacken fast horizontal auflag. Sie trug einen Rucksack und eine prallvolle, anscheinend schwere Laptoptasche. Etwas verwirrt schaute sie sich auf dem menschenleeren Bahnhof um, dann fiel ihr Blick auf ein Schild mit der Telefonnummer des örtlichen Taxiunternehmens, und sie holte ihr Handy hervor. Kurz bevor sich automatisch die Türen schlossen, stieg ein stämmiger Mann Mitte dreißig aus dem Zug und stellte einen altmodischen Koffer neben sich auf dem Bahnsteig ab. Laurent war etwas gealtert. Bruno erinnerte sich nur an ein Foto von ihm, das im Gefängnis aufgenommen worden war, erkannte ihn aber sofort wieder.

Laurent hatte kräftige Schultern und die dicken Handgelenke eines Bauern. Wie er mit leicht gegrätschten Beinen dastand, schien ihn so leicht nichts umhauen zu können. Auf einem Rugbyfeld wäre er bestimmt ein ernstzunehmender Gegner und für die eigene Mannschaft ein fester Rückhalt. Und als Soldat, dachte Bruno, wäre er der geborene Sergeant.

Die Wintersonne milderte die Kälte des Januartages ein wenig. Bruno trug eine rote Windjacke über seinem Uniformhemd. Er stieg aus dem Wagen und ging, von Balzac gefolgt, auf Laurent zu, streckte die Hand aus, um ihn willkommen zu heißen, und erklärte, dass er ihn zur *ferme* fahren werde, wo man ihn schon erwartete.

»Vielen Dank, aber wer sind Sie?«, fragte Laurent verwundert, als er ihm die Hand schüttelte. Dann sah er Balzac und lächelte zögernd. Auf Bruno machte er einen kerngesunden Eindruck; sein Gesicht ließ erkennen, dass er viel Zeit im Freien verbracht hatte, und seine Hände waren von schwerer Arbeit gerötet.

»Ich bin Bruno Courrèges, der Chef de police von Saint-Denis und dem Tal der Vézère. Ich habe Joes Nachfolge angetreten, als der in Ruhestand ging. Wahrscheinlich haben Sie die Nase voll von Polizeifahrzeugen und -uniformen, deshalb bin ich mit meinem Privatwagen gekommen.« Er hob Laurents Koffer vom Boden und wollte in Richtung Land Rover vorangehen.

»Ist das Ihr Hund? Gehen Sie mit ihm auf die Jagd?« Laurent hatte sich in die Hocke begeben, und Bruno sah mit Wohlwollen, dass der junge Mann Balzac zu sich lockte.

»Ja, er begleitet mich und stöbert *bécasses* auf. Für gewöhnlich ist er sehr nützlich, es sei denn, irgendwas lenkt ihn ab. So sind Bassets nun mal.«

»Wissen Sie, wohin wir fahren?«, fragte Laurent, immer noch in Hockstellung, und kraulte Balzac zwischen den Vorderbeinen, was Hunde besonders mögen, weil sie diese Stelle selbst weder mit der Schnauze noch mit den Pfoten erreichen können. Balzac war verzückt.

»Ja. Ich bringe Sie zum Hof von Bernard Marty.«

»Eigentlich hatte ich damit gerechnet, dass er mich abholt.«

»Das war auch so geplant, aber wir sind übereingekommen, dass es vielleicht besser ist, wenn ich zum Bahnhof fahre. Es hätte ja sein können, dass Ihnen hier Pressefritzen auflauern.«

Laurent nickte, stand auf und warf einen neugierigen Blick auf die junge Frau mit dem Rucksack, die außer ihm als Einzige hier ausgestiegen war. Sie stand unter dem Taxischild, hatte ihr Handy am Ohr und verzog das Gesicht.

»*Bonjour, mademoiselle*«, grüßte Bruno und zog den

Reißverschluss seiner Jacke auf, um ihr das Polizeiabzeichen am Hemd zu zeigen. »Mein Name ist Bruno Courrèges; ich bin der Polizist von Saint-Denis. Wir haben hier nur ein Taxi, und das ist heute im Dauereinsatz, weil manche Bewohner des Seniorenheims um diese Zeit nach Périgueux in die Ambulanz chauffiert werden müssen. Es wird dauern, bis es wieder frei ist. Kann ich Ihnen helfen?«

»*Bonjour, monsieur,* und vielen Dank«, antwortete sie mit unverkennbar amerikanischem Akzent, aber ihr Französisch war recht gut. »Ich bin mit einem Monsieur de Bourdeille von der Chartreuse Miremont verabredet und weiß nicht, wie ich dorthin komme.«

»Ich bringe sie hin; sie liegt auf meinem Weg. Und bitte nennen Sie mich Bruno.« Er gab ihr die Hand, die sie schüttelte, während sie überrascht zusah, wie er ihren Rucksack mit Laurents Koffer in den Wagen packte. Bruno stellte ihr Laurent als hiesigen Landwirt vor, öffnete ihr eine der hinteren Türen und gab Laurent zu verstehen, dass er auf dem Beifahrersitz Platz nehmen sollte.

Sie setzte sich auf die Rückbank und ließ mit freundlichem Grinsen durchblicken, dass sie sich von ihren neuen Bekanntschaften noch einiges versprach. Sie hatte eine selbstbewusste und dabei lockere Art, die Bruno an andere Amerikanerinnen erinnerte, denen er schon begegnet war.

»Ich bin übrigens Claudia Muller. Wirklich nett von Ihnen, dass Sie mich mitnehmen. Sie wissen, wo die *chartreuse* liegt?«

»Natürlich. Monsieur de Bourdeille ist in unserer Gegend gut bekannt. Und so viele angesehene Kunsthistoriker und Sammler wie ihn gibt es nun mal nicht bei uns.«

»Wenn ich richtig informiert bin, war er außerdem ein Kriegsheld«, sagte sie.

»Ja, er war noch ein Schüler, als er angeschossen und inhaftiert wurde, weil er bei der Résistance aktiv war«, bestätigte Bruno. »Deshalb sitzt er jetzt im Rollstuhl. Davon abgesehen ist er für sein Alter noch bei bester Gesundheit. Wie kommt's, dass Sie ihn besuchen?«

»Ich bin Doktorandin in Kunstgeschichte und beschäftige mich mit der französischen Renaissance. Er ist Experte auf diesem Gebiet. Meine Professorin in Paris hat es arrangiert, dass ich eine Weile bei ihm recherchieren darf.«

»Ihr Französisch ist zwar ausgezeichnet –, aber höre ich da einen amerikanischen Akzent heraus?«, fragte Bruno.

»Ja, ich komme aus den Staaten. Ich habe in Yale studiert, bin jetzt aber an der Sorbonne eingeschrieben und Doktorandin einer Professorin, die zum Kuratorium des Louvre gehört.« Sie hatte sich nach vorn gebeugt, um zu antworten, wandte sich nun aber Laurent zu und fragte, welche Art von Landwirtschaft er betreibe.

»Hauptsächlich Milchwirtschaft«, antwortete er und drehte sich zu ihr um.

Bruno staunte über den Mann, der über viele Jahre wahrscheinlich kaum Kontakt zu Frauen gehabt hatte. Trotzdem wirkte er der attraktiven und freundlichen jungen Frau gegenüber völlig unbefangen und auch nicht dadurch eingeschüchtert, dass sie offenbar sehr intelligent und hochqualifiziert war.

»Nebenbei interessiere ich mich für die Falknerei und hoffe, mich demnächst mehr damit beschäftigen zu können«, fuhr Laurent fort.

»Klingt wirklich interessant«, erwiderte sie. »Lassen Sie selbst Vögel aus der Hand aufsteigen?«

Zu Brunos Überraschung bejahte Laurent. Darüber hatte im *cahier de surveillance* nichts gestanden. »Ich habe schon mit einem Rotschwanzbussard und einem Wanderfalken trainiert. Herrliche Vögel. Das war bei einem Falkner im Jura.«

»Sie sind immer nur zu Ihnen zurückgeflogen?«

»Nein, es waren gut ausgebildete Greifvögel, so erzogen, dass sie zu allen möglichen Personen Vertrauen fassen konnten, vorausgesetzt, sie haben von ihnen Leckereien bekommen. Aber ich hatte doch schon ein besonderes Verhältnis zu dem Bussard. Er fehlt mir schon jetzt sehr. Umso mehr wünsche ich mir einen eigenen Vogel.«

»Das würde ich mir gern einmal ansehen, wenn Sie nichts dagegen haben«, sagte sie und bestätigte Brunos ersten Eindruck von ihr als überaus freundlicher und begeisterungsfähiger junger Frau. Er fragte sich, ob er sie darauf hinweisen sollte, dass ihre zugängliche Art missverstanden werden könnte, besonders von jemandem wie Laurent, der gerade aus der Haft entlassen worden war. Bruno betrachtete Laurent von der Seite und fand, dass er einen recht gefestigten Eindruck machte und sich unter Kontrolle zu haben schien. Er antwortete höflich, aber zurückhaltend.

»Hängt davon ab, wie lange Sie hier sind. Es braucht viel Zeit. Ich muss erst einmal einen Jungvogel auftreiben und ihn an mich gewöhnen.«

»Bleiben wir in Kontakt«, sagte Claudia spontan. »Hier ist meine Karte mit meiner Handynummer. Für Sie, Bruno, auch eine.«

Sie redete munter weiter und erzählte, was ihr zur Beiz-jagd und zur Landwirtschaft gerade so einfiel. Sie erkundigte sich auch nach den Rindern auf der Weide, an denen sie vorbeifuhren, und konnte bald die Blondes d'Aquitaine von den Limousins unterscheiden. Von Bruno wollte sie wissen, ob er ebenfalls von einem Bauernhof stamme.

»Nein, ich bin in Bergerac aufgewachsen, das hier schon als größere Stadt gilt. Allerdings halte ich ein paar Gänse und Hühner«, antwortete er.

»Und was ist mit Pferden?«, fragte sie. »Kann ich irgendwo reiten oder mir ein Pferd ausleihen?«

»Wir haben hier eine gute Reitschule. Sie könnten morgens oder abends an Ausritten teilnehmen. Kostet auch nicht viel.« Er nannte Pamelas Telefonnummer, die er auswendig kannte. Claudia tippte sie sofort in ihr Handy. »Ich bin selbst dort, sooft ich es einrichten kann.«

»Wie weit ist es?«, fragte sie.

»Mit dem Auto sind es zehn Minuten von Saint-Denis. Wenn Sie wollen, könnte ich Sie hinbringen. Sagen Sie mir Bescheid, wann.« Bruno wandte sich an Laurent und fragte ihn, ob er jemals auf einem Pferd gesessen habe.

»Ja, ein paarmal auf der *ferme* im Jura. Ich würde gern häufiger reiten, kann es mir aber vorerst wohl nicht leisten.«

Bruno bog auf die steil ansteigende Straße nach Limeuil ab, passierte langsam den steinernen Torbogen zur Altstadt und fuhr dann über den bewaldeten Hügelgrat auf die *chartreuse* zu. Zwischen den Baumlücken boten sich wunderschöne Ausblicke auf das Tal. Schließlich bog er in die mit Kies bestreute und von Platanen gesäumte, schnurgerade Zufahrt zur ehemaligen Kartause.

Das längliche, eingeschossige Gebäude war im frühen achtzehnten Jahrhundert aus dem honigfarbenen Gestein der Region errichtet worden. Über dem Portikus erhob sich ein hübscher, viereckiger Turm mit Kuppeldach. Auf halber Höhe führten hohe Fenster auf einen Balkon hinaus. Darauf saß jemand. Als Bruno den Wagen abstellte, erkannte er einen älteren Herrn im Rollstuhl, der die spätwinterliche Nachmittagssonne genoss und, wie es schien, von ihrer Ankunft noch keine Notiz genommen hatte. Vielleicht schlief er. Sonnenstrahlen glitzerten auf einer Weinflasche, die auf einem Tisch an seiner Seite stand.

»Oh, wie schön, ein richtiges kleines Schloss«, rief Claudia. »Und dieser Garten! Der macht bestimmt viel Arbeit. Das da drüben sieht aus wie ein Weinberg. Wird hier eigener Wein hergestellt?«

»Ja, und ein recht guter dazu«, antwortete Bruno. Er nahm den Rucksack und ging auf den Eingang zu. Laurent stieg aus dem Land Rover, um sich von Claudia zu verabschieden, und wünschte ihr viel Erfolg bei ihrer Forschungsarbeit.

Madame Bonnet, die Haushälterin von Monsieur de Bourdeille, öffnete die Tür und begrüßte die Ankömmlinge mit breitem Lächeln. Bruno erklärte, dass am Bahnhof kein Taxi gestanden und er Claudia deshalb gebracht habe.

»Lassen Sie die junge Frau eintreten, Madame Bonnet«, tönte eine gebieterische Stimme vom Balkon. Sie klang nicht wie die eines alten Mannes, der, wie Bruno wusste, mindestens neunzig war. »Wollen doch mal sehen, wen uns meine Kollegen vom Louvre da ins Haus geschickt haben.«

»Keine Angst, meine Liebe«, sagte Madame Bonnet und führte Claudia ins Haus. Mit einem entschuldigenden Schulterzucken wandte sie sich noch einmal Bruno zu und schloss die Tür. »Er tut wie ein griesgrämiger alter Bär, aber tief drin ist er eine gute Seele.«

»*Bonjour, Monsieur*«, rief Bruno nach oben, winkte Claudia zum Abschied zu und ging zu seinem Wagen. Der alte Herr winkte huldvoll zurück.

Anschließend brachte Bruno Laurent zu Martys Hof und erfuhr unterwegs, dass sich Laurent während seiner Arbeit in der Gefängnisbibliothek mit dem Leiter der Haftanstalt angefreundet hatte und als Freigänger einem Bauern zugewiesen worden war, der Raubvögel zu seinem Hobby gemacht hatte. Bruno hätte ihn gern gefragt, wie es sich für einen Gefangenen angefühlt habe, Vögel fliegen zu lassen und zu sehen, dass sie freiwillig auf die Hand des Falkners zurückkehrten. Aber um ihn nicht in Verlegenheit zu bringen, behielt Bruno die Frage für sich und hörte Laurent zu, der von verschiedenen Arten von Greifvögeln erzählte und erklärte, dass die Weibchen für gewöhnlich größer seien als die Männchen.

»Wissen Sie eigentlich, dass es hier in der Nähe ein Château gibt, wo ebenfalls Falknerei betrieben wird?«, fragte Bruno.

»Das Château des Milandes«, antwortete Laurent. »Ja, ich weiß. Mir ist angeboten worden, dort zu jobben. Der Falkner ist ein alter Freund des Bauern, der mich ausgebildet hat, und will mir eine Chance geben. Er kommt in die Jahre und sucht einen Partner, der seine Warte eines Tages übernehmen wird. Das würde mir schon gefallen.«

»Wie wollen Sie da hinkommen?«, fragte Bruno. Laurent hatte keine Fahrerlaubnis. Die zu erwerben, würde mehrere Wochen dauern, vorausgesetzt, er bestand die Prüfung. Geld für ein Auto würde er wohl auch nicht haben.

»Mein Freund will mir seinen kleinen Roller leihen«, antwortete Laurent. »Der hat nur fünfzig Kubik und fährt nicht schneller als fünfzig. Dafür brauche ich keinen Führerschein. Und immerhin wäre ich damit mobil. In der Zwischenzeit kann ich mit Bernards Auto auf dem Hof ein bisschen üben und später dann die Prüfung machen.«

Als sie ihr Ziel erreichten, wurde Bruno auf ein Glas Wein ins Haus gebeten. Er nahm die Einladung an, weil er sich davon versprach, den beiden Männern mit seiner Anwesenheit das Wiedersehen zu erleichtern. Marty führte sie aber erst einmal durch den Betrieb, zeigte ihnen stolz die Herde seiner Blondes d'Aquitaine. Er erklärte, dass sie zwar vor allem des Fleisches wegen geschätzt würden und zudem weil sie problemlos kalbten, inzwischen aber auch Milch lieferten. Und zwar sehr viel mehr als noch zu der Zeit, als sie beide auf der landwirtschaftlichen Schule gewesen waren.

»Die Blondes sind ein Himmelsgeschenk«, sagte Marty. Er lehnte am Gatter und blickte über die Weide voller grasender Rinder. »Es hat sich überhaupt vieles verändert. Die Supermärkte drücken so sehr auf die Milchpreise, dass wir mit dem, was für uns übrig bleibt, unsere Produktionskosten kaum decken können. Dabei liefert eine Kuh fast siebentausend Liter Milch im Jahr. Die eigentlichen Gewinne mache ich mit dem Fleisch. Kollegen, die an ihren Limousins festhalten, sind noch sehr viel schlechter dran. Und diejenigen, die in Holsteiner investiert haben, wissen nicht, wie sie die Tierarztrechnungen bezahlen sollen.«

Bruno hörte solchen Gesprächen unter Bauern gern zu, obwohl in letzter Zeit immer häufiger die Rede davon war, wie sich Brüssel noch besser melken lasse, anstatt die eigentliche Arbeit zu thematisieren.

»Wie hoch ist die Mortalität bei den Geburten?«, wollte Laurent wissen.

»Ungefähr zwei Prozent«, antwortete Marty. »Das liegt daran, dass die Muttertiere durchweg groß gebaut und die Kälber ziemlich klein sind, wenn sie zur Welt kommen. Bei den Limousins hingegen kommt es in sechs oder sogar acht von hundert Fällen zu Komplikationen bei der Geburt. Deshalb verdienen die Tierärzte an ihnen auch so viel.«

»Nur zwei Prozent?« Laurent schüttelte den Kopf, als ob er das kaum glauben könnte, aber er lächelte seinem Freund zu. »Ja, es hat sich offenbar mit den Jahren viel verändert. Freut mich jedenfalls, dass es dir gutzugehen scheint, Bernard. Und dem Vieh auch. Du kannst stolz auf deine Tiere sein.«

Bruno sah, dass die beiden gut miteinander zurechtkommen würden. Es war also nicht nötig, dass er blieb, doch Marty bestand darauf, und so gingen sie gemeinsam zum Haus. Als sie sich der Küchentür näherten, kam Martys Frau mit einem kleinen Kind an der Hand und einem Säugling im Arm heraus. Bruno fürchtete, Laurent könnte geschockt sein oder mit Selbstmitleid auf das reagieren, was ihm aufgrund der Jahre in Haft entgangen war. Aber anscheinend wusste er von Bernards Familie, begrüßte dessen Frau mit Namen, ließ sich von ihr den Säugling in die Arme legen und sagte: »Das ist also der kleine Laurent.« Bruno sah, dass er sich in dieser Hinsicht keine Sorgen machen musste.

»Die letzten Jahre waren bestimmt hart für dich«, sagte Bernard, als sie sich, jeder mit einem Glas Wein, an den Küchentisch setzten. »Aber du hast das Beste draus gemacht, dich fit gehalten und die Verbindung zur Landwirtschaft nicht verloren.«

»Für die Eltern der getöteten Jungen war die Zeit bestimmt schlimmer als für mich«, sagte Laurent. »Sie haben alles verloren, ich nur ein paar Jahre. Und ich habe im Gefängnis viel über das Leben und über Menschen gelernt. Inhaftierte sind nicht viel anders als alle anderen. Ich habe sogar ein paar Freunde gefunden.«

»Das erinnert mich an meine Zeit beim Militär«, meinte Bruno. »Auch da gehört einem die Zeit nicht wirklich, und immer hat man einen Vorgesetzten vor der Nase. Aber dafür wird man mit Kameradschaft entschädigt. Na ja, mit einem Gefängnisaufenthalt ist das wohl nicht zu vergleichen, aber ich muss schon sagen, ich bewundere Ihre Haltung, Laurent. – So, ich werde dann jetzt mal gehen. Vielen Dank für den Wein, Bernard.«

Als Bruno aufstand, legte ihm Laurent eine Hand auf den Arm. »Danke, dass Sie mich hergebracht haben, Bruno. Sie sollten wissen, dass mich die Haft nicht bitter gemacht hat. Ich habe sie verdient. Und ganz ehrlich, was mir ein bisschen geholfen hat, war die gesetzliche Neuregelung in Sachen Alkohol am Steuer. Sie hat einiges bewirkt. Die Unfälle mit Todesfolge sind um vierzig Prozent zurückgegangen, über fünftausend Menschenleben sind verschont geblieben. Mich beruhigt das sehr. Machen Sie sich also um mich keine Sorgen.«

»Schön«, sagte Bruno, erhob sich und ließ sein noch halbvolles Glas Wein stehen.

4

Fahrstunden sind in Frankreich sehr teuer, und mindestens zwanzig sind vorgeschrieben, um zur Prüfung zugelassen zu werden. Ein Führerschein kostete demnach an die zwölfhundert Euro, und Laurent hatte so gut wie kein Geld. Darum entschied er sich für die billigere Alternative: Er ließ Bernard Marty als seinen Begleitfahrer registrieren und legte während der nächsten Monate tausend Kilometer am Steuer zurück, ehe er sich zur Prüfung anmeldete. Dass er morgens und abends auf Bernards Hof arbeitete, hinderte ihn daran, an den Reitkursen teilzunehmen. Claudia hingegen kam häufig zu Pamelas Reitschule und ließ sich von ihrer Mutter per FedEx Reitstiefel und -kleidung aus New York schicken. Madame Bonnet lieh ihr gegen ein kleines Entgelt ihren Wagen, mit dem sie bequem die Reitschule erreichen konnte.

Von der ersten Stunde an war klar, dass sie sich gut auf Pferde verstand, und Bruno hatte keine Bedenken, ihr seinen Wallach Hector anzuvertrauen, wenn er keine Zeit für ihn hatte. Félix, der Stalljunge, verliebte sich auf den ersten Blick in sie, worauf Claudia, wie Bruno bemerkte, sehr sympathisch reagierte. Pamela war ihr gegenüber anfangs reserviert und konnte nur den Kopf darüber schütteln, dass jemand wie Claudia zweitausend Euro für handgefertigte

Tucci-Stiefel aus Italien ausgab. Aber allmählich fasste sie Zutrauen zu ihr, als sie sah, wie bereitwillig die junge Amerikanerin die Pferde pflegte und die Boxen ausmistete.

Claudia fand schnell Anschluss an Miranda, Pamelas Partnerin auf dem Reiterhof, die sie zu einem der montäglichen Abendessen einlud, dem inzwischen regelmäßigen Treffen der Freunde um Bruno. Claudia hatte vor, selbst zu kochen, und den Metzger vor Ort gebeten, ihr ein Dutzend T-Bone-Steaks zurechtzuschneiden, was in Frankreich nur selten gewünscht wurde. Es werde ein rein amerikanisches Dinner geben, versprach sie, mit Fish Chowder als Vorspeise, dann Steak und French Fries und zum Nachtisch Schokoladen-Brownies mit Speiseeis. Bei Hubert, dem Weinhändler, bestellte sie sogar eine Kiste Stags' Leap aus Kalifornien. Florence war ebenfalls schnell von Claudia eingenommen, als sie sich bereit erklärte, am *collège* einen kunstgeschichtlichen Vortrag zu halten.

»Sie ist offenbar ziemlich vermögend, scheint aber doch sehr umgänglich zu sein«, meinte Pamela eines Montagabends, als Claudia nach Paris gefahren war, um sich mit der Betreuerin ihrer Doktorarbeit zu treffen. »Ich hoffe, unsere jungen Kerle verstehen ihre offene Art nicht falsch.«

»Das werden sie nicht, wenn sie sie erst einmal Tennis haben spielen sehen«, entgegnete Bruno in Erinnerung an eine schmachvolle Niederlage.

Claudia ging allen romantischen Abenteuern mit jungen Männern aus Saint-Denis geflissentlich aus dem Weg und ließ gelegentlich durchblicken, dass sie in festen Händen sei. Einmal fuhr sie nach London zu ihrem amerikanischen Freund, der in einer Anwaltskanzlei arbeitete, und manchmal verbrachten die beiden ein Wochenende in Paris, wo sie eine Wohnung hatte. Bruno wusste, dass sie sich manchmal mit Laurent traf. Sie besuchten das Château des Milandes oder beschäftigten sich mit seinen Greifvögeln auf Martys Hof. Einmal sorgte sie während der montäglichen Tischrunde für großes Gelächter, als sie berichtete, wie sie unter Laurents Anleitung versucht hatte, eine Kuh zu melken.

Bruno lud die beiden ein, ihn und den Bürgermeister zu einem Treffen der SHAP, der Gesellschaft für Geschichte und Archäologie, zu begleiten, als dort ein Vortrag über mittelalterliche Falknerei angeboten wurde. Laurent und Claudia waren sehr beeindruckt von dem Vereinsgebäude, einem Stadtpalais aus dem siebzehnten Jahrhundert, das einer adeligen Familie gehört hatte. Der Vortrag selbst machte noch größeren Eindruck auf sie. Es sprach eines der Mitglieder der Gesellschaft, ein Antiquar und Hobbyhistoriker, der seine Ausführungen mit Dias von mittelalterlichen Gemälden und Miniaturen zum Thema veranschaulichte.

Auch Bruno war ganz Ohr, als er hörte, dass das Falknerwesen nach dem Untergang des Römischen Reiches von den Hunnen in Europa eingeführt worden war und sich schnell verbreitet hatte. Das erste Dia, das der Referent zeigte, war ein Ausschnitt aus dem Bildteppich von Bayeux, der den englischen König Harold bei der Beizjagd darstellte. Die eigentlichen Meister dieser Disziplin seien die Araber gewesen, erklärte er und verwies darauf, dass im Koran das von ausgebildeten Greifvögeln erbeutete Fleisch ausdrücklich als halal bezeichnet werde, also für den Verzehr erlaubt. Eine wissenschaftliche Beschäftigung mit der

Falknerei setzte in Europa im dreizehnten Jahrhundert ein, als Friedrich II. von Hohenstaufen auf seinem Kreuzzug den Umgang mit Greifvögeln kennenlernte und den Moamin, den klassischen Text über die Falkenjagd, aus dem Arabischen ins Lateinische übersetzen ließ. Daraufhin verfasste er seine eigene Version unter dem Titel *De Arte Venandi cum Avibus – Über die Kunst, mit Vögeln zu jagen*, ein Buch, das in Frankreich bald populär wurde. Es sei, wie der Referent hervorhob, nach der klassischen Antike das erste bedeutende Werk über Ornithologie, das in Europa Verbreitung fand und sich in seinem wissenschaftlichen Anspruch sogar mit Aristoteles' naturkundlichen Schriften messen lassen konnte.

Bruno hatte bislang die Falknerei für einen Zeitvertreib der Aristokratie gehalten und erfuhr nun zu seiner Überraschung, dass jede Gesellschaftsschicht ihren eigenen Vogel als Standessymbol pflegte: der Kaiser den Adler, der König den Gerfalken; Grafen und Bischöfe hatten das Recht, mit Wanderfalken zu jagen, Rittern und Klostervorstehern waren Würgfalken vorbehalten. Damen bildeten für sich Merline aus und Freisassen den Habicht, wohingegen ein einfacher Gemeindepriester mit einem Sperber vorliebnahm.

Im Anschluss an den Vortrag trat Claudia spontan der Gesellschaft als Mitglied bei und studierte sogleich das Verzeichnis ihrer Veröffentlichungen. Während der Bürgermeister alte Bekannte begrüßte, nutzten Bruno und Laurent die Gelegenheit, sich im Garten, wo Wein ausgeschenkt wurde, mit dem Referenten zu unterhalten.

Bruno hörte interessiert zu, wie die beiden darüber debattierten, ob das Glöckchen an den zentralen Schwanzfedern angebracht werden sollte, was Laurent befürwortete, oder am Fuß des Greifes, wofür sich der Referent aussprach. Das Glöckchen, auch Bell genannt, diente dazu, den Vogel auf dem Feld zu orten, wie Bruno erfuhr; darüber hinaus informierte es den Falkner darüber, ob der Vogel im Horst nervös oder unruhig war. Der Referent sprach sich für den Wanderfalken als seinen Lieblingsgreif aus, Laurent hingegen schwärmte von seinem Rotschwanzbussard. Sie nahmen sich vor, irgendwann demnächst gemeinsam auf die Beizjagd zu gehen. Ihr Gespräch wurde so technisch, dass Bruno bald nicht mehr folgen konnte. Er unterhielt sich stattdessen mit anderen Mitgliedern, die er kannte, bis sich die Versammlung auflöste und es Zeit wurde, Claudia von der Bibliothek loszueisen.

»Ich kann Ihnen gar nicht sagen, wie froh ich bin, dass Sie mich mitgenommen haben, Bruno«, sagte sie, als sie im Wagen des Bürgermeisters nach Saint-Denis zurückfuhren. Sie lud alle drei noch zum Essen in einem Restaurant der Stadt ein, doch der Bürgermeister hatte einen Termin, Laurent musste Marty helfen, die Kühe in den Stall zu treiben und zu melken, und Bruno wollte auf Hector ausreiten. Sie verschoben das gemeinsame Essen auf einen anderen Abend, und Laurent musste noch versprechen, ihr beizubringen, wie man einen Falknerknoten knüpfte.

Ein paar Tage später sah Bruno Claudia mit Madame Bonnet auf dem Markt von Saint-Denis einkaufen. Er grüßte und fragte, wie sie mit ihrer Forschungsarbeit vorankomme. Sie sei zufrieden mit ihren Fortschritten, antwortete sie und sagte, dass sie am nächsten Tag wieder nach Paris zu ihrer Betreuerin fahren werde; sie hoffe aber, bald wieder zurückzukommen, denn Monsieur de Bourdeille sei ihr eine große Hilfe.

»Er wird wieder allein zurechtkommen müssen und auch Madame Bonnet«, sagte sie lachend. »Zum Abschied werde ich heute Abend für sie kochen. Sie waren mir gegenüber so gastfreundlich.«

»Was werden Sie kochen?«, fragte Bruno.

»Als Erstes gibt es geräucherte Forelle, dann Kalbsleber, in Salbeibutter gebraten, dazu Kartoffeln *à la dauphinoise,* denn so mag sie Monsieur de Bourdeille am liebsten. Zum Nachtisch werde ich eine *tarte tatin* backen.«

»Lecker. Ich wünschte, ich könnte mit am Tisch sitzen«, sagte er und ließ sich von ihrer Begeisterung anstecken. Typisch amerikanisch, dachte er, diese Zuversicht, dass die Welt im Grunde ein äußerst freundlicher Ort war. Die meisten Franzosen hingegen verstanden das Leben als Herausforderung und erlebten die Freude daran nie, ohne auch ihre Schattenseiten wahrzunehmen.

»Und an welchen Wein haben Sie gedacht?«, fragte er.

»Darum will sich Monsieur de Bourdeille kümmern. Wussten Sie, dass er einen Fahrstuhl in sein Haus hat einbauen lassen, mit dem er seinen Weinkeller bequem erreichen kann? Sein Arzt hat ihm geraten, höchstens ein Glas am Tag zu trinken, und er besteht darauf, dass ich ihm dabei Gesellschaft leiste. Ich verstehe leider nicht viel von Wein und kann nur sagen, dass jeder Tropfen, den wir verkostet haben, einfach göttlich war. Auf seine Empfehlung hin habe ich mir jedes Mal Notizen gemacht.«

»Gibt es einen Wein, der Ihnen besonders gut geschmeckt hat?«

»Ja, das war ein 2005er Château Margaux aus dem Médoc.«

»*Mon Dieu*, ein phantastischer Wein, nur leider viel zu teuer für mich. Sie sind wirklich zu beneiden.« Bruno lächelte. »Wenn Sie wieder hier sind, stelle ich Ihnen ein paar erschwinglichere Weine aus dem Bergerac vor. Noch etwas, worauf Sie sich freuen können. Und ich empfehle Ihnen die Croissants von Fauquet; der hat ein Café gleich hinter der *mairie*. Kommen Sie, ich lade Sie zu einer Kostprobe ein.«

Als sie sich vor dem Café auf die Terrasse gesetzt hatten, sagte Claudia, dass sie die Rechnung bezahlen und sich damit für die kostenlose Mitfahrgelegenheit zur *chartreuse* revanchieren wolle. Bevor er Einwände erheben konnte, fragte sie: »Wo ist Ihr netter Hund?«

»Im Stall bei Hector. Die beiden sind Freunde, schon seit Balzac noch ein Welpe war. Ich vermute, sie sehen sich als Artgenossen unterschiedlicher Größe. Ich muss heute noch einen Kollegen in Montignac aufsuchen, das ist ein weiter Weg, deshalb habe ich ihn auf dem Reiterhof gelassen. Hatten Sie schon Gelegenheit, sich Lascaux oder eine der anderen Höhlen mit Felsmalereien anzusehen?«

»Ja, Monsieur de Bourdeille hat darauf bestanden, dass ich mir diese Sehenswürdigkeiten nicht entgehen lasse, und weil Madame Bonnet so freundlich war, mir ihren Wagen zu leihen, konnte ich Lascaux, Font-de-Gaume und Cap Blanc besuchen. Ich habe mich an Picasso erinnert gefühlt, der in Anspielung auf die moderne Malerei gesagt haben soll: ›Wir haben nichts dazugelernt.‹ Es ist wirklich zum Niederknien. Cap Blanc war die eigentliche Überraschung für mich. Auf Lascaux war ich schon durch mein Studium vorbereitet. Aber auf diese Tierskulpturen, die einem aus dem Fels entgegenragen, war ich nicht gefasst.«

Die Croissants wurden serviert. Claudia probierte von ihrem und befand, dass es viel besser schmeckte als die in Paris. Dann wechselte sie das Thema. »Ich weiß von Ihnen, dass Monsieur de Bourdeille als Schuljunge in der Résistance war. Als ich ihn darauf ansprach, wollte er sich nicht dazu äußern. Er sagte, die Erinnerungen seien zu schmerzhaft. Was genau hat er getan?«

»Er wurde festgenommen, als man ihn dabei erwischte, wie er Résistance-Symbole auf eine Mauerwand gemalt hat«, antwortete Bruno. »Entscheidend war nicht, was er getan hatte, sondern zu welcher Zeit. 1940 war Frankreich gefallen, und de Gaulle, der seine Landsleute aufforderte, den Kampf fortzusetzen, wurde mehrheitlich für verrückt erklärt. Und man sollte nicht vergessen, dass über eine halbe Million französischer Soldaten in deutschen Gefangenenlagern interniert waren und als Geiseln herhalten mussten.«

»Das sagt einiges über das Vichy-Regime aus«, erwiderte Claudia.

»Ja und nein«, sagte Bruno. »Bezeichnend ist, dass die Briten, als sie sich aus Dunkerque zurückzogen, an die hunderttausend französische Soldaten mitnahmen, von denen aber fast alle freiwillig in das besetzte Frankreich zurückkehrten. Wie die meisten Franzosen waren sie überzeugt davon, dass die Deutschen den Krieg gewinnen würden. An de Gaulles Seite kämpften nur rund dreitausend. Unmittelbar nach dem Krieg behaupteten aber die meisten, die ganze Zeit über in der Résistance gewesen zu sein. De Gaulle versuchte, diesem Mythos Vorschub zu leisten, in der Hoffnung, den Riss in der französischen Gesellschaft zu kitten.

Bis in den Juni 1941, als Hitler die Sowjetunion überfiel und die Kommunisten Frankreichs erste Widerstandsnester bildeten, boten nur wenige den Besatzern die Stirn. Es gab bloß vereinzelte Sabotageakte und Attentate auf deutsche Offiziere, die mit der Festnahme und Erschießung französischer Geiseln vergolten wurden. Erst 1943 bekam die Résistance größeren Zulauf, als die Deutschen in Stalingrad und Nordafrika schwere Verluste hinnehmen mussten und abzusehen war, dass sie den Krieg verlieren würden. Aus Furcht vor einer Invasion der Alliierten im Mittelmeerraum ließ Hitler den Vorwand eines selbstbestimmten Vichy-Staates fallen und ganz Frankreich mit seinen Truppen besetzen. Junge Franzosen wurden zur Arbeit in deutschen Fabriken gezwungen. Als der Maquis geboren wurde, flohen junge Männer aufs Land, um dem STO, der Zwangsarbeit, zu entgehen.

Wie gesagt, Ihr Gastgeber war noch ein Schuljunge, als er im Mai 1942 festgenommen wurde, die Résistance noch relativ schwach ausgebildet war und fast alle an den Sieg der Deutschen glaubten«, fuhr Bruno fort. »In Périgueux war zu dieser Zeit kein einziger deutscher Soldat stationiert. De Bourdeille wurde von einem Vichy-Polizisten festgenommen, und dass er in einem französischen Gefängnis saß, hat ihm ironischerweise wahrscheinlich das Leben gerettet. Denn als schließlich deutsche Truppen ins Périgord einmarschierten, wurden nun aufgegriffene *résistants* in Konzentrationslager gebracht, aus denen nur wenige zurückkehrten. De Bourdeille wurde bei seiner Verhaftung angeschossen und kann seitdem nicht mehr auf eigenen Beinen stehen. Er musste an Krücken gehen und ist seit vielen Jahren an den Rollstuhl gefesselt.«

Claudia nickte. »Dann haben sich die meisten Franzosen mit der Besatzung abgefunden und ihren Alltag fortgesetzt?«

»Ja, während die Deutschen die besetzten Gebiete ausplünderten, die Bevölkerung auf halbe Kost setzten, um Deutschland mit Lebensmitteln zu versorgen, und in deutschen Rüstungsfabriken Franzosen schuften ließen, insgesamt rund anderthalb Millionen. Viele von ihnen hatten Frauen und Kinder in Frankreich, die sich mit Lebensmittelmarken das tägliche Essen beschaffen mussten. Vichy hatte spezielle Polizeikräfte, die *Milice*, ein in Teilen schreckliches Pack, das im Tausch gegen diese Marken von Frauen sexuelle Gefälligkeiten forderte. Es war eine schreckliche Zeit. In einem Dorf hier ganz in der Nähe wurden zwei Milizionäre nach der Befreiung von Frauen zu Tode getreten.«

Madame Bonnet tauchte auf und steuerte auf das Café zu, begegnete aber einer Bekannten und blieb stehen, um sich mit ihr zu unterhalten. Claudia beugte sich über den Tisch und sagte leise: »Bevor sie kommt – wissen Sie eigentlich, wie de Bourdeille an sein Geld gelangt ist? Hat er es geerbt?«

»Keine Ahnung. Warum fragen Sie?«, entgegnete Bruno. »Ich dachte, er hätte mit Kunst gehandelt.«

»Ja, hat er auch, aber erst später. Da war er schon reich. Mich interessiert, womit er angefangen hat.«

»Vielleicht war seine Familie vermögend«, sagte Bruno.

»Oder er hatte einen reichen Partner, der in ihn investiert hat.«

»Der Louvre hat einen Katalog der Gemälde erstellt, die er dem Museum übertragen hat und die von unbekannter Provenienz sind. Im Anhang habe ich ein Blatt Papier gefunden, auf dem zu jedem dieser Gemälde jeweils verschiedene Geldbeträge aufgelistet sind. Manche gehen in die Millionen. Er bezeichnet sie als Provisionen.«

»Ist die Liste datiert?«, fragte Bruno. »Bis 1960 hatten wir in Frankreich noch alte Francs, und für hundert gab es dann nur einen neuen. Die Leute rechneten aber noch lange danach in alten Francs, und manche der Alten tun's immer noch.«

»Der Katalog ist in den 1970er Jahren erschienen. Der Zettel war undatiert. Möglich, dass es sich bei den Preisen um alte Francs handelt. Aber schauen Sie selbst, ich habe hier eine Kopie.« Sie schob ihm ein Papier über den Tisch zu. »Darüber will ich auch mit meiner Betreuerin in Paris sprechen.«

»Glauben Sie, mit seinen Verkäufen an das Museum stimmt etwas nicht?«, fragte Bruno und nahm das Blatt an sich.

»Ich weiß nicht. An meiner Uni in den Staaten musste ich an einem Pflichtkurs zum Thema ›Kunstgeschichte und Ethik‹ teilnehmen. Bei der Expertise und Zuschreibung von wertvollen Kunstwerken kann es um sehr viel Geld gehen. Zurzeit ist viel die Rede von Kunstwerken, die während des Zweiten Weltkriegs konfisziert wurden, nicht nur aus Museen besetzter Länder, sondern auch aus Privatsammlungen, vor allem aus Beständen jüdischer Sammler.

De Bourdeille war nach dem Krieg einer der bedeutendsten Experten in Sachen Zuschreibung.«

»Haben Sie mit ihm darüber gesprochen?«

»Er sagt, er könne sich an vieles nicht mehr erinnern und ich müsste mich an das halten, was die Archive hergeben. An seine privaten Unterlagen lässt er mich nicht heran.«

»Hat er gesagt, warum?«

»Er hat gleich mehrere Gründe genannt: dass es sich um persönliche Dokumente handelt, dass sie ungeordnet seien und überhaupt dem Steuergeheimnis unterliegen.« Sie machte eine kurze Pause. »Das alles klang sehr ausweichend.«

»Wohnen Sie noch bei ihm?«

»Nein. Sie haben mir ein Gästehaus in Limeuil empfohlen. Madame Bonnet serviert mir aber immer noch jeden Tag eine Mahlzeit, und um fünf am Abend lädt mich Monsieur de Bourdeille zu einem Glas Wein ein, bevor ich gehe.«

»An seinem Wein ist jedenfalls nichts auszusetzen. Ich beneide Sie«, sagte Bruno, als sich Madame Bonnet dem Tisch näherte. »Greifen wir das Thema noch mal auf, wenn Sie aus Paris zurück sind und … Mit wem wollten Sie dort sprechen?«

»Mit meiner Betreuerin, Madame Massenet. Eine exzellente Fachfrau. Sie hat in ihrer Freizeit sogar noch restaurieren gelernt, um zu verstehen, wie bestimmte Künstler ihre Leinwände vorbereitet, Farben gemischt und den Pinsel geführt haben. Sie hat mir enorm viel beigebracht, kann aber auch sehr einschüchternd sein.«

Madame Bonnet setzte sich zu ihnen, stellte eine prallvolle Einkaufstasche neben ihrem Stuhl ab und fragte Claudia: »Wie schmecken Ihnen die Croissants?«

»Phantastisch. Wie können Sie denen nur widerstehen? Und der Kaffee ist genauso gut. Sie dürfen sich glücklich schätzen, in Saint-Denis zu leben.«

»Ja, das ist uns allen hier bewusst«, erwiderte Madame Bonnet. »Sonntagmorgens komme ich immer in die Stadt und kaufe Croissants zum Frühstück und für das Mittagessen ein Stück Kuchen zum Nachtisch. Mal wünscht sich Monsieur eine *tarte au citron,* mal steht ihm der Sinn nach Schokoladenkuchen mit Armagnac, und im Sommer isst er am liebsten Erdbeertorte.«

»Darf ich Ihnen einen Kaffee bestellen, Madame?«, fragte Bruno. »Und vielleicht ein Stück Kuchen oder eine *galette?*«

»Nein danke, nur Kaffee. Ich muss auf meine Linie achten. Haben Sie sich gut unterhalten?«

»Ja, über die Résistance und Vichy«, antwortete Bruno, winkte der Kellnerin zu und gab ihr mit einer Pantomime – einem an den Mund geführten imaginären Glas und drei ausgestreckten Fingern – zu verstehen, was er wollte.

Madame Bonnet verzog das Gesicht. »Ich danke dem Himmel, dass ich nach dem Krieg zur Welt gekommen bin.«

5

Bestürzt dachte Bruno an seine Begegnungen mit der jungen Amerikanerin zurück, als die *pompiers* die kleine, wacklige Bretterbühne hochzogen, auf der er in den Brunnen hinabgestiegen war. Was für ein schreckliches Ende für ein hoffnungsvolles junges Leben, wenn sie es tatsächlich war, die dort unten im Wasser lag. Er beobachtete die Feuerwehrleute dabei, wie sie das Stahlseil ihrer Motorwinde an einem runden, mannshohen Metallkäfig mit drei aufrechten Stangen befestigten, die in knapp zwei Meter Höhe aufeinander zugebogen waren und eine Art Kuppel bildeten. Zwei der aufrechten Stangen waren in Hüfthöhe mit einem Querstück verbunden. Ein breiter Gurt mit Schnellverschluss, der wahrscheinlich aus einem Auto ausgebaut worden war, sicherte die beiden anderen Seiten.

Jetzt befestigten sie eine schwere Umlenkrolle mitsamt dem Stahlseil im Scheitelpunkt des Baugerüsts. Bruno half Ahmed, den Käfig in den Brunnen zu heben. Mit einem Handzeichen forderte Ahmed den Mann an der Winde auf, die Konstruktion zu testen. Dann setzte er sich einen Schutzhelm auf und stieg mit einer Stange, die wie ein Bootshaken aussah, einer schweren Stableuchte und einem um die Schulter geschlungenen Seil in den Käfig. Schließlich testete er das Walkie-Talkie, das er sich um den Hals gehängt hatte.

»Hast du so etwas schon mal gemacht?«, fragte Bruno ihn.

»Nur zur Probe.«

»Du wirst nicht viel Platz haben, um irgendetwas zu tun. Der Käfig ist ja fast so breit wie der Schacht, und weiter unten verjüngt der sich noch.«

»Mal sehen, ob es so funktioniert. Wenn nicht, hänge ich eine Schlinge unten an den Käfig und probiere es so.«

Ahmed nickte dem Kollegen an der Winde zu und schaltete seine Stablampe ein. Der Käfig senkte sich. Bruno stand am Brunnenrand, hielt mit einer Hand eine Gerüststrebe fest und schaute hinab auf Ahmed, der langsam in die Tiefe fuhr. Plötzlich hörte er, wie sich Schritte näherten. Der Bürgermeister von Limeuil trat auf ihn zu, gefolgt von Fabiola, die Brunos Nachricht in der Klinik erhalten hatte.

»Sind Sie sicher, dass sich da unten eine Leiche befindet?«, fragte er so besorgt wie verärgert.

»*Bonjour, Monsieur le Maire.* Nein, sicher bin ich nicht«, antwortete Bruno höflich. »Aber es scheint so zu sein, und außerdem wird eine junge Amerikanerin vermisst. Da der Tourismus für Limeuil so wichtig ist, können wir nicht vorsichtig genug sein.«

Ahmed entfernte sich weiter. Bruno sah den kräftigen Strahl seiner Stablampe und hörte seine blecherne Stimme über das Walkie-Talkie, mit dem er dem Mann an der Winde Kommandos gab. Weiter, halt, langsam weiter und wieder halt.

»Verdammte Katze«, fluchte Ahmed. Und dann: »Hier liegt ein Körper. Winde fixieren.«

Der Bürgermeister war entsetzt. Bruno spürte das Stahlseil vibrieren, während sich Ahmed im Käfig hin und her bewegte.

»Wie tief ist er jetzt?«, fragte Bruno den Mann an der Winde.

»Zweiunddreißig Meter.«

Es schien eine Ewigkeit zu dauern, bis sich Ahmed wieder meldete; dabei waren, wie Bruno mit einem Blick auf seine Uhr feststellte, nur drei Minuten vergangen, als das Kommando kam, den Käfig wieder anzuheben. Auf halbem Weg nach oben schaltete Ahmed seine Stablampe aus. Wenig später tauchte er aus dem Schacht auf, zuerst sein Kopf, dann sein ganzer Oberkörper, und plötzlich sprang eine kleine weiße Katze mit hellbraunen Flecken aus seinen Armen auf den Brunnenrand. Sie blinzelte ins helle Licht, krümmte den Rücken und fletschte ihre kleinen Zähne, als sie Balzac erblickte.

Ahmeds Overall war klatschnass. Er öffnete den Sicherheitsgurt am Käfig, stieg aus und bat den Kollegen, den Käfig so hoch wie möglich zu ziehen. Über dem Brunnenrand erschien langsam eine Frauengestalt mit langen nackten Beinen und durchnässter Kleidung, die sich zum Teil um ihren Hals gewickelt hatte. Zusammen mit Ahmed zog Bruno sie unter dem Käfig hervor und über den Brunnenrand. Ahmed hatte ihr ein Seil um die Brust geschlungen und mit einem zweiten die Beine hochgebunden.

»Mist, die Knoten sind nass, ich krieg' sie nicht auf«, sagte Ahmed und fragte seinen Kollegen nach einem Messer. Bruno zog seines hervor und kappte die Nylonseile. Als er den Leichnam umdrehte, erkannte er, dass es Claudia war. Sie trug schwarze Unterwäsche, die Bluse war zerrissen, vielleicht beim Sturz, und es fehlte ein Ärmel. Gemeinsam legten sie die Tote auf eine Plane, die Fabiola auf dem Boden ausgebreitet hatte.

Fabiola drehte sie auf den Rücken und drückte ihr drei-, viermal kräftig mit der Handwurzel auf den Brustkorb. Wasser spritzte aus dem Mund.

»Versuch sie mal zu beatmen, ich werde derweil sehen, ob noch Leben in ihr steckt«, sagte Fabiola, und Bruno tat, was er gelernt hatte, während die Ärztin mit dem Stethoskop zu Werke ging und der Toten dann die Unterhose auszog, um ihr ein Thermometer einzuführen.

»Ich glaube, sie ist seit Stunden tot«, erklärte Fabiola. »Zur Sicherheit messe ich jetzt die Körpertemperatur. Setz die Beatmung fort.«

Bruno gehorchte. Claudia fühlte sich eiskalt an, die Leichenstarre aber schien noch nicht eingesetzt zu haben, oder sie hatte sich schon wieder gelöst.

»Die Läsionen an den Beinen und am Rücken könnten vom Sturz entlang der Brunnenwand herrühren«, sprach Fabiola in ein Diktiergerät. »Arme und Schultern zeigen keine Hinweise auf Gewalteinwirkung, die Finger und Nägel sind allerdings deutlich verletzt und zum Teil gebrochen. Vermutlich hat sie den Sturz abzufangen oder aus dem Schacht herauszuklettern versucht.«

Sie entfernte das Thermometer und legte Bruno eine Hand auf die Schulter. »Du kannst jetzt aufhören. Sie ist tot.« Bruno richtete sich auf und betrachtete die Tote, während Fabiola ihr Plastiktüten über die Hände streifte. Das Wasser im Brunnen hatte alles Blut abgewaschen, aber an Armen, Schultern und Schenkeln waren Schürfwunden zu erkennen. Hatte sie jemand bei den Beinen gepackt und über den Brunnenrand gestoßen? Möglich. Fabiola beugte sich über das Gesicht, öffnete beide Augenlider und richtete den Strahl einer kleinen Taschenlampe darauf.

»*Mon Dieu*, schau dir die Pupillen an«, sagte sie. »Nicht größer als Stecknadelköpfe. Wir müssen eine toxikologische Untersuchung vornehmen lassen. Ich schätze, sie stand unter erheblichem Drogeneinfluss, war vielleicht sogar bewusstlos. Nadeleinstiche kann ich allerdings auf Anhieb nirgends sehen.«

»Es könnte also ein tragischer Unfall gewesen sein, möglicherweise infolge der Einwirkung von Drogen«, meinte der Bürgermeister.

»Vorläufig lässt sich das nicht mit Bestimmtheit sagen«, entgegnete Fabiola. »Wenn ich den Totenschein ausfülle, werde ich angeben, dass die Todesursache noch ungeklärt und eine Obduktion vorzunehmen ist.« Mit ihrem Smartphone machte sie ein paar Fotos von der Toten und breitete dann eine Decke über die Leiche. »Wir müssen sie in die Rechtsmedizin nach Bergerac bringen. Ich veranlasse das.«

Bruno telefonierte schon mit Jean-Jacques, dem für das Département zuständigen Commissaire. Er war ein erfahrener Ermittler und für Bruno so etwas wie ein Freund. Hinter dem Einsatzfahrzeug der *pompiers* stieg Ahmed, wie Bruno sah, aus seinem nassen Overall und trocknete sich schnell mit einem Handtuch ab.

»Hast du noch irgendwelche Kleidungsstücke gesehen?«, rief Bruno ihm zu.

»Einen Schuh. Sieht aus wie ein Ballerinaschuh. Er liegt im Käfig. Einen Rock oder dergleichen habe ich nicht gefunden«, antwortete er und zog sich trockene Sachen an, die er aus dem Fahrzeug geholt hatte. Anschließend machte er sich mit der Hilfe des Kollegen daran, das Stahlseil vom Käfig zu lösen. Bevor sie den Käfig in den Wagen hoben, übergab er Bruno den durchnässten Ballerinaschuh.

»Ich werde mich hier vor Ort noch ein wenig umhören und ihr Zimmer versiegeln«, meldete er Jean-Jacques. »Sie war Amerikanerin, Doktorandin der Kunstgeschichte. Wir müssen also ihre Botschaft verständigen. Und dann versuche ich, mit ihrer Betreuerin im Louvre Kontakt aufzunehmen.«

Jean-Jacques versprach, in Kürze zur Stelle zu sein, und beendete das Gespräch. Fabiola winkte Bruno zu sich.

»Vielleicht ist dir aufgefallen, dass sie ihre Tage hatte«, sagte sie. »Sie war vor ein paar Tagen bei mir und klagte über Menstruationsbeschwerden, die oft so heftig seien, dass sie sich vor Krämpfen kaum bewegen könne. Sie bat mich um Fentanyl; es werde ihr in den Staaten immer verschrieben. Hast du schon mal etwas von diesem Mittel gehört?«

»Nein. In der Kosmetiktasche, die ich in ihrem Zimmer gefunden habe, sind zwei leere Tablettenröhrchen. Ich habe mir die Aufschrift auf den Etiketten notiert.« Er holte sein Notizbuch hervor. »Ja, Fentanyl war das eine Medikament, Oxycodon das andere.«

»*Mon Dieu,* diese amerikanischen Ärzte!«, stöhnte Fabiola. »Das sind synthetische Opioide, an denen allein im vergangenen Jahr sechzigtausend Amerikanerinnen und Amerikaner gestorben sind. Eigentlich nicht zu fassen. Fentanyl ist eine der gefährlichsten Drogen überhaupt, fünfzigmal stärker als Morphin und wahrhaftig nicht leicht zu dosieren. Beide Röhrchen waren leer?«

»Ja, jedenfalls waren keine Tabletten drin, nur jeweils ein Wattestäbchen, wie die, mit denen man die Ohren reinigt.«

»Das sind sogenannte Lollipops, mit denen zum Beispiel Fentanyl eingenommen wird. Man steckt sie einfach in den Mund.«

»Was hast du ihr denn gegen die Schmerzen verschrieben?«

»Ibuprofen in starker Dosierung«, antwortete Fabiola. »Das hätte reichen müssen. Ich habe sie untersucht und nichts Schwerwiegendes feststellen können. Im Gegenteil, sie war kerngesund und ziemlich fit. Vielleicht vom Reiten. Und wenn ich richtig informiert bin, soll sie auch sehr gut Tennis gespielt haben, so gut, dass du gegen sie keine Chance hattest.«

»In der Tat. Kannst du dir vorstellen, dass sie auf den Brunnenrand geklettert und aus Versehen hineingefallen ist?«

»Möglich wär's, hängt davon ab, wie viel sie von dem Zeugs eingenommen hat. Wir müssen den toxikologischen Bericht abwarten. Ich halte das zwar für unwahrscheinlich, habe aber bislang keine Spuren äußerer Gewalteinwirkung feststellen können. Vielleicht hat sie sich um diese verflixte kleine Katze zu kümmern versucht.«

»Sie scheint ein Faible für Katzen gehabt zu haben. Sie

hat eine als Hintergrundbild auf ihrem Handydisplay«, sagte Bruno, was Fabiola den Kopf schütteln ließ: Menschen sind schon seltsam.

David hatte seine Mitarbeiter zusammengetrommelt. Sie hatten aus der Erinnerung eine Liste der Zuhörer des Vortrags am Vorabend aufgestellt. Bruno fragte, ob jemand gesehen habe, wohin Claudia anschließend gegangen sei, und ob sie sich in der Parkanlage auskannte. Ja, sie habe an einer Führung teilgenommen. Ob sie von den Bauarbeiten am Brunnen gewusst habe? Ja, bei der Führung sei darauf hingewiesen worden. Ob sie ein besonderes Verhältnis zu einem aus ihrem Kreis gehabt habe?

»Ich kannte sie ziemlich gut. Wir haben im selben Haus gewohnt«, erklärte Félicité. Sie war bleich im Gesicht und hielt sich ein feuchtes Taschentuch an die Augen.

»Hatte sie hier einen Verehrer?«, wollte Bruno wissen.

Félicité zuckte mit den Achseln. Die anderen blickten auf David, der mit dem Fuß scharrte und sagte, dass er einmal mit ihr im Chai unten im Dorf eine Pizza gegessen habe.

»Ich hätte sie gern besser kennengelernt, aber mehr war da nicht«, ergänzte er schüchtern. »Sie hat fast immer gearbeitet.«

Bruno ordnete an, das Haupttor bis auf weiteres geschlossen zu halten und dem Brunnen fernzubleiben, bis die Polizei eingetroffen sei. Dann machte er sich auf den Weg zu Madame Darrail, um ihr die traurige Nachricht zu überbringen.

»Die Polizei wird ermitteln, weil nicht klar ist, wie sie zu Tode gekommen ist. Ich würde jetzt gern sehen, ob man über den Balkon in ihr Zimmer gelangen kann«, erklärte er ihr. »Vielleicht ist ihr Laptop auf diesem Weg verschwunden.«

»Gütiger Himmel«, schluchzte Madame Darrail und schlug eine Hand vor den Mund. »Sie hat sich so auf das Essen heute Abend gefreut. Dominique wollte kommen, das ist mein Sohn. Die beiden hatten sich für eine Bootspartie auf dem Fluss verabredet. Sind ihre Eltern schon informiert worden?«

»Darum kümmern sich andere«, antwortete Bruno und bat sie, dafür zu sorgen, dass Claudias Zimmer verschlossen blieb, bis die Polizei eintreffen würde. Er ging hinaus auf die enge, abschüssige Straße und bog in die Gasse ein, die zwischen Madame Darrails Haus und dem Nachbargebäude verlief. Solche Durchgänge, die es überall in alten französischen Ortschaften gab, sollten verhindern, dass sich Feuer ausbreiteten, aber in Limeuil dienten sie vor allem zur Kanalisierung von Regenwasser, das den Hang herablief.

Als Bruno den Anbau unterhalb von Madame Darrails Haus erreichte, zog er Gummihandschuhe an, setzte den linken Fuß auf einen aus der Außenmauer hervorstehenden Stein, hangelte sich am Fallrohr in die Höhe und kletterte auf den Balkon vor Claudias Zimmer. Die Balkontür war noch unverriegelt. Er öffnete sie und trat ein. Auf diese Weise einzubrechen und den Laptop zu stehlen, war also ein Leichtes. Allerdings hätte ein Dieb ihr Handy wahrscheinlich nicht liegenlassen.

Immer noch mit übergestreiften Handschuhen, schaltete Bruno das Gerät ein und hielt das Display so ins Licht, dass er sehen konnte, welche Stellen auf dem Glas über dem aufgerufenen Ziffernblock berührt worden waren. Jean-Jacques hatte ihm diesen Tipp gegeben. Am ehesten in Betracht kamen die Ziffern Drei, Fünf, Sieben und Neun. In Claudias Pass fand er ihr Geburtsdatum. 7. Mai 1992. Weil Geburtstage häufig als Zugangscode verwendet wurden, versuchte er es damit und gab die Ziffern Sieben, Fünf, Neun und Zwei ein. Vergebens. Weil er wusste, dass in Amerika der Monat vor dem Tag platziert wurde, versuchte er es mit der Folge Fünf, Sieben, Neun, Zwei. Die Sperre war überwunden.

Er warf einen Blick auf das E-Mail-Konto und sah, dass mehrere Mails zwischen Claudia und Madame Massenet, ihrer Betreuerin in Paris, ausgetauscht worden waren, und auch mit einer Adresse an der Universität Yale, Mails, die wohl ebenfalls mit ihrem Studium zusammenhingen. Darüber hinaus waren mehrere Kontakte mit dem Namen Muller verlinkt, wahrscheinlich Personen, die ihrer Familie angehörten. Er öffnete die Anrufliste und stellte fest, dass die meisten Telefonate einem Namen zugeordnet, also feste Kontakte waren. Er notierte die letzten Anrufe, scrollte dann durch die Bildergalerie und fand eine Menge Katzenfotos darin. Vielleicht hatte Fabiola recht und Claudia war bei dem Versuch, ein Kätzchen zu retten, in den Brunnen gestürzt.

Plötzlich hielt Bruno inne. Er hatte ein Foto von Laurent, dem Exhäftling, entdeckt und dann noch ein anderes. Er erkannte, an welchem Ort die Bilder aufgenommen worden waren: vor dem Eingang zum Buchladen von Lascaux. In den dortigen Höhlen gab es die wichtigsten prähistorischen Wandmalereien. Ein weiteres Bild zeigte Laurent und

Claudia an einem Flussufer, wo sie offenbar gepicknickt hatten. Mit umeinandergelegten Armen lächelten sie in die Kamera. Dann gab es noch ein Selfie von ihnen, und zwar, wie Bruno zu sehen glaubte, im überdachten Eingangsbereich von Lascaux II, einer in jahrzehntelanger Arbeit von Künstlern geschaffenen Nachbildung der eigentlichen Höhlen, die notwendig geworden war, weil die Originalwandmalereien von schwarzem Schimmel bedroht wurden, den die Atemluft der zahllosen Besucher hatte entstehen lassen, nachdem die Höhlen über siebzehntausend Jahre von der Umwelt so gut wie abgeschlossen gewesen waren.

Die Mehrzahl der übrigen Bilder zeigte Gemälde. Es waren auch einige wenige Fotos von Schriftstücken darunter. In einem erkannte Bruno die Liste wieder, die Claudia ihm in Fauquets Café zugeschoben hatte. Er scrollte weiter und sah noch etliche andere Selfies von ihr und Freunden vor verschiedenen Pariser Sehenswürdigkeiten, in Straßenszenen vor dem Hintergrund des Eiffelturms, in Versailles und vor den bekannteren Loire-Schlössern. Er schaute sich wieder die Kontaktliste an, fand darin die Nummer von Madame Darrail und rief sie über sein eigenes Handy an. Er bat sie, nach unten zu kommen und die Zimmertür für ihn zu öffnen. Nachdem sie ihm aufgeschlossen hatte, ließ er sie als Zeugin beobachten, wie er Claudias Kosmetiktasche mit den beiden Tablettenröhrchen in eine Beweismitteltüte steckte.

6

Statt in Florences Unterricht hereinzuplatzen und ihr die schlimme Nachricht mitzuteilen, schrieb er ihr eine SMS mit der Bitte, ihn anzurufen, stieg dann zurück auf den Hügel und fragte das Personal im Restaurant, ob irgendwer Claudia am Abend zuvor gesehen habe. Das Restaurant war sowohl von de Bourdeilles Haus als auch von Claudias Unterkunft bei Madame Darrail aus in wenigen Minuten zu Fuß zu erreichen. Sie war zweimal dort eingekehrt, aber am Vortag hatte sie niemand gesehen. Man war entsetzt, als Bruno erzählte, was passiert war.

Er trat vor das Restaurant, um Jean-Jacques zu begrüßen, der, von seiner Partnerin Josette vom Bürgersteig aus per Handzeichen assistiert, in eine enge Parklücke zurückzusetzen versuchte. Als er es endlich geschafft hatte, mühte er sich aus dem Wagen, was bei seiner Körpergröße und dem dicken Bauch, den er seinem guten Appetit verdankte, kein Leichtes war. Bruno musste wieder an die Karikatur denken, die in der *Sud Ouest* erschienen war und Jean-Jacques und ihn als Asterix und Obelix dargestellt hatte. Es war dem Zeichner sogar gelungen, Jean-Jacques ein bisschen wie Gérard Depardieu aussehen zu lassen, den schwergewichtigen Schauspieler, der in der Verfilmung des Comics den dicken Gallier gespielt hatte.

»Worum geht's, Bruno, was glauben Sie? Unfall oder Schlimmeres?«, fragte Jean-Jacques statt einer Begrüßung.

»Sieht zumindest aus wie ein Unfall«, antwortete Bruno. »Claudia Muller hat sich gestern Abend hier oben einen Vortrag angehört. Sie war voller Opioide, die ihr ein amerikanischer Arzt verschrieben hat. Sie liebte Katzen, und auf dem Grund des Brunnens haben wir neben ihrer Leiche ein junges Kätzchen gefunden. Vielleicht hat sie es zu retten versucht und ist, weil ihr schwindlig war, in den Schacht gestürzt. Der Brunnen wird zurzeit restauriert; die Baustelle wurde über Nacht nur unzulänglich abgesichert, was, wie ich finde, zur Anzeige gebracht werden sollte. Ich schicke Ihnen ein Foto zu, das ich davon gemacht habe.«

»Haben wir schon einen vorläufigen Totenschein?«, fragte Jean-Jacques.

»Ja, ausgestellt von Fabiola. Sie sieht keine Hinweise auf äußere Gewalteinwirkung, will aber den toxikologischen Befund abwarten, bevor sie den Schein unterschreibt.«

Bruno reichte Jean-Jacques Claudias Reisepass, den er in einen Plastikbeutel gesteckt hatte. »Darin stehen die Kontaktdaten ihrer nächsten Angehörigen. Ich habe den Pass in dem Zimmer gefunden, in dem sie hier im Ort zur Miete gewohnt hat.«

»Da sie Ausländerin ist, muss ich wohl eine Obduktion anordnen«, sagte Jean-Jacques und gab den Beutel an Josette weiter, die sich Gummihandschuhe anzog, bevor sie ihn öffnete. »Gibt's eine Liste derer, die diesen Vortrag besucht haben?«

»Daran arbeite ich noch. Claudia war Doktorandin im Fach Kunstgeschichte und für ein Jahr zu Gast im Louvre, wo sie zum Thema ihrer Arbeit forschen wollte. Sie hat hier bei uns schnell Anschluss gefunden und sich sehr gut auf Französisch verständigen können. Sie war erst ungefähr zwei Monate hier, hatte aber schon Freunde gefunden, war bei Pamela reiten und hat mich beim Tennis ziemlich alt aussehen lassen. Es scheint, sie hat hier auch einen Verehrer gehabt und mit ihrem amerikanischen Freund Schluss gemacht. Ich habe ein zerrissenes Foto von einem jungen Mann mit liebevoller Widmung in ihrem Papierkorb gefunden.«

Jean-Jacques nickte. »Ich werde mich bei Hodge in der amerikanischen Botschaft melden, dem Rechtsattaché, mit dem wir im Zuge dieser IRA-Geschichte zusammengearbeitet haben«, erklärte er. »Sollen sich die Leute dort mit der Familie der Toten in Verbindung setzen. Noch etwas, Bruno?«

»Ich müsste da noch ein paar Fragen klären«, antwortete Bruno. »Laurent, der junge Mann aus Saint-Denis, der vor Jahren wegen eines aufsehenerregenden Falles von Trunkenheit am Steuer in die Schlagzeilen geraten ist, wurde im Januar aus der Haft entlassen. Er und Claudia sind sich zufällig begegnet, als ich ihn vom Bahnhof abgeholt habe. Sie haben sich angefreundet, und ich bin mit den beiden zu einem Vortrag über Falknerei nach Périgueux gefahren. Er taucht in Selfies auf ihrem Handy auf, und anscheinend war er mit ihr auch in Lascaux. Vielleicht wollen Sie sich mal mit ihm unterhalten. Ich kann Ihnen die Nummer der *ferme* geben, auf der er zurzeit wohnt. Jetzt gerade dürfte er im Château des Milandes anzutreffen sein. Er beschäftigt sich dort mit den Greifvögeln.

71

Ich möchte auch noch einer anderen merkwürdigen Geschichte nachgehen, für die sich Claudia offenbar interessiert hat. Sie ist im Rahmen ihrer Doktorarbeit mit einem gewissen Monsieur de Bourdeille zusammengetroffen, einem reichen Kunstsammler und Träger der *Médaille de la Résistance.* Claudia hat ihn in seinem Haus interviewt und seine Bibliothek genutzt. Als wir uns einmal auf dem Markt begegnet sind, vertraute sie mir an, dass sie ihn im Verdacht habe, an seinen Expertisen über Kunstwerke zweifelhafter Herkunft viel Geld verdient zu haben. Genaueres sagte sie nicht, aber ich würde mich in dieser Sache gern einmal mit ihrer Betreuerin im Louvre zusammensetzen. Ich weiß, dass Claudia sie deswegen aufgesucht hat.«

»De Bourdeille ... Sitzt er im Rollstuhl und ist an die neunzig?«, fragte Jean-Jacques mit skeptischer Miene. »Ich glaube kaum, dass der es schaffen würde, eine gesunde junge Frau in einen Brunnen zu stoßen. Ist das alles, was Sie fürs Erste haben?«

»Nach Auskunft ihrer Vermieterin ist ihr Laptop verschwunden. Ich habe festgestellt, dass es nicht schwer ist, über einen Balkon in ihr Zimmer einzudringen. Hier ist übrigens ihr Handy, das noch in ihrem Zimmer lag.« Bruno händigte Jean-Jacques den Plastikbeutel aus, in dem es lag, und nannte ihm den PIN-Code.

»Ich habe Ihren Tipp befolgt und bin über die Fingerabdrücke auf dem Display dahintergekommen«, erklärte er. »In dem anderen Beutel sind die Sachen aus der amerikanischen Apotheke. Seien Sie vorsichtig mit den kleinen weißen Stiften. Von Fabiola weiß ich, dass diese Opioide damit appliziert werden. Vielleicht kann sich Hodge bei dieser Apotheke und bei Claudias Arzt erkundigen. Dass sie derart starke Medikamente zu sich genommen hat, ist mir nie aufgefallen.«

»Sie meinen also, vielleicht war es gar kein Unfall? Wenn der Laptop fehlt, könnte jemand ein Motiv gehabt haben, sie an ihren Forschungen zu hindern oder zumindest wissen zu wollen, was sie herausgefunden hat«, spekulierte Jean-Jacques. »Vielleicht hat sie ihn aber auch nur bei de Bourdeille liegenlassen.«

»Ihr tödlicher Sturz und das Verschwinden des Laptops müssen nicht unbedingt zusammenhängen«, gab Bruno zu bedenken. »Wir sollten aber trotzdem genau davon ausgehen.«

»Wer hat sie nach jetzigem Wissensstand das letzte Mal lebend gesehen? Und wann war das?«

»Florence, die Naturkundelehrerin am *collège* von Saint-Denis. Von ihr weiß ich, dass Claudia den Vortrag vorzeitig verlassen hat, weil ihr anscheinend nicht wohl war. Sie hat sie heute Morgen anzurufen versucht, um sich zu erkundigen, wie es ihr geht. Aber sie war nicht zu erreichen, und wie sich dann herausstellte, ist sie auch nicht in ihr Zimmer zurückgekehrt. Das Bett war unberührt.«

»Ich wäre Ihnen dankbar, wenn Sie mir in Kürze eine Liste möglicher Zeugen vorlegen könnten. Hier gab es früher mal eine Festung«, sagte er und blickte auf die steinernen Mauern. »Könnte jemand bei verschlossenen Toren in den Park eingedrungen sein?«

»Durchaus. Ich sehe auf Anhieb mehrere Stellen, wo sich jemand, der es darauf anlegt, Zutritt verschaffen könnte. Ich habe das Personal gebeten, die Tore für den Rest des Tages geschlossen zu halten. Alle vier Gärtner sind anwesend. Sie kannten Claudia. David, der Teamchef, sagte mir, dass er an einem Abend mit ihr eine Pizza gegessen habe.«

»Schön, dann möchte ich mit ihm zuerst reden«, sagte Jean-Jacques. »Ich nehme an, er wird auch die Bauarbeiter zusammenrufen können. Wir brauchen deren Aussagen. Wenn sie die Baustelle über Nacht nicht ausreichend gesichert haben, gibt's Ärger. Und geben Sie mir doch bitte die Telefonnummer dieses entlassenen Strafgefangenen. Ich werde mich mit ihm unterhalten, während Sie Monsieur de Bourdeille höflich auf den Zahn fühlen könnten, auch wenn ich mir nicht viel davon verspreche. Es bleibt abzuwarten, wie der toxikologische Befund ausfällt.«

»Wenn Sie den Brunnen als möglichen Tatort gesichert haben wollen, sollten wir einen Gendarmen Wache stehen lassen, bis die Spurensicherung anrückt. Ich würde Yveline anrufen und fragen, ob sie jemanden abstellen kann.«

»Gute Idee«, sagte Jean-Jacques. »Die Spurensicherung könnte gegen Mittag zur Stelle sein.«

»Ich werde auch mit Claudias Betreuerin in Paris, einer Madame Massenet, in Verbindung treten.«

Sowohl Bruno als auch Jean-Jacques machten sich daran zu telefonieren. Bruno hörte den Chefinspektor sagen: *Attaché judicaire 'odge, s'il vous plaît.* Es ist dringend. Hier Commissaire Jalipeau aus Périgueux. Wir haben in einem früheren Fall schon einmal zusammengearbeitet.«

»Massenet«, meldete sich über Brunos Handy eine kaum vernehmbare Stimme. Er erklärte den Grund für seinen Anruf und sagte, darüber informiert worden zu sein, dass sie Claudias akademische Betreuerin sei.

»*Mon Dieu,* wie schrecklich«, erwiderte sie hörbar entsetzt. »Wie ist das passiert? Arme Claudia. Sie war eine so begabte junge Frau. Ich habe große Hoffnungen in sie gesetzt. War es ein Unfall?«

»Vermutlich ja, aber wir müssen ermitteln. Wenn ich richtig informiert bin, war Claudia vor kurzem in Paris, um sich mit Ihnen über einen gewissen Monsieur de Bourdeille zu unterhalten.«

»Hat sie Ihnen das gesagt?«

»Ja, vor etwa einer Woche, am Tag vor ihrer Abreise nach Paris.«

»Für uns hier im Louvre ist Monsieur de Bourdeille ein hochgeachteter Mann, und ich bin stolz, bei ihm studiert zu haben. Das habe ich ihr gesagt.«

»Hat sie Ihnen eine Liste vorgelegt, in der, wie es aussieht, Provisionen für verschiedene Gemälde aufaddiert sind?«

»Ja, Honorare für Expertisen sind in der Kunstwelt durchaus üblich, zumal mit ihnen ein hohes Maß an Fachwissen und Rechercheaufwand einhergeht.«

»Klang sie beunruhigt?«

Massenet zögerte mit der Antwort. »Nein, ich würde sagen, sie war weniger beunruhigt als neugierig. Ich habe ihr erklärt, dass Monsieur de Bourdeille als Pionier auf seinem Gebiet eigene Untersuchungsmethoden entwickelt hat. Darauf basiert auch sein guter Ruf.«

»Wie sehen diese Untersuchungsmethoden aus?«

»Er verlässt sich nicht allein auf Zeugnisse aus der Familie oder dem Kirchenregister, sondern berücksichtigt auch Unterlagen regionaler Steuerbehörden und notariell beglaubigte Erbschaftsurkunden und Testamente sowie Polizeiberichte über Kunstdiebstähle oder Beschlagnahmungen während der Revolution.«

»Können Sie mir Beispiele nennen?«

»Natürlich. In Bordeaux hat er historische Zolldokumente geborgen, in denen Gemälde und Möbel aufgelistet sind, die vermögende französische Plantagenbesitzer im achtzehnten Jahrhundert in die Karibik beziehungsweise zurück in ihre Heimat haben verschiffen lassen. Außerdem nutzt er Archive in Venedig und Florenz und sieht an den Steuerzahlungen und Gildenprotokollen einzelner Künstler, welche ihrer Werke von Franzosen gekauft worden sind. Er hat ganz neue Forschungsfelder eröffnet, und das trotz seiner Behinderung. Während des Krieges wurde er angeschossen, weshalb er seine Beine nicht mehr bewegen kann. Als ich bei ihm studierte, war er auf eine Beinschiene angewiesen und musste an Krücken gehen. Inzwischen sitzt er im Rollstuhl.«

»Können Sie mir auch ein konkretes Beispiel nennen, Madame?«

»Auf Anhieb fallen mir ein Diptychon von Nicolas d'Ypres ein, Antoine Carons *Kapitulation von Mailand* und mehrere Radierungen von Jean Cousin. Er hat eine vielbeachtete Monographie über Illustratoren protestantischer Bibeln verfasst, die in Genf zu einer Zeit verlegt worden sind, als sie in Frankreich verboten waren.«

»Ist dies auch die Zeit, für die sich Claudia interessiert hat?«

»Ja, in ihrer Dissertation befasst sie sich mit Künstlern der französischen Renaissance, die nicht für französische

Adelshäuser gearbeitet haben, sondern insbesondere für vermögende holländische Händler, die Werke für ihre Kirchen und Privathäuser in Auftrag gegeben haben. Dieser Markt entwickelt sich in Frankreich gerade erst. Ein interessantes Gebiet.«

»Wie weit war sie mit ihrer Dissertation? Ich frage, weil ihr Laptop verschwunden zu sein scheint.«

»Nun, nicht sehr weit. Sie hatte mit ihren Forschungen in Frankreich gerade erst begonnen. Mir liegen bisher nur ein paar Kapitelentwürfe und eine Einleitung vor, in der sie eine geschichtliche Einordnung vorgenommen und ihre methodische Herangehensweise dargestellt hat. Sie wollte ihr Hauptaugenmerk auf französische Künstler legen, die zu Studienzwecken nach Italien gereist sind, und auf einzelne Personen, vor allem Soldaten und Söldner, die Beutekunst aus den Italienkriegen mit nach Hause gebracht haben. Meist wurden solche geraubten Gemälde einer Kirche gestiftet, im Austausch dafür, dass eine Messe für den Spender gelesen wurde. Manche dieser Kunstwerke zierten aber auch schon private Salons und galten als Zeichen für Wohlstand.«

»Glauben Sie, dass Mademoiselle Muller mit dieser Arbeit promoviert worden wäre?«

»Oh, gewiss. Sie ist fleißig und hat ein gutes Auge … Nein, ich muss wohl sagen, hatte. Sie war mit Begeisterung bei der Arbeit. Eine begabte und liebenswürdige junge Frau. Ich bin überzeugt davon, dass sie es weit gebracht hätte. Claudia wird mir fehlen. Wissen Sie, Monsieur, wer ihre nächsten Angehörigen sind? Ich würde ihnen gern mein Beileid zum Ausdruck bringen.«

»Wir haben uns mit der amerikanischen Botschaft in Verbindung gesetzt. Sobald ich mehr weiß, schreibe ich Ihnen eine E-Mail mit den Namen und Adressen.«

Bruno machte sich auf den Weg zu de Bourdeilles *chartreuse* und bog gerade in die Einfahrt, als sein Handy vibrierte. Er hielt an und nahm einen Anruf von Florence entgegen. Er übermittelte ihr die traurige Nachricht, schilderte das wenige, was mit Bestimmtheit gesagt werden konnte, und betonte die Rolle, die die kleine Katze möglicherweise gespielt hatte.

»Herrje, wie entsetzlich. Vor allem für die Eltern! So ein früher Tod, im fernen Ausland!«, klagte Florence. »Ich fühle mich mitverantwortlich, Bruno. Ich hätte sie in ihr Zimmer zurückbegleiten sollen.«

Bruno versuchte, sie zu beruhigen, was ihm nicht ganz gelang. Aber Florence war keine Frau, die viel Zeit vergeudete. Wieder hatte sie es eilig, pünktlich zu ihrem Unterricht zu erscheinen, bedankte sich für seinen Anruf und bat um eine spätere Fortsetzung des Gesprächs.

7

Als Bruno mit dem Wagen auf de Bourdeilles Haus zu-
rollte, musste er in Erinnerung an seine erste Begegnung mit dem alten Mann grinsen. Sie hatte im November
des vergangenen Jahres stattgefunden, bei einem jener kulinarischen Events, auf die sich Franzosen besonders gut
verstehen. Für Bruno waren solche Treffen der Inbegriff
von *fraternité,* dem großen Ideal, das die Französische Republik seit der Revolution von 1789 anstrebte.

Bruno erinnerte sich, wie sich der Großmeister der
confrères, in eine wallende Robe gekleidet, die Serviette
vorsichtig in den Kragen gesteckt und die Arme gehoben
hatte, um die weiten Ärmel zurückgleiten zu lassen, und
wie er dann die Pastete mitsamt dem Teller in beide Hände
genommen, sie an die Nase geführt und genießerisch daran
geschnuppert hatte. Mit strahlender Miene blickte er anschließend in die Runde der *confrères,* die an einem langen
Tisch beieinandersaßen. Die meisten von ihnen trugen die
gleiche mittelalterliche, grün-rote Robe und weiche grüne
Tellermützen, eine Aufmachung, die sie als Mitglieder der
Confrérie du Pâté de Périgueux kenntlich machte. Bruno
hatte sich die gut tausend Euro für diese Tracht nicht leisten
können und sein Gewand für seine feierliche Inauguration
im vergangenen Jahr ausgeliehen. Und so trug er auch nur

eine Zinnmedaille am grünen Samtband um den Hals. Darauf war ein kleiner Enten- und Gänseschwarm abgebildet, das Siegelkennzeichen der alten Stadt Périgueux, die bis in vorrömische Zeiten zurückdatiert.

»Das nenne ich eine echte *pâté de Périgueux*«, sagte de Bourdeille und setzte den Teller wieder ab.

Darauf lag eine zylindrisch geformte Schweineleberpastete, ungefähr sechs Zentimeter hoch und zehn Zentimeter lang, belegt mit dünnen Scheiben eines schwarzen Trüffels aus dem Périgord. Ein ähnlicher Zylinder war von einem der *confrères*, der dem Großmeister gegenübersaß, in acht gleiche, dreieckige Stücke aufgeteilt worden. An den Schnittstellen war zu sehen, dass die Schweinepastete nur aus einer dünnen Schicht bestand, die die Füllung – ein saftiges Stück Stopfleber – umhüllte. Diese einzigartige Kombination aus Schweineleberpastete, schwarzem Trüffel und *foie gras* war die berühmte *pâté de Périgueux*, der gastronomische Stolz der Stadt und ihrer darauf spezialisierten *chefs de cuisine*. Die einmal im Jahr stattfindende Zusammenkunft, veranstaltet auf dem Place Saint-Louis im Herzen der Altstadt, die im vierzehnten Jahrhundert tapfer gegen englische Invasoren verteidigt worden war, zielte darauf ab, *pâtés* zu küren, die es verdienten, mit dem Siegel der *confrérie* ausgezeichnet zu werden.

Zwanzig Männer und drei Frauen, die meisten in Roben der *confrérie*, saßen an dem langen Tisch, alle mit Fragebogen und Kugelschreiber vor sich. Jede gekostete *pâté* wurde nach einem feststehenden Punktesystem bewertet: maximal dreißig Punkte für das Aussehen, fünfzig für den Geschmack und zwanzig für die Zubereitung. Welche nicht mindestens einen Durchschnittswert von fünfzig erzielte, wurde von den Juroren disqualifiziert. Der Hersteller oder die Herstellerin der am besten benoteten Probe durfte ein Jahr lang mit seinem oder ihrem Erfolg Werbung betreiben.

Alle Kandidaten für eine Mitgliedschaft in der *confrérie* wurden im Rahmen einer öffentlichen Zeremonie auf dem Place Saint-Louis feierlich ins Amt eingeführt. Einer der älteren Brüder zählte deren Meriten auf, und schließlich hatte das neue Mitglied der Bruderschaft gegenüber ein Treuegelöbnis abzulegen, wobei ihm mit einem Entenschnabel einmal auf die linke, einmal auf die rechte Schulter geklopft wurde. Zu guter Letzt hängte ihm der Bürgermeister das Amtssiegel um den Hals, umarmte das neue Mitglied und gab ihm eine *bise* auf beide Wangen.

Seine Aufnahme in diesen vornehmen Kreis und das Privileg, an diesem Tag mit am Tisch sitzen zu dürfen, verdankte Bruno seiner Offenlegung eines Betrugsfalls, nämlich der unzulässigen Verwendung von billigen Trüffeln aus China anstelle der echten schwarzen Diamanten des Périgord. Nominiert worden war er von einem älteren Kriegshelden, bekannt als der Patriarch, einem ehemaligen Jagdflieger der Normandie-Niemen-Staffel, die während des Zweiten Weltkriegs mit der sowjetischen Luftwaffe an der Ostfront gekämpft hatte. Nur Wochen später war er im Alter von neunzig Jahren in seinem Bett gestorben. In einem anderen Fall hatte Bruno seine Familie vor einem Skandal bewahrt, wofür ihn der Patriarch in seinem letzten Willen mit einer wertvollen Purdey-Flinte bedacht hatte sowie mit einem wöchentlichen Deputat vom Reservewein des Familiengutes auf Lebenszeit.

Als Bruno den dritten Happen *pâté* kostete, der ihm gereicht worden war, blickte er in die Tischrunde der übrigen *confrérie*-Mitglieder und lächelte voller Zuneigung zu dieser besonderen Tradition französischer Bruderschaft. Ein jeder von ihnen verkörperte den Stolz auf die Region, die Vorzüglichkeit französischer Weine und der Küche des Landes und nicht zuletzt auch die französische Leidenschaft für Zeremonie und Verkleidung. Die Roben, die sie trugen, waren entweder geerbt oder nach einem, wie es hieß, von alters her überlieferten Schnittmuster angefertigt worden. In dieser Aufmachung trafen sie sich einmal im Jahr zu einer förmlichen Sitzung, um bestimmte Weine oder regionale Erzeugnisse zu würdigen.

In keiner anderen Region gab es so viele solcher *confréries* wie im Périgord, dem gastronomischen Herzland Frankreichs, nämlich nicht weniger als elf. Bruno wusste vom *Consulat de la Vinée de Bergerac* mit seinen rot-goldenen Roben, den Weinbrüdern von Domme und der in Saussignac ansässigen Brüderschaft der goldenen Trauben, den Trüffelfreunden von Thiviers im Norden des Périgord, von Sarlat und Sainte-Alvère, ganz in der Nähe im Périgord noir gelegenen Städten. Bekannt waren ihm auch solche Bruderschaften, die sich der Pflege und Würdigung anderer Erzeugnisse der Region verpflichtet hatten, der weithin berühmten Erdbeeren, Walnüsse, Kastanien, Pilze sowie ihres Honigs und nicht zuletzt auch der in Handarbeit hergestellten edlen Messer von Nontron. Brunos *confrères* nutzten ausnahmslos solche Messer zum Aufschneiden und Streichen der *pâté* auf ein dickes Stück noch ofenwarmen Brotes.

Es war zwar erst kurz nach neun am Morgen, doch auf dem langen Tisch reihten sich bereits etliche Flaschen Rotwein von Bergerac und Weißer von Montravel, jener Region des Bergerac, die eng an die Weingüter von Bordeaux angrenzt. Unmittelbar vor dem Großmeister in der Mitte sowie an den beiden Enden des Tisches standen je eine Flasche Monbazillac, jener goldene Süßwein, der, wie Bruno fand, der beste Begleiter zu *foie gras* war. Bruno saß zwischen der fröhlichen, korpulenten Wirtin der Auberge de la Truffe aus Sorges und dem Metzgermeister von Thiviers und schenkte beiden von dem Süßwein ein, bevor er sich selbst bediente.

»Mir bitte auch, *cher confrère*«, knurrte ein älterer Herr drei Plätze weiter entfernt. Obwohl Bruno, als er angekommen war, allen die Hand geschüttelt hatte, bemerkte er erst jetzt, dass dieser Tischgenosse im Rollstuhl saß. Ein schwerer Mantel, über die Lehne gehängt, verhüllte die Rückenansicht, und die Robe, die nur von den Seiten sichtbar war, wirkte fast so alt wie ihr Träger.

»Mit Vergnügen«, sagte Bruno, stand auf und ging mit der Flasche zu ihm. Der alte Herr ergriff sie und studierte das Etikett.

»Clos l'Envège.« Er murrte. »Na ja. Julien macht einen guten Wein, sein 2010er war sogar sehr gut.« Er füllte sein Glas, nippte daran und nahm die Flasche in Beschlag. Wohlig seufzend zündete er sich eine Zigarette an, ungeachtet des Rauchverbots in geschlossenen Räumen.

»Ich bin Pierre de Bourdeille, und Sie sind, wie ich weiß, Bruno. Wollen Sie mich jetzt verhaften?«, fragte er mit verschlagenem Grinsen.

»Einen *confrère* während einer Mitgliederversammlung festzunehmen wäre ein trauriger Präzedenzfall«, antwortete Bruno höflich und schüttelte ihm ein zweites Mal die Hand. »Von meinem Vorgänger habe ich gelernt, dass ein guter Polizist wissen sollte, worüber er wann lieber hinwegsieht.«

De Bourdeille lachte keckernd. »Wenn sich alle deine Vorgänger an diesen klugen Rat gehalten hätten, müsste ich wahrscheinlich nicht in diesem Ding sitzen.« Er schlug mit der Hand auf die Armlehne seines Rollstuhls. Bruno registrierte, dass de Bourdeille ihn duzte, was unter Mitgliedern der Bruderschaft durchaus üblich war.

Gleichzeitig wurde ihm klar, warum ihm der Name vertraut vorkam, denn er erkannte in dem Mann eine der angesehensten Persönlichkeiten der Region wieder. Nach dem Krieg und der Ermordung seines Vaters, der in Geiselhaft erschossen worden war, hatte de Bourdeille den Titel *»pupille de la République«* bekommen. Die *pupilles,* für die Bruno größten Respekt hatte, waren die Hinterbliebenen von Männern und Frauen aus Polizei und Militär, die in Ausübung ihrer Pflicht getötet worden waren. Deren Wohlergehen, Gesundheit und Ausbildung hatte sich der Staat zur Aufgabe gemacht. In jüngerer Zeit, als diese Institution schon auszusterben drohte, waren die Statuten dahingehend geändert worden, dass auch die Kinder der durch Terrorakte ums Leben gekommenen Mütter oder Väter zum Kreis der *pupilles* gezählt wurden, so dass sich ihre Zahl um mehr als dreihundert vermehrt hatte. Bruno erinnerte sich, dass de Bourdeille auf eine der Grandes Écoles in Paris gegangen war, später als einer der wichtigsten Kunsthistoriker im Louvre gearbeitet hatte und im Ruf stand, sehr vermögend zu sein. Jetzt hieß es von ihm, dass er sehr zurückgezogen lebe.

»Ich bin der Älteste in dieser Runde und länger Mitglied der *confrérie* als jeder andere hier. Du müsstest eines der jüngsten sein«, fuhr de Bourdeille fort. »Was hältst du von den bisherigen Kostproben?«

»Die, die wir gerade essen, schmeckt mir gut.«

»Wie viele Punkte gibst du ihr?«

»Fünfundzwanzig für die Optik, vierzig für den Geschmack und fünfzehn für die Zubereitung, also achtzig insgesamt«, antwortete Bruno.

»Sehr großzügig von dir«, entgegnete der Alte. »Zugegeben, es ist die beste von denen, die wir probiert haben, aber ich gebe ihr nur fünfundsechzig. Die beiden anderen bekommen von mir fünfzig. Ich urteile strenger, und zwar nach dem Maßstab der Kreation von *le père* Dubreuil, der seine *pâtés* lange vor deiner Zeit hergestellt hat. Er hatte einen Marktstand hier auf dem Place du Coderc, möge er in Frieden ruhen. Jedenfalls wird mir *le bon Dieu* recht geben, falls Dubreuil seine Kunst auch noch im Himmel praktiziert. Ich weiß nicht, wie du das siehst, Bruno, aber für mich ist ein Leben nach dem Tod ohne Essen und Wein unvorstellbar.«

»Für mich auch, *cher confrère*. Ebenso wenig hätte ich Lust, ohne Hunde und Pferde in Ewigkeit zu leben«, erwiderte Bruno.

»Wie hat Mark Twain gesagt ...?«, ergänzte de Bourdeille. »Geh in den Himmel wegen des Klimas, zur Hölle wegen der Gesellschaft.«

Bruno lachte und fand sich damit ab, dass de Bourdeille die Flasche Monbazillac nicht mehr herausrücken würde. Er kehrte auf seinen Platz und zur nächsten Kostprobe zurück, einem Stück *pâté*, das diesmal mit dem Montravel heruntergespült werden sollte. Ein guter Dessertwein, aber längst nicht so gut wie der Monbazillac.

Nach dem Abschluss der Verkostung, als alle Punkte zusammengezählt waren und der Bürgermeister die Gewinner mit Medaillen ausgezeichnet hatte, stellten sich die Mitglieder der *confrérie* zu ihrer traditionellen Parade durch die Altstadt auf. De Bourdeille aber war verschwunden.

»Er bleibt nie länger und macht sich nach der Verkostung sofort auf den Heimweg«, antwortete der Großmeister auf Brunos Frage, ob sich der Alte nicht wohl gefühlt habe. »Ich bin froh, dass er überhaupt noch kommt. Die einzige andere Veranstaltung, die er besucht, ist die Feier am 13. Juni zum Gedenken an die in Périgueux erschossenen Geiseln. Sein Vater war eine von ihnen. Ich schätze, du kennst die Geschichte und den Wirbel um seine Namensänderung.«

»Nein, das muss vor meiner Zeit gewesen sein«, sagte Bruno. »Davon weiß ich nichts.«

»Sein Vater hieß Descaux oder Descour, so oder ähnlich. Seine Mutter war eine Bourdeille, ohne Adelsprädikat wohlgemerkt«, erklärte der Großmeister. »Unser *cher confrère* hat sich in Archive und Taufregister vergraben und zu seiner großen Genugtuung festgestellt, dass sie wahrscheinlich doch von hoher Abstammung war – legitimerweise oder auch nicht, ich weiß es nicht mehr. Jedenfalls gab es Streit mit den de Bourdeilles, die aber am Ende nachgaben und gestatteten, dass unser Mann ihren Namen annahm, vorausgesetzt, er verzichtete auf Erbschaftsforderungen. Er war damit einverstanden unter der Bedingung, dass sie ihrerseits keine Ansprüche auf seinen Grundbesitz und sein Vermögen stellten. Nachträglich gesehen, war der ganze Streit ein Witz, denn dank seiner Kunstsammlung war er so reich wie Krösus und die alte Familie so gut wie pleite.«

Als Bruno jetzt auf die *chartreuse* zufuhr, die zwar kleiner als ein Château, aber um einiges prächtiger als ein Herrenhaus war, fragte er sich, wie reich der betagte Herr wohl tatsächlich sein mochte. Das Anwesen war von kleineren Bauernhöfen umgeben, die Pächter bewirtschaftet hatten, als es noch ein großes Landgut gewesen war. Jetzt wurde ein Großteil der Felder von Milchbauern und Viehzüchtern genutzt. Zwei Höfe hatten Ausländer gekauft und in Ferienwohnungen umgewandelt. In zwei anderen Häusern wohnte de Bourdeilles Personal, ein Gärtner mit seiner Familie in dem einen und in dem anderen seine verwitwete Haushälterin Madame Bonnet, die Bruno nun die Tür zur *chartreuse* öffnete.

Madame Bonnet tupfte sich Tränen aus den Augen, mit einem Spitzentaschentuch, das ihm für diese Aufgabe ungeeignet erschien. »Wir haben es schon gehört«, schluchzte sie und bat ihn einzutreten. »Von Madame Darrail. Sie hat angerufen. Wie tragisch. Sie war noch so jung und hoffnungsvoll. Ich habe sie sehr gemocht – und Monsieur auch.«

»Wann haben Sie Claudia das letzte Mal gesehen?«,

fragte Bruno und betrat eine Vorhalle, die gerade wegen ihrer Schlichtheit besonders großzügig wirkte. Alte schwarzweiße Fliesen bedeckten den Boden, eine geschwungene Treppe mit wunderschön geschnitztem Geländer führte im hinteren Teil des Raums nach oben. Daneben hing ein leicht verschossener Gobelin, auf dem eine biblische Szene dargestellt war, die Bruno nicht so recht zu identifizieren wusste. Auf beiden Seiten der Halle öffneten sich hohe Doppeltüren in die Seitenflügel der *chartreuse.* In der Mitte stand auf einem Sockel ein marmornes Abbild von Pan mit Flöte. Darüber schwebte ein Kristallleuchter.

»Gestern am frühen Abend. Sie hat den ganzen Vormittag in der Bibliothek gearbeitet und dann mit mir zu Mittag gegessen. Sie hatte allerdings nur wenig Appetit, was ungewöhnlich für sie war. Anschließend war sie wieder in der Bibliothek. Nach Monsieurs Mittagsschläfchen haben die beiden dann noch eine Stunde oder so beisammengesessen, bis sie schließlich heruntergekommen ist und sich von mir verabschiedet hat. Sie sagte, sie werde in ihr Zimmer bei Madame Darrail gehen und sich für einen Vortrag im Schloss zurechtmachen, irgendeinen Vortrag über Kunst, auf den sie sich sehr gefreut hat.«

Madame Bonnet lächelte traurig. »Sie war eine so gelehrte junge Frau. Neben all der Arbeit, die sie hatte, las sie ständig, Bücher über Lascaux und prähistorische Kunst. Darüber wusste sie so viel, dass sogar Monsieur schwer beeindruckt war. Wussten Sie, dass sie eine zwölftausend Jahre alte Lagerstätte unter einem Felsüberhang entdeckt haben, hier ganz in der Nähe, darin Hunderte von Kalksteinscherben mit Ritzzeichnungen von Tieren, hauptsächlich Hirschen und Pferden, von denen einige ausgemalt und überarbeitet worden sind? Die Archäologen sagen, dass es sich um eine Art Malschule gehandelt haben könnte, in der junge Künstler ausgebildet wurden. Das weiß ich von Claudia. Wir werden sie sehr vermissen, Monsieur und ich. Wie schrecklich, dass es sie nicht mehr gibt.«

»Mein herzliches Beileid, Madame«, sagte Bruno aufrichtig. »Ich habe Claudia nur ein paarmal gesehen, mochte sie aber auf Anhieb und war sehr beeindruckt von ihr. Übrigens, wie war das Abschiedsessen, das sie gekocht hat, bevor sie nach Paris gefahren ist?«

»Ausgezeichnet. Monsieur war sehr angetan und hat viel mehr gegessen als sonst. Normalerweise isst er wie ein Spatz, der Arme. Im Rollstuhl hat er ja nicht viel Bewegung.«

»In welcher Stimmung war sie, als sie gestern von hier aufgebrochen ist?«

»Es ging ihr nicht gut, und sie hat kaum etwas gegessen. Sie sagte, sie hätte ihre Tage, hat sich gewunden und den Bauch gehalten. Sie tat mir leid. Ich hatte diese schrecklichen Krämpfe auch, als ich jung war. Sie ist früh vom Tisch aufgestanden, sehr zur Enttäuschung von Monsieur, der sich darauf gefreut hatte, noch ein Glas Wein mit ihr zu trinken.«

»Wann genau ist sie gegangen?«, fragte Bruno, der sich an Madame Darrails Auskunft erinnerte, wonach sie gegen sechs zurückgekehrt sei.

»So um drei, vielleicht ein bisschen früher. Nach dem Mittagessen war sie eine Weile in der Bibliothek, und statt sich wie sonst mit Monsieur noch einmal zusammenzusetzen, hat sie sich auf den Heimweg gemacht. Sie sagte, sie wolle sich hinlegen. Sie ist wieder einmal zu Fuß gegangen, weil ihr das, wie sie meinte, guttun würde.«

Bruno notierte im Stillen, dass zu klären sein würde, was in den drei fraglichen Stunden geschehen war. Er erkundigte sich, ob Monsieur über Claudias Tod informiert sei.

»Ich wollte gerade nach oben gehen und es ihm sagen, als Sie gekommen sind.«

»Dann werde ich ihm die traurige Nachricht überbringen.« Er wandte sich der Treppe zu.

»Ich zeige Ihnen den Weg. Und dann bringe ich Ihnen eine Tasse Kaffee. Oder hätten Sie lieber etwas Stärkeres?«

»Nur ein Glas Wasser bitte, es sei denn, Sie haben schon Kaffee gemacht.«

»Ich werde ohnehin welchen kochen müssen. Monsieur lebt davon.« Sie führte ihn an dem Wandteppich vorbei und die hübschgeschwungene Treppe hinauf. Bruno bemerkte, dass die *chartreuse* sehr viel geräumiger war, als die Frontansicht hatte vermuten lassen. An die Rückwand der Eingangshalle grenzte ein Anbau; durch eine geöffnete Tür blickte Bruno in eine große Küche mit Essbereich und weiteren Türen, von denen eine wie eine Fahrstuhltür aussah.

»Wohnen Sie in dem Anbau?«

»Nein, ich habe mein eigenes Häuschen drüben in der Hofschaft, die zur *chartreuse* gehört. Da haben früher die Pächter gelebt. Ist nur ein paar Schritte von hier.«

»Habe ich dort eben einen Fahrstuhl gesehen?«

»Der geht hoch ins Obergeschoss und runter in den Keller. Monsieur hat ihn einbauen lassen. Der Anbau besteht aus zwei Etagen. Oben hat er sein Arbeitszimmer, die Bibliothek, ein Schlafzimmer und ein Bad, alles rollstuhlgängig angelegt.«

»Und wofür werden die anderen Räume der *chartreuse* genutzt? Die rechts und links der Eingangshalle?«

»Darin hat Monsieur seine private Kunstsammlung untergebracht. Schöne große Räume mit hohen Decken. Jeden Morgen nach dem Frühstück und am späten Abend, bevor er zu Bett geht, dreht er seine Runden darin.«

»Sind sie auch für die Öffentlichkeit zugänglich?«

»Nein. Er hat zwar schon oft daran gedacht, aber das würde wohl Unsummen an Versicherung kosten.«

»Ist seine Sammlung schon einmal geschätzt worden?«

»Nicht, dass ich wüsste, aber Claudia hat eine Bestandsaufnahme gemacht und gemeint, dass der Gesamtwert bestimmt in die Millionen geht.«

8

Bruno trat auf den Balkon hinaus, wo Monsieur mit einer Wolldecke über den Beinen in seinem Rollstuhl saß. Ein Klappstuhl aus Holz und Metall, ähnlich den Stühlen auf Caféterrassen, war für Bruno bereitgestellt. Auf einem kleinen Tisch befanden sich zwei Gläser, eine Weinkaraffe und ein großer Aschenbecher, halbvoll mit ausgedrückten Zigaretten. Der alte Mann schaute über das Tal. Eine Filterzigarette glimmte zwischen den Fingern seiner rechten Hand, die von Nikotin ganz gelb waren. Auch der Schnauzbart hatte sich vom vielen Rauchen verfärbt, der dichte Spitzbart hingegen war schneeweiß.

»Ich komme mit schlechten Nachrichten«, sagte Bruno.

»Ich weiß schon Bescheid. Claudia ist tot, ertrunken.« De Bourdeille hob ein Smartphone in die Höhe. »Steht so auf der Online-Ausgabe der *Sud Ouest*. Ich hoffe, Sie sind nicht so dumm, anzunehmen, dass es ein Unfall war, der sich wegen einer verfluchten Katze ereignet hat. Wie ich Claudia kenne, war sie dafür viel zu gewitzt.«

»Sie glauben, es war kein Unfall?«

»Ich bezweifle es. Genaueres weiß ich natürlich auch nicht. Meine ehemaligen Kollegen vom Louvre schicken mir nur selten hoffnungsvolle Kunsthistoriker ins Haus, aber wenn sie es tun, haben sie gute Gründe dafür. Claudia war die beste, die mir jemals anempfohlen worden ist. Und mit Abstand die reichste. Wissen Sie, aus welchen Verhältnissen sie kam?«

»Nein. Wir haben ihre Leiche heute erst gefunden und hatten noch keine Zeit, Informationen über sie einzuholen. Eine ihrer Kreditkarten wurde von einer Bank ausgestellt, die ihren Namen trägt. Das ist ungefähr alles, was ich weiß. Was können Sie mir sagen?«

»Werfen Sie einen Blick ins Internet«, antwortete de Bourdeille, ließ den noch glühenden Stummel in den Aschenbecher fallen und holte gleich darauf eine Packung Royale Filtre aus der Tasche seiner Jacke. Sie war aus gestepptem dunkelrotem Samt mit seidenen Aufschlägen. Ein solches Kleidungsstück hatte Bruno bislang nur auf alten Fotos oder in historischen Filmen gesehen.

»Ihr Vater ist Gründer, Aufsichtsratsvorsitzender und Hauptanteilseigner eines New Yorker Finanzunternehmens«, fuhr de Bourdeille fort. »Wenn kein Milliardär, so wahrscheinlich doch nahe dran. Und politisch aktiv. Er saß im Finanzausschuss der Wahlkampftruppe des Mannes, der jetzt im Weißen Haus sitzt. Ich schätze, es wird hier demnächst von FBI-Agenten nur so wimmeln.«

»Informieren Sie sich immer über Ihre Studenten im Internet?«

»Ja, wenn sie mich interessieren. Der Brief, mit dem ihre Betreuerin sie mir empfohlen hat, enthielt auch eine Kopie von Claudias Magisterarbeit über Clouet. Keine besonders originelle Arbeit, aber das kann man von einer Magisterarbeit auch nicht erwarten. Trotzdem ist sie sehr kenntnisreich und durchdacht. Claudia hat gründlich recherchiert und Clouets Allegorien zu deuten verstanden, sogar zwischen religiösen und mythologischen Allegorien zu unterscheiden gewusst. Einer Amerikanerin hätte ich das, ehrlich gesagt, gar nicht zugetraut.«

»Wenn ich richtig verstehe, hatte sie Ihren Respekt. Haben Sie sie auch gemocht?«

»In meinem Alter sind Respekt und Gernhaben dasselbe. Seit meinen Erfahrungen mit der *milice* habe ich mich allerdings nie mehr wirklich für Frauen interessiert. Unsere junge Amerikanerin wusste davon, immerhin so viel, dass sie mir gezielte Fragen gestellt hat, was vermuten lässt, dass sie sich über mich genauso erkundigt hat wie ich mich über sie. Fand ich beeindruckend. Auch dass sie alle meine Bücher gelesen hat, was ungewöhnlich ist. Unserer Zeitung entnehme ich, dass Sie viel zu tun haben, *mon cher confrère*. Oder sollte ich Sie Lieutenant nennen? Sie sind ja schließlich befördert worden.«

»Bruno reicht.«

»Gut. Wie wär's mit einem Glas Wein? Es ist ein Château Ausone von 2000. Ich wollte ihn Claudia probieren lassen, gestern Abend, aber sie ist ja schon früh gegangen. Stoßen wir auf sie an.«

»Ich weiß von ihr, dass Sie es sich zur Aufgabe gemacht hatten, eine Weinkennerin aus ihr zu machen. Sie erzählte mir, mit Ihnen eine Flasche Château Margaux geleert zu haben.«

»Ihre Gesellschaft war mir ein Vergnügen, zumal sie einen guten Tropfen zu schätzen wusste.«

»Danke für die Einladung. Ich bin zwar im Dienst, kann aber einen solchen Wein unmöglich ausschlagen«, sagte

Bruno, hob die Karaffe vom Tisch und füllte die beiden Gläser. Er schwenkte den Wein in seinem, schnupperte daran und nahm einen Schluck, behielt ihn eine Weile im Mund, bis er auch die hintersten Geschmacksknospen der Zunge erreichte und er ihn durch die Kehle rinnen ließ.

»Vorzüglich«, sagte er. »Stimmt es, dass sich das Weingut auf dem ehemaligen Grundstück der Villa von Ausonius befindet?«

»Wer weiß?«, antwortete de Bourdeille und betupfte seine Lippen mit einem seidenen Taschentuch, das er aus der anderen Jackentasche gezogen hatte. Plötzlich erinnerte sich Bruno, dass man dieses Kleidungsstück früher Smoking genannt hatte. »Ist halt eine hübsche Geschichte: ein römischer Präfekt und Dichter, von dem es außerdem heißt, dass er der erste Connaisseur der Weine unserer Region war. Ja, ein wirklich sehr guter Wein.«

»Verstand Claudia viel von Weinen?«

»Durchaus, insbesondere von amerikanischen. Aus Paris hat sie mir eine Flasche Cabernet von einem Weingut namens Screaming Eagle im Napa Valley mitgebracht. Köstlich. Sie sagte, die Flasche stamme aus dem Keller des amerikanischen Botschafters, ließ aber unerwähnt, ob er sie ihr geschenkt oder ob sie sie einfach hat mitgehen lassen. Der Botschafter ist, wie sie sagte, ein alter und sehr enger Freund ihres Vaters.«

»Hatten Sie ein durchweg gutes Einvernehmen mit ihr, oder gab es auch manchmal Streit, zum Beispiel über Kunst?«

»Es gab ein paar interessante Auseinandersetzungen zwischen uns. Auch deshalb hatte ich Freude an ihrer Gesellschaft. In zwei Fällen – es handelte sich um weniger bedeutende Gemälde – hat sie meine Zuschreibungen angezweifelt, sich aber von meinen Argumenten überzeugen lassen. Während einer dieser Diskussionen, die mit harten Bandagen geführt wurden, hat sie mich skizziert. Ich würde nie zwei Dinge gleichzeitig tun können. Claudia aber hatte keine Probleme damit.« Er deutete auf das Gepäcknetz an der Rückenlehne seines Rollstuhls. »Werfen Sie mal einen Blick in die Ledermappe.«

Bruno öffnete sie und sah ein mit Bleistift skizziertes Porträt des alten Herrn, im Smoking, mit einem Glas Wein in der einen, einer Zigarette in der anderen Hand und mit schelmisch funkelnden Augen. Im Hintergrund waren die Hügel und Bäume mit ein paar wenigen hingeworfenen Strichen kunstvoll angedeutet. De Bourdeilles Gesicht hingegen war so detailliert gezeichnet, dass kaum ein Augenfältchen unterschlagen blieb.

Bruno nickte. »Wirklich erstaunlich.«

»Meinen Schülern sage ich immer, dass sie ein Gemälde erst dann wirklich verstehen können, wenn sie zu zeichnen in der Lage sind. Wer selbst keinen Bleistift führen kann, wird auch die Komposition eines Meisters nicht nachvollziehen oder seinen Pinselstrich schätzen können. Claudia brillierte als Künstlerin ebenso wie als Studentin. So etwas sieht man auf den ersten Blick.«

Bruno blätterte durch die anderen Skizzen in der Mappe, offenbar von derselben Hand gezeichnet. Er erkannte Madame Bonnet wieder, de Bourdeilles *chartreuse,* den Alten in seiner Bibliothek im Rollstuhl dösend, von den Büchern auf den unteren Regalböden scheinbar getragen, während die oberen auf ihn herabzustürzen drohten. Geradezu bezaubernd fand Bruno eine Skizze von der Mündung der Vézère in die Dordogne vor Limeuil. Wie sich das zusammenfließende Wasser kräuselte, hatte etwas geradezu Sinnliches.

»Hat sie auch gemalt?«, wollte Bruno wissen.

»Sie sprach davon, sich in Paris auch an Aquarellen zu versuchen, und wollte mir bei Gelegenheit die Ergebnisse zeigen. Jetzt werde ich sie wohl nie zu Gesicht bekommen. Wird man ihren Leichnam nach Amerika überführen?«

»Anzunehmen, wenn es die Familie wünscht«, antwortete Bruno. »All das muss noch entschieden werden. Ich weiß nicht einmal, ob die nächsten Angehörigen schon informiert sind.«

»Vielleicht müsste auch diesem jungen Mann Bescheid gegeben werden. Sein Name ist Jack, wenn ich mich richtig erinnere. Die beiden haben sich einmal in Paris und ein weiteres Mal in London getroffen. Sie ist von Bergerac aus geflogen. Ich glaube, Claudia war im tiefsten Inneren eine Romantikerin.«

Bruno dachte an das zerrissene Foto eines Mannes, der sein Bild mit Jack signiert hatte. »Von dem wissen wir nichts«, sagte er. »Ist er Amerikaner? Engländer?«

De Bourdeille zündete sich die nächste Zigarette an und zuckte mit den Achseln. »Amerikaner. Ein Anwalt, der für eine international tätige Kanzlei in London arbeitet. Wenn ich richtig verstanden habe, sind seine und Claudias Eltern seit vielen Jahren befreundet. Claudia und Jack haben als Kinder die Sommerferien zusammen verbracht, und zwar an einem Ort, an dem auch amerikanische Präsidenten

Urlaub machen. Ich habe in der Zeitung davon gelesen. Irgendwas mit ›Vineyard‹ … Mary's?, nein, Martha's Vineyard. Später sind sie sich in Yale wieder begegnet.«

»Kennen Sie seinen Nachnamen?«

»Nein, den hat sie nie erwähnt, und ich habe nie danach gefragt. Der Gedanke daran, dass sie heiratet und Kinder in die Welt setzt und dafür womöglich auf eine vielversprechende Karriere verzichtet, die ich gern von ferne verfolgt hätte – all das hat mich deprimiert. Meine letzte Studentin und wahrscheinlich die beste, die ich je hatte.« Er bat Bruno, neu einzuschenken, was der auch tat, allerdings nicht für sich selbst.

»Sie glauben also nicht, dass es ein Unfall war?«

»Was weiß ich? Ich kann mir nicht vorstellen, dass sie bei dem Versuch, eine Katze zu retten, in den Brunnen gestürzt ist. Und Suizid schließe ich aus. Ein Tötungsdelikt kommt wahrscheinlich auch nicht in Frage. Das wäre doch wohl viel zu melodramatisch, selbst wenn sie sich hier Feinde gemacht hätte, was in der Kürze der Zeit, die sie hier war, nicht anzunehmen ist. Vielleicht war es also wirklich nur ein Unfall.«

»Warum schließen Sie Suizid aus?«

»Weil sie Pläne hatte, Ziele, für die es sich zu leben lohnt, und genug Geld, um sie zu verwirklichen.«

»Sie meinen ihr Promotionsstudium?«

»Nicht nur das. Sie machte sich auch große Hoffnungen bezüglich gewisser laufender Verhandlungen.« Er grinste und schien es zu genießen, Bruno auf die Folter zu spannen. »Vielleicht allzu große.«

»Was für Verhandlungen?«

»Sie wollte meine *chartreuse* kaufen, komplett mit Bibliothek und Gemäldesammlung. Für mich hatte sie ein Wohnrecht auf Lebenszeit vorgesehen.«

»Haben Sie denn vor, alles zu verkaufen?«, fragte Bruno verwundert.

»Mitnichten. Was soll ich in meinem Alter mit Geld anfangen? Da ich ihr aber diese Frage gestellt hatte, dachte sie offenbar, ich wolle nur versuchen, den Preis in die Höhe zu treiben. Es war fast wie ein Spiel, das sie letztendlich zu gewinnen glaubte.«

»War sie selbst vermögend, oder hatte nur ihre Familie Geld?« Falls der Obduktionsbefund ein Tötungsdelikt feststellte, wäre Geld ein plausibles Motiv für einen Mord, dachte Bruno.

»Sie behauptete ja.«

»Wie viel hat sie Ihnen geboten?«

»Das geht Sie eigentlich nichts an, Bruno. Ich sage nur so viel: Sie hat den Wert meiner Sammlung auf über vier Millionen taxiert.«

»*Mon Dieu*, in Euro?«

»Dollars. Würden Sie sich meine Schätze mal ansehen wollen?«

»Liebend gern.«

»Wir treffen uns unten in der Halle. Ich nehme den Aufzug.« De Bourdeille rangierte den Rollstuhl geschickt vom Balkon, fuhr an eine Tapetentür heran und drückte auf einen Knopf, der im Bauchnabel einer kleinen Gipsputte an der Wand steckte.

Als beide unten angekommen waren, sagte er: »Beginnen wir mit der Abteilung der ältesten Werke, frühes fünfzehntes Jahrhundert, hauptsächlich burgundische Kunst, was aber damals im Grunde flämisch bedeutete.« De Bourdeille führte Bruno in den letzten von drei hintereinanderliegenden Räumen. Ringsum hingen an weißen Wänden bemalte Holztafeln hinter dickem Glas. In der Mitte des Raums thronte eine Madonna aus Holz mit einem kräftigen Kind auf dem Schoß, das eine ihrer Brüste gepackt hielt und eher wie ein freches Engelchen aussah denn wie Jesus als Säugling.

»In dieser Zeit wollten sich Bürger, die vor allem im Tuchhandel reich geworden waren, auf Gemälden mit meist religiösen Inhalten verewigt sehen. Ich habe diese Werke in den 1950er Jahren erstanden, als sie noch recht preiswert waren. Zehn Jahre später hätte ich sie mir nicht mehr leisten können. Die nächsten beiden Räume sind für mich von sentimentaler Bedeutung. Dort hängen Arbeiten junger französischer Künstler, die in den Ateliers italienischer Meister gearbeitet haben. Spätes fünfzehntes, frühes sechzehntes Jahrhundert. Auch sie waren in den Fünfzigern, als ich sie in Italien und Deutschland entdeckt habe, noch erschwinglich. Nach der Veröffentlichung meines Buchs über die Wurzeln der französischen Renaissance schossen die Preise in die Höhe.

Jetzt kommen wir in den Saal der Herrlichkeit«, sagte de Bourdeille, als sie die Eingangshalle durchquerten und er einen raffiniert aussehenden Schlüssel aus der Tasche zog, der offenbar zu einem elektronischen Schließsystem gehörte. »Meine Versicherung besteht darauf«, erklärte er. »In diesem Raum hängen nur drei wichtige Werke, wichtig insofern, als sie auf dem heutigen Kunstmarkt für besonders wertvoll erachtet werden. Ich bin nicht ganz einverstanden mit dieser Einschätzung. Geld und Kunst waren, wie ich finde, schon immer unglückliche Bettgenossen.

Voilà, hier sind sie.« Er öffnete die Tür mit stolzem Schwung und berührte einen kleinen Lichtschalter, worauf drei Punktstrahler aufleuchteten und sanftes Licht auf die besagten Bilder warfen. Bruno staunte, nicht so sehr über die künstlerische Meisterschaft, denn davon verstand er nur wenig, als vielmehr über de Bourdeilles dramatische Inszenierung seiner Schätze.

»Antoine Caron, François Quesnel, der übrigens in Schottland geboren wurde, und Valentin de Boulogne, bekannt auch als der französische Caravaggio«, sagte er. »Das eine Gemälde wurde mir von einem dankbaren Klienten vor ungefähr vierzig Jahren geschenkt. Das andere hinterließ mir ein lieber Freund, den ich heute noch sehr vermisse. Das dritte konnte ich günstig erstehen, weil seine Provenienz und Urheberschaft umstritten sind. Ich bin mir allerdings sicher, wer es geschaffen hat, und habe dies in meiner Expertise ausführlich belegt. Mein Vortrag im Louvre zu diesem Sachverhalt hat zwar nicht alle überzeugt, wohl aber die meisten meiner geschätzten Kollegen. Den Valentin habe ich 1960 zufällig auf einem Brüsseler Flohmarkt entdeckt«, fuhr er fort, und in seiner Stimme klangen immer noch Stolz und Freude an. Er zeigte auf eine in hellgraues Leder gebundene Mappe, die auf einem reichverzierten Tisch in der Mitte des Raums lag, und sagte: »Darin ist ein Foto, auf dem Sie sehen können, in welchem Zustand ich das Gemälde gefunden habe.«

Bruno nahm das Foto heraus. Es hatte dieselbe Größe

wie das Original, das auf dieser Abbildung so düster und grob wirkte wie ein schlecht gemaltes Werk im Stil der Kubisten. Die Farben – schmutzige Gelb- und Brauntöne – waren nachgedunkelt und stumpf. Der Blick fiel auf ein aus der Mitte verrutschtes längliches Rechteck in Schwarz. Mit dieser Art von Malerei hatte Bruno noch nie etwas anfangen können.

»Das Bild gehörte einem jüdischen Händler, der es auf diese Weise übermalt hat, als die deutschen Truppen vor Brüssel standen. Ihm war klar, was kommen würde, und so hat er dieses Gemälde und einige andere seinem Gärtner anvertraut, der wenig später bei einem Bombenangriff ums Leben kam. Weiß der Himmel, wo die anderen Bilder geblieben sind, jedenfalls landete das hier auf dem Flohmarkt. Aus irgendeinem Grund machte mich diese hässliche Schmiererei neugierig. Ich drehte sie um und stellte fest, dass der Rahmen mehrere hundert Jahre alt sein musste. Für weniger als umgerechnet fünfzig Euro nahm ich das Bild mit und restaurierte es in meiner Werkstatt. Das Ergebnis sehen Sie hier.«

»Hatte der jüdische Händler Erben?«, fragte Bruno.

»Nicht einen. Er stammte aus Wien. Er und seine ganze Familie wurden nach Auschwitz verschleppt. Natürlich habe ich meinen Fund gemeldet, mich mit der Treuhandinitiative *Musées Nationaux Récupération* in Paris in Verbindung gesetzt und die israelische Botschaft informiert. Aber niemand hatte Ansprüche erhoben, und es gab keinerlei Belege für die Existenz des Gemäldes. Darum konnte ich mich als rechtmäßiger Besitzer registrieren lassen. Ich habe dann versucht, seinem Ursprung auf die Spur zu kommen, und war damit erfolgreich. Jetzt würde ich es gern im Namen des Händlers und seiner Familie dem Kunstmuseum von Tel Aviv übereignen, bezweifle aber, dass Frankreich eine Exportgenehmigung erteilt.«

De Bourdeille blickte auf. »Langweile ich Sie?«

»Ganz im Gegenteil«, antwortete Bruno, den die Begeisterung des alten Herrn ebenso beeindruckte wie das Kunstwerk an sich.

»Ich habe herausgefunden, dass es sich einmal im Besitz Talleyrands befunden hatte, Napoleons Außenminister; jedenfalls war es im Inventarregister seines Châteaus bei Valençay aufgeführt. Als Napoleon seinen Bruder Joseph auf den spanischen Thron setzte, wurde Ferdinand, der eigentliche König, in ebendiesem Schloss untergebracht, sprich: gefangen gehalten. Vielleicht aus Rache für die Plünderung Spaniens hat sich seine Entourage an den Schätzen Talleyrands schadlos gehalten und sie nach Österreich verkauft, um die Kosten für den Wiener Kongress zu decken. Abnehmer war der österreichische Außenminister Metternich, aber der hatte nicht lange Freude an seinen Erwerbungen, weil sein Haus während der Revolution von 1848 geplündert wurde. Der Valentin hing dann bis zum Niedergang der Habsburgermonarchie in einem Wiener Kaffeehaus. In Wien herrschte Chaos, und der Vater des jüdischen Kunsthändlers, der später nach Brüssel floh, kam in den Besitz des Gemäldes.«

»Eine sonderbare Reise, die es zurückgelegt hat«, sagte Bruno und betrachtete das Bild aus der Nähe. »Die Spurensuche wird Ihnen bestimmt gefallen haben, vielleicht so sehr wie das Gemälde selbst.«

»Das kann man wohl sagen. Es gibt viele solcher wunderbaren Geschichten, bei denen meist eine gehörige Portion Glück im Spiel ist. Von dem Valençay-Inventar wusste ich nur, weil sich auf dem Wiener Kongress eine andere seltsame Geschichte zugetragen hatte. Talleyrand war der französische Vertreter bei den Friedensverhandlungen, nachdem er Napoleon verraten und die Bourbonenmonarchie wiederhergestellt hatte. In den 1840er Jahren ging ein kleines deutsches Fürstentum namens Sagan durch Heirat an Talleyrands Familie über, genauer an Talleyrands Großneffen Louis-Napoléon. Dieser wurde gleichzeitig von Preussen als Fürst von Sagan und von Frankreich als Prince de Sagan anerkannt. Als knapp hundert Jahre später Frankreich gegenüber Nazideutschland kapitulierte und Görings Kunsträuber in Luftwaffenuniform auf Beute aus waren, konnten Talleyrands Nachfahren mit Verweis auf ihren Ahnherrn, den Fürsten von Sagan, behaupten, dass das Château von Valençay neutraler Boden sei und darum unangetastet zu bleiben habe. Obrigkeitshörig wie die Deutschen waren, ließen sie sich darauf ein, worauf der Louvre einige seiner wertvollsten Exponate – darunter die Venus von Milo und die Nike von Samothrake – im Schloss der Talleyrands zur Aufbewahrung während des Krieges deponierte. Ich gehörte zu dem Team, das die Kunstwerke nach Valençay gebracht und für eine korrekte Bestandsaufnahme gesorgt hat. In dem Zusammenhang lernte ich Talleyrands Inventar kennen.«

Bruno ließ sich von der fast kindlichen Begeisterung anstecken, mit der de Bourdeille von all dem sprach, und grinste, als er sagte: »Sie haben die Kunstwelt vor einem großen Verlust bewahrt, sind aber selbst ein Verlust für meine Zunft. Aus Ihnen hätte ein großartiger Detektiv werden können.«

De Bourdeille verzog das Gesicht zu einer verärgerten Miene. Doch dann schüttelte er den Kopf, entspannte sich und sagte: »Das war wohl als Kompliment gemeint, oder? Verzeihen Sie, ich wollte nicht unhöflich sein. Aber es war ein Polizist, der mich in den Rollstuhl gebracht hat.«

»Kein Polizist, sondern ein faschistischer Schläger der *milice*«, entgegnete Bruno. »Wie dem auch sei, ich verstehe. Aber es war wirklich als Kompliment gemeint.«

»Danke. Der Polizist, an den ich mich erinnere, war nichtsdestotrotz Franzose und handelte im Namen einer formal legitimen Regierung.« De Bourdeille holte tief Luft und entspannte sich. »Ich bin müde und möchte mich ausruhen. Hoffentlich sehen wir uns bald wieder. Dann kann ich Ihnen den Rest meiner Sammlung zeigen. Madame Bonnet wird Sie anrufen und einen Termin mit Ihnen vereinbaren. Ihr Besuch hat mich gefreut – trotz des traurigen Anlasses. *À bientôt,* Bruno.«

9

Als Bruno wieder im Schloss von Limeuil war, überflog er die von David zusammengestellte Liste der Anwesenden des Vortrags am Vorabend. Es wunderte ihn nicht, etliche Freunde und Bekannte darunter zu finden: natürlich Horst und Clothilde vom prähistorischen Museum in Les Eyzies, doch überraschend waren auch der Baron und Pamela mitgekommen. Joe, sein Vorgänger als Polizist von Saint-Denis, hatte den Vortrag mit seiner Frau besucht, ebenso Micheline vom Fremdenverkehrsbüro und ihr Mann, der Taxiunternehmer, und schließlich Julien von der Weingenossenschaft. Dann war noch ein englisches Ehepaar im Ruhestand dagewesen, das Bruno nur flüchtig vom Tennisplatz kannte, und Freunde des Referenten aus Montignac, der zum Kuratorium des neuen Lascaux-Zentrums für Höhlenkunst gehörte.

Auf der Liste entdeckte er auch den Namen von Florence und von dreien ihrer Schüler vom *collège* sowie seinen englischen Freund Jack Crimson. Überrascht war er über Laurents Anwesenheit, der angeblich zwei Freunde mitgebracht hatte, deren Namen aber nicht aufgeführt waren. Insgesamt waren über zwanzig Personen aufgezählt, darunter auch manche aus Limeuil, die Bruno nicht kannte. Seine engeren Freunde würde er in wenigen Stunden auf

Pamelas Reiterhof zum allwöchentlichen Abendessen sehen. Er fotografierte die Liste mit seinem Handy.

Er rief Joe an und bat ihn, aufzuschreiben, an welche Zuhörer des Vortrags er sich erinnern konnte. Dann meldete er sich bei Juliette, seiner Kollegin von Les Eyzies, und bat sie, sich bei Horst und Clothilde zu erkundigen, an wen sie sich erinnerten, und schickte ihr eine E-Mail mit der Namensliste. Als Nächstes bat er Louis, seinen Kollegen aus Montignac, entsprechende Auskünfte von dem Referenten und dessen Gästen einzuholen. Dann rief er noch selbst mehrere Teilnehmer in Limeuil an und erfuhr, dass nur zwei von Claudias vorzeitigem Aufbruch Notiz genommen hatten, aber niemandem aufgefallen war, dass sonst jemand vor dem Ende des Vortrags gegangen wäre.

Als Bruno wieder in Saint-Denis war, ließ er sich von Micheline die Vollständigkeit der Liste bestätigen und ging in sein Büro. Dort loggte er sich ins Polizeinetz ein und lud die Liste in den von Jean-Jacques eingerichteten Fallordner hoch. Jean-Jacques hatte sich inzwischen von Laurent bestätigen lassen, dass er mit zwei Freunden bei dem Vortrag gewesen war: dem Falkner und dessen Frau. Alle drei sagten aus, dass sie bis zum Ende geblieben seien und auf dem Rückweg Laurent auf Martys Hof abgesetzt hätten. Von Jean-Jacques war zu hören, dass das Ergebnis der toxikologischen Untersuchung am nächsten Tag vorliegen und der vollständige Obduktionsbericht folgen werde. Als sich Bruno mit anderen E-Mails befasste, klingelte sein Schreibtischtelefon. Er nahm ab und erkannte die Stimme, die sich meldete, als die von Hodge, dem FBI-Agenten, Rechtsattaché für die amerikanische Botschaft in Paris.

»Ich hielt es für angebracht, Sie darauf hinzuweisen, dass diese Sache schon für viel Wirbel gesorgt hat«, sagte Hodge. »Der Vater des Mädchens ist ein enger Freund des Botschafters, ein Big Player an der Wall Street und wichtiger Spender für die Wahlkampagne des jetzigen Präsidenten. Das Weiße Haus wurde über den Tod seiner Tochter bereits informiert. Der Botschafter will nun, dass ich Sie bei Ihren Ermittlungen unterstütze. Keine Sorge, ich werde versuchen, Ihnen nicht ins Gehege zu kommen.«

»Sie sind jederzeit willkommen«, sagte Bruno, der mit Hodge schon in einem früheren Fall zusammengearbeitet hatte. »Soll ich Ihnen schon mal ein Zimmer in einem Hotel in Saint-Denis reservieren?«

»Gern, ein hübsches Zimmer bitte. Übrigens, der Vater der Toten, Abraham J. Muller III, wird auf eigene Faust ermitteln lassen. Als Finanzhai schaltet er wahrscheinlich keine herkömmliche Detektei ein, sondern Experten, auf die er sich auch in seinen sonstigen geschäftlichen Nachforschungen verlässt. Sie haben doch sicher schon gehört von Agenturen, die genau darauf spezialisiert sind, oder? Sie rechnen ab wie Anwälte, um die tausend Dollar pro Stunde. Dafür will Muller Resultate sehen. Und er wird sie bekommen, so oder so. Wenn diese Finanzschnüffler nichts finden, was Sie übersehen haben, werden sie Sie und Jean-Jacques aufs Korn nehmen, um in ihrem Bericht der inkompetenten französischen Polizei Versagen vorwerfen zu können.«

»Noch sieht es nach einem tragischen Unfall aus, herbeigeführt durch starke Medikamente«, sagte Bruno. »Wir haben Fentanyl und Oxycodon auf ihrem Zimmer gefunden, beides verschrieben von einem amerikanischen Arzt und bezogen von einer amerikanischen Apotheke. Claudia hat zuerst eine hiesige Ärztin darum gebeten, die sie ihr aber mit dem Hinweis, dass diese Mittel viel zu gefährlich sind, verweigert hat. Sie haben, als Sie bei uns waren, Fabiola kennengelernt. Sie hat ihr stattdessen Ibuprofen verschrieben.«

»Himmel, Fentanyl und Oxy, das hat gerade noch gefehlt«, erwiderte Hodge. »Jean-Jacques sagte, dass er noch den toxikologischen Befund abwarten will. Können Sie mir schon Einzelheiten nennen?«

Bruno las aus seinem Notizbuch den Namen und die Adresse der Apotheke in New Haven vor, den des behandelnden Arztes und die anderen Details, die er den Aufschriften auf den Tablettenröhrchen hatte entnehmen können.

»Ich werde mich darum kümmern. Wann erwarten Sie den toxikologischen Befund?«

»Morgen«, antwortete Bruno. »Sie sollten noch zweierlei wissen: Claudia Muller scheint einen amerikanischen Freund namens Jack gehabt zu haben, aber sein Foto wurde zerrissen. Ich habe es im Papierkorb gefunden. Es heißt, dass er Anwalt in London ist und dass sie schon als Kinder miteinander befreundet waren. Am Spiegel in ihrem Zimmer stecken Familienfotos, eines von ihr als jungem Mädchen mit den Eltern, dann eins von dem Vater ein paar Jahre später, das aber mit der Schere zerschnitten worden zu sein scheint, so als wäre eine zweite Person entfernt worden. Wissen Sie, ob ihre Eltern geschieden sind?«

»Wird sich herausfinden lassen. Ich komme morgen aus

Paris zu Ihnen, der Botschafter will es so. Ich schätze, dass auch Claudias Vater demnächst eintreffen und ihre Überführung veranlassen wird.«

»Nach französischem Recht muss er das Ende der Ermittlungen abwarten. Das wissen Sie. Und nach dem, was Sie mir über die politischen Verbindungen der jungen Frau gesagt haben, wird Jean-Jacques auf einer Obduktion bestehen, egal, wie der toxikologische Befund ausfällt.«

Es entstand eine längere Pause, dann seufzte Hodge und sagte: »Ich verstehe, bezweifle aber, dass es der Botschafter versteht. Er hat sich schon mit Ihrem Außenminister in Verbindung gesetzt und mich gebeten, meine Beziehungen zur französischen Polizei spielen zu lassen.«

»Was Sie ja auch schon tun«, entgegnete Bruno.

»Falls eine Obduktion unumgänglich ist, wird meine Seite darauf bestehen, dass sie von amerikanischen Pathologen vorgenommen wird.«

»Sie werden allenfalls erreichen, dass ein amerikanischer Arzt an unserer Obduktion teilnehmen kann, und auch dafür müssten Sie viele Strippen ziehen. Soll ich Prunier für Sie anrufen?«, fragte Bruno. Prunier war der Polizeipräsident des Départements.

»Nein, das tue ich lieber selbst. Ich nehme den Frühzug nach Bordeaux, miete mir ein Auto und fahre zu ihm. Wir werden uns dann hoffentlich am Nachmittag sehen. Stellen Sie bitte sicher, dass von jetzt an alles, was in diesem Fall unternommen wird, streng nach Vorschrift abläuft und dokumentiert wird. Wie gesagt, Mullers private Ermittler werden so lange suchen, bis sie einen Schuldigen gefunden haben, und das wird nicht die bedauernswerte Claudia sein, auch wenn sie noch so viele Medikamente oder Drogen geschluckt hat. Und da die Botschaft und das Weiße Haus mitmischen, könnte es im ungünstigsten Fall mit Ihrer und Jean-Jacques' Karriere schnell zu Ende sein, vielleicht auch mit der von Prunier. Ich meine es ernst, Bruno. Es wird einiges auf Sie zukommen.«

»Wenn ihr Vater unbedingt einen Schuldigen braucht, könnte er vielleicht das Bauunternehmen anklagen, das versäumt hat, die Baustelle ordnungsgemäß abzusichern.«

»Ich glaube, Sie haben mich nicht wirklich verstanden, Bruno«, sagte Hodge geduldig. »Die Typen, die Sie in den nächsten Tagen im Nacken haben, wollen Köpfe rollen sehen. Mit denen von irgendwelchen Bauarbeitern werden sie sich nicht begnügen.«

»Wir sind in Frankreich«, entgegnete Bruno, der sich im Zaum halten musste. »Hier gilt französisches Recht.«

»Auch dann noch, wenn unser Präsident mit Ihrem Präsidenten ein paar persönliche Worte gewechselt hat? Viel Glück, Bruno, ich habe Sie nur warnen wollen. Und bitte klären Sie Jean-Jacques und Prunier darüber auf, was ihnen bevorsteht. Übrigens habe ich vor kurzem Isabelle auf einer dieser Ausschusssitzungen zur Terrorbekämpfung getroffen. Sie sieht gut aus und hat ein bisschen zugenommen, was ja auch nötig war. Sie hat mich gefragt, ob ich von Ihnen gehört hätte, und mich gebeten, Sie herzlich zu grüßen.«

»Grüßen Sie sie bei nächster Gelegenheit zurück«, sagte Bruno mehr automatisch als wirklich ernstgemeint. Er wollte jetzt nicht an Isabelle denken. Ihre sporadischen Treffen, meist an einem Wochenende, wenn es ihr vollgepackter Terminkalender erlaubte, waren nicht dazu angetan, eine Liaison am Leben zu halten, und erst recht nicht eine solidere Beziehung, in der nicht zuletzt die Gründung einer Familie zur Sprache gekommen wäre. Das war mit Isabelle ohnehin nicht möglich.

Hodge beendete das Gespräch. Bruno lehnte sich zurück und dachte nach. Hodges Warnung hatte ihn nicht wirklich überrascht. Polizeiarbeit und hohe Politik vertrugen sich in den seltensten Fällen, und meist zog die Polizei am Ende den Kürzeren. Bruno loggte sich wieder ins Polizeinetz ein und ergänzte seine Notizen zum Fall um den Namen Muller, dessen Vermögen und Beziehungen sowohl zur amerikanischen Botschaft in Paris wie auch zum Weißen Haus, ließ aber Hodge als seine Quelle unerwähnt. Dessen Warnung würde er Jean-Jacques und Prunier persönlich überbringen. Anschließend ging er nach nebenan in das Büro des Bürgermeisters von Saint-Denis, um ihn auf den neuesten Stand zu bringen. Mangin hatte seine eigenen Kontakte im Élysée-Palast. Je eher er und das Präsidialbüro Bescheid wussten, desto besser, falls es denn tatsächlich zu diplomatischen Verwicklungen kommen sollte.

Eine Stunde später und nachdem er Jean-Jacques telefonisch den Rat gegeben hatte, Claudias Obduktion möglichst früh am nächsten Morgen ansetzen zu lassen, saß Bruno auf seinem Pferd Hector. Während er darauf wartete, dass sein Basset zu ihnen aufschloss, betrachtete er die grandiosen Wolkengebilde, die auf ihn zuzogen. Die Wolkenränder glühten golden vor der im Westen untergehenden Sonne. Mann, Pferd und Hund, alle drei schnauften heftig nach dem Galopp über die Anhöhe, von der sich die beiden Brücken an der Mündung der Vézère in die breitere Dordogne erkennen ließen. Die an den Hang geschmiegte Ortschaft Limeuil reichte bis hinauf zum neuen Château und zu den von Riesenmammutbäumen hoch überragten Mauern des neomaurischen Schlosses auf der Hügelkuppe.

Dort oben hatte sich gestern Abend das Drama abgespielt. Claudia war, von einer kleinen Katze angelockt, wie Bruno vermutete, zum Brunnen gegangen und gestürzt. Plötzlich hielt er inne. Wo genau hatte sich das Kätzchen zum Unfallzeitpunkt aufgehalten und mit seinem Maunzen ihre Aufmerksamkeit erregt? Auf der Arbeitsbühne wohl kaum, die man, als Bruno den Brunnen erreicht hatte, bis zum Anschlag hochgezogen hatte. Ihm war auch kein Mauersims oder vorspringender Stein aufgefallen, auf dem es gesessen haben mochte. Alles sprach dafür, dass die Katze auf der Brunnenmauer gehockt hatte und Claudia, als sie sie zu greifen versucht und die Medikamente ihren Gleichgewichtssinn gestört hatten, über den Rand gestürzt war.

Wenn es sich aber um einen Unfall handelte, wo waren ihre Tasche und der Laptop geblieben? Gab es jemanden mit einem Motiv, ihrem Sturz nachzuhelfen? Man würde Jack, diesen Anwalt, befragen und feststellen müssen, ob das Verhältnis zwischen ihnen tatsächlich zerrüttet war. Andererseits hatte sie de Bourdeille wegen seiner dubiosen Zuschreibungen vielleicht in größere Verlegenheit gebracht, als er eingestehen wollte. Und wie stand es um Claudias Familie? Trotz ihrer Jugend hatte sie vielleicht schon ein Testament aufgesetzt. Immerhin war sie so vermögend gewesen, dass sie den Kauf von de Bourdeilles Anwesen in Erwägung gezogen hatte. Geld kam als Motiv immer in

Frage. Er, Bruno, würde sich mit Hodge über Claudias Finanzen unterhalten müssen.

Und es schadete wohl auch nichts, wenn er sich noch einmal mit ihrer Betreuerin in Paris in Verbindung setzte, um in Erfahrung zu bringen, mit wem Claudia in der Hauptstadt Kontakt hatte. Vielleicht gab es jemanden, der mehr über sie zu erzählen wusste. Zu befragen wäre auch ihr Doktorvater in Yale, mit dem sie sich regelmäßig per E-Mail ausgetauscht hatte. Vielleicht hatte er nähere Kenntnis von ihrem Privatleben.

Bruno holte sein Notizbuch hervor, vergewisserte sich, die E-Mail-Adresse des Professors aufgeschrieben zu haben, und überlegte, wie er welche Frage auf Englisch formulieren sollte. Schließlich schrieb er über sein Handy: *Ich habe traurige Nachrichten bezüglich Ihrer Studentin Claudia Muller. Sie ist gestern durch einen Sturz in einen Brunnen ums Leben gekommen, bei Limeuil, wo sie auf dem Anwesen des Kunsthistorikers Monsieur de Bourdeille, eines ihrer wissenschaftlichen Betreuer, gewohnt hat. Bitte setzen Sie sich mit mir in Verbindung. Benoît Courrèges, Polizeichef im Tal der Vézère.*

Bruno fügte seine Kontaktdaten hinzu und drückte auf »Senden«. In den Vereinigten Staaten war jetzt früher Nachmittag, er würde also vielleicht noch an diesem Abend eine Antwort erhalten. Pamela würde helfen, wenn sein Englisch nicht ausreichte. Er trieb Hector an und ritt im leichten Galopp zurück zum Reiterhof. Auf seinen kurzen Beinen und mit wehenden Ohren rannte ihm Balzac nach. Als er auf den Jägerpfad einbog, sah er seine Freunde in einer geraden Linie hintereinander durch das Tal traben. Sie hatten sich schon vor seiner Ankunft auf den Weg gemacht, und er hatte telefonisch versprochen, sie einzuholen.

Pamela ritt vorneweg, gefolgt von Fabiola und Gilles. Félix, der Stalljunge, war das Schlusslicht. Der Baron und Jack Crimson waren wohl im Wohnhaus in der Reitschule und öffneten schon mal die Weinflaschen, während Florence und Miranda, Jacks Tochter, aufpassten, dass die vier Kinder in der Wanne vor lauter Vergnügen Pamelas Badezimmer nicht unter Wasser setzten. Wahrscheinlich standen sie in der Wanne und schauten in Erwartung des Reitertrupps durch das Fenster. Dabei waren es weniger die Erwachsenen als vielmehr Balzac, auf dessen Rückkehr sie sich am meisten freuten. Bruno lächelte bei dem Gedanken daran, drückte Hector die Fersen in die Flanken und schloss bald zu Félix auf, der mit seinem großen Warmblüter ausgesprochen gut zurechtzukommen schien.

»*Bonjour*, Bruno, wie schrecklich, die Sache mit Claudia«, sagte Félix.

»Ja, furchtbar traurig«, erwiderte Bruno und nickte dem jungen Mann zu, dessen Leben eine hoffnungsvolle Wendung genommen hatte, seit er für Pamela arbeitete. Als Sohn eines arbeitslosen, alkoholkranken Vaters und einer schwer arbeitenden Mutter aus der französischen Karibik hatte er immer wieder die Schule geschwänzt und kurz davorgestanden, in Jugendarrest gesteckt zu werden. Bruno aber war seine Liebe zu Pferden aufgefallen, und so hatte er Pamela gedrängt, ihm eine Chance zu geben. Inzwischen holte er in der Schule wieder auf; Florence ging davon aus, dass er sein *baccalauréat* bestehen und Veterinärmedizin studieren würde. Vorläufig wollte er zwar lieber weiter als

Stallbursche arbeiten, doch auch sein Vater, der nun ebenfalls auf dem Reiterhof jobbte, wie auch seine Mutter waren
überzeugt davon, dass es für ihn besser sei, einen ordent-
lichen Beruf zu erlernen.

»Wie läuft's im *lycée?*«, fragte Bruno. Félix ging nun auf
die Oberschule in Périgueux. Wie die meisten Schüler aus
dieser ländlichen Region war er die Woche über im Wohn-
heim untergebracht. Freitags aber konnte er es kaum erwarten, wieder auf den Reiterhof zurückzukehren.

»Ist nicht leicht, und selbst an den Wochenenden muss
ich büffeln. Dafür sorgt Florence, der ich meine Hausauf-
gaben vorlegen muss«, maulte Félix. »Zu meiner eigentlichen Arbeit komme ich kaum noch, nicht einmal jetzt,
wo wir Ferien haben.«

»Deine eigentliche Arbeit ist die Schule«, sagte Bruno,
als sie den Hof erreichten. »Du kannst nicht immer Stallbursche bleiben.«

»Du hörst dich an wie mein Vater. Und meine Mutter.
Und Pamela und Florence.«

Bruno grinste, als Félix aus dem Sattel stieg. »Sieht so
aus, als würdest du klar überstimmt«, erwiderte er, bevor
er Pamela umarmte.

»Wie traurig! Sie war noch so jung«, murmelte sie. »Fabiola hat mir von Claudia erzählt.«

Sie führten die Pferde in den Stall, rieben sie trocken und
kratzten die Hufe aus, gaben ihnen dann ihre Weizenkleie
für den Abend und sorgten dafür, dass sie genug Wasser
hatten. Bruno zog sich Hemd und T-Shirt aus und wusch
sich den Oberkörper über dem Stallwaschbecken. Beim
Abtrocknen sah er Balzac eine Weile mit Félix herumtollen

und dann in Hectors Box trotten, wo er sich im Stroh ein Nest scharrte. Bald, dachte Bruno, würden die Kinder herbeigestürmt kommen, um den Hund zu begrüßen, der längst wie selbstverständlich mit zur erweiterten Familie gehörte.

10

Wer wird heute kochen?«, fragte Bruno.

Pamela verdrehte die Augen. »Jack ist an der Reihe. Mit seinem üblichen Spezial-Eintopf.«

»Ich mag's, wenn er kocht«, sagte Fabiola. »Was er macht, sieht zwar immer gleich aus, schmeckt aber jedes Mal etwas anders.«

Jack Crimson war ein britischer Diplomat, der sich nach einer so steilen wie diskreten Karriere beim Geheimdienst zur Ruhe gesetzt hatte. Es entsprach wohl nicht nur seiner Natur, sondern auch seinem ehemaligen Beruf, dass er von seiner Ritterwürde keinerlei Aufhebens machte. Kochen zählte allerdings zu den wenigen Fähigkeiten, die er nicht beherrschte. Da aber, von den beiden Müttern abgesehen, alle Teilnehmer der montäglichen Tischrunde abwechselnd die Verantwortung am Herd übernahmen, gab er sich alle Mühe, sein Manko wettzumachen.

Weil er inzwischen begriffen hatte, wie wichtig ein guter Fond war, hatte Jack schon zwei Tage vor ihrem gemeinsamen Essen damit angefangen, eine Entenkarkasse zu einer kräftigen Bouillon auszukochen, um anschließend zerkleinerte Karotten, Lauch und Kartoffeln darin zu garen. Schließlich gab er geräucherte Entenwürste hinzu und rührte sowohl eine große Dose geschälte Tomaten als auch eine kleine Dose Erbsen hinein, die für ihn jedes Gericht zu begleiten hatten. Gewürzt wurde bei ihm immer wahllos mit verschiedenen Kräutern und einer großzügigen Beigabe gehackten Knoblauchs. Seinen Eintopf ließ er in einem riesigen Bräter zwei Tage lang auf einem Holzofen leise vor sich hin köcheln und goss ihn über die Zeit mit einer Flasche Rotwein immer wieder an. Im Gedenken an die kulinarischen Eigenheiten seiner Heimat und gegen den ausdrücklichen Rat seiner Tochter ließ es sich Jack nicht nehmen, seiner Kreation zum Schluss ein paar Spritzer Worcester-Sauce hinzuzufügen.

Vor dem Servieren briet er eine großzügige Handvoll Schweinespeckwürfel mit Zwiebeln und Champignons aus und rührte sie unter den Brei, der Bruno und den Baron im stillen Einvernehmen an das Essen während ihrer Militärzeit erinnerte. Aber keiner der Erwachsenen beklagte sich, da Jack immer exzellente Weine und großartigen Käse kredenzte und zum Dessert Apfelkuchen von Fauquet und eine große Packung Vanilleeis auftischte.

Jacks Tochter Miranda runzelte die Stirn beim Anblick des riesigen Topfes auf dem großen Küchentisch und schöpfte sich selbst nur eine halbe Portion auf den Teller. Ihre und Florences Kinder hingegen freuten sich immer, wenn Jack kochte, und langten begeistert zu. Sogar Miranda lächelte, als alle einen Nachschlag wollten und ein allgemeines Loblied auf Jacks Kochkünste anstimmten. Fabiola behielt wieder einmal recht: Auch diesmal schmeckte ein bisschen anders, was wie immer aussah, nämlich wie ein braunes, klebriges Einerlei mit roten, gelben und grünen Einsprengseln von Tomaten, Karotten und Erbsen.

»Hühnchen«, erriet Gilles. »Du hast ein paar Hühnerbrüste mitverarbeitet. Das ist neu.«

»Ja, zwei, der Kinder wegen, sie mögen's«, antwortete Jack. »Ich habe sie vorher in Entenfett sautiert, ganz nach Art des Périgord.«

»Das Aroma passt gut zum Shampooduft der Kinder«, bemerkte Fabiola trocken. »Sollten wir jetzt Rotwein zur Ente oder Weißwein zum Hühnerfleisch nehmen?«

»Für mich ein Glas von beidem«, antwortete Jack mit strahlender Miene. »Der Weiße ist ein Verdot von David Fourtout, der Rote von Château Tour des Gendres – was ganz Besonderes. In einem Winkel des Weinbergs wächst eine seltene alte Rebsorte, von der ich bis vor kurzem noch nie gehört habe. Es ist ein Cabernet mit Namen Les Anciens Francs. Ich finde ihn ganz ausgezeichnet.«

Auch darüber waren sich Bruno und der Baron einig: Es war ein Vergnügen, an Jacks autodidaktischen Studien in Sachen Bergerac-Weine teilzuhaben. Mindestens einmal in der Woche machte sich Jack auf den Weg, der halb Pilgerfahrt, halb Forschungsreise war, um eins oder zwei der rund elfhundert Weingüter der Region zu erkunden. Dadurch hatte Bruno exzellente Weine kennengelernt, die ihm sonst nie vorgesetzt worden wären.

»Es ist immer wieder überraschend, was meine *fourchette* so alles aufspießt«, sagte Félix und musterte interessiert einen fast schwarzen Klumpen an seiner Gabel.

»Das ist ein Stück Entenwurst«, erklärte Jack. »Sie ist geräuchert und die einzige Wurst, die ich kenne, die beim Kochen nicht auseinanderfällt. Wenn du was Weißes findest, wird's Hühnerfleisch sein.«

Bruno und der Baron tauschten vielsagende Blicke und füllten ihre Gläser. Bruno fand diesen Eintopf wirklich lecker. Er war von unterschiedlicher Konsistenz, aber die Aromen ergänzten sich vorzüglich; die Wurst hatte noch Biss, und die Hühnerbruststücke waren zum Glück spät hinzugefügt worden und hatten so ihren Geschmack beibehalten können. Die Brühe war kräftig und nahrhaft, die Kartoffeln so lange gekocht, dass sie unter der Gabel zerfielen und viel Flüssigkeit aufnahmen. Die Kinder, bemerkte Bruno, hatten den Nachschlag schon verschlungen und verlangten lautstark nach Eis und Apfelkuchen.

»Gibt es Neues im Fall Claudia?«, fragte Fabiola, als der Kaffee serviert und die Kinder im Bett waren.

»Eigentlich nicht. Wir warten noch auf den toxikologischen Bericht über Art und Menge der Schmerzmittel, die sie eingenommen hat.«

»Fentanyl ist mehr als ein Schmerzmittel, Bruno«, wandte sie ein. »Es ist ein hochgefährliches Opioid, das süchtig macht. Wir haben in Frankreich unsere Probleme damit, aber in den Vereinigten Staaten ist das Zeug außer Kontrolle geraten. Die Ärzte dort stellen jährlich über zweihundert Millionen Rezepte für Oxycodon und Fentanyl aus. Ganz zu schweigen von den Umsätzen auf dem Schwarzmarkt.«

»Warum verbietet man so was nicht?«, fragte der Baron.

»In der Verabreichungsform als Transdermalpflaster ist es ein hervorragendes Anästhetikum, das von der Weltgesundheitsorganisation als unentbehrliches Arzneimittel eingestuft wurde. Und es ist eine Menge Geld damit zu machen. Im Handel hat es den Namen Oxycontin. Sein Hersteller hat schon über dreißig Milliarden Dollar damit verdient. Wer Schmerzen hat, möchte sie möglichst sofort loswerden, und dafür zahlt er notfalls einen hohen Preis«, antwortete Fabiola. »Wir haben während der Aidsepidemie das Mittel in Frankreich einzusetzen versucht, um Heroinabhängige davon abzuhalten, dass sie sich an verschmutzten Nadeln infizieren, mussten aber dann feststellen, dass wir damit nur neue Probleme schaffen.«

»Wo kommt der Wirkstoff her?«, wollte Florence wissen.

»Er wurde während des Ersten Weltkriegs von deutschen Wissenschaftlern entwickelt und für weniger gefährlich als Heroin gehalten, was nicht stimmte. Ein hochwirksames Medikament, das sehr effektiv gegen Schmerzen hilft. Auch Adolf Hitler soll es gespritzt bekommen haben.«

»Und das hat Claudia eingenommen?«, fragte Pamela.

»Ja, ein amerikanischer Arzt hat es ihr gegen Menstruationsbeschwerden verschrieben«, antwortete Fabiola und warf zum Ausdruck ihrer Verständnislosigkeit die Hände in die Höhe. »Sie hat auch mich um ein Rezept gebeten.«

»Damit wäre der Fall ja wohl geklärt«, meinte Jack. »Warum legst du ihn nicht zu den Akten?«

»Ihr Laptop und ihre Handtasche werden vermisst. Das wirft Fragen auf, und außerdem hat sich der amerikanische Botschafter eingeschaltet«, antwortete Bruno. »Anscheinend ist er ein Freund ihres Vaters. Jean-Jacques drängt auf eine Autopsie, die schon morgen früh vorgenommen werden soll. Übrigens, von euch haben gestern Abend ja auch einige den Vortrag gehört. Ich möchte euch bitten, einen Blick auf die Liste zu werfen, die ich von den Anwesenden erstellt habe, und mir zu sagen, ob sie vollständig ist oder nicht. Und ist einem von euch vielleicht aufgefallen, ob jemand vorzeitig gegangen oder verspätet gekommen ist?«

»Ich erinnere mich, dass du, Florence, mit Claudia rausgegangen bist, aber schon nach ein oder zwei Minuten wieder zurück warst«, sagte Pamela.

»Als ich in den Saal zurückgekommen bin, habe ich mich auf einen Stuhl neben der Tür gesetzt, um nicht zu stören. Ich hätte gesehen, wenn jemand gegangen wäre, und das war nicht der Fall«, erklärte Florence. »Wo ist denn diese Liste, Bruno?«

Bruno holte das Blatt Papier hervor, das er in seinem Büro ausgedruckt hatte, und ließ es herumgehen.

»Da war ein junger Mann, der das PowerPoint bedient hat«, sagte der Baron und schaute Bruno über den Rand seiner Brille hinweg an. »Steht er auch auf der Liste?«

»Er gehörte zu der Gruppe, die der Redner aus Montignac mitgebracht hat.«

»Weiß jemand, wie viele Stühle aufgestellt worden sind?«, fragte der Baron.

»Ja, achtundzwanzig. Mehr hatten sie nicht.«

»Vier waren nicht besetzt. Ich habe sie gezählt, weil ich dachte, dass womöglich nicht für alle Platz ist. Es gab da noch eine Fensterbank, auf die ich mich notfalls gesetzt hätte. Wie ich sehe, stehen hier vierundzwanzig Namen auf der Liste. Dann wird sie wohl vollständig sein.«

Bruno nickte. »Aber wann hast du gezählt? Bevor Claudia mit Florence rausgegangen ist oder nachher?«

»Vorher, als wir alle saßen und die Frau des Bürgermeisters den Redner vorgestellt hat«, antwortete der Baron. »Ich habe mich gefragt, ob noch jemand kommen würde.«

»Und der junge Mann, der für das PowerPoint zuständig war? Saß er auf einem der Stühle oder stand er am Projektor?«

»Er stand«, sagte Pamela, bevor der Baron antworten konnte. »Ich erinnere mich genau, weil er den Pointer fallen ließ und ich mich wegen des Geräuschs zu ihm umgedreht habe.«

»Deine Liste ist also nicht vollständig«, resümierte Florence. »Achtundzwanzig Plätze, vier davon leer, und ein Mann am Projektor. Es müssten demnach fünfundzwanzig Personen anwesend gewesen sein. Und ich erinnere mich, dass hinter dem Rednerpult zwei Stühle standen, einer für den Referenten, der andere für die Frau des Bürgermeisters.«

»Stimmt«, bestätigte Gilles und blickte von seinem Notizbuch auf, in das er irgendwelche Zahlen gekritzelt hatte. »Auf deiner Liste fehlt eine Person.«

»Was ist mit der jungen Frau von der Gärtnerei, die die Früchtebowle serviert hat – Félicité?«, fragte Bruno. »Saß sie auf einem der Stühle?«

»Nein«, antwortete Florence. »Als ich in den Saal zurückgekommen bin und nahe der Tür Platz genommen habe, stand sie neben mir. Ich erinnere mich, weil ich mich gefragt habe, ob's an der Bowle gelegen haben könnte, dass Claudia schlecht geworden ist. Ich habe Félicité später gefragt, und sie sagte, die Bowle habe nur aus Weißwein, Fruchtsaft und Mineralwasser bestanden.«

Gilles zeichnete einen Aufriss in sein Notizbuch. »Das ist der Vortragssaal, hier das Podium und der Tisch, hinter dem der Referent und die Frau des Bürgermeisters gesessen haben. Dann wären hier die drei Stuhlreihen – A, B und C –, dahinter der Mann am Projektor. Ich numeriere jetzt alle Plätze durch. Wo hast du gesessen, Pamela?«

»Hier, in der zweiten Reihe, zusammen mit Jack und dem Baron«, antwortete sie und zeigte mit dem Finger auf die Skizze. »B zwei, drei und vier. Das englische Ehepaar vom Tennisklub gleich daneben, B fünf und sechs. Zu Beginn des Vortrags saß Claudia rechts von mir auf B eins.«

»Ich habe anfangs rechts außen in der ersten Reihe gesessen, neben meinen Schülern – A eins bis vier«, sagte Florence. »Dann kamen Joe und seine Frau, A fünf und sechs, und dann Freunde des Referenten, sieben und acht.«

»Hinter mir in Reihe C saßen drei waschechte Périgourdins«, wusste der Baron. »Ihr Akzent war unverkennbar. Ein Ehepaar in den Sechzigern und ein junger Mann mit kräftiger Statur. Auch Horst und Clothilde saßen hinter uns.«

Bruno nickte und dachte an Laurent und seine Freunde. »Ich glaube, ich weiß, wer die Périgourdins waren.«

»Als ich wieder zurückgekommen bin, habe ich mich auf den Platz ganz rechts in Reihe C gesetzt. Félicité saß neben mir auf C zwei«, sagte Florence.

»Wenn also in jeder Reihe acht Stühle standen, haben wir insgesamt vierundzwanzig Plätze. Dazu die beiden auf dem Podium, sind zusammen sechsundzwanzig. Wo haben die beiden anderen Stühle gestanden? War eine Reihe länger als die anderen?«

»Ja, die erste und die zweite«, antwortete der Baron. »Ich weiß das noch, weil wir hinterher geholfen haben, die Stühle wegzuschaffen.«

»Das heißt, wir hätten fünf fragliche Plätze – A neun, B sieben, acht und neun und C acht, plus den Platz, den Florence verlassen hat«, sagte Gilles. »Also insgesamt sechs.«

Bruno holte sein Handy hervor und rief Clothilde an. Er erklärte sein Problem, worauf sie sagte, dass sie und Horst allein gekommen seien und neben einer Frau mittleren Alters aus Limeuil mit Namen Marie-Claire gesessen hätten, die die Frau des Bürgermeisters mitgebracht habe. Bruno nickte, weil er mit Marie-Claire schon telefoniert hatte, dankte Clothilde und beendete das Gespräch. Jack Crimson telefonierte ebenfalls. Er sprach englisch, bedankte sich schließlich und steckte sein Handy weg.

»Das waren die Sharps, das Ehepaar vom Tennisklub«, erklärte er. »Sie erwähnten einen jungen Mann, der drei Plätze neben ihnen gesessen hat. Die beiden Stühle zwischen ihnen waren leer. Sie haben ihn nie zuvor gesehen, bedauerlicherweise aber auch nicht mit ihm gesprochen, weshalb sie nicht sagen können, ob er Franzose oder Engländer ist.«

»Damit hätten wir einen geheimnisvollen Unbekannten«, sagte Gilles, und seine Augen leuchteten. »Allmählich wird aus dem Fall eine richtig gute Story.«

Bruno verzog das Gesicht. Gilles hatte sich zwar darauf verlegt, nur noch Bücher zu schreiben, sprang aber als ehemaliger Reporter, der jahrelang für *Libération* und *Paris Match* gearbeitet hatte, immer noch auf alles an, was schlagzeilenverdächtig war. »Bitte, erwähne mit keinem Wort, was ich über den amerikanischen Botschafter gesagt habe«, beschwor ihn Bruno. »Ich käme in größte Schwierigkeiten.«

Als die Spülmaschine lief und die Ersten aufbrachen, verblüffte Pamela Bruno mit den geflüsterten Worten: »Bleib noch ein bisschen.« Dann strich sie mit einem Finger über seine Hand, was ihn noch mehr überraschte. Mit dieser Geste hatte sie ihn früher immer eingeladen, mit ihr ins Bett zu gehen. Schon vor Monaten aber hatte sie ihn als Liebhaber abgelegt, weshalb Bruno nun einigermaßen irritiert reagierte und Herzklopfen bekam. Er bückte sich und rückte Geschirr zurecht, das auf den Regalbrettern unter der Anrichte ungeschickt gestapelt worden war, als Gilles und Fabiola gingen und er mit Pamela plötzlich allein war.

Er richtete sich wieder auf, verunsichert, was seine eigenen Gefühle und Pamelas Beweggründe anging. Wollte sie die abgebrochene Affäre zwischen ihnen fortsetzen oder war ihr einfach nur danach, dass er die Nacht mit ihr verbrachte? Die Aussicht darauf weckte in ihm zwar Vorfreude, doch fragte er sich, ob er wirklich eine Beziehung wiederaufnehmen wollte, die sich, so beglückend sie mitunter auch sein mochte, immer nur in der Gegenwart abspielte und keine Zukunft hatte.

Deutlich spürte Bruno die Spannung zwischen seiner Vernunft und seinem Begehren. Pamela stand vor der Spüle und hatte ihm den Rücken zugekehrt. Ihre Silhouette erinnerte ihn an den schlanken, biegsamen Körper unter den Jeans und dem Sweater. Pamela leerte den Rest der kristallenen Weinkaraffe, indem sie ihn auf zwei Gläser verteilte, spülte sie dann aus und drehte sich um. Ihre Augen blitzten und lächelten auf eine Weise, die ihm sehr vertraut war.

»Überrascht?«, fragte sie neckend.

Er nickte und lächelte zurück. »Und verwirrt. Ich erinnere mich noch allzu gut an deine Worte während des gemeinsamen Ausritts, als du gesagt hast, dass es mit unserer Liaison ein Ende haben sollte.«

»Weißt du auch noch, welchen Grund ich dafür genannt habe?«

»Allerdings. Du sagtest, solange ich mit dir zusammen bin, würde ich nicht die Frau finden, mit der ich eine Familie gründen und Kinder haben könnte.«

»Tja, und dazu ist es immer noch nicht gekommen«, sagte sie. »Ich will nicht unterstellen, dass du es nicht versucht hast, aber so ist es nun mal. Und was mich anbelangt – du fehlst mir, und es gibt keinen anderen, mit dem ich schlafen möchte.« Sie trank einen Schluck, ohne den Blick von Brunos Augen abzuwenden. »Manchmal, wenn ich allein in meinem Bett liege, sehne ich mich nach dir.«

»Und ich mich nach dir.« Er nahm ihr das Glas aus der Hand, stellte es auf der Anrichte ab und schloss sie in seine Arme.

11

Es war nun schon das zweite Mal in einer Woche, dass er das Château des Milandes besuchte. Das erste Mal war er vor sechs Tagen dort gewesen, als er das Programm für die Gratiskonzerte zu komplettieren versucht hatte, die Saint-Denis zum Höhepunkt der Urlaubssaison im Juli und August veranstaltete. Seine Beförderung zum Polizeichef hatte seinen Verantwortungsbereich um die Nachbarkommunen im Tal der Vézère erweitert, was aber nichts daran änderte, dass er nebenbei auch als Impresario für Veranstaltungen der Stadt fungierte. Im Grunde gefiel es ihm, Jahr für Jahr mit den Feuerwerkern um die Kosten für das *feu de joie* zu feilschen, das am Nationalfeiertag und am Tag von Saint Louis abgebrannt wurde. Und er hatte auch seinen Spaß daran, die alljährliche Oldtimer-Rallye zu organisieren, das Wettangeln, den Literaturtag mit Autoren der Region, das Tennisturnier und all die anderen Events, die Touristen anlocken sollten und den Veranstaltungskalender der Stadt füllten. Das größte Vergnügen bereitete ihm jedoch die Organisation der Gratiskonzerte, die an Sommerabenden am Flussufer von Saint-Denis gegeben wurden.

Die meisten der teilnehmenden Musiker waren regelmäßig zu Gast. So lud er immer die Rockband der Stadt ein, zu der als Schlagzeuger Lespinasse von der Kfz-Werkstatt gehörte, der Organist der Kirche, der am Keyboard saß, und Denis vom Zeitungskiosk an der Gitarre; Robert, der Architekt, sang sowohl auf Englisch als auch auf Französisch und spielte den Bass. Und die Bewohner des Seniorenheims würden Bruno am nächsten Laternenmast aufknüpfen, wenn er es versäumte, die Akkordeongruppe zu engagieren, die die alten *bal-musette*-Nummern spielte, was sie, wenn auch nicht mehr ganz so schwungvoll wie in jungen Jahren, aber immer noch begeistert zum Tanzen brachte. Der Kirchenchor gab immer ein Konzert mit weltlichen Liedern, und der Bürgermeister bestand darauf, dass mindestens ein Abend einem Streichquartett mit Kammermusik vorbehalten war.

Von diesen unverzichtbaren Programmpunkten abgesehen, hatte Bruno freie Hand. In diesem Jahr freute er sich besonders auf Amélie Plessis, eine befreundete junge Beamtin aus dem Justizministerium. Sie hatte schon ein paar Jazzalben eingesungen und sich bereit erklärt, während ihrer Urlaubstage zwei Konzerte am Flussufer zu geben. Bruno war stolz darauf, dass er es geschafft hatte, eine Gesamtgage von elfhundert Euro für sie herauszuschlagen. Von seinem begrenzten Budget würde er ihr nur zweihundert und die Kosten für Unterkunft und Bahnreise zahlen können. Es war ihm aber gelungen, neben ihren Auftritten in Saint-Denis jeweils ein Konzert in Montignac und Les Eyzies zu organisieren, was ihr zusätzliche zweimal zweihundert Euro einbrächte, und dank seines jüngst mit dem Château des Milandes geschlossenen Vertrags würden Amélie weitere fünfhundert Euro für ein Konzert zukommen, für das sie Songs der legendären amerikanischen Jazz-sängerin Josephine Baker versprochen hatte, der ehemaligen Eigentümerin des Schlosses.

Diesmal fuhr er mit weniger angenehmen Gefühlen dorthin, obwohl es ihm immer wieder ein Vergnügen war, das wunderschön auf einer Anhöhe über der Dordogne gelegene Château zu besuchen. Es war Ende des fünfzehnten Jahrhunderts vom Seigneur der beeindruckenden Festung von Castelnaud auf Wunsch seiner jungen und für ihre Schönheit berühmten Frau erbaut worden. Sie hatte sich ein Schloss im italienischen Stil gewünscht, der damals Mode war. Die junge Komtesse wollte ein Lustschloss und keine Kriegsbastion, eine helle, luftige und modische Wohnstatt mit Fenstern statt Schießscharten und Balkonen statt Wehrgängen. Und so hatte er ihr ein Juwel errichten lassen, mit Blick auf eine der reizvollsten Uferlandschaften im Tal der Dordogne.

Da ihre Ermittlungen zu Claudias Tod aller Wahrscheinlichkeit nach hinterfragt werden würden, hatte Jean-Jacques Bruno darum gebeten, die Aussagen von Laurent und seinen beiden Freunden von Milandes zu protokollieren. Als Ex-Häftling, der mit der Toten Kontakt gehabt hatte, stand Laurent natürlich unter Verdacht. Bruno würde sein Alibi für die Tatzeit überprüfen müssen. Als Erstes befragte er Arnaud, einen Mann Anfang sechzig, der sich seit seinem Ausscheiden aus der Armee vor dreißig Jahren mit der Falknerei beschäftigte. Brunos eigene Militärvergangenheit, auf die das *Croix de Guerre* an seiner Uniform verwies, diente ihm dabei als Türöffner.

Arnaud diktierte ihm, was er zu sagen hatte, unterschrieb

mit dem Zusatz *lu et approuvé*, gelesen und genehmigt, und lud Bruno zu einem Kaffee zu sich nach Hause ein, wo auch seine Frau bestätigen konnte, dass sich Laurent nach Feierabend bis ungefähr halb elf bei ihnen aufgehalten hatte.

»Der Kollege, der ihm die Falknerei nahegebracht hat, hat ihn mir empfohlen«, erklärte Arnaud beim Kaffee. »Ich bin froh, ihn aufgenommen zu haben. Er hat ein Händchen für Greifvögel, ist geduldig, aber bestimmt. Über seine Vergangenheit weiß ich Bescheid, und ich finde, dass er für seinen Fehler mehr als genug bestraft worden ist. Zehn Jahre waren viel zu viel für einen tragischen Unfall. Wie dem auch sei, mit dem Tod der armen Frau hat er nichts zu tun. Laurent war entsetzt, als Ihr Kollege gestern kam und uns mitgeteilt hat, was ihr widerfahren ist. Nicht dass er die Fassung verloren hätte – er hat sich gut im Griff –, aber ihm war anzumerken, wie tief ihn die Nachricht getroffen hat. Er ist wortlos weggegangen, hat sich eine Weile zu seinem Rotschwanz gesetzt, den er ausbildet, und dann die Aviarien ausgemistet.«

»Aviarien?«

»Unsere Volieren, die jeweils so groß wie ein Wohnzimmer sind. Darin können unsere Vögel mehr als nur die Flügel ausstrecken.«

»Wie ist er an seinen Rotschwanz gekommen?«

»Weiß ich nicht. Er hat ihn aus dem Jura mitgebracht. Jeder fängt mit kleineren Vögeln an. Ich hatte wie die meisten hier in Frankreich einen Wüstenbussard. Der Rotschwanzbussard kommt ursprünglich aus Amerika und ist erst seit kurzem auch bei uns populär. Er eignet sich gut als

Anfängervogel. Der Falkner, bei dem ich und später dann eben auch Laurent gelernt haben, hat das Tier hierherbringen lassen. Sie hätten sein Gesicht sehen sollen, als die beiden wiedervereint waren. Und sein Vogel schien darüber genauso glücklich gewesen zu sein wie er.«

»Laurent ist ein anständiger Kerl, hilfsbereit und höflich«, sagte Arnauds Frau Myrtille, die mit einem noch ausgeprägteren Périgord-Akzent sprach als ihr Mann. »Wie's aussieht, haben wir eine Bleibe für ihn gefunden, hier ganz in der Nähe, ein kleines Häuschen, das zu einem Anwesen gehört und als Lager genutzt wird. Das Dach und die Wände sind in Ordnung, und es gibt auch einen alten Holzofen zum Heizen und Kochen. Wir helfen ihm, es wieder bewohnbar zu machen.«

Arnaud führte Bruno zu den Aviarien, aus denen ihm insgesamt siebzig verschiedene Eulen, Adler und Bussarde ungerührt entgegenstarrten. Arnaud wies auf seinen ganzen Stolz hin, zwei Wanderfalken, die er selbst aufgezogen und ausgebildet hatte.

»Was sind das für Riemen an den Beinen?«, fragte Bruno.

»Wir nennen sie das Geschüh. Damit wird der Greifvogel beim Training gehalten. Übrigens trainiert Laurent gerade seinen Rotschwanz. Sie finden ihn irgendwo da drüben, hinter der Treppe.«

Laurent war im Garten hinter den Aviarien. Er hatte sich einen Beutel quer über die Brust geschlungen, so dass er an der rechten Seite herabhing. An der linken Hand trug er einen dicken Lederhandschuh, der ihm bis zum Ellbogen reichte. Ein Vogel war nicht in Sicht.

»Hi, Bruno, schön, Sie zu sehen. Aber kommen Sie mir

bitte nicht zu nah und seien Sie still«, sagte Laurent leise und ohne sich ganz zu Bruno umzudrehen. »Unbekannte machen ihn nervös. Ich versuche, ihn an seine neue Umgebung zu gewöhnen. Er sitzt da oben in der Kiefer und hält Ausschau nach Eichhörnchen.«

Bruno fragte sich, ob in der Nähe der Greifvögel von Milandes überhaupt noch Eichhörnchen anzutreffen waren. Ein wenig wusste er schon über die Falknerei und worauf die Vögel Jagd machten. Wie er gehört hatte, fürchteten die Bauern um ihre neugeborenen Lämmer, seit die ersten Adler auf Milandes eingezogen waren. Zwar war noch keines geschlagen worden, aber es hieß, dass ein paar frei laufende Hühner verschwunden seien. Wegen der drohenden Vogelgrippe hatte man allerdings nunmehr alle Gehege mit Netzen überspannt.

Plötzlich bemerkte Bruno eine Bewegung im Wipfel der Kiefer. Dann sah er den Bussard aufsteigen und in luftiger Höhe über dem Garten kreisen. Ein schrilles, abfallendes *kiiieer* war zu hören, das sich scheinbar endlos fortsetzte. Auf ausgebreiteten Schwingen segelte das Tier majestätisch und mühelos über das Dach des Châteaus, kehrte in weitem Bogen zurück, schien eine Weile reglos in der Luft zu schweben und senkte sich schließlich auf Laurents ausgestreckte Hand. Er gab ihm einen Happen zu fressen, befestigte das Geschüh an einem kleinen Ring auf dem Handschuh und winkte Bruno schließlich zu sich.

Aus der Nähe erkannte Bruno, dass der Bussard fast so groß war wie Laurents ausgestreckter Arm, wohl fast einen halben Meter lang. Die Spannweite der Flügel schätzte er auf weit über einen Meter. Auf der Oberseite waren sie dunkelbraun, die Federn an der Brust dagegen hell gesprenkelt. Die gefiederten Beine sahen aus, als trüge der Vogel Hosen, und was an Krallen darunter zum Vorschein kam, beeindruckte Bruno sehr. Der rostrote Schwanz, der der Art ihren Namen gab, ragte gute zehn Zentimeter über den Rumpf hinaus. Dafür würde es wohl auch einen Fachausdruck geben, dachte Bruno. Er betrachtete jetzt den wie ein Krummsäbel gebogenen Schnabel, der wahrhaft tödlich aussah und in einer Spitze endete, die wie ein Haken über die Unterseite hinausragte.

»Hat er einen Namen?«, fragte er und schaute in die gelblich funkelnden Augen des Vogels, bevor Laurent ihm eine Lederkappe über den Kopf streifte und sie zuschnürte. Dafür nahm er ein Ende des Lederbands zwischen die Zähne und schnürte mit der rechten Hand einen Knoten. Das Tier wurde ruhig, schien sich zu entspannen und vor sich hin zu dösen.

»Ich nenne ihn nur Rotschwanz. Diese Vögel sind nicht im Entferntesten menschlich. Ihnen einen Namen zu geben, ergibt für mich keinen Sinn.«

»Wie alt ist er?«

»Fast zwei Jahre, also bald geschlechtsreif. Ich hatte ihn schon als Küken. Arnaud will ihn mit einem seiner Wüstenbussarde kreuzen. Davon verspricht er sich einiges. Ich bin mir da nicht so sicher. Rotschwänze jagen gern zu zweit und bleiben ein ganzes Leben lang zusammen. Für meinen Vogel würde ich lieber ein passendes Weibchen finden.«

»Sie jagen zu zweit? Wie?«

»Wenn sie zum Beispiel auf ein Eichhörnchen aus sind, greifen sie den Baum, auf dem es sitzt, von zwei Seiten an.

Der eine scheucht es um den Stamm herum, wo es der andere dann abgreift.«

»Womit haben Sie ihn gefüttert, als er auf Ihre Hand zurückgekehrt ist?«

»Mit einem Stück rohem Rindfleisch. Hauptsächlich fängt er Feld- und Wühlmäuse, manchmal auch ein Kaninchen.«

»Kaninchen vermehren sich bekanntlich rasch, trotzdem wundert's mich, dass bei all den Greifvögeln hier am Schloss überhaupt noch welche da sind.«

Laurent lächelte. »Greifvögel sind Fleischfresser. Wenn sie Hunger haben, fressen sie auch Würmer und Käfer. Mangel an Nahrung haben sie hier nicht, aber in der Dämmerung kommt es immer wieder zu Revierkämpfen, vor allem mit den Eulen. Dabei streifen sie weit umher, über Beynac hinaus und fast bis nach Saint-Denis.«

»Diese Krallen sehen ziemlich gefährlich aus.«

»Im Verhältnis zu ihrer Größe sind Greifvögel die kräftigsten Tiere überhaupt und auch die schnellsten. So stößt zum Beispiel ein Steinadler seine Fänge mit einer Kraft von bis zu siebzig Kilo pro Quadratzentimeter in den Körper seines Opfers«, erklärte Laurent. »Aber um das zu hören, sind Sie ja nicht gekommen, oder? Gehen wir zurück zu den Aviarien. Ich kann Ihnen aber leider nicht mehr sagen als das, was ich gestern schon Ihren Kollegen mitgeteilt habe.«

»Das war nur eine erste informelle Befragung. Ich brauche Ihre Aussage schriftlich. Die von Arnaud und seiner Frau habe ich schon. Sie konnten Ihnen ein Alibi geben. Ist nur eine reine Formalität.«

»Den Spruch habe ich schon mal von *flics* gehört«, entgegnete Laurent und blickte starr vor sich hin, als er die steinernen Stufen hinaufstieg. »Dem, was Ihr Kollege gestern gesagt hat, war zu entnehmen, dass es sich um einen Unfall gehandelt hat.«

»Danach sieht's aus. Sie hat starke Medikamente eingenommen, und ihr ist deshalb wahrscheinlich schwindlig geworden. Auf oder im Brunnen war ein Kätzchen; es könnte sein, dass sie ihm helfen wollte und dabei gestürzt ist. Aber wir können andere Möglichkeiten nicht ausschließen, und Sie sind eine der wenigen Personen aus der Gegend, die sie kannten.«

»Wir haben uns ein paarmal getroffen. Das erste Mal am Bahnhof – Sie waren dabei – und dann, als wir uns den Vortrag vom Geschichtsverein angehört haben. Später sind wir uns hier am Château begegnet, und sie hat mich gefragt, ob ich sie nach Lascaux begleite. Als sie mich abgeholt hat, habe ich ihr die Greifvögel hier gezeigt, dann sind wir nach Montignac gefahren. Am Sonntagabend in Limeuil habe ich sie das letzte Mal gesehen.«

»Mochten Sie sie?«, fragte Bruno. »Fühlten Sie sich zu ihr hingezogen? Das wäre nur natürlich, denn sie war ja eine attraktive junge Frau.«

Laurent ließ mit der Antwort auf sich warten. Als sie das Aviarium erreichten, in der sein Rotschwanz untergebracht war, wandte er sich zu Bruno. »Wir hatten einen schönen Tag zusammen, vielleicht den besten, den ich seit meiner Entlassung aus dem Gefängnis gehabt habe. Sie war freundlich und offenherzig und mehr als intelligent. Claudia hat, oder vielmehr hatte, einen sehr wachen Verstand, sie war an allem Möglichen ehrlich interessiert, an meinem Vogel, am Château, an Höhlenmalereien …«

Laurent schaute sich um, als suchte er nach Worten. Stockend fuhr er fort: »Claudia hat gern gelebt, war neugierig und voller Optimismus. Ihre gute Laune war ansteckend. So jemand wie sie ist mir noch nie begegnet. Ja, ich habe mich zu ihr hingezogen gefühlt, aber nicht, wie Sie vielleicht denken. Sie war zu jung, zu unschuldig, irgendwie fast kindlich. Anscheinend hatte sie keine Ahnung davon, wie schlimm es in der Welt zugehen kann. Und ich wäre der Letzte gewesen, der ihr ihre Illusionen hätte nehmen wollen.«

»Haben Sie, als Sie nach Lascaux gefahren sind, den ganzen Tag miteinander verbracht?«

»Vormittags waren wir hier bei den Vögeln, dann haben wir uns die Josephine-Baker-Ausstellung im Schloss angesehen. So gegen Mittag sind wir in ihrem Leihwagen losgefahren. Sie hatte ein Picknick vorbereitet. Bei La Madeleine haben wir uns an den Fluss gesetzt und den Korb ausgepackt – Brot, Käse, Salami, Äpfel – und wie Kinder haben wir Orangenlimo getrunken, aus der Dose.« Er lächelte in Gedanken versunken.

»Auf dem Rückweg von Lascaux haben wir noch mal haltgemacht und sind durch Saint-Léon-sur-Vézère geschlendert. Es war herrlich, wir kamen uns vor wie Teenager ohne Aufsicht. So großartig hatte ich mich lange nicht mehr gefühlt. Beim Abschied haben wir uns umarmt wie Bruder und Schwester.«

»Und wie war der Sonntagabend in Limeuil? Sie haben sich wiedergesehen.«

»Ja, aber sie wirkte sehr müde und hatte Ringe unter den Augen. Sie sah krank aus, war still und irgendwie abgelenkt. Wir haben nur ein paar Worte miteinander gewechselt. Ich war ja mit Arnaud und Myrtille und Freunden von ihnen zusammen. Und kurz nachdem der Vortrag begonnen hat, ist sie aufgestanden. Danach habe ich sie nicht mehr gesehen.«

Er öffnete eine Schleusentür, brachte seinen Rotschwanz in den Käfig und vergewisserte sich, dass genug Wasser in seinem Trinknapf war.

Als er wieder ins Freie trat, sagte er: »Also dann, bringen wir meine Aussage zu Papier. Aber nur die Fakten, nicht das blumige Drumherum von vorhin.«

Er führte Bruno in eine Hütte, die von den Falknern offenbar als Büro genutzt wurde, eingerichtet mit einem kleinen Regal voller Bücher zum Thema Greifvögel, zwei Stühlen und einem Schreibtisch, der aus zwei hüfthohen Metallschränken und einer großen Sperrholzplatte bestand. Von der Decke hing eine nackte Glühbirne herab. Auf einem Wandbord standen ein Wasserkocher und mehrere Becher.

»Ich kann Ihnen Pulverkaffee oder Tee anbieten«, sagte er.

Bruno bat um Tee, holte einen Vordruck aus der Tasche, füllte darauf aus, was er auszufüllen hatte, und ließ sich Laurents Aussage diktieren. Daraufhin las Laurent durch, was Bruno geschrieben hatte, und unterzeichnete es mit seiner Unterschrift. Mit ihm, Arnaud und Myrtille ging Bruno anschließend in das Büro des Schlosses, wo er einer überarbeitet wirkenden Frau in Jeans und Sweater die Aussagen der drei zur Bestätigung vorlegte. Es überraschte ihn, dass sie die Texte laut vorlas, ehe sie sie unterschrieb.

»Sind Sie der Polizist aus Saint-Denis, der das Josephine-Baker-Konzert möglich gemacht hat?«, fragte sie, als die Formalitäten erledigt waren. Bruno bejahte, worauf sie Laurent und seine Freunde bat, vor dem Büro zu warten, um mit Bruno noch ein paar organisatorische Details besprechen zu können.

Bruno nahm auf einem Stuhl mit hoher Rückenlehne Platz. Während er die Frau betrachtete, die ihm auf der anderen Seite des Schreibtischs gegenübersaß, versuchte er, mental umzuschalten und sich an die bislang geführten Gespräche über das bevorstehende Konzert zu erinnern. Sie hatte die dunklen Haare zu einem losen Knoten hochgesteckt und trug weder Ringe noch sonstigen Schmuck. Ihr Gesicht war ungeschminkt. Sie hatte deutlich ausgeprägte Wangenknochen, braune Augen und schien in den Vierzigern zu sein, vielleicht etwas älter. Der weite Sweater verhüllte ihre Figur. Er war viel zu groß für sie, weshalb sie die Ärmel hochgekrempelt hatte. Bruno vermutete, dass er einem Mann gehörte.

Einen Großteil ihres Schreibtischs nahm ein breiter Computerbildschirm ein. Sie zog eine schnurlose Tastatur zu sich, ließ die Finger darübertanzen und rief irgendein Dokument auf, wahrscheinlich den Vertrag.

»Ich bin auf dieses Gespräch nicht vorbereitet und habe den Vertrag für das Konzert deshalb nicht bei mir«, sagte Bruno. »Er wurde mit einem Monsieur Varin hier im Château geschlossen und hat einen Nachtrag, in dem auch die Setlist festgelegt wurde, über zwanzig Songs, dazu eine

Würdigung Bakers und ihrer Karriere. Wir haben uns darauf verständigt, dass das Konzert neunzig Minuten dauert, plus einer Pause von einer halben Stunde.«

»Ja, das ist alles schön und gut, aber wir würden gern noch ein weiteres Chanson hören, nämlich ›C'est un nid charmant‹ vor dem letzten Titel ›J'ai deux amours‹. Es ist das Lieblingslied eines wichtigen Gastes vom *conseil régional*. Ich habe hier eine CD mit diesem Chanson, die Sie der Sängerin zukommen lassen können, damit sie ihn einstudieren kann. Dann wäre da noch die Frage der Kostüme. Ursprünglich war wohl davon die Rede, dass sich unsere Interpretin an den Originalkostümen aus unserer Sammlung bedient, aber ich fürchte, das scheitert an den Kosten für die Versicherung. Wir könnten aber das eine oder andere nachschneidern lassen.«

»Monsieur Varin meinte, dass wir mit der Entscheidung darüber warten sollten, bis Amélie, die Sängerin, bei uns eintrifft«, erwiderte Bruno. »Sie selbst hat ein weißes Satinkleid und ein Pelz-Cape. Ich habe klargemacht, dass sie mit Sicherheit nicht den Bananenrock trägt, durch den Baker in den Folies Bergère berühmt wurde. Auch oben ohne ist für Amélie ausgeschlossen. Das steht so im Vertrag.«

»Verstehe. Allerdings hatten wir uns vorgestellt, dass sie für den letzten Song des ersten Sets – ›Aux îles Hawaï‹ – vielleicht einen Lei trägt, eine hawaiianische Blumenkette, die ihre Brust bedecken würde.«

»Ich habe schon mit Monsieur Varin darüber gesprochen. Wir finden, dass der Ablauf der Show durch einen Kostümwechsel gestört würde.«

»Aber wir könnten, während sie sich umzieht, einen

kurzen Ausschnitt aus einer Wochenschau zeigen, in dem Mademoiselle Baker zu sehen ist.«

»Ich werde es ihr sagen«, erwiderte Bruno, der keinen Augenblick daran zweifelte, dass Amélie auf diese Möglichkeit sofort anspringen würde. Er erinnerte sich an ihre Begeisterung über die Ausstellung im Château, die er mit ihr während ihres letzten Aufenthalts im Périgord besucht hatte. Sie war von den Kostümen fasziniert gewesen und hatte durchblicken lassen, wie sehr es ihr gefallen würde, selbst einmal in diesem oder jenem aufzutreten, gern auch in dem berühmten Schurz, der nur aus Bananen bestand. Bruno hingegen hatte Bedenken geäußert und darauf hingewiesen, dass ein Auftritt als Oben-ohne-Tänzerin ihrer Karriere im Justizministerium oder in der Politik nicht gerade förderlich wäre.

»Das zeigt nur, dass du von französischer Politik noch weniger verstehst als ich«, hatte Amélie entgegnet und dabei ihr breites Grinsen aufgesetzt, das Bruno so ansteckend fand. Er konzentrierte sich nun wieder auf das Gespräch mit der Frau, die ihn fragend musterte und an seiner Aufmerksamkeit zu zweifeln schien.

»Soll ich ihre Antwort Ihnen oder Monsieur Varin mitteilen?«, fragte er.

»Sprechen Sie mit mir, ich habe eine juristische Ausbildung und Erfahrung mit Verträgen. Mein Name ist Jeanette Neyrac; ich bin die neue Schatzmeisterin. Monsieur Varin gehört zum Veranstaltungsteam, das inzwischen voll ausgelastet ist – so gut läuft der Laden inzwischen. Wir hatten anfangs gar nicht mit so viel Zuspruch gerechnet.«

»Ich melde mich bei Ihnen, sobald ich mehr weiß, Madame«, sagte Bruno.

»Mademoiselle«, korrigierte sie. »Sie sind Polizeichef Courrèges, nicht wahr?«

»Richtig. Gibt es noch weitere Fragen zur Show oder zu den Kostümen, Mademoiselle Neyrac?«

»Nein, aber lassen Sie mich noch einmal betonen, wie wichtig für uns dieser Event ist, mit dem wir den siebzigsten Jahrestag feiern, an dem La Baker das Schloss gekauft hat.«

»Ich dachte, sie hätte schon während des Krieges hier gewohnt.«

»Hat sie auch, aber nur zur Miete. Ihr Engagement für die Résistance wird Teil der Show sein. Das zweite Set beginnt mit den Liedern ›J'attendrai‹ und ›Le chant des partisans‹. Unmittelbar vorher marschieren die Anciens Combattants durch den Mittelgang der Halle zur Bühne, wo sie ihre Fahnen schwenken und die Show fortsetzen lassen. Wir spielen auch mit dem Gedanken, ihre feierliche Aufnahme in die Ehrenlegion durch Général de Gaulle nachzustellen.«

»Ich hoffe, Sie finden einen Darsteller, der entsprechend groß ist«, sagte Bruno lächelnd. »Mir scheint, die Veranstaltung ist inzwischen sehr viel ambitionierter als zum Zeitpunkt des Vertrags, den ich mit Monsieur Varin unterzeichnet habe.«

»Es sind schon so viele Karten vorbestellt worden, dass wir in Platznot geraten und mehr Stühle als geplant aufstellen müssen. Im Zwischenprogramm zeigen wir noch einen weiteren Filmausschnitt von La Baker mit Martin Luther

King beim Marsch auf Washington 1963. Nach einem Ausschnitt aus seiner ›I Have a Dream‹-Rede singt sie im Originalton ›We Shall Overcome‹. Nur die wenigsten unserer Zuhörer werden wissen, wie wichtig sie für die amerikanische Bürgerrechtsbewegung war. Das wollen wir herausstreichen.«

»Wenn ich mich recht erinnere, hatte sie sich geweigert, vor rassengetrenntem Publikum aufzutreten«, sagte Bruno.

»Ja, und mehr noch«, fügte Mademoiselle Neyrac hinzu. »Nach dem Mordanschlag auf Martin Luther King wurde La Baker von dessen Witwe gebeten, sich an die Spitze der Friedensbewegung zu stellen, aber das hat sie mit Rücksicht auf die zwölf adoptierten Kinder ihrer multiethnischen Familie abgelehnt.«

»Schicken Sie mir doch bitte das Programm der Show zu, mit allen geänderten Details und den beiden Filmausschnitten, die gezeigt werden sollen«, sagte Bruno. »Und vielleicht haben Sie ja noch ein paar Ideen?«

»Wenn wir an Josephine Bakers Familie erinnern, soll ein kleiner Chor aus zwölf Kindern auftreten. Er begleitet Amélie zu den Chansons ›Dans mon village‹ und ›Donnez-moi la main‹. Und mit ›La conga‹ führt sie die Kinder dann von der Bühne.«

»Das muss doch auch alles geprobt werden.«

»Dachte ich mir, dass Sie das sagen«, erwiderte Mademoiselle Neyrac und grinste neckisch, was sie um einiges jünger und weniger ernst aussehen ließ. Bruno hatte den Eindruck, dass ihr das Gespräch mit ihm Spaß machte, wohl nicht zuletzt deshalb, weil sie alle Karten in der Hand hielt und er nur darauf warten konnte, dass sie sie ausspielte.

»Ich verstehe, dass Sie sich für Ihre Künstlerin einsetzen«, fuhr sie fort, und ein Lächeln umspielte ihre Lippen, als wollte sie sagen, dass sie über seine Rolle als kleiner Polizist, der hin und wieder Amateurkonzerte organisierte, informiert sei. »Vielleicht lässt sich an der Gage noch was drehen. Übrigens, wissen Sie eigentlich, dass die Show vom Fernsehen übertragen wird?«

»Von welchem Sender?« Bruno wäre fast vom Stuhl aufgesprungen. Ihr Lächeln verzog sich zu einem breiten Grinsen. Seine Irritation bereitete ihr offenbar großes Vergnügen. Er dachte an den Vertrag, den er stellvertretend für Amélie aufgesetzt und dafür ein Standardformular für Künstlerengagements benutzt hatte. Nur schwach erinnerte er sich an einen Passus, in dem es um Verwertungsrechte ging. Dem hatte er kaum Beachtung geschenkt.

»ARTE will die Show in Frankreich und Deutschland ausstrahlen, zeitgleich. Wir hoffen, dass sie auch über Black Entertainment Network in Amerika zu sehen sein wird.«

»Darauf war ich nicht gefasst, aber es freut mich.«

»Wir haben die Zusage auch erst gestern am späten Nachmittag erhalten. Ein entsprechender Brief ist zu Ihnen auf dem Weg. Natürlich drehen wir von der Show unser eigenes Video, das dann hier vor Ort verkauft werden kann. Und dass es dazu auch noch eine Audio-CD geben wird, versteht sich wohl von selbst. Damit haben Sie sich vertraglich ja schon einverstanden erklärt.«

Bruno kam sich überrumpelt vor und nickte betreten. Als Laienorganisator der Sommerkonzerte von Saint-Denis konnte er hier nicht mehr mithalten.

»Damit wir uns nicht missverstehen.« Mademoiselle Neyrac tippte auf ein paar Tasten ihrer Tastatur, worauf ein moderner Drucker, der auf einem Nebentisch stand, leise zu summen anfing und den Vertrag auswarf, und zwar im Bruchteil der Zeit, die das uralte, laut klappernde Gerät Brunos dafür gebraucht hätte. Sie beugte sich zu dem Tisch, nahm die Blätter aus der Ablage und reichte sie ihm mit den Worten: »Falls Sie Ihre Erinnerung auffrischen möchten.«

»Danke. Es wäre wohl trotzdem besser, wenn ich mich noch einmal mit Amélie absprechen würde. Eigentlich bin ich nur einiger Zeugenaussagen wegen gekommen.«

Sie nickte. »Ach ja, im Zusammenhang mit dem tragischen Unfall der Amerikanerin, nicht wahr? Es stand heute in der *Sud Ouest.* Lassen Sie sich nicht aufhalten. Wir setzen unser Gespräch hoffentlich bald fort. Viel Zeit bleibt uns nicht.«

12

Bruno kehrte in sein Büro zurück, loggte sich am Computer ins Polizeinetz ein und stellte fest, dass der toxikologische Bericht inzwischen eingegangen und in die Fallakte eingeordnet worden war. Claudias Blut wies Spuren von Oxycodon in so hoher Konzentration auf, dass sie nach Ansicht der Laboranten bereits ins Koma hätte gefallen sein können. Allerdings waren auch Koffein und Methamphetamin nachgewiesen worden, eine Kombination, wie man sie in Partydrogen antrifft, die vor allem in Südostasien Verbreitung finden, wo sie unter *Yaba* bekannt sind, dem birmanischen Ausdruck für »verrückte Droge«. Gangs aus Birma, so wurde berichtet, produzieren fast eine Milliarde Pillen im Jahr für den Export nach Thailand, Bangladesch, China und Indien. Bruno erinnerte sich an den Stempel aus Thailand in Claudias Pass.

Die Wechselwirkung des beruhigenden Opioids mit dem aufputschenden Yaba sei, wie es in dem Bericht hieß, besonders gefährlich. Es beeinträchtige Koordinations- und Reaktionsfähigkeit erheblich. Die Interaktion beider Drogen führe außerdem zu einer extrem übersteigerten Selbsteinschätzung, die an ein Gefühl von Unverwundbarkeit grenze.

Das vorläufige Ergebnis des Obduktionsberichts lautete

auf Tod durch Ertrinken, da in der Lunge der Toten Wasser gefunden worden war, zusammen mit Steinstaub, der sich in dieser Form auch auf dem Grund des Brunnens hatte nachweisen lassen. Die junge Frau war von guter gesundheitlicher Verfassung gewesen. Ihr Körper zeigte keinerlei Hinweise auf Gewalteinwirkung, mal abgesehen von einigen wenigen parallel verlaufenden Kratzern an der rechten Hand und am Unterarm, die wahrscheinlich von einer Katze herrührten.

Die Schürfwunden an den Händen und am Rücken waren allem Anschein nach infolge des Sturzes entlang der Brunnenmauer entstanden. Die Ursache für die Blutergüsse an den Beinen ließ sich nicht eindeutig klären. Entweder war Claudia vor ihrem Tod aufgrund drogeninduzierter Gleichgewichtsstörungen gegen irgendwelche Hindernisse geprallt, oder aber ein Angreifer hatte sie bei den Beinen gepackt und über den Brunnenrand gestoßen. Unter ihren Fingernägeln hatte man Spuren von Stein- und Zementstaub gefunden; zwei der Nägel waren fast ausgerissen worden, wahrscheinlich beim Sturz. Dass sich aber keine fremden Hautpartikel oder Haare hatten sicherstellen lassen, sprach dafür, dass es zu keinem Kampf gekommen war.

Ein weiteres Drogenopfer also, dachte Bruno. Nicht das erste im Périgord und wohl auch nicht das letzte. Er wusste, dass nicht wenige junge Leute in Saint-Denis Cannabis konsumierten, und war an der Verhaftung eines Schülers am *collège* beteiligt gewesen, der selbstangebautes Marihuana verkauft hatte. Auch auf Ecstasy war er gestoßen, als er eine Gruppe von Holländern dabei erwischte, wie sie das

Zeug zusammen mit Amphetaminen auf einem Campingplatz vertickt hatte. In seinem Département wurden jährlich rund fünf- bis sechshundert Drogendelikte registriert, was um die fünf Prozent aller Straftaten ausmachte. In Saint-Denis war dieser Anteil allerdings sehr viel geringer. Bruno hatte noch nie mit Fentanyl, Oxycodon oder gar Yaba zu tun gehabt. Er ergänzte die Fallakte um den Hinweis auf Claudias Reisepass, der einen Stempel aus Thailand enthielt, und holte dann Amélies Vertrag hervor, um einen genaueren Blick darauf zu werfen.

Auf ihren Rat hin hatte er sich einen von der UNESCO herausgegebenen Mustervertrag heruntergeladen, in dem klar geregelt war, dass Erlöse aus Konzertmitschnitten oder Rundfunkaufzeichnungen zusätzlich pauschal in Rechnung zu stellen seien, und zwar mindestens in der Höhe der ursprünglichen Gage. Außerdem hatte Amélie Anspruch auf zehn Prozent am Verkaufspreis aller Aufnahmen. In einem Zusatzpassus war vereinbart worden, dass die Josephine-Baker-Stiftung auf Lizenzgebühren für die Nutzung geschützter Musik und Songs verzichtete, die Amélie zur Aufführung brachte. Daran gab es nichts zu deuteln. Bruno schrieb ihr eine Mail und bat sie, ihn so schnell wie möglich zurückzurufen. Es seien Fragen zum Vertrag aufgetaucht.

Wie Bruno wusste, lebte Amélie mit und von ihrem Smartphone. Er rechnete damit, dass sie innerhalb einer Minute antworten würde, und so war es.

»Hi, Bruno, schön, von Ihnen zu hören. Worum geht's?«

»Ich habe interessante Neuigkeiten. Es sieht aus, als könnte Ihnen der Auftritt in Milandes mehr Geld einbringen als gedacht. Allerdings sollten Sie die Sache jetzt selbst in die Hand nehmen, denn sie liegt weit über meiner Liga. Man will das Konzert aufnehmen und weitervermarkten. Außerdem wird die Show von ARTE übertragen.«

»Wow! Das ist ja toll. Hat der Vertrag dafür schon vorgesorgt?«

»Darin steht, dass in einem solchen Fall ein zusätzliches Honorar verhandelt werden muss, das nicht geringer ausfallen darf als die Gage für den Auftritt, und die beträgt fünfhundert. Es kommen also mindestens fünfhundert Euro für die Übertragungsrechte und noch mal so viel für die CD-Einspielung hinzu. Möglicherweise ist mehr drin. Vielleicht sollten Sie einen richtigen Agenten engagieren.«

»Wenn ich richtig verstanden habe und nicht nur eine Audioaufnahme gemacht, sondern auch ein Video gedreht werden soll, kann ich also mit zusätzlichen tausend Euro rechnen, Minimum«, sagte sie. »Und wenn ARTE die Show sowohl in Deutschland als auch in Frankreich ausstrahlt, kämen dann noch mal mindestens tausend Euro dazu, weil es sich um zwei Übertragungen handelt.«

»Es wird jedenfalls kompliziert. Deshalb sollten Sie die Verhandlungen selbst führen oder sich von einem Agenten vertreten lassen«, erwiderte er. »Wenn das Fernsehen im Spiel ist, wär's gut, Sie hätten jemanden, der die Sache für Sie managet.« Er gab ihr die Telefonnummer von Mademoiselle Neyrac und wollte das Gespräch beenden, als sie noch etwas sagte:

»Wo ich Sie gerade in der Leitung habe … Sie wissen vielleicht, dass mich Google auf alles aufmerksam macht, was die Medien über Saint-Denis bringen. In der *Sud Ouest* stand was über eine Amerikanerin, die in einen Brunnen gefallen ist. Zufällig war eine Freundin von mir gut mit ihr bekannt. Die beiden haben zusammen studiert und arbeiten für den Louvre. Wir essen gerade zu Mittag, ausgerechnet in dem Lokal, wo sich meine Freundin Chantal und die Amerikanerin erst vorige Woche getroffen haben. Ist das nicht verrückt? Sie, die Amerikanerin, war im Louvre offenbar gut gelitten. Chantal ist schrecklich traurig. Wollen Sie mit ihr sprechen? Sie weiß, dass Sie Polizist sind. Hier, ich reiche Sie weiter.«

»Monsieur Bruno? *Bonjour*«, meldete sich eine leise Stimme mit Pariser Akzent.

»*Bonjour*, Chantal. Was für ein Zufall. Wann haben Sie Claudia das letzte Mal gesehen, und wie ging es ihr da?«

»Vorige Woche. Es ging ihr eigentlich ganz gut, allerdings hatte sie gerade mit ihrem Freund Schluss gemacht.«

»Mit einem gewissen Jack, Anwalt in London?«

»Ja, genau. Er ist nach Paris gekommen, aber es lief nicht mehr gut zwischen ihnen, und Claudia hat ihm den Laufpass gegeben. Sie sagte, es sei ihr ziemlich schwergefallen, weil sie sich schon von Kindesbeinen an kannten.«

»Sandkastenfreunde also. War sie sehr zerknirscht?«

»Nein, eher erleichtert. Es habe sich viel zu lange hingezogen, sagte sie. Sie hatte schon vorher versucht, sich von ihm zu lösen, aber er wollte sie nicht gehen lassen. Was ist eigentlich passiert? Wie konnte sie in den Brunnen stürzen?«

»Das versuchen wir noch zu klären. Fest steht, dass sie sehr starke Schmerzmittel eingenommen hat, und es sieht so aus, als habe sie eine Katze retten wollen, die in den Brunnen gefallen ist.«

»Das sieht ihr ähnlich. Sie war richtig vernarrt in Katzen. Aber wieso hat sie Schmerzmittel genommen?«

»Ein Arzt hat sie ihr verschrieben. Ist das zwischen Ihnen nie zur Sprache gekommen?«

»Ich weiß, dass sie unter Krämpfen litt und ihr immer davor graute, wenn es auf die Periode zuging. Aber sie sagte, dass sie ein Mittel dagegen gefunden habe, das wirklich hilft. *Mon Dieu.* Ich frage mich, ob Jack Bescheid weiß. Es wird ihn umhauen.«

»Haben Sie ihn kennengelernt?«

»Ja, wir haben zusammen zu Abend gegessen, als er in Paris angekommen ist. Claudia wollte kein romantisches *tête-à-tête* und hat mich dazugebeten. Ich glaube, für sie war die Beziehung schon zu Ende.«

»Hat sie Gründe genannt?«

»Nicht direkt, aber als sie das letzte Mal in London gewesen war, hatte es wohl zwischen den beiden gekracht, und ihm scheint eine Sicherung durchgebrannt zu sein ...« Sie war kaum mehr zu hören, und Bruno hatte den Eindruck, dass Chantal nicht mit ihm, sondern mit Amélie sprach.

»Hat er sie geschlagen?«, hörte Bruno Amélie fragen, deren Stimme schockiert klang.

»Das habe ich sie auch gefragt«, erwiderte Chantal. »Sie hat mir keine klare Antwort darauf gegeben, aber eben auch nicht widersprochen.«

»Verzeihen Sie, aber das könnte wichtig sein«, schaltete sich Bruno wieder ein. »Wissen Sie, wie Jack mit Nachnamen heißt und wo genau er in London arbeitet?«

»Jack Morgan. Claudia nannte ihn JP, wie die Bank. Wo

er arbeitet, weiß ich nicht, aber studiert hat er an der Yale Law School. Vielleicht hilft Ihnen das weiter.«

»Wie lange war er in Paris?«

»Er ist Freitagabend mit dem Eurostar gekommen, und wir sind gleich essen gegangen. Claudia wollte möglichst wenig Zeit mit ihm allein verbringen. Am nächsten Tag haben wir uns wiedergesehen; diesmal war mein Freund dabei. Wir sind ins Musée Marmottan Monet gegangen und von dort auf einen Drink ins Café de Flore. Anschließend haben wir in der Nähe der Rue Jacob zu Abend gegessen, in einem Bistro, das Claudia kannte. Später waren wir noch in einem Jazzlokal, dem Caveau in der Rue de la Huchette. Gegen Mitternacht haben wir uns verabschiedet. Am Sonntag hat Claudia eine Brunch-Party in ihrem Apartment gegeben, da haben wir uns wiedergesehen. Jack ist dann am Abend mit dem Eurostar zurück nach London.«

»Kannte sich Claudia in Paris gut aus?«

»Ziemlich gut. Ihr Vater hat ihr für das Jahr, das sie in Paris verbringen wollte, eine Wohnung an der Rue Jacob gekauft. An den Wochenenden hat sie fast immer zum Brunch eingeladen.«

»Hatte sie noch andere Freunde in Paris?«

»Ein Mädchen namens Marge, mit der sie zur Schule gegangen ist und die an der Eliteuniversität Sciences Po studiert, dann noch ein paar von der amerikanischen Botschaft und eine Engländerin, Judy, die als Fotografin für eine Londoner Zeitung arbeitet. Sie waren normalerweise bei diesen Brunches immer dabei. Ich glaube, sie hat sich manchmal auch mit einem Franzosen getroffen, den sie bei Jim kennengelernt hatte.«

»Jim? Wer ist Jim?«

»Jim Haynes. Eine Institution, ein Amerikaner mit einem phantastischen Atelier in Montparnasse, wo er seit vierzig Jahren jeden Sonntagabend zum Essen einlädt. Ich könnte mir vorstellen, dass er den Rekord hält, was die Anzahl der Gäste angeht, die jemals ein Mensch bewirtet hat. Claudia hat mich einmal mitgenommen; sie war häufiger dort, immer dann, wenn sie nichts Besseres zu tun hatte. Man trifft dort jede Menge Leute: Expats, Touristen, Künstler, Schriftsteller. Jim kennt alle Welt. In den Sechzigern hat er das Arts Lab in London geleitet.«

»Kennen Sie den Namen dieses Franzosen?«

»Marcel. Ich habe ihn nie gesehen und weiß nicht, wie er mit Nachnamen heißt. Claudia ist wohl manchmal mit ihm tanzen gegangen, im Batofar an der Gare d'Austerlitz oder dem alten Beatnik-Schuppen bei Pigalle, der wieder in Mode gekommen ist: Bus Palladium.«

»Bei Ihnen scheint viel los zu sein«, sagte Bruno und dachte, dass Claudias Alltag in Limeuil kaum unterschiedlicher hätte sein können. »Wenn ich wieder einmal in Paris bin, werde ich Sie und Amélie bitten, mir ein paar Tipps zu geben.«

Chantal lachte und wiederholte, was Amélie ihr im Hintergrund soufflierte: »Sie sagt, sie nimmt mich mit zu ihrem Auftritt in Milandes; dann könnte ich mich davon überzeugen, wie gut Sie kochen.«

»Sehr gern«, erwiderte Bruno und ließ sich von ihr den Namen und die Telefonnummer geben, für den Fall, dass Jean-Jacques noch Fragen hatte. Als er die Verbindung beendete, sah er, dass zwei Textnachrichten eingetroffen waren, eine von Hodge mit der Bitte um Rückruf, die andere von Jean-Jacques. Bei ihm meldete er sich zuerst.

»Kommen Sie so schnell wie möglich in mein Büro«, sagte Jean-Jacques. »Hodge und die Mutter der Toten sind auf dem Weg hierher; sie bringen Maître Duhamel aus Bordeaux mit, einen der teuersten Anwälte der Stadt. Die Mutter hat offenbar den nächsten Flieger aus New York genommen. Weiß der Himmel, was sie vorhat, jedenfalls will Prunier, dass wir beide im Bilde sind.«

»Da lässt jemand seine Beziehungen spielen«, erwiderte Bruno. »Der Vater der Toten ist ein Freund des Botschafters.«

»Und hat Freunde im Weißen Haus. Wenn Sie Ihr Blaulicht einschalten, könnten Sie in einer halben Stunde hier sein.«

»Hodge hat mich um einen Rückruf gebeten«, sagte Bruno. »Und ich habe noch nicht zu Mittag gegessen.«

»Ich kaufe Ihnen ein Sandwich, und mit Hodge können Sie sich auch bei mir unterhalten. Beeilen Sie sich. Ich werde in der Tiefgarage einen Parkplatz für Sie freihalten.«

Bruno meldete sich im Sekretariat des Bürgermeisters ab, eilte die steinerne Wendeltreppe hinunter und schwang sich hinter das Lenkrad seines Transporters. Mit Blaulicht machte er sich auf den Weg ins vierzig Kilometer entfernte Périgueux. Es gab für eine Mutter wohl kaum etwas Schlimmeres als den Verlust eines Kindes; Frau Muller würde wahrscheinlich unter Schock stehen und nach einer schlaflosen Nacht im Flugzeug völlig erschöpft sein. ›Aber warum war sie in Begleitung eines Anwalts?‹, fragte er sich und hoffte, etwas in Erfahrung zu bringen, was ihm und Jean-Jacques weiterhelfen würde.

Außer den exotischen Yaba-Pillen beschäftigten ihn vor allem drei Fragen. Wo war der Laptop geblieben, den Claudia doch angeblich immer bei sich gehabt hatte? Außerdem würde er gern ihr Portemonnaie finden, das aber vielleicht in der Laptophülle steckte. Und dann gab es da noch den Unbekannten aus dem Vortragspublikum. Bruno machte kurzentschlossen an einem Rastplatz halt und stöpselte seine Kopfhörer ins Handy, um die *mairie* in Limeuil anzurufen. Sie war, wie er wusste, chronisch unterbesetzt, weshalb die Frau des Bürgermeisters meist im Sekretariat aushalf.

Tatsächlich war sie zugegen. Bruno legte wieder den Gang ein, als er mit ihr verbunden war, und fragte, ob sie wisse, wer der einzelne Mann im Schlosssaal gewesen sei. Es wurmte ihn, sich nicht schon eher danach erkundigt zu haben, denn sie gab sofort Auskunft: Es war Dominique, Madame Darrails Sohn. Er hatte sich, so die Frau des Bürgermeisters, wie alle anderen den Vortrag bis zu Ende angehört. Trotzdem würde er ihn befragen müssen, um zu erfahren, was genau im Anschluss an den Vortrag geschehen war und ob Félicité das Schloss und das Haupttor zum Garten tatsächlich abgeschlossen hatte. Und hatte sie sich vergewissert, dass sich niemand mehr im Schloss und im Garten befunden hatte? Womöglich war jemand zurückgeblieben.

Bruno erinnerte sich, über das Dach auf den Balkon vor Claudias Zimmer gestiegen zu sein. Dominique war in dem Haus groß geworden; er würde alle Schleichwege kennen.

Wahrscheinlich wusste er auch, wie man unbemerkt in den Park gelangen konnte. Statt nach Périgueux zu rasen, wäre es jetzt bestimmt sinnvoller, den jungen Mann zu befragen. Doch plötzlich kam Bruno ein anderer Gedanke. Er fuhr rechts ran und rief in de Bourdeilles Haus an. Es meldete sich Madame Bonnet, die, wie Bruno wusste, Claudia manchmal ihr Auto geliehen hatte. Er fragte, ob deren Laptop vielleicht in dem Wagen sei.

»Keine Ahnung«, antwortete sie. »Ich habe ihn nicht mehr bewegt, seit sie ihn das letzte Mal hatte. Das war vorige Woche, Freitag oder Samstag, sie wollte nach Saint-Cyprien zur Apotheke fahren. Wenn Sie wollen, schaue ich gleich mal im Auto nach. Ich könnte Sie in ein paar Minuten zurückrufen.«

Bruno fuhr weiter und fragte sich, warum Claudia nach Saint-Cyprien gefahren war und nicht zu der sehr viel näher gelegenen Apotheke von Saint-Denis. Er würde sich mit dem Apotheker unterhalten müssen. Und wenn Claudia ihren Laptop am Samstag im Auto hatte liegenlassen, warum hatte sie ihn nicht spätestens Sonntag geholt? Sie hätte ihn doch für ihre Arbeit in de Bourdeilles Bibliothek gebraucht. Sein Handy klingelte. Madame Bonnet meldete sich zurück und sagte, dass sie Claudias Laptop samt Portemonnaie im Gepäcknetz hinter dem Fahrersitz gefunden habe.

»Sie hatte eine Einkaufstasche in der Hand, als sie mir die Schlüssel zurückbrachte«, erklärte sie. »Vielleicht waren ihr Einkaufstasche und Laptop zu viel für die Fahrt auf dem Fahrrad zurück.«

Bruno bedankte sich und beendete das Gespräch. Er

fuhr gerade auf den kleinen Vorort Les Versannes zu, eine verkehrsberuhigte Zone, und schaltete die Sirene ein, um nicht vom Gas herunterzumüssen und die Radarfalle ignorieren zu können. Auch das Rondell vor dem Zubringer von Périgueux hatte er auf diese Weise schnell hinter sich gelassen. Wenig später stellte er den Wagen in der Tiefgarage unter dem *commissariat de police* ab und fuhr mit dem Aufzug zur Etage, wo Jean-Jacques sein Büro hatte.

13

Sie kommen gerade rechtzeitig«, sagte Jean-Jacques. »Wir treffen uns in Pruniers Büro. Er wird mit uns sprechen wollen, bevor die Mutter des Mädchens hier eintrifft.«

Bruno reichte ihm die Aussagen, die er im Château des Milandes protokolliert hatte, und unterrichtete ihn über seine neuen Erkenntnisse, was Dominique und Claudias Computer anbelangte, als sie ins Dachgeschoss hinauffuhren. Im Gegenzug erklärte Jean-Jacques, dass der abschließende Obduktionsbericht nun vorliege, der aber nichts Neues enthielt. Yves, der Leiter der Kriminaltechnik, hatte seinen eigenen Bericht zur Spurensicherung in Claudias Zimmer fertiggestellt. Es waren fremde Fingerabdrücke abgenommen worden, wahrscheinlich die eines Mannes, und zwar auf dem Balkongeländer; außerdem hatte man im Metallgestänge ihres Rucksacks einen Trinkhalm aus Plastik gefunden.

»Und was könnte es damit auf sich haben?«, fragte Bruno.

»Er war voller kleiner roter Pillen, diesen birmanischen. Soll Prunier entscheiden, ob wir die Mutter darüber aufklären oder nicht. Für mich hat sich der Fall damit erledigt. Das Mädchen muss bis unter die Haare mit Drogen vollgepumpt gewesen sein – Sie kennen ja den toxikologischen

Befund. Wie dem auch sei, wir verfahren streng nach Vorschrift, so wie es uns auch Hodge empfohlen hat. Stellen Sie diesen Dominique zur Rede, und bringen Sie uns den Laptop. Yves hat sich schon ihr Handy vorgenommen. Er versucht, auf ihre Cloud zuzugreifen.«

Als sie anklopften, telefonierte Prunier gerade und rief sie herein. Er deutete auf den Konferenztisch, an dem sie Platz nahmen, als der *commissaire* das Gespräch mit einem höflichen *»Bien sûr, Madame le préfet«* beendete.

»Mit der neuen Präfektin sind wir sehr viel besser dran als mit ihrem Vorgänger«, sagte er und schüttelte seinen Besuchern die Hände. »Sie hat mir mitgeteilt, dass der Botschafter sie angerufen und sie daraufhin mit dem Büro des Außenministers gesprochen hat. Wir sollten, sagt sie, in dem vorliegenden Fall genau so verfahren wie sonst auch und uns nicht von irgendwelchen hohen Tieren in Paris kirre machen lassen.«

»Hodge glaubt, dass der Vater der Toten sehr wahrscheinlich private Ermittler engagieren wird«, warnte Bruno.

»Und jetzt kommt die Mutter mit einem Staranwalt«, grummelte Jean-Jacques.

»Das hat ja auch was Gutes«, meinte Prunier. »Wenn sie sich über die Obduktion beklagt und die Herausgabe des Leichnams fordert, wovon ich ausgehe, kann ihr der Anwalt die französische Rechtslage erklären, was wir dann nicht tun müssen. Aber lassen Sie uns höflich sein, professionell und einfühlsam. Sie ist eine Mutter, die ihr Kind verloren hat.«

Bruno wusste nicht, was ihn erwartete, doch der Gedanke an eine reiche geschiedene Frau aus New York rief unwillkürlich das Bild einer modisch dünnen, teuer gekleideten und überspannten Person in ihm auf, die nach einer gescheiterten Ehe womöglich voller Ressentiments gegenüber Männern war. Doch als sie Pruniers Büro betrat, sah er eine mollige Frau vor sich, die er von Claudias Familienfotos her wiedererkannte. Auf denen hatte sie allerdings glücklich ausgesehen. Jetzt machte sie einen zerschlagenen Eindruck und stand ein wenig wacklig auf den Beinen. Sie trug Lederschuhe und einen unförmigen Trainingsanzug, unter der geöffneten Jacke einen Rollkragenpullover aus Kaschmir. Dunkle Schatten lagen unter ihren Augen, die vom Weinen gerötet waren, und anscheinend nur mit Mühe straffte sie die Schultern, wie um sich zu wappnen.

»Vielen Dank, meine Herren, dass Sie mir Ihre Zeit schenken«, sagte sie in ausgezeichnetem Französisch und stellte den älteren Anwalt vor, der ihr in den Raum gefolgt war. Hodge kam als Letzter, schüttelte allen die Hände und setzte sich zu den anderen an den Konferenztisch.

Prunier bekundete sein Beileid und lud dazu ein, sich am frischen Kaffee und den Kaltgetränken zu bedienen.

»Maître Duhamel hat mich darüber informiert, dass der Leichnam meiner Tochter nach geltenden Bestimmungen erst freigegeben werden kann, wenn die laufenden Ermittlungen abgeschlossen sind«, sagte sie mit leicht brüchiger Stimme, legte eine Pause ein und schneuzte sich die Nase. »Ich muss mich noch mit ihrem Vater abstimmen, glaube aber, wir werden uns darauf verständigen, dass sie hier eingeäschert wird und wir ihre Asche dann mit nach New York nehmen. Was können Sie mir über die Umstände ihres Todes sagen?«

Prunier antwortete standardmäßig: dass zu diesem frühen Zeitpunkt der Ermittlungen noch keine abschließenden Erkenntnisse vorlägen, aber alles darauf hindeute, dass Claudia Opfer eines tragischen Unfalls infolge der Einnahme stark wirksamer Medikamente sei. Das Bauunternehmen, das versäumt habe, den im Umbau befindlichen Brunnen ordnungsgemäß abzusichern, werde zur Rechenschaft gezogen.

Hodge ergriff das Wort: »Darf ich hinzufügen, dass der hier anwesende *Chef de police* Courrèges in ihrem Zimmer Medikamente aus Apotheken in New York und New Haven gefunden hat, mit denen ich mich bereits in Verbindung gesetzt habe. Ich habe außerdem mit ihren Ärzten gesprochen, einem in Manhattan niedergelassenen Arzt und einem weiteren, der für das medizinische Center von Yale arbeitet. Die Medikamente Fentanyl und Oxycodon wurden unabhängig voneinander verschrieben. Von der in New Haven zuständigen Stelle für die Überwachung des Betäubungsmittelverkehrs war zu erfahren, dass ihr Arzt einen makellosen Leumund hat und nicht dafür bekannt ist, dass er verantwortungslos verschreibt. Er selbst hat mir gesagt, dass Claudia ein ungewöhnlicher Fall war und unter besonders heftigen Menstruationsbeschwerden litt. Dass ihr bereits in New York Oxycodon verschrieben worden war, wusste er nicht. Anderenfalls hätte er ihr auf keinen Fall ein Rezept auf Fentanyl ausgestellt.«

»Ist Ihnen bekannt, ob Ihre Tochter jemals Umgang mit Partydrogen hatte, Madame?«, fragte Prunier.

»Ich weiß, dass Claudia Marihuana probiert hat; sie hat es mir selbst gesagt und gemeint, dass es ihr nicht gefällt, in einen Zustand zu geraten, in dem sie nicht mehr Herr ihrer Sinne ist. Am College hat sie, auch das weiß ich von ihr, gelegentlich Kokain genommen. Ich glaube aber nicht, dass sie davon abhängig war.«

Sie wrang ihre Hände wie unter Schmerzen und hustete, was aber auch ein Schluchzen gewesen sein mochte. »Ich weiß auch von ihren Menstruationsbeschwerden, die oft von Migräneanfällen begleitet waren.«

»Danke für Ihre Offenheit. Hat Ihre Tochter auch Amphetamine zu sich genommen?«, fragte Prunier.

»Nicht, dass ich wüsste. Warum fragen Sie?«

Der Anwalt schaltete sich ein. »Ich nehme an, Ihnen wird inzwischen der toxikologische Bericht vorliegen. Und wahrscheinlich haben Sie auch schon eine Obduktion vornehmen lassen. Wir würden gern Einsicht in die Protokolle nehmen.«

»Dagegen ist im Prinzip nichts einzuwenden«, erwiderte Prunier. »Aber ich finde, wir sollten damit warten, bis die Ermittlungen abgeschlossen und vom Magistrat beglaubigt worden sind.«

»Ich habe meine Mandantin über die Rolle der Magistratur in der französischen Justiz aufgeklärt«, sagte Duhamel. »Sehen Sie irgendwelche Anzeichen, die gegen einen Unfalltod sprechen?«

»Die Frage geht wohl an mich als leitenden Ermittler«, antwortete Jean-Jacques. »Es ist noch zu früh für eine abschließende Beurteilung. Wir haben gerade erst Claudias Laptop sichergestellt und werden ihn noch auslesen lassen. Den Obduktionsbefund haben wir, wie gesagt, gerade erst erhalten. Wir müssen noch Zeugen befragen, die Ihre Tochter als Letzte lebend gesehen haben, an die zwanzig, und das braucht seine Zeit. Der Kollege Courrèges hat Claudia erst gestern mit Hilfe eines Spürhundes im Brunnen entdeckt. Anderenfalls gälte sie jetzt als vermisst.«

»Danke, Monsieur«, sagte die Frau an Bruno gewandt und versuchte, höflich zu sein. Mit der rechten Hand grub sie ihre Fingernägel tief in den Rücken der linken. »Können Sie mir sagen, was genau geschehen ist?«

Bruno berichtete von Florences vergeblichem Versuch, Claudia telefonisch zu erreichen, und dass die Zimmerwirtin ihr Bett unberührt vorgefunden hatte. Sein Hund, fuhr er fort, habe ihn zum Brunnen geführt, er selbst sei hinabgestiegen, habe die *pompiers* alarmiert sowie die Ärztin, die nur noch Claudias Tod habe feststellen können. »Wir haben getan, was wir konnten, Madame«, sagte er. »Ich habe noch versucht, sie wiederzubeleben, aber dafür war es zu spät. Sie war schon mehrere Stunden tot.«

»Laut Obduktionsbericht ist sie nach dem Sturz in den Brunnen ertrunken. Es scheint, dass sie eine Katze zu retten versucht hat«, führte Jean-Jacques weiter aus. »Jedenfalls weist ihr Unterarm Kratzspuren einer Katze auf.«

»Claudia hat Katzen geliebt und mir ständig irgendwelche Videoclips von Katzen zugeschickt«, sagte die Mutter. Sie schluckte und schien sich nicht länger fassen zu können. Plötzlich hob sie den Kopf und richtete ihre Augen mit scharfem Blick auf Prunier. »Sie sind mir noch eine Antwort auf die Frage schuldig, was es mit diesen Amphetaminen auf sich hat. Hat sie auch so was genommen?«

Prunier nickte. »Tut mir leid, aber so sieht es aus. In ihrem Blut wurde *Yaba* nachgewiesen, eine Mixtur aus

Koffein und Amphetamin, die in Fernost weit verbreitet ist. Und in ihrem Rucksack haben wir einen kleinen Vorrat dieser Pillen gefunden. Der Handel damit und ihr Konsum sind in Frankreich streng verboten. In ihrem Reisepass ist zu sehen, dass sie Anfang des Jahres in Thailand gewesen ist.«

Madame Muller hielt eine Hand vor den Mund, und ihre Augen waren weit aufgerissen. Bruno schenkte ihr ein Glas Mineralwasser ein.

»*Shit!*«, sagte sie auf Englisch. »Ja, sie war in Thailand, mit ihrem Freund, einem jungen Mann, den wir seit Jahren kennen.« Sie schloss die Augen, seufzte und betupfte sie mit ihrem Taschentuch. »Weiß er, dass sie tot ist?«

»Wir haben erst heute von Monsieur Morgan erfahren«, antwortete Bruno. »Ich wollte gerade an der Yale Law School seine Adresse in London erfragen, als ich hierhergerufen wurde. Wissen Sie, wie wir ihn erreichen können?«

Die Frau holte ein Handy hervor, rief die Adressliste darin auf und diktierte Bruno mehrere Nummern und eine Adresse, die er in sein Notizbuch schrieb.

»Eine ihrer Freundinnen aus Paris sagte, dass Claudia mit Morgan Schluss gemacht habe, und zwar kurz nach seinem letzten Besuch in Paris vor gut einer Woche«, erklärte Bruno.

»Davon weiß ich nichts«, erklärte Madame Muller langsam und betrachtete Bruno mit neuem Interesse. »Sie recherchieren offenbar recht gründlich. Sonderbar, dass Sie sich in Ihren Ermittlungen so viel Mühe machen, wo doch alles auf einen Unfalltod hindeutet.«

»Wie Sie sehen, nehmen wir die Sache sehr ernst und

folgen jeder Spur«, sagte Prunier. »Haben Sie noch Fragen? Meine Kollegen müssen zurück an die Arbeit.«

»Kann ich sie sehen? Und muss sie nicht jemand aus der Familie identifizieren?«

»Das ist nicht nötig, Madame. Sie wurde bereits von mehreren Personen, die sie hier in Frankreich kannten, eindeutig identifiziert. Sie nach der Obduktion zu sehen, könnte Sie zusätzlich erschüttern.«

»Ich will sie trotzdem sehen, bitte.« Ihre Stimme klang fest, und zum ersten Mal sah Bruno so etwas wie Feuer in ihren Augen.

Prunier warf einen Blick auf den Anwalt und richtete sich dann wieder an Madame Muller. »Wenn Sie darauf bestehen, melde ich Sie in der Rechtsmedizin in Bergerac an. Der Pathologe hat andere dringende Fälle zurückgestellt, um Claudia zu obduzieren, das heißt, Sie werden wahrscheinlich bis morgen früh warten müssen.«

»Ich denke, wir sollten es einrichten, dass meine Mandantin ihre Tochter noch heute sieht«, sagte Duhamel beflissen und offenbar erleichtert darüber, etwas gefunden zu haben, das sein Honorar rechtfertigte.

»Mal sehen, was sich machen lässt«, sagte Jean-Jacques. Er stand auf, zog sein Handy aus der Tasche und verließ den Raum.

»Mit welcher der Freundinnen meiner Tochter in Paris haben Sie gesprochen, Monsieur?«, fragte sie Bruno.

»Das dürfen wir Ihnen beim derzeitigen Stand der Ermittlungen nicht sagen«, schaltete sich Prunier ein.

Jean-Jacques kam zurück und sagte, dass der Leichnam um sechs am Abend freigegeben sei.

»Ich weiß, wo die Pathologie ist«, sagte Hodge. »Ich werde Madame begleiten.«

Prunier stand auf. »Wenn Sie erlauben, Madame, ich glaube, für diese Herren ist es Zeit, dass sie ihre Arbeit wieder aufnehmen. Können wir Ihnen helfen, Sie hier im Périgord unterzubringen, oder möchten Sie nach Paris weiterfahren?«

»Ich habe mich schon in einem Hotel in der Nähe von Limeuil einquartiert«, antwortete sie. »Dort werde ich bleiben, bis Sie oder Ihr Magistrat zu einem Ergebnis gekommen sind.«

»Schön. Wenn ich Ihnen irgendwie behilflich sein kann, Madame, zögern Sie nicht, mich anzurufen.« Er reichte ihr seine Karte.

»Danke, Commissaire Prunier.« Sie nahm die Karte entgegen und warf einen Blick darauf. »Ich bedaure zutiefst, unter so traurigen Umständen nach Frankreich zurückzukehren. Ich habe einige Jahre in Paris gelebt und dort als junge Ökonomin für die OCDE gearbeitet.« Sie verwendete die französische Abkürzung für die Organisation für wirtschaftliche Zusammenarbeit und Entwicklung, jene Kommission, die nach dem Zweiten Weltkrieg eingesetzt worden war, um den Marshallplan umzusetzen und mit amerikanischem Geld die vom Krieg zerrütteten Volkswirtschaften in Europa wieder aufzubauen.

»Es war für mich eine sehr schöne Zeit, und ich liebe Paris über alles. Vielleicht sollte es mich ein wenig trösten, zu wissen, dass auch Claudia diese Stadt geliebt hat.« Sie holte ein kleines Etui aus ihrer Handtasche und verteilte ihre Visitenkarten. »Darauf finden Sie meine amerikanische

Mobilfunknummer und E-Mail-Adresse für den Fall, dass Sie mich zu erreichen versuchen. Maître Duhamel kann Ihnen den Namen des Hotels nennen, in dem ich untergebracht bin.«

»Es ist das Vieux Logis in Trémolat«, sagte Duhamel.

Bruno musterte die Karte, die sie ihm gegeben hatte. Sie war geprägt und nicht nur bedruckt und wies Madame als Professorin für Ökonomie aus. Außerdem war ihr zu entnehmen, dass sie im Beirat der Federal Reserve Bank von New York saß.

Bruno kannte sich in diesen Dingen kaum aus, glaubte sich aber zu erinnern, in Zeitungsartikeln zur Finanzkrise von 2008 gelesen zu haben, dass es sich bei dieser Einrichtung um eine regionale Dependance der us-Notenbank handelte. Madame Muller hatte es offenbar weit gebracht. Mit der Scheidung von ihrem Mann, der eine mächtige Investmentgesellschaft leitete, waren wahrscheinlich nicht nur persönliche Querelen einhergegangen. Bruno dachte wieder an das Familienfoto, das Claudia mit ihrem Vater zeigte sowie einer dritten Person, die aber aus dem Bild herausgeschnitten worden war.

14

Yves von der Kriminaltechnik folgte Bruno mit seinem Auto zu de Bourdeilles *chartreuse* bei Limeuil, wo Madame Bonnet Bruno Claudias Laptop aushändigte. Er ging damit zu Yves, der draußen im Wagen wartete. Bruno setzte sich zu ihm auf den Beifahrersitz und holte den Laptop aus seiner Hülle.

Es war ein schlankes MacBook. Im Portemonnaie, das ebenfalls in der Hülle steckte, befanden sich achtzig Euro in Scheinen, ein amerikanischer Führerschein, ein Ausweis vom Louvre, ein Studentenausweis und mehrere Kundenkarten verschiedener Fluggesellschaften und Hotels. In der Laptoptasche fand Bruno außerdem ein Tagebuch, Kopfhörer, ein kleines Notizbuch samt Stift, Papiertaschentücher, einen Lippenstift und eine Handcreme. Dazu ein dünnes Taschenbuch – *La Renaissance Française* von Thérèse Castieau – und ein etwas dickeres auf Englisch zum selben Thema von Henri Zerner. Mit Gummihandschuhen blätterte Bruno durch das Tagebuch, während Yves den Laptop öffnete.

»Passwortgeschützt«, sagte er und versuchte es mit verschiedenen Kombinationen aus Claudias Geburtsdatum, ihren Initialen, Reisepass- und Handynummern, aber ohne Erfolg.

»*Merde*«, brummte er. »Gibt ihr Tagebuch was her?«

Bruno überflog die ersten Seiten, auf denen Claudia ihre Adressen und Personalausweis- sowie Kreditkartennummer notiert hatte. Auch sie führten nicht zum gewünschten Ergebnis. Er nahm sich die Laptophülle vor und entdeckte darin eine Aneinanderreihung von Großbuchstaben, die er auf den zweiten Blick als lateinischen Sinnspruch identifizierte: VIRTVTEMFORMADECORAT. Er buchstabierte für Yves, der die Zeichen eingab und damit tatsächlich den Laptop zum Leben erweckte. Über die Suchfunktion auf seinem eigenen Handy erkundigte sich Yves, was der Spruch bedeutete.

»Frei übersetzt: Die Schönheit schmückt die Tugend. Das steht so auf der Rückseite eines Frauenporträts von Leonardo«, erklärte er. »Interessant. Ein lateinisches Passwort ist mir noch nie untergekommen.«

Bruno bemerkte, dass Claudia die im Tagebuch verzeichneten Termine des vergangenen Wochenendes mit einem kleinen roten Kreuz versehen hatte; auch frühere Termine waren entsprechend markiert. Er las Notizen zu Flug- und Bahnzeiten, zu Jacks Wochenendbesuch in Paris, einem Mittagessen mit Chantal und zu einem Treffen mit einem gewissen *M,* hinter dem sich aller Wahrscheinlichkeit nach Marcel verbarg, ihr Tanzpartner im Batofar. Geburtstage der Eltern und von Freunden waren aufgeführt und zwischendurch ein paar Einkaufslisten.

Ganz unten in der Hülle fand Bruno zwei USB-Sticks, ein paar Münzen in EU- und US-Währung sowie Quittungen von Pariser Lokalen und einem Restaurant in Limeuil, des Weiteren zwei Kassenbelege von Supermärkten, dem Monoprix in Paris und dem Carrefour in Saint-Cyprien – dieser war am vergangenen Samstag ausgestellt worden. Sie hatte Seife, Schokolade, einen Dreierpack weißer T-Shirts und einen mit Slips gekauft, außerdem eine Schachtel Tampax, zwei schwarze Strumpfhosen und eine Flasche Smirnoff-Wodka. Wo war die geblieben?

»Schon mal von einer Firma namens Hexagon Trust gehört?«, fragte Yves.

Bruno schüttelte den Kopf.

»Sie hat ihren Sitz in New York und unterhält laut Briefkopf Büros in London, Paris, Singapur und Dubai. Scheint eine Anwaltskanzlei zu sein, die sich mit etwas beschäftigt, das sich Forensic Accounting nennt – es ist also eine Wirtschaftsprüfungssozietät, wenn ich das richtig verstehe. Wie war noch gleich der Name des Typen, der hier in der *chartreuse* lebt? De Bourdeille? Diese Kanzlei hat einen längeren Bericht über ihn verfasst, auf Englisch.«

Bruno ließ sich den Laptop geben, doch seine Sprachkenntnisse waren nicht gut genug, um aus dem Text schlau zu werden. Immerhin glaubte er, erraten zu können, dass sich ein Abschnitt mit de Bourdeilles Rolle in der Résistance und seiner Zeit im Gefängnis befasste. An anderer Stelle war von einem befreundeten Widerstandskämpfer namens Paul Juin die Rede. Anscheinend war de Bourdeille mit dessen Schwester verheiratet gewesen. Und dann waren da etliche Gemälde im Zusammenhang mit de Bourdeilles Arbeit als Gutachter und Sammler aufgeführt. Der Bericht umfasste über sechzig Seiten. Bruno scrollte bis ans Ende durch und fand dort eine Rechnung über fünfzigtausend Dollar, die an den Muller Investment Trust adressiert war.

»*Mon Dieu*«, entfuhr es ihm. »Sehen Sie mal, was man für diesen Bericht verlangt hat.«

»*Merde*, wir haben den falschen Beruf gewählt«, sagte Yves. »Und Jean-Jacques wird sich wegen der Kosten für die Übersetzung in die Hose machen. Wenn sie gerichtsverwertbar sein soll, werden an die achtzig Euro pro Seite fällig sein. Damit kämen wir auf fünftausend insgesamt.«

»So weit sind wir noch nicht. Ich habe englische Freunde, die mir das Wichtigste zusammenfassen können. Kopieren Sie den Text doch bitte auf einen der Sticks.«

»Zuerst sollten wir mal sehen, was darauf gespeichert ist«, sagte Yves und steckte den ersten Stick aus Claudias Laptophülle in den USB-Slot. Er schien ausschließlich Dateien ihrer Forschungsarbeit zu enthalten. Auf dem zweiten waren, wie sich zeigte, persönliche Briefe, Bankauszüge und eine Kopie des Hexagon-Trust-Berichts gespeichert.

»Ich schlage vor, Sie laden sich den Bericht auf Ihren Laptop zu Hause herunter, und ich fahre dann mit dem ganzen Zeug zurück nach Périgueux«, sagte Yves. »Wenn ich irgendwas Interessantes in den E-Mails finde, melde ich mich bei Ihnen. *D'accord?*«

Bruno war einverstanden. Er stellte Madame Bonnet eine Quittung für die Laptophülle samt Inhalt aus und fuhr, von Yves gefolgt, nach Hause, wo er die Daten des USB-Sticks auf seinen Rechner kopierte. Anschließend machte er sich auf den Weg nach Saint-Cyprien, während Yves nach Périgueux zurückfuhr. Die dem Supermarkt Carrefour am nächsten gelegene Apotheke war voller Kunden, doch der Apotheker winkte Bruno, weil er Uniform trug, in sein Büro durch. Bruno fragte, ob er sich an eine junge Amerikanerin erinnere, die letzten Samstag bei ihm eingekauft habe.

»Allerdings, solche Kundinnen haben wir nicht oft«, antwortete der Apotheker und sagte, dass er von einer Angestellten an die Theke gerufen worden sei, um die junge Frau zu bedienen. Sie habe ein von einem amerikanischen Arzt ausgestelltes Rezept für Fentanyl vorgelegt und gefragt, ob das Medikament vorrätig sei. Mit dem Rezept sei alles in Ordnung gewesen, sagte er; sie habe sich auch mit Reisepass und einer Karte ihrer Auslandskrankenversicherung ausweisen können. Er habe ihr gesagt, dass er für ein verschreibungspflichtiges Mittel ein Rezept aus dem Ausland nicht anerkennen könne; sie habe mit Bargeld zahlen wollen, was natürlich nicht in Frage gekommen sei. Sie solle zu einem französischen Arzt gehen, habe er ihr geraten, oder aber die amerikanische Klinik in Paris aufsuchen, die könne ihr bestimmt weiterhelfen.

Draußen auf dem Parkplatz rief Bruno Hodge an, der, wie sich herausstellte, in Bergerac vor einem Café saß und mit Madame Muller auf ihren Termin in der Rechtsmedizin wartete.

»Haben Sie heute Abend Zeit?«, fragte Hodge und sagte, dass Madame Muller sehr erschöpft sei und im Anschluss an den traurigen Anlass in der Pathologie sofort in ihr Hotel fahren und sich ins Bett legen wolle. »Meine Tagesspesen reichen nicht für diese Art von Hotel, aber ich könnte Sie zum Essen in das Lokal in Saint-Denis einladen, wo wir schon einmal gegessen haben.«

»Sie meinen Ivans Bistro. Gern, aber es wird wohl eher ein Arbeitsessen«, erwiderte Bruno. »Ich bin auf ein längeres Dokument in englischer Sprache gestoßen, das übersetzt werden müsste, nicht Wort für Wort, aber so, dass ich das Wichtigste verstehe. Es stammt von Claudias Laptop. Haben Sie schon einmal von einer Firma namens Hexagon Trust gehört?«

»Ja. Lassen Sie uns lieber heute Abend darüber reden«, antwortete Hodge wohl mit Rücksicht auf Madame.

»Ich könnte für Sie ein Zimmer in einer hübschen Pension in Saint-Denis reservieren, dem Vézère Lodge«, sagte Bruno. »Es liegt an der Straße nach Les Eyzies.«

»Vielen Dank. Wenn ich aus Bergerac komme, werde ich gleich einchecken und unter die Dusche gehen. Wir treffen uns dann um acht bei Ivan.«

Bruno warf einen Blick auf seine Armbanduhr. Es blieb genügend Zeit, um den Bürgermeister zu informieren. Und für einen kurzen Abstecher zu Pamelas Reiterhof reichte es auch noch. In seinem Büro angekommen, fand er Mails von seinen Kollegen aus Les Eyzies und Montignac im Posteingang vor. Sie hatten ihm die versprochenen Zeugenaussagen zukommen lassen. Bruno las in ihnen zwar nichts, was von Belang gewesen wäre, fügte die Schreiben aber trotzdem der im Polizeinetz gespeicherten Fallakte bei.

»Sehr traurig, was der jungen Amerikanerin widerfahren ist«, sagte der Bürgermeister, als er in Brunos Büro kam und die Tür hinter sich schloss. »Ich habe Ihre Nachricht bekommen, dass die Mutter der Toten aus New York einfliegt. Was hat sie vor?«

Bruno klärte ihn darüber auf, dass sie die abschließende Entscheidung des Magistrats abwarten wolle und womöglich private Ermittler auf den Fall ansetzen werde.

»Das Ganze muss schrecklich für sie sein. Jacqueline fragt, ob sie irgendwie helfen kann, als halbe Landsmännin und Frau im gleichen Alter ...« Der Bürgermeister stockte.

Jacqueline war als Tochter einer Französin und eines Amerikaners in beiden Ländern aufgewachsen und lehrte heute an der Sorbonne Geschichte. Nach dem Tod seiner Frau hatte der Bürgermeister ein Verhältnis mit ihr begonnen, das beide glücklich zu machen schien. Es hatte ihm in der Tat neuen Schwung gegeben und ein Strahlen in seine Augen gebracht. Davon, dass er bei den nächsten Wahlen nicht mehr antreten und sich stattdessen zur Ruhe setzen wollte, war keine Rede mehr – sehr zum Leidwesen Xaviers, seines Stellvertreters, der ihm als Bürgermeister nachzufolgen hoffte. Bruno bedauerte ihn ein wenig, wusste er doch, dass sich die halbe Stadt über ihn lustig machte, und es gab wohl für einen aufstrebenden Politiker nichts Schlimmeres als den Spott der Leute. Er selbst kam gut mit ihm aus und bewunderte die Zuversicht, mit der er den Haushalt verwaltete. Im Unterschied zu Mangin war Xavier aber politisch kaum vernetzt und reichte an dessen Erfahrungen in der Regional- und Landespolitik bei weitem nicht heran.

»Ich werde mit Hodge, dem FBI-Mann bei der amerikanischen Botschaft, zu Abend essen. Sie erinnern sich: Er war schon mal hier, als wir das IRA-Problem hatten«, sagte Bruno. »Sein Botschafter hat ihm Claudias Mutter anvertraut. Nicht, dass sie seine Unterstützung nötig hätte, sie spricht ausgezeichnet Französisch und hat jahrelang in Paris gearbeitet. Sie ist Ökonomieprofessorin und sitzt im Beirat irgendeiner wichtigen Bank. Und wie Sie wissen, unterhält Claudias Vater beste politische Beziehungen. Das erklärt, warum Hodge beauftragt wurde, Madame Muller zu begleiten. Ich werde Jacquelines Angebot zur Sprache bringen. Wirklich freundlich von ihr, dass sie helfen will.«

»Da ist noch etwas«, sagte der Bürgermeister. Er sei vor wenigen Stunden von de Bourdeille angerufen worden, der von einem Vermächtnis zugunsten der Stadt gesprochen habe, ohne Genaueres zu sagen. »De Bourdeille bittet uns, Sie und mich, um einen Besuch irgendwann in den nächsten Tagen. Er selbst kann nicht kommen, da er in seiner Bewegungsfreiheit stark eingeschränkt ist.«

»Ein Vermächtnis?«, wunderte sich Bruno. »Will er unsere Stadt etwa in seinem Testament berücksichtigen?«

»Er wollte sich am Telefon nicht näher dazu äußern.«

»Vielleicht ist ihm zu Ohren gekommen, dass über Ihre Sekretärin gemunkelt wird, dass sie unsere Anrufe belauscht«, erwiderte Bruno grinsend. »Bei mir hat sie's aufgegeben, aber seit kurzem scheint sie es auf Xavier abgesehen zu haben und klimpert immer mit den Lidern, wenn sie ihn sieht.«

»Xavier ist glücklich verheiratet«, entgegnete der Bürgermeister. »Und vorsichtig ist er auch. Um ihn brauchen wir uns keine Sorgen zu machen.«

Bruno nickte. Xaviers Vater war Besitzer der Renault-Vertragswerkstatt von Saint-Denis, der, wie es hieß, die Schließung drohte, falls die Familie die Mittel für den Neubau eines großzügigen modernen Verkaufsraums nicht würde aufbringen können. Der alte Mann stand kurz vor der Rente und hatte offenbar gesagt, dass Renault die kleinen Niederlassungen auf dem Lande zugunsten der großen in den Städten schließen wolle. Auch Xavier drohte in finanzielle Schwierigkeiten zu geraten, doch gehörten der Familie seiner Frau die Sägemühle der Stadt sowie mehrere Hektar Wald. Er war, wie der Bürgermeister richtig sagte, viel zu vorsichtig, als dass er sich auf Claires pralle Reize eingelassen und mögliche Zuwendungen durch die Schwiegereltern riskiert hätte.

»Es wundert mich, dass de Bourdeille mich bei dem Gespräch dabeihaben will«, sagte Bruno.

»Er legt Wert darauf und freut sich auf ein Wiedersehen mit Ihnen. Er nannte Sie seinen *cher confrère,* womit er wohl auf Ihrer beider Mitgliedschaft in diesem *foie gras-*Verein anspielt.«

Bruno nickte. »Aber wieso spricht er von einem Vermächtnis? Ich weiß von ihm, dass Claudia die Absicht hatte, seine *chartreuse* zu kaufen, mit dem gesamten Inventar.«

»Wirklich? Interessant. Glauben Sie ihm?«

»Durchaus«, antwortete Bruno und erwähnte den Bericht, den er auf Claudias Laptop gefunden hatte. »Näheres dazu kann ich Ihnen morgen sagen, wenn ich ihn mit Hodge durchgegangen bin.«

Der Bürgermeister machte Feierabend. Bruno schloss hinter sich ab und fuhr zu Pamelas Reiterhof. Balzac, der seinen Transporter von weitem gehört hatte, sprang ihm auf der Zufahrt entgegen. Die anderen – Pamela, Fabiola, Gilles und Félix – waren bereits im Stall und sattelten die Pferde. Diesmal wollte auch Miranda mitreiten; ihr Vater würde derweil babysitten. Obwohl die Affäre zwischen ihnen wieder entflammt war, gab Pamela ihm nur eine freundliche *bise* auf beide Wangen, wie die beiden anderen Frauen auch. Der Geste entnahm Bruno, dass sie über das, was sich zwischen ihnen abspielte, Stillschweigen bewahren wollte.

Bruno stieg in seine Reitstiefel, wechselte die Jacke und setzte sich den Helm auf. Bevor er Hector sattelte und aufzäumte, gab er ihm wie immer eine Karotte zu fressen. Der Wallach trieb sein übliches Spiel und blähte den Bauch, als Bruno den Sattelgurt strammzuziehen versuchte. Bruno parierte, indem er ihm vorsichtig sein Knie in die Flanke stieß.

»Du darfst entscheiden, wo's langgehen soll, Miranda«, sagte Pamela, als sie die Pferde in den Hof führten und aufsaßen.

»Durch die Feuerschneise und auf Campagne zu«, schlug sie vor. »Ich hätte Lust, wieder mal ordentlich zu galoppieren, will aber nicht, dass mir Hectors Hufe Dreck ins Gesicht schleudern. Wir wissen ja, wie er ist, immer muss er vorneweg rennen. Könntest du ihn ausnahmsweise mal zurückhalten, Bruno?«

»Ich nehme eine andere Route, ich habe nämlich heute Abend nicht viel Zeit. Ich bin mit einem FBI-Mann zum Essen verabredet, der wegen der toten Amerikanerin hergekommen ist.«

»Ich komme gleich nach«, rief Fabiola den anderen zu, die sich schon in Bewegung setzten. An Bruno gewandt, sagte sie: »Die Obduktion ist ja in Rekordzeit durchgeführt worden. Da muss jemand gehörig Druck gemacht haben. Habe ich richtig verstanden, dass sich die amerikanische Botschaft eingeschaltet hat?«

Bruno nickte. »Ja. Ich habe den Bericht gelesen. Er wurde sehr vorsichtig formuliert und hält sich mit eindeutigen Folgerungen zurück. Es heißt, die Verletzungen seien auf den Sturz zurückzuführen. Ob es durch ein Missgeschick dazu gekommen ist oder ob sie über den Brunnenrand gestoßen wurde, lässt sich nicht klären.«

»Was ist mit ihrem Rock passiert?«

»Wie meinst du das?«, fragte Bruno.

»Ihre Beine waren nackt. Eine Hose wird sie kaum getragen haben, denn die hätte sie nicht verloren. Also muss sie einen Rock angehabt haben. Aber wo ist er geblieben? Er hätte doch auf dem Wasser schwimmen müssen wie der Ballerina, den Ahmed geborgen hat. Am Unfallort war er jedenfalls nicht, und er wird auch nicht im Obduktionsbericht erwähnt.«

»Hast du ihn etwa gelesen?«

»Mit freundlicher Genehmigung meines Kollegen von der Rechtsmedizin.«

»Und was sagt uns das jetzt?«, fragte er.

»Ich weiß nicht. Vielleicht muss der Brunnen trockengelegt werden.«

»Wohl eher nicht. Aber danke für deinen Hinweis. Ich werde mit Jean-Jacques darüber reden.«

Fabiola folgte den anderen, als Bruno mit Hector abbog und auf die Anhöhe ritt, von der sich der vertraute Ausblick auf Saint-Denis bot. Er stoppte, rief Florence an und fragte, ob sie sich daran erinnern könne, was Claudia am Vortragsabend getragen hatte.

»Lass mich nachdenken. Eine helle plissierte Bluse. Die ist mir aufgefallen, weil sie aussah wie ein Modell von Anne

Fontaine und preislich weit über meinen Möglichkeiten liegt. Ja, und dazu trug sie einen Rock aus blauem Jeansstoff mit Taschen.«

»Sonst nichts? Es war doch ziemlich kühl.«

»Mehr ist mir nicht aufgefallen. Vielleicht hatte sie eine Jacke über die Schultern geworfen, als sie gekommen ist.«

Er bedankte sich, steckte sein Handy weg und ritt weiter. In Gedanken stellte er eine To-do-Liste auf. Er musste sich noch bei Félicité erkundigen, ob sie das Parktor geschlossen und sichergestellt hatte, dass alle Gäste gegangen waren und nichts liegengeblieben war. Außerdem würde er Jack Morgan von Claudias Tod unterrichten müssen und Jean-Jacques oder Prunier vorschlagen, bei Scotland Yard diskret Informationen über ihn einzuholen. Und am Abend würde er sich mit Hodge das seltsame Dossier ansehen, das Hexagon Trust über de Bourdeille erstellt hatte. Wenn Claudia wirklich geplant hatte, sein Haus und seine Kunstsammlung zu erwerben, war es durchaus nachvollziehbar, dass sie Nachforschungen über ihn in Auftrag gegeben hatte, zumal ihr ja manche seiner Zuschreibungen angeblich nicht geheuer gewesen waren.

Als Bruno den offenen Hügelgrat erreichte, schaute er sich nach Balzac um, sah, dass er wacker folgte, und ließ sein Pferd galoppieren, was es so sehr liebte wie sein Reiter. Er vergaß dann alles um sich herum, spürte nur den Wind im Gesicht, das rhythmische Schlagen der Hufe und die intensive Aufmerksamkeit, mit der Hector ausgriff und Tempo machte. Es fühlte sich sehr viel schneller an als jede Fahrt mit Auto oder Eisenbahn, schneller noch als der Start eines Flugzeugs auf der Rollbahn kurz vor dem Abheben.

Damit aber war es schon allzu bald vorbei. Die Bäume und Sträucher kamen näher, und ohne dass Bruno ihn mit einer Kniebewegung hätte auffordern müssen, machte Hector kehrt und trabte zurück zu Balzac, der ihm entgegensprang und freudig bellte. Hector warf den Kopf zurück und wieherte zur Antwort.

15

Dreißig Minuten später – er hatte sein Pferd trockengerieben und sich über dem Waschbecken in Pamelas Stall frisch gemacht – betrat Bruno mit seinem Laptop in der Hand und einer Kopie der Dateien von Yves' USB-Stick in der Tasche Ivans Bistro. Hodge war noch nicht da. Bruno schüttelte Ivan die Hand und machte dann die Runde, um Freunde zu begrüßen: Rollo, den Leiter des *collège,* und seine Frau, die an einem der Tische zu Abend aßen, und Lespinasse von der Kfz-Werkstatt, der mit zwei Fremden an einem anderen Tisch saß und anscheinend Geschäftliches mit ihnen zu besprechen hatte.

Bruno setzte sich an einen Tisch in der äußersten Ecke des Lokals, schaltete seinen Laptop an, steckte den Stick ein und rief die Datei über de Bourdeille auf. Ivan brachte ihm einen Kir und deutete auf die Tafel an der Wand, auf der mit Kreide das Tagesmenü geschrieben stand: zuerst Erbsensuppe mit Schinkenstückchen, gefolgt von Hasenterrine als Vorspeise, danach *rognons de veau au vin blanc* als Hauptgericht und zum Dessert wahlweise *crème caramel,* verschiedene Sorbets, *mousse au chocolat* oder einen Rhabarber-Apfel-Kuchen. Auf Obstgebäck verstand sich Ivan besonders gut.

»Wie hast du die Nieren zubereitet?«, fragte Bruno.

»Mit fettem Speck, Schalotten und Senf mit geschälten Senfkörnern, *crème fraîche* und *persillade*. Dazu empfehle ich einen Roten, obwohl das Gericht Weißwein enthält. Der Montravel von Château Moulin Caresse, den du gern trinkst, würde gut passen. Wenn du willst, fülle ich dir eine Karaffe ab. Wer ist dein Gast?«

»Der FBI-Mann aus Paris, mit dem ich schon mal hier war. Er wird auch einen Kir mögen, und lass uns ein paar Minuten Zeit zum Reden, bevor du das Essen servierst.«

»Ist das nicht dieser große Kerl, der ein bisschen aussieht wie die Sheriffs im Western? Ich erinnere mich. Ihr habt mal mit einem Dritten von Scotland Yard hier bei mir gegessen. Reichen zehn Minuten?«

»Zwanzig wären mir lieber«, antwortete Bruno und warf einen Blick auf sein Handy. Es war eine E-Mail von Claudias Professor in Amerika eingegangen, der ihm ankündigte, dass er auf Wunsch der Eltern nach Frankreich fliegen und sich gleich nach der Landung bei ihm melden werde. Interessant, dachte Bruno, und in diesem Moment öffnete sich die Tür zum Lokal. Er stand auf, um seinen Freund willkommen zu heißen.

Hodge war so groß, dass er unter dem Türsturz den Kopf einziehen musste. Er reichte Ivan die Hand und umarmte Bruno, bevor er sich setzte. Beim Anblick des Laptops verdrehte er die Augen.

»Ich dachte, nur wir, die Barbaren von Übersee, würden uns ein gutes Essen mit Arbeit versalzen lassen.«

»Ich wäre froh, wenn Sie mir mit einer Datei helfen könnten, die auf Englisch ist.« Bruno erklärte das Verhältnis zwischen Claudia und de Bourdeille und was es mit den teuren Nachforschungen von Hexagon Trust auf sich hatte. Hodge kannte die Agentur nicht nur, sondern wusste auch, dass ehemalige Kollegen vom FBI für sie arbeiteten und Gehälter bezogen, die um einiges höher waren als bei ihrem früheren Arbeitgeber. Es handelte sich um ein kleines, aber sehr exklusives Unternehmen, das sich auf finanzielle Ermittlungen spezialisiert hatte und hauptsächlich von Banken und Konzernen in Anspruch genommen wurde, wenn es darum ging, potentielle Übernahmekandidaten zu durchleuchten oder Firmenaufkäufe zu begutachten. Im Unterschied zu Privatdetekteien, die vornehmlich Ex-Polizisten beschäftigten, engagierte Hexagon Trust in erster Linie Wirtschaftsprüfer, IT-Nerds und Experten für Geldwäsche vom Finanzministerium und dem FBI.

»Es heißt, dass kein Bankgeheimnis vor ihnen sicher ist, dass sie Geldschiebereien in fernste Steuerparadiese auf die Spur kommen und zweifelsfrei feststellen können, wer sie angestoßen hat«, sagte Hodge. »Ich wette, dass auch Claudias Vater auf deren Dienste zurückgreift. Als ich Sie darauf aufmerksam gemacht habe, dass Muller versuchen wird, den Tod seiner Tochter mit Hilfe privater Ermittler aufzuklären, hatte ich genau diese Typen im Sinn.«

»Gibt es diese Firma schon lange?«

Hexagon war, wie Hodge erklärte, in den Siebzigern gegründet worden, nachdem Stansfield Turner auf Geheiß von Präsident Carter die CIA umgekrempelt hatte. In einer Säuberungsaktion, die unter dem Namen Halloween Massacre bekannt wurde, entließ Turner achthundert Agenten. Viele von ihnen brachten ihre Expertise als Berater im privaten Sektor ein und schlossen sich zu Hexagon zusammen. Sie erkannten bald, dass im Finanzwesen das meiste Geld zu verdienen war, ließen Anwälte und Wirtschaftsprüfer für sich arbeiten und fügten ihrem Firmennamen das Wort »Trust« hinzu.

»Es ist ihnen immer gelungen, die besten Geheimdienstler für sich zu gewinnen, nicht nur aus unseren Diensten, sondern auch aus denen der Briten, der Israeli und der Franzosen«, fuhr Hodge fort. »Vielleicht werde auch ich mich ihnen irgendwann anschließen, spätestens dann, wenn mir die Collegegebühren für meine Kinder den Hals brechen. Es würde mich wundern, wenn nicht auch Ihr britischer Freund Jack Crimson auf die eine oder andere Weise mit diesem Verein verbunden wäre.«

»Ich weiß, dass Jack beratend tätig ist«, erwiderte Bruno. »Deshalb habe ich auch gezögert, ihn in dieser Sache um Hilfe zu bitten. Claudia erwähnte mir gegenüber, dass de Bourdeille womöglich getrickst und gefälschte Gutachten über Gemälde verfasst hat, um daran zu verdienen.«

»Das wiederum wundert mich nicht«, meinte Hodge und nippte an seinem Kir, den Ivan gebracht hatte. »Gegen die Kunstwelt ist der Wilde Westen die reinste Sonntagsschule.«

Hodge setzte sein Glas ab und scrollte durch den Text auf Brunos Laptop. »Wie ich sehe, nannte er sich damals nicht de Bourdeille. Vielleicht erkundigen Sie sich mal, wie es zu diesem Namenswechsel gekommen ist. Aha, wurde angeschossen bei dem Versuch, sich seiner Festnahme zu widersetzen«, las er. »Was könnten das für Anti-Vichy-Parolen gewesen sein, die er da auf Häuserwände gepinselt hat?«

»Zum Beispiel V für *victoire*.«

»Dieser Bursche, der den Milizen durch die Lappen gegangen ist, könnte interessant sein. Paul Juin. Wissen Sie mehr über ihn, außer dass er *Compagnon de la Libération* gewesen ist?«

»Noch nicht«, antwortete Bruno. »Aber es gab nur ungefähr tausend *compagnons*. De Gaulle hat sich für jeden von ihnen persönlich verbürgt. Ich werde der Sache nachgehen.«

»Hier steht, Paul Juin soll der Meisterfälscher des Widerstands gewesen sein, spezialisiert auf Geburtsurkunden, Arbeitsnachweise, Personalausweise, Reisepässe ... Angeblich hat er auch Entlassungspapiere gefälscht und Leute damit aus dem Knast geholt, später dann eine florierende Druckerei mit einem Gravieratelier eröffnet. Nach dem Krieg wird's für einen ehemaligen *résistant* bestimmt eine Menge lukrativer Aufträge von der Regierung gegeben haben.«

Hodge scrollte weiter und übersetzte in Windeseile, was er für wichtig erachtete. »Nach dem Krieg heiratete de Bourdeille Juins Schwester. Juin kaufte den beiden ein Château, das de Bourdeille nach dem Tod seiner Frau erbte. Halt, sie hat Selbstmord begangen, sich vor einen Zug geworfen. So, jetzt kommen wir zu den fraglichen Gemälden. In zwei Anfechtungsklagen kam es zu einer außergerichtlichen Einigung. Dann heißt es hier, dass manche Zuschreibungen anscheinend auf zweifelhaften Dokumenten beruhen, die möglicherweise von Juin beigebracht worden sind. Es wird immer fauler.«

Hodge blickte auf. »Wenn Juin clever genug war, die

Gestapo hinters Licht zu führen, wird er kaum Schwierigkeiten gehabt haben, Kunstfreunden vorzugaukeln, dass es sich bei Großvaters Ölschinken an der Wand um einen alten Meister handelt.« Er widmete sich wieder dem Bericht.

»De Bourdeille hat das ihm zugefallene Château in eine Immobiliengesellschaft überführt. Was bedeutet das? Ist das ein Steuertrick?«

»Auf diese Weise schützen viele alte Familien ihren Besitz«, antwortete Bruno. »Aus einem Anwesen wird eine Aktiengesellschaft gemacht. Damit kann man nicht nur Steuern sparen, es wird auch sichergestellt, dass der Besitz nicht automatisch an den gesetzlichen Erben fällt.«

»Verstehe. Hier heißt es, dass de Bourdeilles Frau 1944 eine Tochter zur Welt gebracht hat. Die Ehe mit ihm wurde allerdings erst 1946 geschlossen. Als sie schwanger wurde, saß er noch im Gefängnis. Er kann also nicht der Vater sein. Damit dürfte klar sein, warum er in die Erbfolge eingreifen wollte. Wer könnte der leibliche Vater des Mädchens sein?«

»Steht das nicht im Bericht?«

Hodge schüttelte den Kopf. »Ah, jetzt wird ein anderes Kapitel aufgeschlagen. De Bourdeille wollte seinen Namen ändern. Er behauptete, alte Familiendokumente würden beweisen, dass er das uneheliche Kind eines gewissen Pierre de Bourdeille sei, seines Zeichens Abt von Brantôme. Doch dessen Familie erhebt Einspruch und bezeichnet die Dokumente als Fälschung. Außergerichtliche Einigung. Er darf sich de Bourdeille nennen, ist aber nicht erbberechtigt. Umgekehrt können sie aber auch nicht von ihm erben.«

Wieder blickte Hodge auf. »Interessante Geschichte, aber was hat das alles mit Claudia zu tun? Ich sehe in dem

Bericht keine Verdachtsmomente gegen de Bourdeille. Im Übrigen genießt er in der Kunstwelt weiterhin einen exzellenten Ruf. Und er arbeitet nach wie vor als Berater für den Louvre.«

Hodge klappte den Laptopdeckel zu. »Auf der letzten Seite geht es um die Gemälde aus seiner Sammlung. Die Leute von Hexagon berechnen den gegenwärtigen Marktwert auf fünf Millionen Dollar, vielleicht mehr, vorausgesetzt, die Identifizierung der Werke, vorgenommen von der Mandantin, also Claudia, ist korrekt.«

»Wenn ich richtig verstehe, gibt der Bericht nichts her, was als Mordmotiv gedeutet werden könnte«, sagte Bruno und fragte sich, ob er Hodge über Claudias Interesse an de Bourdeilles Besitz informieren sollte. In Anbetracht des von de Bourdeille geäußerten Wunsches, mit dem Bürgermeister über ein Vermächtnis zu reden, hielt es Bruno aber für klüger, dieses Detail für sich zu behalten.

»Ich sehe keins«, antwortete Hodge. »Er ist neunzig und sitzt im Rollstuhl. Ohne fremde Hilfe hätte er sie jedenfalls nicht um die Ecke bringen können, egal, wie zugedröhnt sie auch gewesen sein mag.«

»Dann wäre da noch der amerikanische Freund, dem sie den Laufpass gegeben hat, Jack Morgan.«

»Steht schon auf meiner Liste«, erwiderte Hodge. »Wir haben Kontakte in London, die ihn unter die Lupe nehmen werden.«

Ivan brachte die Suppe, Brot und eine Karaffe Wein. Sie aßen schweigend. Bruno goss sich einen Schluck Rotwein in den Rest seiner Suppe, schwenkte die Schale und hob sie an den Mund.

Hodge verzog das Gesicht. »Ja, ich weiß, so macht man das im Périgord. Es gibt auch einen Ausdruck dafür, nicht wahr?«

»*Chabrol.* Sehr gesund.«

Als die Terrine serviert wurde, fragte Bruno den Amerikaner, ob auf seiner Liste derer, die noch zu befragen wären, weitere Namen stünden.

»Vorläufig ist davon auszugehen, dass sie durch einen Unfall ums Leben gekommen ist. Aber Sie wissen ja, dass ich von Natur aus argwöhnisch bin. Ich habe mich also zunächst einmal mit dem Naheliegenden befasst, mit ihrer Familie. Claudias Vater hat seine Frau im Stich gelassen und sich eine Vorzeigegattin zugelegt, von der es heißt, dass sie unbedingt schwanger werden will und sich einer Behandlung gegen Unfruchtbarkeit unterzieht. Wenn sie damit Erfolg hat, hätte Claudia auf Daddys Vermögen verzichten müssen. Wenn nicht, wird sie das viele Geld selbst haben wollen. So oder so, Claudia war für sie eine Rivalin.«

»Woher wissen Sie das?«, fragte Bruno.

»Ich kenne eine charmante, aber sehr nachtragende ältere Dame, die dem protokollarischen Ausschuss des Weißen Hauses angehört hat und immer noch bestens informiert ist über alle möglichen Ränke und Intrigen in der Washingtoner Gesellschaft. Sie hat eine letzte Anstellung als Privatsekretärin des Botschafters in Paris angenommen und sitzt auf dem Posten einer jüngeren Frau, die zwar sehr viel attraktiver, aber längst nicht so kompetent ist wie sie. Ich bin ihr gegenüber immer ausgesucht höflich und aufmerksam. Aus ihr hätte eine tüchtige Spionin werden können. Ich führe sie gelegentlich zum Essen aus, und dann erzählt sie mir so einiges.«

»Sie meinen also, Mullers zweite Frau könnte ein Interesse daran gehabt haben, Claudia aus dem Weg zu schaffen?« Bruno dachte an das zweite Familienfoto in Claudias Zimmer, dasjenige, aus dem eine dritte Person entfernt worden war.

»Claudia hat nie ein Hehl aus ihrer Ablehnung dieser zweiten Frau gemacht, was wohl auf Gegenseitigkeit beruhte.«

»Aber wie hätte jemand aus New York den Tod einer Rivalin einfädeln können, die sich fünftausend Kilometer entfernt im Périgord aufhält?«

Hodge zuckte mit den Achseln. »Sie ist reich, und Auftragskiller finden sich heutzutage überall. Ich wollte Ihnen ohnehin vorschlagen, in den Hotels der Umgebung nachzufragen, ob sich mögliche Kandidaten einquartiert haben.«

»*Rognons de veau au vin blanc*«, verkündete Ivan stolz und stellte mit großer Geste die Teller auf den Tisch.

»Duftet herrlich«, sagte Hodge und beugte sich über seinen Teller. Bruno war beeindruckt. Nicht jeder Fremde goutierte den etwas strengen Geruch von Nieren in Weißweinsoße, der ihnen auch nach gründlichster Vorbereitung anhaftet.

»Noch eins«, sagte Bruno, als Ivan ihnen ein Glas roten Montravel einschenkte. »Claudias Professor von der Yale University, ihr Doktorvater, fliegt auf Wunsch der Familie hierher. Ich frage mich, warum. Es gab eine rege E-Mail-Korrespondenz zwischen ihm und Claudia. Ich konnte mich noch nicht damit befassen. Jean-Jacques wird aber bestimmt einverstanden sein, wenn Sie einen Blick darauf werfen, zumal eine amtliche Übersetzung sein Budget sprengen würde. Es könnte nützlich sein, zu erfahren, worüber sich die beiden ausgetauscht haben, bevor wir mit dem Professor sprechen.«

»Gute Idee. Das mache ich. Ich hätte auch gern eine Kopie dieses Berichts«, sagte Hodge und fing an zu essen. »Schmeckt köstlich. Wie war noch gleich der Name des Professors?«

»Reginald Porter. Schon mal von ihm gehört?«

Hodge schloss die Augen, um sein Essen besser genießen zu können, und schüttelte den Kopf.

»Ich habe ein bisschen gegoogelt«, sagte Bruno. »Porter ist Mitte fünfzig, seit kurzem geschieden und gilt als Experte für die Renaissance. Er war schon als Student an der Yale University, hat dort promoviert und als Dozent gearbeitet und hat seit einigen Jahren einen Lehrstuhl. Er hat ein Buch über die deutsche Renaissance geschrieben und war einer der Kuratoren der Cranach- und Dürer-Ausstellung an der National Gallery in Washington.«

»Und weil er seit kurzem geschieden ist, wollen Sie wahrscheinlich wissen, ob er ein Verhältnis mit seiner Lieblingsstudentin hatte, stimmt's?«

»War nur so ein Gedanke.«

»Will ich doch meinen. Welcher Polizist würde sich da nicht Hoffnungen machen?«

16

Punkt neun Uhr am nächsten Morgen senkte der Fahrer des Behindertentransports die hydraulische Heckrampe vor de Bourdeilles Haustür und schob den alten Herrn in seinem Rollstuhl in den Wagen. Zehn Minuten später begrüßte ihn Bruno vor der *mairie* und rollte ihn ins Büro des Bürgermeisters; er fühlte sich fit und gestärkt nach seiner Morgenrunde im Wald mit Balzac, einem kurzen Ausritt auf Hector und dem schnellen *café-croissant* bei Fauquet.

»Ich verstehe immer noch nicht, warum wir uns nicht bei Ihnen treffen konnten«, sagte Mangin.

»Es tut mir gut, von Zeit zu Zeit das Haus zu verlassen, und hier können wir wenigstens sicher sein, dass uns niemand belauscht«, entgegnete der alte Herr, schnupperte in der Luft und bemerkte befriedigt: »Ah, Sie rauchen Pfeife.« Worauf er sich selbst eine Zigarette ansteckte.

»Um wirklich ganz sicher zu sein, sollten wir Claire was zu tun geben«, murmelte Bruno. Der Bürgermeister nickte, rief seine Sekretärin und bat um drei Tassen Kaffee aus seinem Privatbestand; danach möge sie bitte im Archiv sämtliche Grundsteuerunterlagen zu de Bourdeilles *chartreuse* der letzten sechs Jahre heraussuchen. Bruno nickte zufrieden. Damit wäre Claire für eine Weile beschäftigt.

Der Bürgermeister räusperte sich. »Sie wollten mit uns über ein Vermächtnis reden, Monsieur …«

»Genau. Ich möchte der Stadt mein Haus und alles, was darin ist, übereignen und darüber hinaus Gelder bereitstellen für Pflege, Instandhaltung und einen qualifizierten Leiter eines einzurichtenden Kunstmuseums, von dem ich hoffe, dass es diese Region um eine weitere Attraktion bereichert«, erklärte de Bourdeille. »Allerdings müsste die Kommune beziehungsweise das *département* die anfallenden Versicherungskosten übernehmen.«

»Ein sehr interessanter Vorschlag«, erwiderte der Bürgermeister. »Aber was werden die gesetzlichen Erben davon halten?«

»Das Anwesen gehört einer SCI, an der ich zu neunundneunzig Prozent beteiligt bin«, antwortete de Bourdeille. »Über den kleinen Rest verfügt mein *notaire*. Die Gemälde sind im Besitz einer von mir gegründeten Stiftung, als deren Vorsitzender ich Sie beide, *messieurs,* zu Treuhändern zu ernennen wünsche. Neben der *chartreuse* gehören mir auch die beiden kleineren Häuser auf dem Grundstück; das eine bewohnt mein Gärtner, das andere meine einzige Erbin, Madame Bonnet. Die Häuser sollen deren Eigentum werden.«

»Weiß Madame Bonnet von Ihren Plänen?«, fragte der Bürgermeister.

»Nein, und ich will auch nicht, dass sie oder der Gärtner darüber informiert werden. Vielmehr möchte ich, dass Sie, *monsieur le maire,* zusammen mit einem Anwalt, einem Arzt sowie Ihrem *chef de police* beglaubigen, dass ich im Vollbesitz meiner geistigen Kräfte bin und aus freiem Willen handle und dass niemand aus meinen fortgeschrittenen Jahren eigennützigen Vorteil zieht. An der rechtlichen Verbindlichkeit meines Vermächtnisses darf kein Zweifel bestehen.«

»Ich sollte wohl lieber nicht zur Gruppe der von Ihnen gewünschten Zeugen gehören«, beeilte sich Bruno zu sagen. »Man könnte mir als Polizist von Saint-Denis womöglich Befangenheit vorwerfen. Aber es lässt sich bestimmt jemand anderes finden, vielleicht ein Kollege im Ruhestand.«

»In welchem Verhältnis stehen Sie zu Madame Bonnet?«, wollte der Bürgermeister wissen.

»Sie ist die Enkelin meiner verstorbenen Frau. Rebekkah hat Madame Bonnets Mutter während des Krieges zur Welt gebracht. Wir, Rebekkah und ich, waren damals noch nicht verheiratet. Madame Bonnet und ich sind nicht blutsverwandt. Ich vermute, sie wurde ausgerechnet von dem *milicien* gezeugt, der mich angeschossen und gefoltert hat.«

»Nach geltendem Recht wäre also Madame Bonnet auch Ihre Enkelin«, bemerkte der Bürgermeister.

»Die Umstände ihrer Geburt waren nicht nur ungewöhnlich, sondern auch äußerst bedauerlich«, sagte de Bourdeille. »Ihnen dürfte bekannt sein, dass ich 1942 wegen Vichy-feindlicher Aktivitäten festgenommen und inhaftiert worden bin. Ich wurde von einem Polizisten festgenommen bei dem Versuch, ihn zu überwältigen, um meinem Freund und Kampfgenossen Paul Juin die Flucht zu ermöglichen.«

Paul sei Jude gewesen, fuhr de Bourdeille fort; eine Verhaftung hätte für ihn den sicheren Tod bedeutet. Paul habe untertauchen, aber seine Angehörigen nicht mehr rechtzeitig warnen können. Sie seien alle interniert worden. »Seine Schwester hat man gefoltert, um zu erfahren, wo sich ihr Bruder versteckt hielt. Sein Vater wurde später als Geisel erschossen, aus Rache an dem Tod mehrerer deutscher Soldaten. Seine Mutter wurde nach Ravensbrück deportiert und kam nie zurück.« Die Folter, die Pauls Schwester Rebekkah hatte erdulden müssen, bestand unter anderem aus fortgesetzter Vergewaltigung durch den *milicien,* der ihn, de Bourdeille, angeschossen und festgenommen hatte. Sie wurde schwanger und kam mit Madame Bonnets Mutter nieder. In der Folge litt Rebekkah unter schweren posttraumatischen Störungen und wurde in eine Nervenheilanstalt eingewiesen, aus der sie Paul Juin nach Kriegsende herausholte und zu sich nahm.

»Warum haben Sie sie geheiratet?«, fragte der Bürgermeister.

»Paul bat mich darum. Sie sollte einen Namen haben, ein Zuhause und Stabilität. Ich war zu dieser Zeit verarmt, Paul hatte Geld, und weil ich wegen meiner Verletzungen keine Aussicht auf eine normale Ehe hatte, erklärte ich mich einverstanden. Wir haben zu dritt zusammengelebt.«

»Was geschah mit dem Kind?«, fragte Bruno.

»Die Kleine kam in ein kirchliches Waisenheim. Wir, Paul und ich, haben sie erst Jahre später darin ausfindig gemacht. Rebekkah schien sich inzwischen dank der Hilfe einer tüchtigen Psychologin halbwegs erholt zu haben, und ich hatte gehofft, dass ihr die Wiederzusammenführung mit der Tochter zugutekommen werde. Doch sie wollte mit dem Kind nichts zu tun haben. Mehr noch, ihr psychischer

Zustand verschlechterte sich drastisch. Das Kind war erst eine Woche bei uns, als sich Rebekkah das Leben nahm.«

De Bourdeille sprach mit flacher, scheinbar emotionsloser Stimme, als rezitierte er aus dem Telefonbuch, wodurch das, was er sagte, umso schauriger wirkte. Der Bürgermeister öffnete den Mund, als wollte er etwas sagen, senkte dann aber den Kopf wie zu einem stillen Gebet. Auch Bruno fand keine Worte, die nach de Bourdeilles Ausführungen angemessen gewesen wären. Er schloss die Augen und seufzte.

Nach längerer Pause fuhr de Bourdeille fort: »Soweit ich mich erinnere, ist mir im Verlauf des Krieges kein einziger Deutscher zu Gesicht gekommen. Mag sein, dass an meinen Verhören ein Gestapomitglied in Zivil teilgenommen hat, aber ich habe auch niemanden Deutsch sprechen hören. Alles, was mir – und Rebekkah – angetan wurde, geschah durch Landsleute.«

»Sie meinen durch Vertreter der Vichy-Polizei, der *milice*?«, fragte der Bürgermeister.

»Ja. Und was mich betrifft, denke ich vor allem an das, was sie während der Verhöre mit mir angestellt haben. Sie haben mich zum Krüppel und meinem sexuellen Leben ein Ende gemacht, noch bevor es begonnen hatte. Ich wusste nicht, wo Paul steckte. Wir standen in keinerlei Verbindung zur Résistance und haben nur Parolen an die Wände gepinselt. Mehr konnten wir nicht tun.«

»Wie hat es Paul geschafft zu überleben?«

»Er ist bei einer spanischen Familie untergekommen, den Eltern eines Schulfreundes. Sie waren vor dem Bürgerkrieg und Franco geflohen. Paul wusste ja von meiner Verhaftung und konnte sich denken, dass sich die *milice* bei mir zu Hause und in der Schule nach meinen Freunden erkundigen würde. Und es war allgemein bekannt, dass Paul und ich unzertrennlich waren.«

»Konnten ihm die Spanier helfen?«

»Sie haben ihn mit dem kommunistischen Untergrund bekannt gemacht. Der bestand damals ausschließlich aus fest entschlossenen Widerständlern, zumindest im Raum Périgueux. Sie waren anfangs sehr argwöhnisch ihm gegenüber, zumal er zwei Personalausweise bei sich trug, von denen einer gefälscht war, außerdem jede Menge gefälschter Lebensmittelmarken. Sie wollten nicht glauben, dass Paul sie selbst gemacht hatte, bis er ihnen zeigte, wie er es anstellte. Und damit wurde er ihnen sehr nützlich.«

Aus de Bourdeilles Mund Details über die Résistance zu erfahren, war doch etwas ganz anderes als in Geschichtsbüchern davon zu lesen, dachte Bruno.

»Wo haben Sie die Parolen aufgemalt?«, fragte er. Er wollte sich die Orte vorstellen und daran denken, wenn er das nächste Mal in Périgueux sein würde.

»Zum Beispiel am Place du Coderc, weil da der Markt stattfand. Dort haben wir das V auf die Wände gepinselt, dann auch am Place Saint-Louis, wo man uns schließlich erwischt hat. Zwei Nächte davor hatten wir uns die Statue auf dem Place Bugeaud vorgenommen. Deshalb wurde wohl eine spezielle Patrouille auf uns angesetzt.«

»Was ist aus dem *milicien* geworden, der Sie angeschossen hat?«, fragte der Bürgermeister.

»Sein Name war Michel Cagnac. Er wurde nach der Befreiung festgenommen, vor Gericht gestellt und inhaftiert«, antwortete de Bourdeille. »Weil er sich dann freiwillig zum

Militär meldete, wurde er vorzeitig entlassen. Man suchte damals verzweifelt nach Männern für diesen sinnlosen Kolonialkrieg in Vietnam.«

Cagnac sei 1954 nach der Niederlage Frankreichs aus der Armee ausgeschieden und habe später, 1961, an dem gescheiterten Militärputsch teilgenommen, der sich an der Entscheidung de Gaulles für die Unabhängigkeit Algeriens entzündet hatte. Cagnac sei dann der Terrorgruppe OAS, der *Organisation de l'armée secrète,* beigetreten, um den Kampf fortzusetzen. Man habe ihn als einen derjenigen identifiziert, die für die Bombenanschläge und den Aufstand der *pieds-noirs* in Bab el Oued, dem Stadtteil der Algerienfranzosen in Algier, verantwortlich gewesen waren. Er wurde auch beschuldigt, an den Vorbereitungen zu dem Attentat auf de Gaulle in Petit-Clamart 1962 beteiligt gewesen zu sein. »Im Dezember desselben Jahres kam Cagnac bei einem Feuergefecht mit gaullistischen Agenten in Madrid ums Leben.«

»Armes Frankreich«, sagte der Bürgermeister. »Was für eine traurige Geschichte!«

»Es hätte schlimmer kommen können. Wenn der Mordanschlag auf de Gaulle oder der Putsch 1961 geglückt wäre …« De Bourdeille zuckte mit den Achseln. »Nun, Cagnac und seine Spießgesellen scheiterten beide Male. »Aber lassen wir das. Sie verstehen jetzt vielleicht, dass ich mein Haus Paul und Rebekkah widmen und in ein Museum umwandeln möchte, das den Namen Juin tragen soll. Ich hoffe, Sie haben nichts dagegen.«

»Nein, im Gegenteil«, erwiderte der Bürgermeister. »Aber mit diesem Projekt wird sich natürlich auch der Stadtrat befassen müssen. Vielleicht hat er Bedenken, was die Versicherung angeht, von der Sie eben sprachen. Und wahrscheinlich wird es Fragen bezüglich der Tochter Rebekkahs und deren Erbe geben.«

»Das ist eine andere düstere Geschichte«, sagte de Bourdeille. »Paul und ich haben getan, was wir konnten, ihr die bestmögliche Pflege und Erziehung zukommen lassen und sogar die Möglichkeit verschafft, ein englisches Internat zu besuchen. Aber es hat alles nichts gefruchtet. In den Sechzigern geriet sie außer Rand und Band – in Paris, dann in London und Kalifornien. Im Mai 1968 kam sie zurück nach Frankreich. Sie wurde schwanger, von wem, haben wir nie erfahren. Schließlich starb sie an einer Überdosis Heroin und ließ eine Tochter zurück, die Ihnen als Madame Bonnet bekannt ist.

Es wäre mir lieb, wenn Sie Stillschweigen darüber bewahren, bis unsere Sache unter Dach und Fach ist, am besten bis nach meinem Tod«, fuhr er fort. »Bemühen wir uns also um eine möglichst baldige notarielle Beglaubigung meines Vermächtnisses.«

»Fürchten Sie, dass Madame Bonnet Ihr Testament anfechten könnte?«, fragte Bruno.

»Ja. Sie wird wohl alles erben und die Gemälde verkaufen wollen, um es sich mit dem Erlös gutgehen zu lassen. Seit einiger Zeit drängt sie mich, eine Haushälterin einzustellen, die ihr die Arbeit abnimmt, und erst vor kurzem hat sie mich mehr oder weniger direkt aufgefordert, in ein Altenheim umzuziehen.«

»Verstehe«, sagte der Bürgermeister und stand auf. »Ich werde mir Ihr großzügiges Angebot durch den Kopf gehen lassen und mich mit einem oder zwei Kollegen vertraulich beraten. Parallel könnten wir von berufenen Fachleuten bestätigen lassen, dass Sie im Vollbesitz Ihrer geistigen Kräfte sind und Ihr Vermächtnis rechtens ist.« Er schüttelte de Bourdeille die Hand und bat Bruno, ihn nach unten zu bringen und ihm ins Auto zu helfen.

»Ich möchte noch nicht nach Hause zurück. Es kommt viel zu selten vor, dass ich draußen bin«, sagte de Bourdeille, als er und Bruno mit dem Fahrstuhl nach unten fuhren. »Außerdem ist Madame Bonnet keine besonders ansprechende Gesellschaft. Darf ich Sie zu einer Tasse Kaffee einladen?«

»Gern«, antwortete Bruno und rollte ihn zu Fauquets Café, wo der alte Herr für beide Kaffee, ein Glas Calvados und ein *pain au chocolat* bestellte. Er verrührte drei Zuckerstücke in seiner Kaffeetasse, biss herzhaft in sein Schokoladencroissant und kippte den Apfelbrandy hinterher.

»Was für ein Vergnügen«, sagte er mit einem zweiten Bissen im Mund.

»Es scheint«, sagte Bruno, »dass Sie sich mit Madame Bonnet nicht allzu gut verstehen. Werden Sie von ihr schlecht behandelt?«

»Nicht direkt«, antwortete er. »Aber sie ist oft ungehalten, vor allem, wenn ich sie bitte, mir auf die Toilette zu helfen. Inzwischen besteht sie darauf, dass ich Windeln trage, die allerdings viel zu selten gewechselt werden. Sie kocht auch kaum noch und setzt mir Fertigmahlzeiten vor, zum Beispiel tiefgekühlte Pizzen, die ich verabscheue, oder Quiche Lorraine, die wie Pappe schmeckt. Das letzte Mal, dass ich gut gegessen habe, war, als Claudia am Abend vor ihrer Abreise nach Paris für mich gekocht hat.«

»Sie könnten sich doch häufiger vom Fahrdienst in ein gutes Restaurant bringen lassen.«

»Allein zu essen macht keinen Spaß. Fast alle meine Freunde und Bekannten sind gestorben. Deshalb war mir Claudia so wichtig. Selbst unser Treffen mit dem Bürgermeister vorhin hat mir sehr gutgetan, auch wenn der Anlass weniger erfreulich war. Claudias Gesellschaft hat mich daran erinnert, wie angenehm es ist, mit einer intelligenten Person zu reden. Solche Gespräche wie mit ihr hatte ich seit Pauls Tod kaum mehr gehabt.«

»Haben Sie mal an Urlaub gedacht, eine Woche in Paris, wo Sie sich mit alten Kollegen vom Louvre treffen könnten?«, fragte Bruno. »Sie könnten Ausstellungen besuchen, in die Oper gehen oder ehemalige Studenten zum Essen einladen. Heutzutage kommt man doch mit einem Rollstuhl überallhin.«

De Bourdeille lehnte sich zurück und wirkte überrascht. »Genau das hat mir auch Claudia vorgeschlagen«, sagte er. »Ich war drauf und dran, sie zu einem solchen Ausflug einzuladen, aber dann … passierte dieser schreckliche Unfall.«

»Sie könnten trotzdem fahren. Es gibt schließlich professionelle Begleiter für Behinderte, und an Geld fehlt es Ihnen doch nicht.«

»Ja, vielleicht sollte ich einmal darüber nachdenken. Wollen Sie Ihren Calvados nicht trinken?«

Bruno schüttelte den Kopf.

»Na dann …« De Bourdeille zog Brunos Glas zu sich herüber. »Übrigens, trügt mich mein Eindruck, oder war der Bürgermeister tatsächlich wenig begeistert von meinem Vorschlag?«

»Er ist sehr vorsichtig und neigt nicht zu überschweng-lichen Reaktionen«, antwortete Bruno. »Außerdem ist ihm bewusst, dass er die Zustimmung des Stadtrats braucht. Aber was zählt, ist, dass er sich bereit erklärt hat, ein Gre-mium zusammenzustellen, das Ihr Vermächtnis beglau-bigt.«

»Nun gut.« De Bourdeille schob einen Zwanzigeuro-schein unter seinen Unterteller. »Wenn Sie mich bitte noch bis zu diesem genialen Transporter begleiten würden, in dem ich hergekommen bin …«

17

Bruno war kaum zehn Minuten wieder in seinem Büro, als Hodge anrief und sagte, dass er gerade mit Claudias Mutter gefrühstückt habe. Sie wollte von ihm wissen, ob es angebracht sei, den Brunnen bei Limeuil aufzusuchen, in dem ihre Tochter ums Leben gekommen war. Bruno versprach, zur Stelle zu sein, und rief David, den Gärtner, an, um ihm den Besuch anzukündigen. Auch Jean-Jacques informierte er telefonisch.

»Soll mir recht sein«, sagte der. »Aber geben Sie der Staatsanwältin Bescheid, die zu entscheiden hat, ob gegen das Bauunternehmen Klage erhoben wird. Sie ist doch diese Rennfahrerin aus Sarlat, mit der Sie befreundet sind – Annette, wenn ich mich recht erinnere. Sie ist zuständig für Bauordnungsvergehen.«

Annette hatte sich die Baustelle schon angesehen, als er sie anrief und darüber aufklärte, dass die Mutter der Toten den Unfallort aufsuchen wolle. Eine Stunde später stand Bruno vor dem Brunnen. Vor Ort waren bereits der Bürgermeister von Limeuil, ein Versicherungsvertreter und Annette, die mit ihrem Handy Fotos machte, während sich der Bürgermeister und der Versicherungsmann leise miteinander stritten. David und Félicité standen in ihrer Gärtnerkluft ein wenig abseits und wirkten leicht betreten.

Bruno schüttelte allen die Hände, umarmte Annette und fragte, ob sich auch die Bauarbeiter einfinden würden.

»Nein, mit ihnen werde ich mich gesondert unterhalten«, antwortete Annette. »David sagte, du hättest schon Fotos vom Brunnen gemacht, bevor die Frau geborgen wurde, und die mangelhafte Absicherung der Baustelle moniert. In ihrer Aussage, die sie Jean-Jacques gegenüber gemacht haben, weisen die Bauarbeiter den Vorwurf der Fahrlässigkeit zurück. Sie sind davon ausgegangen, dass die Parkanlage über Nacht geschlossen ist.«

»Bis zum Ende des Vortrags war sie frei zugänglich, und als ich mich später umgesehen habe, sind mir an der Umzäunung etliche Schlupflöcher aufgefallen. Außerdem hätte der Brunnen mit einem Deckel gesichert werden müssen.«

»Ich habe der Staatsanwältin eben gesagt, dass sonst immer ein Deckel aufliegt«, erklärte David.

»Die Richtlinien für die Sicherung von Arbeitsstellen schreiben eine Absperrung vor, wenn die Arbeit ruht«, sagte Annette. Sie schaute an Bruno vorbei. »Ist sie das?«

Bruno drehte sich um und sah Hodge mit Claudias Mutter herbeikommen. Madame Muller trug diesmal eine schwarze Hose, ein Tweed-Jackett und ein seidenes Kopftuch. Sie sah besser aus als am Vortag, ausgeruhter. Bruno machte alle miteinander bekannt. Sie nahm die blumigen Beileidsbekundungen des Bürgermeisters wortlos entgegen und warf dabei immer wieder nervöse Blicke in Richtung Brunnen.

»Sie werden einer der Letzten gewesen sein, die meine Tochter lebend gesehen haben«, sagte sie zu David, der ein wenig rot wurde und erwiderte, dass er den Vortrag nicht gehört und darum Claudia an dem Abend nicht gesehen habe.

»Aber ich habe sie gesehen, Madame«, erklärte Félicité. »Ich war bei dem Vortrag Platzanweiserin. Es tut mir furchtbar leid um das, was passiert ist. Wir haben im selben Haus gewohnt, und ich habe sie sehr gemocht. Sie war lieb und freundlich. Mir wurde gesagt, dass es ihr nicht gutging und sie deshalb den Vortrag vorzeitig verlassen hat. Am Morgen danach habe ich ihre Jacke in der Garderobe hängen sehen.«

»Danke«, sagte Madame Muller und zeigte ein gequältes Lächeln. »Vielleicht zeigen Sie mir bei Gelegenheit das Zimmer, in dem meine Tochter gewohnt hat.« Sie trat zum Brunnen und sah über den Rand in die Tiefe. »Was ist mit dem Kätzchen, von dem man mir berichtet hat? Hat es hier irgendwo ein Zuhause?«

»Ich habe es nach der Bergung nicht mehr gesehen«, antwortete David. »Hier streunen viele Katzen herum.«

Madame Muller wandte sich Annette zu. »Sind Sie diejenige, die entscheidet, wann der Leichnam meiner Tochter freigegeben wird?«

»Nein, Madame. Darüber entscheidet der *procureur.* Er ist mein Vorgesetzter. Ich schreibe nur einen vorläufigen Bericht. Wir warten noch ab, ob die Polizei auf einen Unfall befindet oder weitere Ermittlungen einzuleiten sind. In dem Fall wäre ein ranghöherer Kollege von mir zuständig.«

»Soll das heißen, dass es nicht bloß ein Unfall gewesen sein könnte?«, fragte sie, und ihre Stimme war plötzlich eine Oktave höher. »Dass Claudia vielleicht getötet wurde?«

»Nein, Madame, ich wollte damit nur sagen, dass noch

kein abschließendes Ergebnis vorliegt. Es deutet alles auf einen Unfall hin, aber da wäre eben noch das Problem der mangelhaften Baustellensicherung, das womöglich auf eine Haftungsklage hinauslaufen wird.«

»Hoffentlich.«

»Mein herzliches Beileid, Madame. Ich werde versuchen, so schnell wie möglich für Aufklärung zu sorgen, um Ihnen weitere Unannehmlichkeiten zu ersparen«, sagte Annette.

»Was mir derzeit zu schaffen macht, sind keine Unannehmlichkeiten, Mademoiselle.«

»Natürlich«, erwiderte Annette und biss sich, peinlich berührt, auf die Lippen. »Verzeihen Sie meine ungeschickte Wortwahl.«

»Könnte ich jetzt bitte den Saal sehen, in dem der Vortrag stattgefunden hat?«, fragte Madame Muller. Félicité trat vor, doch Bruno hielt sie am Arm zurück und bat David, Madame zu begleiten. Hodge folgte ihnen und warf im Vorbeigehen einen fragenden Blick auf Bruno.

»Ich habe noch ein paar Fragen zum Ablauf des Abends im Anschluss an den Vortrag«, sagte der und führte Félicité außer Hörweite. »Haben Sie die anwesenden Personen gezählt?«

»Nein, ich habe angefangen, sauberzumachen, habe die Plastikbecher und Servietten eingesammelt und Stühle wieder geradegerückt. Als ich rauskam, waren fast alle gegangen. Draußen standen nur noch ein paar Leute und schwatzten. Florence oder eine Engländerin hat sich mit dem Referenten unterhalten, und dann kam einer aus der Stadt oben aus den Büschen. Ich glaube, er hat gepinkelt. Er sagte, die Toilette im Schloss sei besetzt gewesen.«

»Hat sich dieser Mann den Vortrag bis zu Ende angehört oder ist er schon vorher gegangen?«

»Nein, das hätte ich bemerkt, denn ich stand neben der Tür. Und ich kenne ihn, es ist Dominique, der Typ vom Kanuverleih.«

»Ist denn jemand aus der Toilette im Schloss gekommen?«

»Darauf habe ich nicht geachtet. Es sind immer mal wieder welche aufgetaucht, die sich an der Garderobe ihre Sachen geholt oder irgendwas vergessen haben. Als alle fort waren, bin ich zurück und habe mich vergewissert, dass niemand mehr im Haus ist. Im Geschenkeladen war auch keiner mehr. Ich habe dann die Lichter ausgedreht und den Eingang dichtgemacht. Schließlich habe ich auch noch das Parktor verschlossen und bin nach Hause gegangen.«

»Waren Sie noch mal im Park, in der Nähe des Brunnens?«

Sie schüttelte den Kopf.

»Haben Sie nicht gesehen, dass die Baustelle ungesichert war?«

Wieder schüttelte sie entschieden den Kopf. »Nein.«

»Waren Bauarbeiter vor Ort, als der Vortrag begonnen hat?«

»Bestimmt nicht, es war doch Sonntag.«

Bruno ließ sie gehen und kehrte zu Annette zurück. Er fragte sie, ob ihr eine Kopie der Aussagen der Bauarbeiter zugeschickt worden sei, die Jean-Jacques befragt hatte. Sie zog ein paar Unterlagen aus einem Ordner und reichte sie ihm. Bruno las, dass die Arbeit am Brunnen Samstagabend eingestellt worden war und erst Dienstagmorgen wiederaufgenommen werden sollte. Montags hatten die Arbeiter immer frei. Der Park war den ganzen Sonntag geöffnet gewesen, der Brunnen also tagsüber unbeaufsichtigt geblieben. Bruno machte Annette darauf aufmerksam. Sie sagte, dass sie genau darauf auch schon David angesprochen habe. Er habe am Sonntag Dienst gehabt, und ihm müsse doch aufgefallen sein, dass kein Deckel auf dem Brunnen lag.

»Man könnte auch ihm Fahrlässigkeit vorwerfen«, sagte sie. »Sieh mal, die Mutter und der FBI-Mann kommen zurück.« Und als sie David aus dem Schloss kommen sah, rief sie ihm zu: »Wo waren Sie am Sonntag?«

»Hier im Park, im unteren Teil der Anlage, wo wir unsere Bienenstöcke haben. Da hatte ich einiges zu tun. Später habe ich mich um den Wassergarten gekümmert.«

»Sie haben also nicht die Besucher durch den Park geführt?«, fragte Annette.

»Das tun wir nur in Ausnahmefällen, wenn eine Schule oder ein Reiseveranstalter darum bittet. Besucher finden sich hier allein zurecht, und außerdem gibt's eine Karte zur Orientierung.«

»Wäre Ihnen am Sonntag aufgefallen, ob der Brunnen verschlossen gewesen ist oder nicht?«

»Nein, wie gesagt, ich war die ganze Zeit im unteren Teil der Anlage und kein einziges Mal in der Nähe des Brunnens«, antwortete David, überrascht von dem scharfen Tonfall, den Annette angeschlagen hatte.

»Wer aus Ihrem Team war sonst noch am Sonntag hier?«

»Antoine. Er hat im Kräutergarten gearbeitet.«

»Machen Sie morgens und nach Feierabend regelmäßig Kontrollgänge durch den Park?«

»Nein, nicht regelmäßig. Aber normalerweise komme ich im Laufe eines Tages überallhin und schaue mich um. Wenn der Park geschlossen wird, geben wir ein Glockenzeichen und werfen einen Blick übers Gelände, aber für eine gründlichere Kontrolle bräuchten wir viel mehr Personal.«

»Sie wissen also nicht, ob am Sonntag gearbeitet wurde oder aber der Brunnen unbeaufsichtigt geblieben ist?«

»Nein, das weiß ich nicht«, antwortete er und verzog das Gesicht. »Das ist doch nicht mein Job. Ich bin Gärtner und kein Aufseher. Und von Bauvorschriften verstehe ich schon mal gar nichts.«

»Immer mit der Ruhe, David«, schaltete sich der Bürgermeister ein. »Er hat recht, Mademoiselle. Er ist hier der erste Gärtner und führt auch bei Bedarf durch den Park. Und wie seine Kollegen hilft er manchmal aus, wenn besondere Veranstaltungen stattfinden wie etwa der Vortrag am Sonntag.«

»Gehört es nicht auch zu seinen, im übrigen von Ihnen verantworteten, Aufgaben, sicherzustellen, dass vor Schließung der Tore alle Besucher den Park verlassen haben?«

»Nein, gehört es nicht.«

»Sie haben vor Beginn der Arbeiten am Brunnen doch bestimmt einen Kostenvoranschlag bekommen. Sind darin auch Aufwendungen für Sicherheitsmaßnahmen enthalten?«

»Es ist ein Standardformular, in dem es heißt, dass der Unternehmer alle Arbeiten vorschriftsmäßig ausführt und vollendet«, antwortete der Versicherungsvertreter und winkte mit einem Vertrag, den er aus einem Hefter hervorgezogen hatte. »Also auch in Übereinstimmung mit der geltenden Verordnung für Baustellensicherung.«

»Dann wäre das Unternehmen allein verantwortlich«, bemerkte Annette, »und nicht die Gärtner, der Stadtrat oder die *mairie.*«

»So würde ich das auch sehen«, erwiderte der Versicherungsvertreter. »Aber ich bin kein Anwalt, darüber zu befinden ist nicht meine Aufgabe.«

Madame Muller verfolgte den Wortwechsel aus der Ferne. Sie stand mit kummervoller Miene vor der Brunnenmauer. Ohne auf Hodge zu achten, der neben ihr stand, beugte sie sich über den Rand und starrte in den Schacht. Die Arme hatte sie dabei nach hinten gestreckt, was seltsam aussah. Vielleicht wollte sie die Mauer, über die ihre Tochter gestürzt war, nicht mit den Händen berühren. In dieser Haltung verharrte sie mehrere Sekunden. Dann richtete sie sich auf und sah Bruno mit ihren hellen Augen ins Gesicht. »Sie sind da hinabgestiegen, um sie zu suchen?«

»Nicht ganz bis nach unten, nur so weit, dass ich erkennen konnte, was zu befürchten war. Ich habe dann sofort die *pompiers* alarmiert.«

»Danke«, sagte sie. »Gut, dass sich wenigstens einer verantwortungsvoll verhalten hat. Ich wünschte mir nur, Sie wären eher zur Stelle gewesen.«

Sie drehte sich auf dem Absatz um und ging. Hodge zuckte mit den Achseln, gab Bruno mit einer Geste zu verstehen, dass sie später miteinander telefonieren würden, und folgte ihr.

»Augenblick noch, Madame«, rief Bruno und eilte den beiden nach. »Claudias Doktorvater Professor Porter hat mich wissen lassen, dass er auf Wunsch der Familie hierherkommen wird und mich sprechen will. Haben Sie ihn darum gebeten?«

»Nein, das wird dann wohl mein geschiedener Gatte getan haben. Interessant«, sagte sie mit Verwunderung in der Stimme. »Ich weiß, dass Claudia ihren Professor sehr geschätzt hat, und habe deshalb nichts dagegen, dass Sie ihm sagen, was Sie wissen. Trotzdem werde ich mich im Büro meines Exmannes erkundigen, ob dieser ›Familienwunsch‹ tatsächlich geäußert wurde. Sie hören von mir.«

18

Als Bruno in die *mairie* von Saint-Denis zurückkehrte, saßen ein Mann und eine Frau auf der Holzbank im Eingangsbereich. Claire gab ihm mit einem Wink zu verstehen, dass sie ihn zu sprechen wünschten. Den Mann schätzte er auf Ende fünfzig. Er hatte dichtes graues schulterlanges Haar und trug eine Cordhose, ein Tweed-Jackett und darunter ein Jeanshemd mit offenem Kragen. Die Frau an seiner Seite mochte Anfang vierzig sein und sah recht attraktiv aus in ihrem eleganten Kostüm. Von Chanel, tippte Bruno, obwohl er kein Modeexperte war. Die dunklen Haare hatte sie zu einem festen Knoten im Nacken zusammengedreht, ihre Augen wirkten kalt. Von ihrer Schulter hing an einer Kette eine kleine, kastenförmige Ledertasche, während sie einen schlanken Aktenkoffer wie zum Schutz vor ihren Unterleib gedrückt hielt.

»*M'sieur dame, bonjour.* Professor Porter?«, fragte Bruno.

»Ja, und Sie müssen Bruno Courrèges, der Polizeichef sein«, erwiderte der Mann in fließendem Französisch und reichte ihm die Hand. »Darf ich vorstellen? Madame de Breille; sie vertritt die Interessen der Familie.«

»*Bonjour, madame*«, grüßte Bruno. »Kommen Sie im Auftrag von Claudias Mutter oder ihrem Vater?«

»*Bonjour, monsieur.* Ich vertrete Mister Muller.« Ihr Akzent war unüberhörbar pariserisch. »Wenn ich richtig informiert bin, sind Sie der *garde champêtre* der Kommune, der Claudia tot in diesem Brunnen vorgefunden hat.«

Bruno kniff die Brauen zusammen. *Garde champêtre* war ein sehr altmodischer Begriff für seinen Berufsstand, der eigentlich nur abfällig gemeint sein konnte und seine Arbeit ins Lächerliche zog. Er wandte sich an Claire. »Ist der Konferenzraum leer?« Sie nickte.

»Wenn Sie mir bitte folgen wollen …«

Im Konferenzraum angekommen, rückte er zwei Stühle vor dem breiten Fenster mit Ausblick auf den Fluss zurecht und nahm selbst auf der anderen Seite des Tisches Platz, wo er in die von der Sonne angestrahlten Gesichter der Besucher blickte.

Porter reichte ihm eine Visitenkarte, die das Wappen seiner Universität trug; auf der Karte der Frau war nur in geschwungener Schrift ihr Name eingeprägt.

»Keine Telefonnummer? Keine E-Mail-Adresse oder Firmenanschrift?«, fragte Bruno verwundert.

»Mit persönlichen Daten halte ich mich zurück«, antwortete sie unterkühlt.

»Ich nehme an, Sie können mir eine Vollmacht von Monsieur Muller vorlegen.«

»Für ein solches Schreiben hatte unser Auftraggeber keine Zeit. Wir wollen doch jetzt nicht kleinlich sein. Tun Sie einfach Ihren Job, Monsieur.«

Bruno lehnte sich zurück und betrachtete sie. Sie hielt seinem Blick stand. »Können Sie sich irgendwie ausweisen, Madame?«

Sie rollte mit den Augen.

Bruno stand auf. »Wenn Sie sich nicht ordentlich ausweisen können, ist unser Gespräch beendet, ehe es begonnen hat. Professor Porter kann natürlich bleiben.«

Sie lehnte sich zurück, schaute zum Fenster hinaus und schlug einen Tonfall an, der betont gelangweilt klang. »Auch wenn Sie nur ein Dorfpolizist sind, haben Sie doch ein öffentliches Amt. Ich repräsentiere einen trauernden Elternteil, der ein Anrecht darauf hat, über die Umstände des Todes seiner Tochter aus erster Hand aufgeklärt zu werden. Sie können jederzeit über Mister Abraham Mullers Büro beim Muller Investment Trust in New York Kontakt mit mir aufnehmen.«

»Wenn Sie mir etwas vorlegen können, das Ihre Funktion beglaubigt, haben Sie meine volle Kooperation, Madame«, entgegnete Bruno höflich im Stehen. »Anderenfalls verweise ich Sie an meine vorgesetzte Dienststelle in Périgueux, wo Sie sich mit dem leitenden Ermittler in dieser Angelegenheit, Commissaire Jalipeau, in Verbindung setzen können. Auch er wird einen Ausweis sehen wollen.«

Sie blieb sitzen und musterte ihn mit wütendem Blick. Er wies ihr die Tür und zählte innerlich bis fünf.

»Vielleicht hilft das«, sagte Porter und zog eine weitere Visitenkarte aus seiner Brieftasche, die Madame de Breille als Vorstandsmitglied des Hexagon Trusts mit Wohnadresse an der Avenue d'Iéna in Paris, Mobilfunknummer und E-Mail-Adresse identifizierte. »Das ist die Karte, die sie mir heute Morgen auf dem Flughafen Charles de Gaulle gegeben hat.«

Bruno setzte sich und lächelte. »Wenn Sie, Professor, für

Madame de Breille bürgen, darf sie natürlich bleiben. Wie kann ich Ihnen behilflich sein?«

Die Frau öffnete ihre Handtasche und entnahm ihr ein elegantes, in schwarzes Leder gebundenes Notizbuch samt einer dicken Montblanc-Füllfeder, die, wie Bruno schätzte, mehr gekostet hatte als ein Wochengehalt eines *chef de police*. Dann holte sie ein Smartphone hervor und wischte darüber.

»Sie zeichnen unser Gespräch doch nicht auf, Madame, oder?«, fragte Bruno.

»Irgendwelche Einwände?«

»Um Erlaubnis zu bitten, gebietet nicht nur die Höflichkeit, sondern auch das französische Strafgesetzbuch in den Artikeln 221 und 226, die nicht autorisierte Aufzeichnungen in Ton und Bild verbieten und mit einer Strafe von bis zu fünfundvierzigtausend Euro beziehungsweise einem Jahr Haft belegen. Ich erteile Ihnen diese Erlaubnis nicht. Aber wie ich sehe, haben Sie etwas zu schreiben dabei. Sie dürfen sich Notizen machen.«

»Das ist doch lächerlich«, blaffte sie.

»Madame, entweder Sie schalten Ihr Handy aus oder unser Gespräch ist beendet. Sie entscheiden.«

Sie fügte sich.

»Ich fürchte, das war kein besonders gutes Intro«, sagte Porter. »Tut mir leid. Ich möchte Sie trotzdem bitten, uns zu berichten, was Claudia widerfahren ist, Schritt für Schritt.«

Bruno schilderte die Ereignisse vom Sonntagabend und seine Suche nach Claudia am nächsten Morgen, den Einsatz der *pompiers,* das Eintreffen von Fabiola und Jean-Jacques und die Benachrichtigung des Rechtsattachés der amerikanischen Botschaft.

»Warum wurde Monsieur Muller nicht sofort informiert?«, fragte de Breille.

»Claudias Reisepass nennt ihre Mutter als nächste Angehörige. Sie und Claudias Betreuerin am Louvre waren die einzigen Personen, mit denen wir unmittelbar Kontakt aufnehmen konnten. Madame Muller hat sich bereits mit dem *commissaire* verständigt und mit ihm abgesprochen, wie …«

»Gehört zu einer solchen Absprache nicht auch die Beteiligung des Vaters?«, fiel sie ihm ins Wort.

Bruno holte tief Luft und versuchte, ruhig zu bleiben. »Darüber können Sie sich mit Commissaire Jalipeau unterhalten.«

»Wann wird Claudias Leichnam freigegeben?«, fragte Porter.

»Wenn der *procureur* entschieden hat, ob und inwiefern Dritte für den tragischen Unfall mitverantwortlich gemacht werden können, zum Beispiel aufgrund fahrlässiger Unterlassung. Der Unfallort war, als ich ihn erreicht habe, nicht vorschriftsmäßig abgesichert.«

»Wird es eine Obduktion geben?«

»Sie wurde bereits durchgeführt.« Bruno erwähnte den toxikologischen Befund. Der Professor schüttelte den Kopf.

»Ich hätte eine Frage an Sie, Professor«, fuhr Bruno fort. »Hat Claudia Ihnen in Bezug auf Monsieur de Bourdeille und einige seiner Expertisen Bedenken geäußert?«

»Ja, das hat sie. Sie sagte, dass mindestens drei seiner Zuschreibungen zweifelhaft seien, da sie ausschließlich auf unzuverlässiges Archivmaterial zurückgreifen.«

»Meinen Sie mit unzuverlässig gefälscht?«

»Nein, ich will damit nur sagen, dass man sich streng wissenschaftlich auf ein solches Material nicht verlassen kann. Claudia ist auf drei Dokumente in Kopie gestoßen, deren Originale nicht zu verorten sind. Ich würde auf Bitten ihres Vaters ihre Forschungen gern fortsetzen.«

»Madame de Breille, Claudia hat Ihre Firma beauftragt, Monsieur de Bourdeilles Gemäldesammlung zu begutachten. Ich gehe davon aus, dass Monsieur le Professeur von der Rechnung über fünfzigtausend Dollar weiß.«

Madame de Breille schwieg, während Porter sie mit verblüffter Miene anstarrte.

»Davon weiß ich nichts«, rief er. Sie verdrehte wieder die Augen und ging darauf nicht ein.

»Wirklich?« Bruno verkniff sich ein Grinsen. Ihn amüsierte die Feindseligkeit, die zwischen seinen Besuchern Gestalt annahm. »Hat Madame Ihnen nicht gesagt, dass Claudia an de Bourdeilles Anwesen und Gemäldesammlung interessiert war und sie kaufen wollte?«

»Das ist ja allerhand«, erwiderte Porter verärgert und stand auf. »Unter diesen Umständen verbietet sich für mich jeder weitere Kommentar. Ich muss mit Abe Muller reden. Allein.«

Er schob den Stuhl zurück und stampfte zur Tür. Bevor er sie öffnete, drehte er sich um und dankte Bruno dafür, dass er sich Zeit für sie genommen hatte. »Ich hoffe, dass wir unser Gespräch zu gegebener Zeit fortsetzen können, unter uns.«

»Wann immer Sie es wünschen, Professor«, sagte Bruno und erhob sich von seinem Platz, als Porter gegangen war. Er blickte auf Madame de Breille hinab. Zu seiner Überraschung lächelte sie.

»Das wäre schon mal gutgegangen«, bemerkte sie. Sie lehnte sich im Stuhl zurück, streckte den Arm aus und drückte die Tür zu. Dann beugte sie sich über den Tisch und musterte Bruno. »Er kommt nicht weit. Ich habe die Wagenschlüssel, und er weiß nicht einmal, in welchem Hotel wir wohnen. Jetzt, da dieser Amateur fort ist und nur noch wir zwei Profis zusammensitzen, können wir endlich zur Sache kommen. Ich vermute, Sie haben unseren Bericht über de Bourdeille gelesen. Ich kenne inzwischen den Obduktionsbericht – woher, wollen Sie gar nicht wissen. Demnach bleibt vorläufig ungeklärt, ob sie unter dem Einfluss von Medikamenten aus Versehen in den Brunnen gestürzt ist oder ob jemand dabei nachgeholfen hat. Was glauben Sie?«

»Das tut nichts zur Sache«, antwortete Bruno und blieb stehen. »Ich bin schließlich nur der *garde champêtre*, Sie erinnern sich.«

»Wir können unseren Freunden gegenüber recht großzügig sein, Lieutenant.«

Bruno registrierte, dass sie über seinen offiziellen Rang unterrichtet war. Er ging um den Tisch herum zur Tür. »Sie finden bestimmt allein hinaus. Ich muss meinem Bürgermeister melden, was sich für mich wie ein Bestechungsversuch angehört hat.«

»*Turlututu.* Verstehen Sie das, was Sie für einen Bestechungsversuch halten, doch einfach als Anwerbung und denken Sie darüber nach, ob Sie wirklich für alle Zeit in diesem erbärmlichen Provinznest bleiben wollen, das offenbar allmählich vor die Hunde geht. Sie haben meine Visitenkarte, die ich Porter gegeben habe, und wissen nun, wie Sie mich erreichen können. Ich wohne noch eine Weile im Vieux Logis in Trémolat.«

Sie packte ihr Notizbuch in die Handtasche und stolzierte durch die Tür nach draußen. Vor dem Fahrstuhl warf sie einen Blick zurück, lächelte und klapperte mit den Augenlidern, was wohl ein Zwinkern sein sollte. »Übrigens, Bruno, viele Grüße von unserem gemeinsamen Freund in Paris, Yacov Kaufman. Er freut sich sehr, dass er wieder mit Ihnen zu tun haben wird.«

Wenig später saß Bruno wieder in seinem Büro und wählte die Nummer der Anwaltskanzlei, für die Yacov arbeitete, zumindest nominell. Die Vermittlung sagte, dass er in einer Sitzung sei, und weil sein Mobiltelefon ausgeschaltet war, hinterließ ihm Bruno eine Mitteilung mit der Bitte um Rückruf. Sie hatten sich angefreundet, als Yacov seine Großmutter anwaltlich vertreten hatte, die als Mädchen während des Krieges, von den Nazis bedroht, bei einem Ehepaar aus Saint-Denis untergekommen war. Aus Dankbarkeit für den gewährten Schutz hatte sie den entlegenen Bauernhof, auf dem sie und ihr Bruder aufgenommen worden waren, zu einem Gästehaus für Pfadfinder umwidmen lassen. Über Yacov, der anfangs nur hatte durchblicken lassen, im israelischen Militär gedient zu haben, hatte Bruno bei einem späteren Einsatz, in dessen Verlauf der Freund verwundet worden war, erfahren, dass er eng mit dem Mossad zusammenarbeitete.

Das machte Madame de Breille nun durchaus interessant. Allein der Umstand, dass sie den Obduktionsbericht oder zumindest das Wesentliche daraus kannte, verriet, dass sie Kontakte zur Polizei unterhielt. Erst im Nachhinein wurde Bruno klar, dass sie eine Konfrontation provoziert hatte, um Porter loszuwerden. Aber war dieses Theater wirklich nötig gewesen, um mit Bruno unter vier Augen reden zu können? Wohl eher nicht, wie er befand. Da sie anscheinend Yacov kannte, würde sie wahrscheinlich auch von ihm wissen, dass er, Bruno, ebenfalls in Kontakt mit französischen Geheimdiensten stand.

Bruno unterrichtete Jean-Jacques telefonisch über Professor Porter, Hexagon und de Breille und grinste über dessen ungläubiges Schnauben und kleine Wutausbrüche am anderen Ende der Leitung. Schließlich bat er den *commissaire*, zu veranlassen, dass Yves ihm die auf dem sichergestellten Laptop gespeicherte E-Mail-Korrespondenz zwischen Professor Porter und Claudia zusandte. Mit einem Ausdruck des Hexagon-Berichts über de Bourdeille ging Bruno zum Bürgermeister und schlug vor, Claire noch einmal ins Archiv zu schicken. Kaum hatte sie ihren Schreibtisch im Vorzimmer verlassen, wiederholte Bruno, was der amerikanische Professor ihm über de Bourdeille gesagt hatte, und legte dem Bürgermeister den Bericht vor.

»Wittern Sie einen Skandal, der es geraten sein ließe, von de Bourdeilles Vermächtnis Abstand zu nehmen?«, fragte Mangin.

»Nicht unbedingt, im Louvre ist seine Expertise weiterhin sehr geschätzt. Aber vielleicht sollten wir die Verhandlungen mit ihm aussetzen, bis dieser Fall geklärt ist und wir wissen, was Professor Porters Nachforschungen ergeben. In der Zwischenzeit versuche ich herauszufinden, was es mit Claudias Bedenken hinsichtlich der Zuschreibungen de Bourdeilles im Einzelnen auf sich hat.«

»Es sieht doch danach aus, dass Paul Juin Dokumente gefälscht hat, mit deren Hilfe de Bourdeille Karriere und viel Geld machen konnte«, sagte der Bürgermeister. »Wenn dem so ist, stellt sich die Frage, warum Claudia sein Anwesen und die Sammlung kaufen wollte.«

»Vielleicht wollte sie ihr Wissen gegen ihn verwenden und den Preis drücken.«

Der Bürgermeister schüttelte den Kopf. »In dem Fall hätte sie nicht ihren Professor alarmiert. Ich stimme Ihnen zu, wir dürfen jetzt nichts überstürzen und sollten möglichst viele Informationen sammeln, bevor wir eine Entscheidung treffen.«

»Bleibt de Bourdeilles Offerte eine Option für Sie?«

»Ich bin mir nicht sicher. Wir sind schließlich Stadträte und keine Galeristen. Nichtsdestotrotz ist Tourismus für uns sehr wichtig, und de Bourdeilles Schlösschen könnte, klug verwaltet, eine tolle Attraktion für uns sein. Als Betreiber ließe sich ein Verein installieren, sagen wir: Les Amis de la Renaissance oder etwas in der Art, besetzt mit einem Vorstand aus Lokalgrößen und vielleicht jemandem vom Louvre oder dem Museum von Périgueux.«

»Haben Sie schon mit dem einen oder anderen Stadtratskollegen darüber gesprochen?«

»Noch nicht. Wird die Sache erst einmal bekannt, könnte es uns teuer zu stehen kommen, wenn wir ein so nobles Geschenk ablehnen.«

Bruno lächelte innerlich. Der Bürgermeister dachte als Politiker bereits an die politischen Nebenwirkungen, die ihm drohten.

»Was, wenn Porter Claudias Verdacht bestätigt?«

»Überlassen wir das den Experten vom Louvre. Aber Sie wissen ja, wie die Leute so sind. Ein Skandal würde de Bourdeilles Sammlung noch um einiges attraktiver machen. Ist er wirklich ein Spross der alten de-Bourdeille-Familie? Allein das würde für Aufmerksamkeit sorgen.«

Bruno zuckte mit den Achseln. »Jedenfalls behauptet er, es zu sein. Nun, ich weiß, es gibt eine nach ihr benannte Ortschaft und Burganlage, aber warum sollte der Name so wichtig sein?«

»Pierre de Bourdeille war einer der größten Männer des Périgord«, erklärte der Bürgermeister und lehnte sich zurück. Bruno schmunzelte innerlich, denn er wusste, dass Mangin selten so glücklich war wie in Momenten, in denen er sein historisches Wissen ausbreiten konnte.

»Er war der jüngere Sohn einer adligen Familie und stand im Mittelpunkt dramatischer Ereignisse, die sich im sechzehnten Jahrhundert während der Religionskriege abgespielt haben«, fuhr der Bürgermeister fort. »Als Höfling und Soldat wurde er berufen, die schottische Königin Maria Stuart auf ihrer Rückkehr in ihre Heimat zu eskortieren. Vor allem wurde er durch seine historisch bedeutsamen Klatschgeschichten über das Leben am französischen Hof im sechzehnten Jahrhundert bekannt. Außerdem war er Abt von Brantôme, und als solcher hat er seine alten Waffenbrüder, die nun auf Seiten der Protestanten standen, überreden können, die zur Plünderung freigegebene Abtei zu verschonen. Nebenbei gilt er als einer der größten Pornografen seiner Zeit.«

»*Mon Dieu*«, sagte Bruno und rechnete damit, dass der Bürgermeister gerade erst angefangen hatte. Wenn er einmal in Schwung kam, konnte er stundenlang historische Vorträge halten. Doch dieser schien immerhin interessant zu sein.

»Er schrieb unter anderem *Das Leben der galanten Damen,* ein Buch voller indiskreter, ja man könnte auch sagen gynäkologischer Details über das Leben der Zofen rund um Königin Caterina de' Medici. Und er ließ keinen Zweifel daran, dass er sein Wissen aus erster Hand hatte. Der Begriff *le lieu de débauche* könnte durchaus am königlichen Hof geprägt worden sein.«

»Haben Sie das Buch gelesen?«

»Ja, in jungen Jahren, in der nur eingeschränkt zugänglichen Abteilung der Bibliothèque Nationale, der alten, die noch nach Richelieu benannt war, bevor sich Mitterrand monströserweise mit der neuen ein Denkmal gesetzt hat. Es ist eins der Bücher, von denen Rousseau sagte, dass man bei der Lektüre eine Hand frei haben soll. Ich vermute, der alte Schwindler hat es selbst nie gelesen. Es ist viel zu klinisch, um erregend zu sein.«

In diesem Moment vibrierte Brunos Handy. Er warf einen Blick auf das Display und sah, dass Yacov ihn zu erreichen versuchte. »Darauf muss ich antworten. Es ist Yacov Kaufman aus Paris.«

»Grüßen Sie ihn von mir«, sagte der Bürgermeister und entließ seinen Polizeichef.

19

Als Bruno das Büro des Bürgermeisters verließ, sah er, dass Claire ins Vorzimmer zurückgekehrt war, in der Nähe der Tür stand und mit einer Hand im Aktenschrank etwas zu suchen schien. In dieser Pose lauschte sie meist. Er drückte auf seinem Handy die grüne Taste und nahm den Anruf entgegen.

»Yacov, danke, dass Sie zurückrufen. Ich hatte soeben ein Gespräch mit einer ziemlich frechen Frau namens Madame de Breille von Hexagon, die behauptet, Sie zu kennen. Ist das so?«

»Mit frech meinen Sie wohl kämpferisch, nicht wahr? Ja, wir arbeiten oft mit Hexagon, wenn es um Kaufprüfungen geht. Sie ist der Dynamo ihrer Firma. Angefangen hat sie bei der Steuerfahndung, dann war sie Mitglied einer Projektgruppe beim Finanzministerium, die sich unter anderem mit dem Kollaps der Crédit Lyonnais und der Adidas-Affäre um Bernard Tapie befasst hat. Sie wurde von Hexagon angeworben, als man das Pariser Büro eröffnet hat.«

»Sie sagt, sie vertrete Abraham Muller.«

»Er ist der Chef von Muller Investment Trust. Wir haben eine Menge Arbeit mit seinen Finanzdeals in Europa und Israel. Madame de Breille hatte mir vom Tod seiner Tochter berichtet, und weil sie weiß, dass ich im Périgord gewesen bin, bat sie mich, ihr ein paar Ansprechpartner zu nennen. Ich habe Ihren Namen genannt. Gab's ein Problem?«

»Nein, ich wollte mich nur vergewissern. Wie geht's Ihrem Arm?«

»Ich bin immer noch in Physiotherapie und mache Fortschritte. Aber so ganz wird er nicht mehr heilen. Die Kugel hat großen Schaden angerichtet. Wir sehen uns im Sommer, wenn ich eine Gruppe Pfadfinder ins Camp bringe.«

»Ich freue mich drauf. Wissen Sie, dass auch Amélie kommt? Ich habe ein paar Konzerte für sie organisiert.«

»Toll. Leider sehen wir uns in letzter Zeit nicht mehr so häufig. Wir sind noch Freunde, aber kein Paar mehr. Wahrscheinlich habe ich zu lange im Krankenhaus gelegen. *C'est la vie.*«

Bruno seufzte lautlos und dachte, wie schwierig es doch für Männer war, über Liebesbeziehungen und Gefühle zu reden, es sei denn, sie saßen einander gegenüber und tranken. Er versuchte, das Thema zu wechseln.

»Übrigens, würden Sie Ihre Physiotherapeutin bitte bei Gelegenheit fragen, ob sie jemanden kennt, der einen Rollstuhlfahrer durch Paris schieben und ihm die Stadt zeigen könnte?«

»Na klar. Klicken Sie sich mal durch Parisinfo.com. Da finden Sie bestimmt auch Hilfe.«

Zehn Minuten später gab Bruno de Bourdeille den Namen und die Telefonnummer einer jungen Frau durch, die als Fremdenführerin ausgebildet und darauf spezialisiert war, Behinderte durch Paris zu begleiten. Sie hatte mehrere Stadttouren zu bieten, die bequem in einem Rollstuhl zu absolvieren waren, und konnte tageweise gebucht werden.

»Sie holt ihre Kunden mit einem geeigneten Fahrzeug am Bahnhof Montparnasse ab, reserviert für sie ein Hotel und Restaurants mit Rollstuhlzugang und bucht Tickets für Oper und Theater«, erklärte Bruno. »Klingt doch perfekt, oder?«

»Das ist sehr freundlich von Ihnen, Bruno. Ich weiß gar nicht, was ich sagen soll. Die Sache reizt mich sehr. Ich werde diese Frau noch heute anrufen. Es wäre mir allerdings lieb, wenn der Bürgermeister ein Treffen mit Anwälten und Ärzten anberaumen könnte, bevor ich fahre.«

»Verstehe. Der Bürgermeister kümmert sich bereits darum.«

»Noch etwas. Ich erinnere mich, dass Claudia mir gesagt hat, dass sie einen Falkner kennengelernt hat, einen jungen Mann, der Greifvögel ausbildet. Sie hat mit ihm Lascaux besucht. Ich würde ihm gern einmal bei der Arbeit zusehen. Von meinem Balkon aus sehe ich immer wieder prächtige Exemplare dieser Art durch die Luft segeln. Wissen Sie, wo dieser junge Mann anzutreffen ist?«

»Im Château des Milandes, keine dreißig Fahrminuten von Ihrem Haus entfernt. Durch das Schloss werden Sie sich wahrscheinlich nicht bewegen können, aber die Volieren befinden sich im Garten und sind gut zu erreichen. Der junge Mann heißt Laurent Darrignac. Sagen Sie ihm, Sie seien ein Freund von Claudia gewesen. Er mochte sie sehr. Übrigens hat er mit ihr auch diesen Vortrag besucht und war einer der Letzten, die sie lebend gesehen haben.« Bruno nannte Laurents Telefonnummer und verabschiedete sich. Auf seiner Liste der eingegangenen E-Mails sah er, dass Yves ihm eine größere Datei zugeschickt hatte.

Bruno holte tief Luft und ging die umfangreiche, über ein Jahr zurückreichende Korrespondenz zwischen Claudia und ihrem Doktorvater durch. Gezielt suchte er nach den E-Mails, die Claudia während ihres Aufenthaltes in Paris geschrieben hatte, in denen sie von der Stadt und dem Louvre schwärmte und berichtete, welche Bücher sie gerade las. Sie schilderte die Renaissanceschlösser, die sie auf einer Reise an die Loire besucht hatte, und beklagte sich darüber, dass ihre französische Betreuerin, Madame Massenet, sehr viel reservierter und unpersönlicher sei als die Lehrkräfte in der Heimat. In einer E-Mail ließ sie sich schockiert darüber aus, wie viele Schätze des Louvre Beutekunst waren, die Napoleons Truppen aus Kirchen und Palästen in ganz Europa zusammengetragen hatten. Sie zitierte Napoleon mit den Worten: »Wir haben jetzt alles, was schön ist in Italien, außer ein paar Gegenständen in Turin und Neapel.«

Claudia schrieb über de Bourdeille, seinen außerordentlich guten Ruf am Louvre und seine neue Forschungsmethode. Sie erwähnte seine Wiederentdeckung eines lange verschollenen Velázquez in einem englischen Herrenhaus, ein Gemälde, das ein Kapitän der Royal Navy unter mysteriösen Umständen während der napoleonischen Kriege erworben hatte. Es war in den Frachtpapieren des Schiffes, das er befehligte, verzeichnet gewesen, und de Bourdeille hatte anhand einer Inventarliste aus dem späten achtzehnten Jahrhundert nachweisen können, dass das Gemälde der königlichen Familie von Neapel gehört hatte, die vor Napoleon geflohen war.

Erste Bedenken hinsichtlich seiner Forschungsmethode kamen Claudia, als sie eigene Nachforschungen in den Archiven von Toulon, Marseille und Avignon anstellte. Dort fand sie Belege über Besitztümer von Königstreuen, die im Sommer 1793 von Revolutionären konfisziert worden waren, zu einer Zeit, da sich ein großer Teil von Südfrankreich auf die Seite des Königs geschlagen und die englische Flotte im Marinehafen von Toulon willkommen geheißen hatte. Bruno erinnerte sich, in einer Napoleon-Biografie von der Belagerung Toulons gelesen und erfahren zu haben, dass sich Napoleon als junger Offizier mit der Aufstellung jener Artilleriebatterien einen Namen gemacht hatte, mit denen die Befestigungsanlagen der Stadt zerstört und die britische Flotte in die Flucht geschlagen worden waren.

De Bourdeille hatte angegeben, in einem von Jean Lefrinc verfassten religiösen Traktat die Beschreibung eines Bildes gelesen und anhand dieser ein Gemälde identifiziert zu haben, das gegenwärtig im Besitz eines Nachkommen eines französischen Offiziers war, den Napoleon in den Adelsstand erhoben hatte. Claudia war dieser Spur nachgegangen, hatte aber in den *Archives nationales* keinen Hinweis gefunden, der de Bourdeilles Behauptung bestätigt hätte. Stattdessen fand sie heraus, dass de Bourdeille das Gemälde einem gewissen Josse Lefrinc von Cambrai zugeschrieben hatte, der am päpstlichen Hof von Avignon tätig gewesen war. Kurz nach seiner Zuschreibung im Jahr 1962 war dieses Gemälde auf einer Auktion in Paris für vierhunderttausend Dollar versteigert worden.

»Archive sind nie absolut zuverlässig. Angestellte verlegen Dokumente, vergessen, sie zu kopieren, oder nutzen die Rückseiten von Kopien als Einkaufslisten«, hatte Professor Porter auf Claudias Anfrage geantwortet.

Im Monat darauf zweifelte Claudia zwei weitere Zu-schreibungen de Bourdeilles an. In dem einen Fall basierte sein Gutachten auf einem Brief aus dem Archiv eines Klos-ters, in dem das Geschenk eines als »eine Allegorie von M. de Boijs« bezeichneten Gemäldes vermerkt war, das de Bourdeille Ambroise Dubois zuordnete, einem Meister der Zweiten Schule von Fontainebleau. Wiederum hatte der Verkauf des Gemäldes unmittelbar nach dieser Zuschrei-bung einen enorm hohen Preis erzielt. Nach dem besagten Brief hatte Claudia in dem Klosterarchiv vergebens ge-sucht.

Im zweiten Fall belegte de Bourdeille sein Gutachten mit einer Quittung aus dem Zollamt von La Rochelle über die Zahlung für ein bislang unbekanntes Gemälde von Antoine Caron. Es war laut der Expertise zusammen mit anderen Wertsachen von einem Plantagenbesitzer aus Martinique nach Frankreich expediert worden. Aber auch diese Quit-tung war für Claudia nicht auffindbar gewesen.

Porters Antwort fiel nun ein wenig länger aus. »Die Caron-Zuschreibung wurde von Charles Sterling bestätigt, dem legendären Kunsthistoriker am Pariser Louvre und am Metropolitan Museum in New York, der als Jude vor den Nazis aus Frankreich fliehen musste. Er galt als einer der größten Kenner seiner Zeit; seine Zuschreibungen sind voll verlässlich. Aber Glückwunsch, Sie beweisen Forschungs-talent.«

Aus den Unterlagen von Hexagon ging hervor, dass Claudia kurz danach Ermittlungen gegen de Bourdeille in Auftrag gegeben hatte.

Für Bruno war all dies Neuland. Keiner der Künstlernamen sagte ihm etwas. Allerdings glaubte er, ermessen zu können, wie viel Mühe sich Claudia bei ihren Nachforschungen gemacht hatte. Es sprach für ihr großes Engagement als Kunsthistorikerin, und das fand Bruno beeindruckend. Nur, wie passte dieses Engagement mit ihrem Missbrauch von Medikamenten zusammen? Dass sie das von ihrem Arzt verschriebene Fentanyl eingenommen hatte, war ja noch verständlich. Den Konsum der Designerdroge aber mochte er der jungen Frau kaum zutrauen. Natürlich war ihm klar, dass viele junge Leute mit Drogen experimentierten und häufig fahrlässig damit umgingen. Aber mit Yaba-Pillen? Wussten inzwischen nicht alle um die Gefahren von Methamphetaminen?

Plötzlich klingelte sein Telefon. Ein Blick auf das Display verriet ihm, dass Amélie ihn zu erreichen versuchte. Sie rief aus Paris an und sagte, dass sie sich ein paar Tage freinehmen und ins Périgord kommen werde, um persönlich mit Mademoiselle Neyrac über ihr Konzert im Château des Milandes zu verhandeln. Auch wollte sie sich den Saal ansehen, in dem ihr Auftritt stattfinden sollte, das Sound-System checken und einen Blick auf die Kostüme werfen. Sie werde an der Gare d'Austerlitz kurz vor acht den Zug besteigen und voraussichtlich um halb zwei in Saint-Denis eintreffen, gerade rechtzeitig für ein spätes Mittagessen bei Ivan. Sonntagnachmittag wolle sie nach Paris zurückkehren.

Kaum hatte er das Gespräch auf seinem Festnetzanschluss beendet, vibrierte sein Handy. Es war Florence. Ihm schwante Schlimmes, und er fürchtete, ihr Anruf könnte wie der letzte womöglich auf die Entdeckung einer weiteren Leiche hinauslaufen. Aber dann musste er über diesen Unsinn selbst den Kopf schütteln.

»Bruno, du kannst mir einen Gefallen tun. Würdest du heute Abend bitte auf die Kinder aufpassen? Ich muss dringend weg, aber alle, die ich bisher gefragt habe, sind verhindert. Du bist meine letzte Hoffnung.«

»Natürlich«, antwortete er und fragte sich sofort, was passiert sein mochte, dass alle Freunde und Schülerinnen vom *collège,* die als Babysitter in Frage kamen, plötzlich etwas anderes zu tun hatten. Er warf einen Blick auf die Uhr. »Haben die Kinder schon gegessen?«

»Nein. Du müsstest ihnen was vorsetzen, sie anschließend baden und ihnen vielleicht auch eine Gutenachtgeschichte vorlesen. Ich wette, sie freuen sich auf dich.«

»Ich könnte Spaghetti kochen und einen kleinen Obstsalat machen. Einverstanden?«

»Perfekt. Spaghetti sind da und auch ein paar Bananen. So, jetzt muss ich schnell unter die Dusche springen und mich umziehen. Komm so bald wie möglich. Ich warte auf dich.«

»Klingt nach Notfall – ist was passiert?«, fragte er leicht alarmiert.

»Nein, nein. Bis gleich.«

Bruno holte Balzac vom Reiterhof ab, wo er ihn nach seinem Morgenritt zurückgelassen hatte, und gab Pamela Bescheid, dass er mit Hector am Abend nicht würde ausreiten können. Auf dem Rückweg kaufte er im Supermarkt Hackfleisch, Zwiebeln, Tomaten und Fruchtsaft und in der Bäckerei ein Baguette. Weniger als vierzig Minuten nach Florences Anruf klopfte er an die Tür zu ihrer Maisonette in einem der Wohnhäuser, die das *collège* hatte bauen lassen, um Lehrer anzuwerben.

Florence kleidete sich immer gut, aber als sie ihm diesmal die Tür öffnete, war er überrascht, wie sehr sie sich herausgeputzt hatte. Sie trug ein hellblaues, auf Taille geschnittenes Kostüm, eine weiße Seidenbluse und dunkelblaue Highheels passend zur Handtasche. Ihre blonden Haare waren zu einem losen Knoten zusammengesteckt, was ihren schlanken Hals zur Wirkung brachte. Sie sah sehr attraktiv aus, aber irgendwie geschäftsmäßig, als wollte sie zu einem Bewerbungsgespräch gehen.

»Du siehst großartig aus«, sagte er, und als sie ihm einen Kuss auf beide Wangen gab, bemerkte er, dass sie ein Parfüm aufgelegt hatte, was sie nur äußerst selten tat. Vielleicht geht sie doch zu einem Rendezvous, dachte er und hoffte, dass sie sich ihm anvertrauen würde.

»*Bonjour,* Bruno«, riefen die Zwillinge wie aus einem Mund und herzten Balzac, ehe sie die Arme ausstreckten, um von Bruno durch die Luft gewirbelt zu werden. Auch diesmal wurden sie nicht enttäuscht. Er reichte Florence die Einkaufstasche, warf sie nacheinander in die Höhe und grüßte »*Bonjour,* Dora, *bonjour,* Daniel«, als sie ihm die kleinen Arme um den Hals schlangen und Florence zur Seite trat, um sie vorbeizulassen.

»Wir haben ein neues Buch, aus dem du uns vorlesen kannst«, sagte Daniel. »Oder willst du uns lieber eine Geschichte erzählen?«, fragte Dora.

»Vielen Dank, dass du gekommen bist«, sagte Florence, die schon zur Tür hinaus war und ihnen zum Abschied winkte. »Es wird nicht spät, vielleicht halb elf oder so.«

»Ich glaube, ich werde eine Geschichte erzählen und aus dem Buch vorlesen«, antwortete er auf Doras Frage und ging mit den Kindern ins Wohnzimmer, wo er sie auf dem Sessel absetzte. Die beiden zankten sich kurz um sein Képi und hüpften dann auf den Boden, um mit Balzac zu spielen.

»Wer von euch beiden will mir beibringen, wie man kocht?«, fragte er.

»Du kochst doch immer«, riefen sie.

»Aber diesmal soll es Zaubernudeln geben, und ich weiß nicht, wie man zaubert. Balzac hat's mir noch nicht beigebracht, meint aber, dass ihr sie kochen könnt. Kommt, gehen wir in die Küche und probieren's aus. Und wenn wir gegessen haben, lese ich euch eine Geschichte vor, bevor ihr in die Badewanne steigt.«

Bruno wusch sich die Hände, schälte und hackte zwei Zwiebeln und zerkleinerte dann die Tomaten. »Sucht mir bitte einen Topf und die Bratpfanne heraus.«

Die Kinder kramten im Küchenschrank herum.

»Jetzt brauche ich Salz und Pfeffer«, sagte er. Daniel kletterte auf einen Stuhl und zeigte, wo die Streuer auf dem Tisch standen. Bruno fand ein Glas Entenfett im Kühlschrank, briet die Zwiebeln darin an und setzte den Wasserkessel auf. »Wo bewahrt *maman* die Spaghetti auf?«

Dora zeigte auf eine Tür. »Da sind die normalen Spaghetti, wo die Zauberspaghetti sind, weiß ich nicht.«

»Balzac wird's wissen«, sagte Bruno und verteilte das Hackfleisch auf den weich gewordenen Zwiebeln. Er würzte mit Salz und Pfeffer und verrührte alles im Topf. »Er frisst nur Zaubernudeln. Ihr müsst die Spaghetti in Stücke brechen, die so lang sind wie euer Zeigefinger, sonst rührt er sie nicht an. Dann könnt ihr schon mal den Tisch decken, einen Teller, eine Gabel und einen Löffel für jeden von uns. Und sucht bitte einen Napf für Balzac heraus. Wenn ihr Apfelsaft trinken wollt, müsst ihr auch zwei Gläser auf den Tisch stellen.«

Als das Wasser kochte, gab er zuerst Salz hinzu und dann die zerkleinerten Spaghetti. Die Tomaten verrührte er mit dem Fleisch und den Zwiebeln. Dann stellte er zwei Stühle vor den Herd, hob die Kinder darauf und ließ sie zuschauen.

»*Les dames d'abord*«, sagte er, drückte Dora einen Holz-löffel in die Hand und hielt sie so, dass sie in der Pfanne rühren konnte. Dann hob er Daniel hoch und ließ ihn mit einem zweiten Holzlöffel die Spaghetti im Topf verrühren.

»Und jetzt die Zauberformel.« Er fing zu singen an und reimte aus dem Stegreif:

> *Les pâtes nous remuons*
> *Afin que nous mangerions.*
> *La sauce deviendra magique*
> *Sinon c'est très tragique.*

Schließlich setzte er die Kinder wieder auf dem Boden ab, löffelte eine winzige Portion Spaghetti und etwas Sauce in den Napf und ließ Balzac daran schnuppern. Der schlang sie in sich hinein, leckte sich die Lefzen und hoffte mit treuem Blick auf mehr.

»Es funktioniert«, rief Dora. »Balzac schmeckt's. Liegt das an der Zauberformel?«

»Ich glaube, ja«, antwortete Bruno. »So, und jetzt essen wir.«

Die Teller waren bald geleert, der Apfelsaft getrunken, die Bananen gegessen und, während sie zu dritt auf dem großen Sessel saßen, das neue Buch gelesen. Es war für die Kinder nun Zeit zu baden. Diesmal schwamm so viel Schaum auf dem Wasser, dass die Kinder die gelben Quietscheenten darin verstecken konnten, die Bruno ihnen zu Weihnachten geschenkt hatte. Nachdem sie sich abgetrocknet, die Zähne geputzt und ihre Schlafanzüge angezogen hatten, knieten sie sich vor ihr Bett, schlossen die Augen und beteten, dass es *maman*, Balzac, Bruno und all ihren Freunden gutgehen möge. Daraufhin stiegen sie ins Bett und warteten gespannt auf die Geschichte, die Bruno ihnen versprochen hatte.

Bruno improvisierte: »Es war einmal vor langer Zeit, da gingen eine wunderschöne junge Prinzessin und ein mutiger junger Prinz miteinander spazieren. Der Spaziergang nahm aber kein Ende. Ihnen wurde angst und bang, weil sie fürchteten, sich verirrt zu haben. Zum Glück begegnete ihnen ein freundlicher Basset, der noch viel größer war als Balzac. Er sagte, er sei Lanzelot, und fragte, ob er irgendwie helfen könne. Sie kletterten an seinen langen Ohren empor und setzten sich auf seinen Rücken …«

Schon bald waren den Kindern die Augen zugefallen. Er gab ihnen einen Gutenachtkuss, deckte sie zu und ließ die Tür einen Spaltbreit offen, damit ein wenig Licht von der Diele ins Schlafzimmer fallen konnte. Im Wohnzimmer suchte er in Florence' gut bestückten Bücherregalen nach kurzweiliger Lektüre, zog ein Exemplar von Le Roy

Laduries *Montaillou* hervor, das er immer schon einmal hatte lesen wollen, und setzte sich damit in den Sessel.

Aber er konnte sich nicht konzentrieren und fragte sich die ganze Zeit, wohin Florence gegangen sein mochte und warum sie ihm ihre Pläne für den Abend nicht verraten hatte. Ausstaffiert hatte sie sich wie zu einem Rendezvous, und der Zeit nach war sie wohl essen gegangen. Sie war eine erwachsene Frau, seit Jahren geschieden und lebte ihr eigenes Leben, dachte er und zwang sich, nicht länger zu grübeln und stattdessen das verdammte Buch zu lesen. Er schaffte endlich auch ein paar Seiten, doch dann warf er einen Blick auf seine Uhr und rätselte von neuem, wo sie sein mochte und mit wem.

Nach weiteren fünf Seiten fragte er sich, warum er eigentlich so beunruhigt war. Immer wieder kam ihm Florence in den Sinn, wie sie ihm am Abend die Tür geöffnet und umwerfend attraktiv ausgesehen hatte. Florence war eine vernünftige, reife Frau. Sie hatte aus ihrer gescheiterten Ehe Wunden davongetragen und sich mit einem schrecklichen Job abquälen müssen, bevor er sie kennengelernt und ihr eine Anstellung als Naturkundelehrerin am städtischen *collège* vermittelt hatte. Nun, eine alleinstehende Frau war immer verletzlich, und so nahm er sich vor, auch um sich selbst zu beruhigen, herauszufinden, mit wem sie den Abend verbracht hatte. Das schuldete er nicht zuletzt den Kindern, redete er sich ein.

Er hatte dann doch noch an die vierzig Seiten lesen können, als sie kurz nach halb elf zurückkehrte. Sie sah immer noch so hübsch aus wie zuvor, zusätzlich aber leuchteten nun ihre Augen und ließen erkennen, dass der Abend offenbar ein voller Erfolg gewesen war. Sie warf einen Blick ins Kinderzimmer, dankte ihm dafür, dass er in der Küche aufgeräumt hatte, und begleitete ihn zur Tür, wo sie ihm das Buch in die Hand drückte, in dem er gelesen hatte.

»Es war so nett von dir, Bruno, dass du für mich eingesprungen bist«, sagte sie unter der Tür, gab ihm einen schwesterlichen Kuss auf die Wange, wünschte ihm eine gute Nacht und winkte ihm nach. Nachdenklich fuhr Bruno nach Hause. Er bemerkte nicht einmal, dass Balzac ihn vom Beifahrersitz aus neugierig beäugte. Es reizte ihn auch nicht besonders, den Roman über das mittelalterliche Dorf Montaillou im Schatten der Pyrenäen weiterzulesen, zumal ihn dessen Geschichte von der Inquisition und der Verfolgung der Katharer noch zusätzlich bedrückte. Aber vielleicht, dachte er, würde er immerhin darüber einschlafen können.

20

Am Morgen danach herrschte Aprilwetter. Es war kalt und nebelig, als Bruno kurz vor acht die Hütte des Bootsverleihs am Flussufer von Limeuil erreichte. Während er auf die Ankunft von Dominique Darrail wartete, hörte er die Nachrichten des Lokalsenders France Bleu Périgord. An dritter Stelle wurde Madame Muller zitiert, die gegenüber einem Redakteur der *Sud Ouest* gesagt hatte, dass sie nicht verstehe, warum die Polizei den Leichnam ihrer Tochter nicht freigebe, obwohl doch geklärt sei, dass sie einen tragischen Unfall erlitten habe.

»Merde«, platzte es aus Bruno heraus. Er rief sich die jüngste Ausgabe der Zeitung aufs Handy und las als Schlagzeile auf der Titelseite: »Tod einer Millionärstochter«. Der einseitige Artikel dazu zeigte ein Porträt von Claudia und ein zweites Foto von ihrem Vater im Frack an der Seite seiner zweiten Frau während eines Empfangs im Weißen Haus. Als Verfasser zeichnete Philippe Delaron aus Saint-Denis. Immerhin war der Ort in der Datumszeile mit Trémolat angegeben, wo sich Claudias Mutter zurzeit aufhielt. Am Ende des Artikels war ein Foto von Jean-Jacques eingerückt mit der Bildunterschrift »Der *commissaire* sagt: ›Kein Kommentar‹«.

Bruno glaubte zu wissen, woher Philippe die Story

hatte. Der umtriebige junge Reporter pflegte Kontakte mit den Bediensteten der wichtigsten Hotels in der Region und zeigte sich stets für Informationen erkenntlich. Ein Zimmermädchen mit einem Stundenlohn von zehn Euro konnte mit einem Anruf schnell zehn Euro dazuverdienen.

Bruno schaute sich ungeduldig um. Wo blieb Dominique? Sein Kollege Antoine aus Saint-Denis hatte schon vor einer Woche seine Kanus aus dem Schuppen geholt, wo sie im Winter abgestellt wurden. Er hatte sie geputzt, die Schwimmwesten kontrolliert und die Container zurechtgestellt, in denen Kunden während ihrer Paddeltour Kleidungsstücke und Wertsachen wasserdicht verschließen konnten. Und er war wie jedes Jahr vor Saisonbeginn flussabwärts bis nach Montignac gepaddelt, um sich ein Bild vom Gewässer zu machen. Dominique schien sein Geschäft lässiger zu betreiben. Bruno ging zur nahegelegenen Café-Bar, bestellte sich eine Tasse Kaffee und las, während er wartete, den Rest der *Sud Ouest.*

Es war bereits Viertel nach acht, als Dominique endlich aufkreuzte – mit geröteten Augen und einer leichten Alkoholfahne. Er war Anfang dreißig, geschieden und übergewichtig. Mit seinen Goldkettchen und Armreifen hatte er nicht mehr viel mit dem sportlichen jungen Mann vom Rugbyklub gemein, an den sich Bruno erinnerte. Trotzdem war er immer noch kräftig genug, um eine Frau, auch wenn sie Claudias doppeltes Gewicht hätte, in den Brunnen zu stoßen. Auf dem Anhänger hinter seinem Geländewagen lagen acht Kanus, die den Eindruck machten, als wären sie vor ihrer Lagerung über Winter gar nicht erst saubergemacht worden.

»*Bonjour,* Dominique«, grüßte Bruno und schüttelte ihm die Hand. »Ich hätte da ein paar Fragen zu dem Vortragsabend, den Sie besucht haben. Wir würden gern wissen, wer Claudia anschließend noch lebend gesehen hat.«

Dominique schüttelte den Kopf. »Ich habe sie vorher gesehen, als diese Katzenpisse rumgereicht wurde, die sie Bowle nennen. Wir haben hallo gesagt und dass wir uns später wegen der Bootsfahrt unterhalten wollten, für die sie sich interessiert hat.«

»Was war nach dem Vortrag?«

»Da habe ich sie nicht mehr gesehen. Die Frau des Bürgermeisters meinte, dass sie vorgegangen ist, weil sie sich nicht wohl gefühlt hat.« Er grinste schief. »Wahrscheinlich wegen dieser Bowle.«

»Wie war der Vortrag?«

Dominique zuckte mit den Achseln. »Ganz gut, nehme ich an. Ich habe ein paar Sachen gelernt, die ich den Touristen weitererzählen kann. Die hören immer gern Geschichtliches über unsere Gegend. Darum kommen sie überhaupt, manche wenigstens.«

»Was haben Sie nach dem Vortrag getan?«

»Bin nach Hause gegangen und hab mir im Fernsehen einen Film angesehen, der schon halb rum war.«

»Wissen Sie noch, wie der Film hieß?«

»Nee, aber es ging um einen schwarzen Typ, der mit seinen Kindern Ski fährt.«

»Mir wurde gesagt, dass Sie nach dem Vortrag hinter den Büschen ausgetreten sind.«

Wieder zuckte Dominique mit den Achseln. »Ich musste halt dringend. Im Haus gibt's nur eine Toilette, und die war besetzt. Und überhaupt, ist ja auch gut für die Pflanzen.«

»Haben Sie gesehen, ob sonst noch jemand im Park war?«

»Nicht, dass ich wüsste.«

»War noch jemand beim Schloss, als Sie gegangen sind?«

Dominique kniff die Augen zusammen, als versuchte er, sich zu konzentrieren, und kramte Tabak aus der Tasche, um sich eine Zigarette zu drehen. »Ich bin mir ziemlich sicher, dass diese verrückte Engländerin und die Lehrerin vom *collège* noch da waren. Sie haben mit der Rothaarigen vom Museum geschwatzt. Und das Mädchen vom Parkpersonal, das uns reingelassen hat. Ich glaube, sie heißt Félicité. Sie hat gesehen, wie ich mir den Hosenstall zugemacht habe, als ich fertig war.« Er zuckte mit den Achseln. »Hat sie mit Sicherheit nicht geschockt.«

»Von Ihrer Mutter weiß ich, dass sie Sie und die Amerikanerin zum Abendessen erwartet hat. Mochten Sie Claudia?«

»Wer hätte das nicht? Sah doch verdammt gut aus.« Er zwinkerte Bruno zu. »Vielleicht ein bisschen zu intellektuell für mich. All diese Bücher.«

»Welche Bücher?« Bruno erinnerte sich, dass Claudia nur mit einem Rucksack aus dem Zug gestiegen war. Darin konnten unmöglich viele Bücher gesteckt haben. In ihrem Zimmer hatte er auch nur einige wenige auf dem Tisch liegen sehen.

»Keine Ahnung, jedenfalls hat mich meine Mutter gebeten, in dem Zimmer ein Bücherregal aufzubauen. Sie sagte, sie sei es leid, all die Bücher und Papiere rumfliegen zu sehen.«

Bruno nickte. »Sie sind ja hier aufgewachsen. Vermutlich wissen Sie und Ihre Freunde, über welche Schleichwege man in den Park gelangt.«

Dominique grinste. »Na klar. Es war für uns eine Mutprobe, nachts durch den Park zu schleichen. Damals war noch alles wild überwuchert.«

»Würden Sie mir die Stellen an Mauer und Umzäunung zeigen, durch die Sie geschlüpft sind? Ich muss noch meinen Bericht aufsetzen, und der *procureur* will, dass ich feststelle, ob es eventuell Hinweise auf einen unbefugten Zutritt Dritter gibt.«

»Aber zur Zeit des Vortrags war doch das Tor geöffnet. Wieso hätte jemand heimlich eindringen sollen?«

»Der *procureur* würde es trotzdem gern wissen.«

»Jetzt gleich?« Dominique schaute auf seine Uhr. »Ich muss die Kanus klarmachen.«

»Es dauert nicht lange. Wir fahren mit meinem Wagen hoch, und ich bringe Sie auch wieder zurück.«

Sie kamen an der Gemeindeschule vorbei und bogen links ab in die steile Straße hinauf zur Hügelkuppe, wo sie den Wagen vor dem Restaurant abstellten. Links vom Parktor führte ein Fußweg bergab. Dominique zeigte ihm in der Nähe des Eingangs eine Mauerlücke, durch die Kinder ohne weiteres hindurchpassten. Dann ging er mit Bruno zurück und trat vor eine hohe Wand mit Ecksteinen, die sich als Steighilfen anboten. Noch ein möglicher Zugang führte durch den Garten des Hotels Au bon accueil. Dominique machte Bruno schließlich auf einen hohen steinernen Rundbogen im unteren Teil der Rue du Port aufmerksam. Auch von dort aus, sagte er, könne man auf die Mauer steigen, aber dafür müsse man verdammt gut klettern können.

»In dem Haus da drüben hat mein bester Freund gewohnt. Dahinter liegt ein Garten, an den die Mauer grenzt. Von dort aus sind wir immer eingestiegen. Es ist der leichteste Weg. So, das war's. Können wir jetzt zurückfahren?«

Bruno merkte sich das Haus, brachte Dominique zurück zu seinen Kanus und machte sofort wieder kehrt. Er klopfte an die Haustür, die ihm wenig später von einer jungen Frau mit einem Säugling im Arm und einem Kleinkind am Rockzipfel geöffnet wurde. Ihre Überraschung angesichts seiner Uniform schlug schnell in einen Ausdruck ängstlicher Skepsis um. Anscheinend fürchtete sie, schlechte Nachrichten übermittelt zu bekommen. Bruno war an solche Reaktionen gewöhnt und lächelte beruhigend.

»Machen Sie sich keine Sorgen, Madame. Mein Name ist Bruno Courrèges. Ich bin Polizist und zuständig für Sicherheit und Ordnung hier im Tal. Sie haben bestimmt von der jungen Amerikanerin gehört, die oben im Park ums Leben gekommen ist. Ich muss einen Bericht dazu aufsetzen und nachprüfen, ob sich jemand unbemerkt Zutritt verschafft haben könnte. Ein Mann aus dem Ort hat mir gesagt, dass er früher als Junge von Ihrem Garten aus mit seinen Freunden über die Mauer geklettert sei.«

»Ich bin Sylvie Postrelle und weiß, wer Sie sind. Wir sind uns schon auf dem Markt von Saint-Denis begegnet. Sie können sich gern bei uns umsehen. Mein Mann hat allerdings, als wir eingezogen sind, die Mauer geglättet, aus Sorge, unsere Kleinen könnten daran hochzuklettern versuchen und sich etwas brechen.«

Sie führte ihn in die Küche, wo sie offenbar eben damit beschäftigt gewesen war, das Frühstücksgeschirr zu spülen. Die Küchentür führte auf einen winzigen Garten hinaus, der kaum größer als fünfzehn Quadratmeter war und von einer rund fünf Meter hohen Mauer überschattet wurde. Obenauf befand sich ein grasbewachsener Sims, hinter dem sich ein weiterer Mauerabschnitt erhob. In dem unteren Teil waren die erwähnten Ausbesserungsarbeiten in den Fugen der alten Steine noch deutlich erkennbar. Einem erfahrenen Alpinisten hätten die verbliebenen Vorsprünge aber dennoch ausreichend Halt geboten. Links und rechts war der Garten hüfthoch eingezäunt. Ein kleines Törchen führte in eine Gasse, in der Mülltonnen standen, eine mit gelbem Deckel für recykelbaren Abfall und eine mit schwarzem für Restmüll.

»Ist das Tor immer verriegelt?«, fragte Bruno.

»Darauf achtet mein Mann sehr. Nicht, dass uns der kleine Michel wegläuft. Er ist in einem sehr unternehmungslustigen Alter und unberechenbar«, erklärte sie liebevoll. »Darf ich Ihnen eine Tasse Kaffee anbieten?«

»Danke, aber ich habe eben einen unten am Hafen getrunken. Sie sind erst vor kurzem hier eingezogen?«

»Ja, vor Weihnachten. Wir haben in Nantes gelebt, aber dann ist mein Mann, der für Gaz de France arbeitet, nach Saint-Cyprien versetzt worden. Es gefällt uns hier. Übrigens, der Kleine hier ist Michel; das Baby heißt Jeannette.«

Bruno bedankte sich bei ihr, streichelte sanft den Kopf des Säuglings und sagte, dass Michel in einem oder zwei Jahren vielleicht schon der Kindergruppe eines Sportvereins beitreten könnte.

»Wenn die Saison eröffnet, wollen wir uns einem Tennisklub anschließen«, erwiderte sie.

»Sie ist schon eröffnet. In Saint-Denis haben wir einen überdachten Platz. Ich gebe Kindern einmal pro Woche Unterricht. Sie sind herzlich willkommen. Wissen Sie, wo Saint-Denis ist?«

»Ja, wir haben uns mit der Umgebung schon ein bisschen vertraut gemacht. Danke für die Einladung. Ich würde auch gern wieder ein bisschen trainieren. Übrigens, sind Ihnen noch weitere Stellen gezeigt worden, an denen man in den Park gelangen kann? Ein Stück weiter unten ist eine, die mir sehr viel geeigneter erscheint.«

»Würden Sie mir die bitte zeigen?«

Sie deutete auf einen Mauerabschnitt hinter Häusern unten an der Straße. Bruno sah, dass auch dort die Mauer stufig anstieg. Über eine Mülltonne wäre der erste, etwa fünf Meter breite Sims leicht zu erklimmen. Er suchte die Stelle auf und traf auf eine schmale Gasse, den Eingang zum neuen Château, den ein uraltes schmiedeeisernes Tor versperrte. Das Château stand offenbar leer, die Läden sämtlicher Fenster waren zugezogen. Seine Besitzer würden erst im Sommer zurückkehren. Er kletterte am Tor empor, blickte darüber hinweg und sah, dass er problemlos den umlaufenden Mauersims würde erreichen können, wenn er auf das Tor stiege. In seiner Uniform aber wollte er die Probe jetzt nicht antreten.

Stattdessen kehrte er an die von Madame Postrelle gezeigte Stelle zurück, erklomm von dort den Mauersims und ging ihn in östlicher Richtung ab. Oberhalb des Hauses der Postrelles winkte er der jungen Mutter zu, die noch in

der Küchentür stand. Die Mauerlücken waren hier sorgfältig verputzt. Ein Aufstieg schien Bruno unmöglich. Auf
dem Rückweg entdeckte er kurz hinter der Stelle, an der
er hochgeklettert war, einen Spalt in der Mauer. Über ihn
hatte er wenige Augenblicke später den zweiten Sims erreicht. Jetzt hätte er nur noch den oberen Teil der Mauer
zu überwinden brauchen, um in den Park zu gelangen.
Aber weil er sich seine Uniform nicht ruinieren wollte, verzichtete er darauf und ging den Sims entlang in Richtung
Hotel. Bald traf er auf einen dreieckigen Mauerdurchbruch,
der groß genug war, um problemlos hindurchzuschlüpfen.
Vielleicht hatte er einmal als Ausfallstor gedient, als Möglichkeit der Verteidigung, um belagernde Truppen überraschend anzugreifen. Er kroch durch die Lücke in den
Hotelgarten und sah sich plötzlich einem verblüfften David
gegenüber.

»Was machen Sie denn da, Bruno? Und wie sind Sie hier-
hergekommen?«

»Ich wollte ausprobieren, wie man sich Zutritt verschafft,
wenn die Parkanlage geschlossen ist. Die Mauer müsste an
einigen Stellen repariert werden. Apropos, haben die Bauarbeiter den Brunnen jetzt abgedeckt?«

»Ja, und mit Vorhängeschloss gesichert. Überzeugen Sie
sich selbst.«

»Besser spät als nie«, sagte Bruno und wunderte sich,
warum Dominique ihm den Mauerdurchbruch nicht gezeigt hatte.

»Haben Sie sich mit der Ärztin hier verabredet?«, fragte
David. »Sie will, dass ich den Deckel wieder abnehme. Für
einen Moment nur. Wären Sie damit einverstanden?«

»Ja, wenn er hinterher wieder draufkommt. Hat sie gesagt, warum?«

»Nein, aber sie wollte wissen, ob Claudia Erfahrungen im Klettersport hatte.«

»Fabiola wird wohl ihre Gründe haben.«

21

Fabiola war gerade dabei, den Brunnenrand mit einem Vergrößerungsglas zu untersuchen. Zwischendurch schaute sie immer wieder auf das Display ihres Handys, als gelte es, etwas abzugleichen.

»*Bonjour,* Bruno.« Sie richtete sich auf und reichte ihm die Wange zum *bisou.* »Weißt du, ob Claudia klettern konnte?«

»Ich könnte mich erkundigen. Wieso?«

Sie wandte sich an David und bat ihn, den Deckel abzunehmen. Es war eine schwere, kreisrunde Platte aus dicken Holzbohlen, die mit einer rostigen Metallscheibe armiert und mit einer Kette gesichert war, die durch stabile Ösen in der Außenmauer geführt wurde und in ein Vorhängeschloss auslief. Bruno half ihm, die Kette zu lösen und den Deckel abzuheben, wozu beide einige Kraft aufwenden mussten. Weil Fabiola mit Bruno unter vier Augen sprechen wollte, bat sie den Gärtner, sich zurückzuziehen. Bruno grinste bei dem Gedanken an den Klatsch, den der junge Mann womöglich verbreiten würde.

»Da ist etwas, das mir keine Ruhe gelassen hat«, begann sie, sobald David außer Hörweite war. »Ich habe mir die Fotos noch einmal angesehen, die ich von den Schürfspuren und Läsuren an der Leiche gemacht habe. Ausgerechnet an den Knien waren keine. Steig doch bitte mal auf den

Rand, auf der anderen Seite und ohne das Gerüst zu Hilfe zu nehmen.«

Bruno ging um den Brunnen herum, setzte den linken Fuß in die ausgewetzte Mulde eines großen Steins und stemmte sich, mit beiden Händen am Mauerrand abgestützt, in die Höhe, bis er das rechte Knie darauf aufsetzen und das andere Bein nachziehen konnte.

»Und jetzt sieh mal, wie ich es mache«, sagte Fabiola. Sie vollführte die gleichen Bewegungen, aber statt das Knie aufzusetzen, hob sie ein ausgestrecktes Bein und plazierte den Fuß auf dem Mauerrand.

»Ich bin geübte Alpinistin, und als solche würde ich in den seltensten Fällen die Knie zum Einsatz bringen. Nur Hände und Füße, denn damit finde ich bestmögliche Kontrolle und Balance. Knie sind klobige Gelenke und wenig hilfreich in solchen Fällen. Wenn wir davon ausgehen, dass Claudia keine Sportkletterin war, hätten wir hier ein schwerwiegendes Verdachtsmoment. Krempel doch mal bitte das Hosenbein hoch und zeig mir dein Knie.«

Bruno tat, was sie verlangte, und war froh, dass David sie nicht beobachtete. Fabiola schaute sich das Knie von nahem an.

»Da, die Rötung, wo du mit deinem ganzen Gewicht aufgelegen bist, ein kleiner Bluterguss, der trotz der dicken Uniformhose entstanden ist. Claudia trug einen Rock, ihre Knie waren bloß. Sie hatte Kratzer an den Beinen, aber keine solche Quetschung, nicht einmal im Ansatz. Die Lage im kalten Wasser wirkt zwar der Bildung von Hämatomen entgegen, aber nur anfangs. Laut einer Studie amerikanischer Kollegen vom National Center for Biotechnology

Information können Prellungen, zu denen es vor dem Tod gekommen ist, selbst nach längerer Immersion in kaltem Wasser zutage treten. Aber auch auf den Fotos der Obduktion ist nichts dergleichen zu sehen, jedenfalls nicht an den Knien. Wohl aber an den Unterschenkeln, unmittelbar über den Sprunggelenken. Und das deutet darauf hin, dass jemand an diesen Stellen mit festem Griff zugepackt hat. Wahrscheinlich mit Handschuhen, denn es waren keine Fingerabdrücke festzustellen.«

»Das hieße, sie wäre definitiv nicht selbst und aus eigenem Antrieb hochgeklettert, sondern von jemand anderem hochgehoben worden.«

»Ja, und dem nötigen Kraftaufwand nach kommt eigentlich nur ein Mann als Täter in Frage. Komm, versuch's mal. Ich stelle mich an die Mauer und lege die Hände auf den Rand. Wickle dir ein Taschentuch um die eine Hand, die andere lass frei.«

Bruno zog ein Taschentuch hervor und stellte zu seiner Erleichterung fest, dass es frisch war. Er ging in die Knie und umklammerte ihre schlanken Fesseln.

»Und jetzt heb mich an, aber nur ein kleines Stück.«

Er richtete sich auf, ohne die Arme anzuheben, und spürte, dass er Fabiola tatsächlich in den Brunnen würde katapultieren können. Vorsichtig setzte er sie wieder ab.

»Und jetzt schau dir meine Fesseln an. Auf der einen werden keine Fingerabdrücke sein, aber auf beiden bildet sich gleich eine leichte Rötung wie auf dem Foto. Ich bin mir sicher, dass Claudia hier war, und halte es für möglich, ja, wahrscheinlich, dass sie von einem relativ kräftigen Mann absichtlich in den Brunnen gestoßen worden ist.«

»Du hast mich davon überzeugt, dass sie jemand angehoben haben könnte«, entgegnete er. »Aber ob dieser Jemand ihr helfen oder sie töten wollte, ist eine andere Frage. Vielleicht wurde ihr ja nur Hilfestellung gegeben bei dem Versuch, das Kätzchen zu retten. Dabei hat sie das Gleichgewicht verloren und ist gestürzt, worauf der andere in Panik geraten und davongerannt ist.«

»Zugegeben, so hätte es auch ablaufen können.«

»Rufen wir David zurück. Ich werde mit ihm den Deckel wieder auflegen und dann herauszufinden versuchen, ob Claudia Sportkletterin war.«

Statt Madame Muller über ihren amerikanischen Anschluss anzurufen, wählte Bruno die Nummer von Hodge, der gerade mit ihr in deren Hotel eine Tasse Kaffee trank. Hodge reichte ihr sein Handy, und Bruno fragte, ob Claudia habe klettern können.

»Sie ist in New York aufgewachsen, wo Höhen normalerweise mit Aufzügen überwunden werden. Und die einzigen Berge, die sie interessierten, hatten Skilifte und Seilbahnen. Warum wollen Sie das wissen?«

»Es gibt ein paar Fragen zu Blutergüssen an Claudias Beinen.«

»Konnte Ihnen meine Antwort helfen?«

»Ich bin kein Pathologe und nur gebeten worden, mich bei Ihnen zu erkundigen.«

»Bei der Gelegenheit kann ich mich gleich bei Ihnen bedanken, dafür, dass sich Jacqueline, die Freundin Ihres Bürgermeisters, mit mir in Verbindung gesetzt hat. Wir haben gestern Abend hier im Hotel zusammengesessen und gegessen, und wie sich herausstellte, haben wir gemeinsame

Freunde in New York und Washington, sogar in Paris. Und dann habe ich mich erinnert, in der New York Times eine sehr positive Besprechung ihres Buches gelesen zu haben. Kurzum, es war ein angenehmer Abend, genau das, was ich brauchte, um für ein, zwei Stunden meinen Kummer ein bisschen zu vergessen.«

Bruno wusste von Trauerfeiern, wie wichtig Gesellschaft und der Austausch von Freundlichkeiten waren, um Verlustschmerzen zumindest vorübergehend zu lindern. »Ich weiß, dass auch ihr der Abend gut gefallen hat.«

»Kann der Körper denn bald freigegeben werden?«, fragte sie.

»Das entscheidet der *procureur,* aber ich hoffe, bald. Haben Sie schon Professor Porter getroffen? Er wohnt im selben Hotel wie Sie, wie übrigens auch Madame de Breille. Sie arbeitet für die Agentur, die von Ihrem geschiedenen Gatten beauftragt wurde.«

»Nein, ich werde Mister Hodge fragen müssen.«

Hodge war nun wieder am Apparat und berichtete, dass Porter ihn angerufen und sich mit ihm am selben Vormittag im Vieux Logis verabredet hatte.

»Hat er gesagt, was er will?«, fragte Bruno.

»Nein, nur dass er auf den neuesten Stand gebracht werden und, wenn möglich, behilflich sein möchte.«

Bruno erzählte von seiner Begegnung mit dem Professor und Madame de Breille am Vortag und davon, dass es Streit zwischen ihnen gegeben zu haben schien. Er habe, fügte er hinzu, die E-Mail-Korrespondenz zwischen Claudia und Porter eingesehen; er, Hodge, könne sie haben, wenn er wolle.

»Ich treffe mich mit ihm um zehn, also in zwanzig Minuten. Danach melde ich mich bei Ihnen und erstatte Bericht. Oder haben Sie andere Pläne für heute?«

»Ich werde eine gute Bekannte vom Bahnhof abholen und mit ihr bei Ivan zu Mittag essen. Habe ich Ihnen schon einmal von Amélie erzählt? Sie stammt aus Guadeloupe und ist eine Magistratin und Jazzsängerin. Sie wird eines unserer Sommerkonzerte bestreiten und auf einer Gedenkveranstaltung zu Ehren von Josephine Baker im Château Les Milandes auftreten.«

»Ich bin ein Fan der Baker. Neben Jackie Kennedy war sie wohl eine der populärsten Amerikanerinnen, die unser Land in Frankreich vertreten haben«, erwiderte Hodge und sagte, dass er sich auf die Vorstellung schon jetzt sehr freue. »Weiß der Kulturattaché der amerikanischen Botschaft Bescheid?«

»Das weiß ich nicht. Die Veranstaltung wird übrigens vom Fernsehen übertragen.«

»Wenn Sie nichts dagegen haben, informiere ich unser Kulturbüro.« Hodge legte eine Pause ein, während der Bruno gedämpfte Stimmen im Hintergrund hörte. Dann fuhr er fort: »Madame Muller sagte mir gerade, dass sie auch ein Baker-Fan ist.«

»Amélie wird Ihnen gefallen. Sie ist großartig und sehr intelligent, voller Energie und ein aufgehender Stern der Politik«, schwärmte Bruno. »Könnte sein, dass sie in einer zukünftigen linken Regierung ein Ministeramt bekleidet. Sie hat für das Justizministerium gearbeitet und eine Arbeitsstudie über den Alltag eines typischen Polizisten vom Lande erstellt, zu der ich ihr als Musterfall gedient habe.«

»Man höre und staune«, erwiderte Hodge lachend. »War das der Grund für Ihre jüngste Beförderung?«

»Wahrscheinlich.«

»Ich bin gespannt darauf, diese Amélie kennenzulernen. Und grüßen Sie Ivan von mir.«

Bruno meldete sich daraufhin bei seiner Freundin Annette, der jungen Staatsanwältin aus dem Büro des *procureur* in Sarlat, die sich unter anderem mit Verstößen gegen die Bauordnung beschäftigte, und fragte, ob schon entschieden sei, wie im vorliegenden Fall verfahren werde. Noch nicht, antwortete sie; erst wenn Jean-Jacques formell auf Unfalltod befunden habe, was ja wahrscheinlich sei, werde Klage gegen das Bauunternehmen erhoben.

»Das könnte sich noch eine Weile hinziehen«, erwiderte Bruno. »Fabiola formuliert gerade ein Addendum zum Obduktionsbericht, weil ihr Indizien aufgefallen sind, die auf Fremdverschulden schließen lassen.«

»*Mon Dieu!* Wenn Fabiola dieser Auffassung ist, sollten wir das ernst nehmen. Ist Jean-Jacques schon darüber informiert? Soweit ich weiß, wollte er den Fall abschließen.«

»Ich werde ihn gleich anrufen und Fabiola bitten, dir eine Kopie ihres Addendums zu mailen.«

Jean-Jacques war über den Aufschub alles andere als erfreut, respektierte aber Fabiolas Einwände, zumal er ihren Sachverstand zu schätzen wusste.

»*Putain, tu me casses les couilles*«, fluchte er. »Die Presse liegt mir jetzt schon in den Ohren, und unser Pathologe wird sich auf den Schlips getreten fühlen.«

»Sie können ihm ja sagen, dass nur eine erfahrene Alpinistin die Hinweise hat deuten können«, entgegnete Bruno.

»Und ob es wirklich vorsätzliche Tötung war, steht noch dahin. Kann durchaus sein, dass Claudia nur von jemandem angehoben wurde, damit sie das Kätzchen rettet. Dann ist sie gestürzt und dieser Jemand weggelaufen.«

»Und wer könnte das sein?«, fragte Jean-Jacques. »Wir haben keinen Verdächtigen. Scotland Yard hat uns heute gemeldet, dass Morgan, dieser amerikanische Freund, das ganze Wochenende bis einschließlich Sonntagabend in London gewesen ist; das bestätigen Zeugen und die Protokolle seiner Kreditkarte. Mit Drogen scheint er auch nie etwas zu tun gehabt zu haben. Er ist Sportler und hat sich als Tennisspieler schon etlichen Dopingtests unterziehen müssen. In den vergangenen zwei Jahren sind sämtliche Tests negativ ausgefallen. Er hat die Polizei sogar eingeladen, seine Wohnung zu durchsuchen. Die englischen Kollegen sind ausgelacht worden, als sie in seinem Bekanntenkreis nachgefragt haben, ob er Drogen nimmt. Ich glaube, wir können ihn abhaken.«

»Sieht also aus, als wäre Claudia, als sie mit Morgan in Thailand war, nicht mit diesen Drogen in Berührung gekommen«, sagte Bruno. »Stellt sich die Frage, wo sie das Zeug herhat. Ich habe von Yaba nie zuvor gehört. Sie etwa?«

»Das haben nicht einmal unsere Leute vom Drogendezernat. Sie haben Nachforschungen angestellt und herausgefunden, dass geringe Mengen dieser Pillen in Paris aufgetaucht sind, vor allem im *Treizième*, dem Asiatenviertel rund um die Porte de Choisy. In Europa aber scheint dafür kaum ein Markt zu sein. Ich habe ein Foto von Claudia an die Kollegen der Drogenfahndung in Paris geschickt und gefragt, ob sie jemand wiedererkennt. Ihre Antwort steht noch aus. Was hat es übrigens mit den gefälschten Kunstexpertisen auf sich, von denen Sie mir berichtet haben? Auch wenn sie nicht unmittelbar auf diesen älteren Herrn zurückgehen, könnte er sie ja noch in Auftrag gegeben haben, oder? Ich weiß von Yves, dass er Ihnen die E-Mail-Korrespondenz von Mademoiselle Muller und ihrem Professor hat zukommen lassen. Enthalten sie belastbare Hinweise auf einen Betrug?«

»Immerhin werfen sie ein paar Fragen auf, die ihr Professor aber nicht besonders ernst zu nehmen scheint. Wer weiß? Fest steht, dass sie an der Sammlung dieses Kunsthistorikers interessiert war; vielleicht hat sie darauf spekuliert, mit ihren Anschuldigungen einen guten Kaufpreis herauszuschlagen.«

Jean-Jacques schnaubte zur Antwort, dann seufzte er und sagte: »Ich glaube, ich sollte mich einmal mit de Bourdeille unterhalten. Viel verspreche ich mir zwar nicht davon, aber irgendwo müssen wir ja ansetzen. Vielleicht besuche ich ihn heute Nachmittag noch. Als Rollstuhlfahrer wird er nicht viel unterwegs sein.«

»Und wir sollten uns auch den Tanzpartner von Claudia in Paris vornehmen. Ihre Freundin vom Louvre hat mir von ihm erzählt. Ich habe diesbezüglich eine Notiz unserer Fallakte beigefügt. Bislang kenne ich nur seinen Vornamen, Marcel.«

»Damit können wir nicht viel anfangen.«

»Ich weiß, und die Sache wird leider nicht einfacher«, sagte Bruno. »Ich war heute in Limeuil und habe mir die Befestigungsmauer der Schlossanlage angesehen. Für Ortskundige ist es nicht schwer, sie zu überwinden und unbemerkt in den Park zu gelangen. Mit anderen Worten: Jeder kommt als Täter in Frage, nicht nur die Besucher des Vortrags. Sie haben doch zur Kenntnis genommen, dass ich sie alle in der Fallakte namentlich aufgelistet habe, oder? Besonderes Augenmerk sollten wir auf einen gewissen Dominique legen. Er betreibt einen Kanuverleih und wurde gesehen, wie er sich nach dem Vortrag durch die Büsche vorm Schloss geschlagen hat. Er sagt, er habe pinkeln müssen, und gibt an, den Rest des Abends vorm Fernseher verbracht zu haben.«

»Und was will er sich angeschaut haben?«

»Einen Film auf France 2.«

»Sonntagabend? Habe ich selbst gesehen und bin drüber eingeschlafen, irgendeine Komödie über einen Mann, dem die Frau drohte, ihn zu verlassen, wenn er mit den Kindern nicht Skifahren ginge.«

»Ja, den hat er angeblich gesehen.«

»Dann bieten Sie mir bitte einen anderen Verdächtigen. Und beeilen Sie sich. Die neue Präfektin ruft mich in dieser Sache jeden Tag an, weil sie ihrerseits von Paris bedrängt wird. Und wer zum Teufel ist diese Madame de Breille, der Sie geraten haben, dass sie sich mit mir in Verbindung setzen soll?«

»Sie ist eine Art Privatdetektivin, vor der uns Hodge gewarnt hat. Claudias Vater hat sie engagiert. Früher war sie bei der Steuerfahndung, jetzt leitet sie die französische Niederlassung von Hexagon Trust, einer Firma, die undurchsichtige Finanzgeschäfte aufzudecken hilft. Hodge sagt, dass ihr Personal zum großen Teil aus ehemaligen

Geheimdienstlern besteht. Sie scheint sehr gut in Paris vernetzt zu sein.«

»Und warum sollte ich mich mit ihr unterhalten?«

»Aus zwei Gründen. Zum einen, weil der *procureur* den Leichnam nicht freigibt, bevor Ihr Bericht vorliegt. Zum anderen, weil Madame de Breille uns Landeier in die Pfanne haut, wenn sie ihren Willen nicht durchsetzen kann. Davor hat Hodge ausdrücklich gewarnt.«

»Den Bericht kann ich erst abschließen, wenn ich de Bourdeille vernommen und Sie, mein Guter, diesen Eintänzer in Paris identifiziert haben. *Merde,* ich glaube, sie sitzt schon im Vorzimmer. Soll ich sie abwimmeln und an Prunier verweisen?«

»Das würde ihm nicht gefallen. Und er würde mit Sicherheit darauf bestehen, dass Sie zugegen sind, wenn er mit ihr spricht.«

»*Putain,* ich bin versucht, die ganze Sache abzukürzen und einen drogeninduzierten Unfalltod zu konstatieren.«

»Sie sind ein zu guter Polizist, als dass sie das täten, Jean-Jacques«, entgegnete Bruno. »Außerdem wären damit Claudias Familie, der amerikanische Botschafter und das Weiße Haus brüskiert. Und Madame de Breille würde Ihnen persönlich die Hölle heißmachen. Fabiolas neue Erkenntnisse gäben ihr alle Munition, die sie dafür braucht.«

22

Bruno fuhr in sein Büro zurück und rief im Louvre an, um Claudias Freundin Chantal ausfindig zu machen. Als er sie schließlich erreichte, erklärte er ihr, dass er mit anderen Freundinnen und Freunden von Claudia sprechen müsse, insbesondere mit ihrem Tanzpartner Marcel. Chantal nannte ihm eine Telefonnummer von Judy, der Fotografin, konnte ihm aber nichts über Marcel sagen, außer, dass Claudia manchmal mit ihm getanzt hatte.

»Sie sagten, die beiden hätten sich womöglich bei einem Amerikaner namens Jim getroffen, der sonntags zum Abendessen einlädt. Könnte der etwas über Marcel wissen?«

»Ja, Jim Haynes. Ich glaube, er schreibt sich die Telefonnummern der Leute auf, die sich bei ihm anmelden. Sie müssten ihm aber wohl ein Datum nennen. Hier ist seine Nummer.«

Ein Mann mit deutlich amerikanischem Akzent meldete sich, als Bruno die Nummer gewählt hatte. Er stellte sich selbst ebenfalls auf Englisch vor und erklärte den Grund seines Anrufs.

»Claudia, die Kunststudentin, ist tot?«, erwiderte der Amerikaner. »Wie schrecklich. Was ist passiert? Hatte sie einen Verkehrsunfall?«

»Es war wohl ein Unfall, Monsieur, aber den gilt es noch genauer zu klären, und ich versuche, einen Franzosen namens Marcel ausfindig zu machen. Die beiden waren bei einem Ihrer Abendessen zu Gast, und sie war öfter mit ihm tanzen. Wissen Sie, wie ich ihn erreichen kann?«

»Augenblick, ich muss mal nachschauen. Ja, sie war drei- oder viermal bei mir. Eine wirklich nette, freundliche Person, die nach dem Essen immer angeboten hat, beim Aufräumen zu helfen.«

Bruno hörte Papier rascheln und im Hintergrund Radiomusik. Schließlich meldete sich der Amerikaner wieder.

»Ich habe hier einen Marcel Deguin. Er kam eines Abends mit seiner Tochter. Ich vermute, er ist etwas zu alt, um mit einer jungen Frau tanzen zu gehen. Das würde ich eher Marcel Morlac zutrauen, einem jungen Bretonen. Hier ist die Nummer, die er mir telefonisch durchgegeben hat.«

Bruno bedankte und verabschiedete sich und versuchte es mit der genannten Nummer. Sie fing mit null sechs an, war also keine Festnetz-, sondern eine Mobilfunknummer.

»*Ouay*«, antwortete eine forsche Stimme.

»*Bonjour, m'sieur.* Spreche ich mit Marcel Morlac, dem Tanzpartner einer Amerikanerin namens Claudia Muller?«

»Wer zum Teufel will das wissen?«

Bruno gab Auskunft und hörte Marcel nach Luft schnappen.

»Claudia tot? Was ist passiert?«

Bruno erklärte und fragte, wann er sie das letzte Mal gesehen habe. Vor über einem Monat, antwortete Marcel. Ob er ihr nähergestanden hatte, wollte Bruno wissen.

»Nein, ich stehe nicht auf Frauen. Wir haben nur gern miteinander getanzt. Sie war eine Supertänzerin. Mann, was ist das schrecklich!«

»Darf ich fragen, wo Sie letzten Sonntagabend waren?«

»Hier in Paris, im La Mano in Montmartre. Das war mal ein mexikanisches Restaurant und ist jetzt ein angesagter Tanzschuppen.«

»Kann das jemand bezeugen?«

»Hunderte können das. Ich stand hinter der Bar. Das ist mein Job. Warum fragen Sie? Wurde Claudia etwa ermordet? Sie sagten doch, sie hätte einen Unfall gehabt.«

»Ja, aber weil sie eine Ausländerin war, müssen wir auf Nummer sicher gehen. Danke für Ihre Auskunft.«

Bruno googelte die Bar, fand eine Telefonnummer und sprach mit dem stellvertretenden Manager, der ihm bestätigte, dass Marcel am Sonntagabend gearbeitet hatte. Bruno legte auf und fügte der Fallakte im Polizeinetz eine weitere Notiz hinzu. Dann rief er de Bourdeille an.

»Danke für Ihren Rat, Bruno«, sagte der alte Herr. »Mir geht es prächtig hier bei Laurent und seinen Greifvögeln.«

»Schön zu hören. Wie lange werden Sie bleiben? Ich frage, weil Commissaire Jalipeau kommen und mit Ihnen noch einmal über Claudia sprechen will, entweder heute Nachmittag oder morgen früh.«

»Um fünf holt mich der Fahrdienst ab. Ich glaube, ich habe Ihnen schon alles gesagt, Bruno.«

»Ja, aber Claudias Familie besteht darauf, dass alle Fragen restlos geklärt werden. Sie glauben ja auch nicht, dass Claudias Tod ein Unfall war.«

»Na schön, ich könnte mich morgen nach neun zur Verfügung halten. Darf ich Sie auch erwarten, oder kommt nur der *commissaire?*«

»Ich weiß nicht, das wird er entscheiden.«

Bruno schrieb eine Textnachricht an Jean-Jacques und schaute auf die Uhr. Bald würde Amélie eintreffen. Pamela hatte ihr eine *gîte* für das Wochenende reserviert, und er wollte zu einem besonderen Abendessen einladen: natürlich Pamela, die sich mit Amélie angefreundet hatte, den Baron, der von ihrem Gesang schwärmte, und auch Hodge, der seinerseits wahrscheinlich Madame Muller mitbringen würde; und weil sie sich gut mit Jacqueline verstand, würden auch sie und der Bürgermeister willkommen sein. Das wären dann acht Personen. Vielleicht sollte er auch Laurent einladen, der Madame Muller von seinen Exkursionen mit Claudia würde erzählen können, und Florence, die ebenfalls ein gutes Verhältnis mit ihr gehabt hatte. Also zehn insgesamt, gerade so viele, wie an seinen Tisch passten.

Bruno liebte es, Freunde zu bewirten, und die Aussicht darauf stimmte ihn so froh wie der Gedanke, wieder einmal ein Menü planen zu können. Der Jahreszeit angemessen wäre ein *navarin de l'agnelet.* Er hatte neue Kartoffeln, Erbsen, Schalotten und Babykarotten im Garten, die wunderbar dazu passten. Als Vorspeise kam eine *tarte tatin aux oignons rouges* in Frage, und dann gäbe es noch ein leichtes Dessert, vielleicht diesen Zitronensyllabub nach dem leckeren Rezept von Pamela. Daran wollte er sich immer schon einmal versuchen.

Er hatte noch eine Magnum-Flasche Pécharmant vom Château de Tiregand, den *grand millésime* von 2005, der jetzt die beste Trinkreife haben und ideal zum Lamm passen würde, auch zum Käse, den er später reichen wollte. Als Dessertwein empfahl sich ein Monbazillac von Clos l'Envège. Welcher Wein die Vorspeise begleiten sollte, würde er sich noch einfallen lassen müssen.

Jack Crimson nutzte seinen Ruhestand, um seiner Tochter Miranda zu helfen, indem er ihr einen Großteil der Büroarbeit abnahm, die der von ihr und Pamela geführte Betrieb des Reiterhofes samt seiner *gîtes* mit sich brachte. Einmal in der Woche fuhr er, von Bruno manchmal begleitet, zu einem der Weingüter von Bergerac, auf denen er sich nunmehr ebenso gut auskannte wie Bruno, wenn nicht besser. Bruno erinnerte sich an einen gemeinsamen Besuch bei einem englischen Winzer, der, inzwischen Mitte sechzig, damit angefangen hatte, Bio-Weine in der Region Saussignac anzubauen. Inzwischen war er der Präsident von France Vin Bio und setzte sich in dieser Funktion seit Jahren für den Verzicht auf Kunstdünger und chemische Schädlingsbekämpfung ein, die in Frankreich und anderswo immer noch gang und gäbe waren. Auf seinem bescheidenen Weingut, nach ihm Château Richard benannt, produzierte er eine Cuvée Osée, die völlig ohne das herkömmlicherweise zur Konservierung von Weinen gebräuchliche Schwefeldioxid auskam, einen Wein, den Jack und Bruno vorzüglich fanden.

Bruno lächelte in Erinnerung an Richards Erklärung, warum er seine Cuvée »osée«, also »gewagt« nannte, denn viele Experten hatten ihn gewarnt und für ausgeschlossen gehalten, dass man auf Sulfite verzichten könne. Richard war das Wagnis eingegangen und hatte sie eines Besseren belehrt. Bruno hatte ein halbes Dutzend Flaschen gekauft, von denen immer noch vier in seinem Keller lagerten. Der Wein würde bestens zu der Zwiebeltarte schmecken, und er freute sich schon darauf, bei Tisch die Geschichte vom biologischen Weinbau zu erzählen.

Er rief seine Freunde an, um sie für den morgigen Abend zum Essen einzuladen, einen Freitag, an dem er für gewöhnlich keinen Dienst hatte, dafür aber am nächsten Morgen auf dem Markt von Saint-Denis. Ganz frei würde er diesmal aber wohl nicht haben, denn wahrscheinlich bestand Jean-Jacques darauf, dass Bruno ihn zu dem Gespräch mit de Bourdeille begleitete.

Er setzte seine Kappe auf und ging, von Balzac gefolgt, die alte steinerne Wendeltreppe der *mairie* hinab und hinaus zu seinem Transporter, um Amélie vom Zug abzuholen.

Der Bahnhof war knapp einen Kilometer vom Zentrum entfernt. Die Straße dorthin führte durch ein relativ neu erschlossenes Areal, auf dem sich ein medizinisches Labor, eine Verteilstelle der Post, eine Busgarage, der große Hof eines Bauunternehmens, eine Veterinärpraxis mit Hundezwingern und eine Reihe einfacher Fertighäuser mit graugestrichenen Fensterläden befanden. In ihnen lebten fast ausschließlich Rentner, die aus Nordfrankreich zugezogen waren und die Einwohnerzahl von Saint-Denis – wie auch das Durchschnittsalter – um ein Beträchtliches angehoben hatten. Diese Neubauten waren längst nicht so ansehnlich wie die traditionellen Wohnhäuser aus Steinmauern und roten Ziegeldächern, aber gut isoliert, jedes hatte eine Terrasse mit weißen Plastikstühlen, Tischen und einem gemauerten Grill. Die neuen Bewohner waren entschlossen, ihren Lebensabend unter der Sonne zu genießen, und manche hatten sich sogar einen Swimmingpool anlegen lassen. Bruno dagegen schwamm lieber im Fluss.

Auf dem Bahnsteig begegnete ihm Pater Sentout in schwarzer Soutane und mit einem kleinen Rollkoffer an der Hand. Als alte Freunde, wobei sich Bruno nur bei Hochzeiten, Taufen und Beerdigungen in der Kirche blicken ließ, begrüßten sie sich mit einem angedeuteten Kuss auf beide Wangen. Er sei auf dem Weg zu einer Konferenz in Agen, sagte der rundliche kleine Geistliche und bückte sich, um Balzac zu tätscheln.

»Eine traurige Geschichte, das mit dem amerikanischen Mädchen«, sagte er. »Nach dem Foto in der Zeitung muss sie eine schöne junge Frau gewesen sein. Wird sie hier bei uns beigesetzt? Und war sie Katholikin?«

Bruno sagte, dass ihre sterblichen Überreste wohl nach Amerika überführt werden würden, und ob sie überhaupt einer Kirche angehörte, wisse er nicht. Er werde ihre Mutter fragen. Dann sah er, wie die Schranke vor dem Bahnübergang der Landstraße geschlossen wurde, und hörte auch schon den Zug kommen.

»Erwarten Sie jemanden?«, fragte Pater Sentout.

»Ja, eine Jazzsängerin aus Martinique. Sie hat auf Clothildes Hochzeit gesungen. Im Sommer wird sie eines unserer Konzerte bestreiten und zu Ehren von Josephine Baker im Château Les Milandes auftreten. Die Show wird vom Fernsehen übertragen.«

Der Priester nickte und setzte sich mit seinem Rollkoffer in Bewegung, als der Zug eingefahren war und die Türen sich öffneten. Mit einem weißen Wickeltuch auf dem Kopf, Jeans, rotem T-Shirt und einer schwarzen Lederjacke sprang

Amélie auf den Bahnsteig und warf sich mit strahlendem Lächeln Bruno in die Arme. Er hatte vorsichtshalber einen Ausfallschritt gemacht, weil Amélie beim besten Willen kein Leichtgewicht war. Nach der herzlichen Begrüßung ging sie in die Hocke, um Balzacs stürmische Avancen über sich ergehen zu lassen.

»Gott segne Sie, Bruno, und auch Sie, mein Kind«, sagte der Priester und zog die Tür hinter sich zu. Aus dem zweiten Abteilwagen waren vier weitere Personen ausgestiegen, ein älteres und ein sehr viel jüngeres Paar, die sich vergebens nach jemandem umschauten, der sie abholte. Plötzlich aber bog mit quietschenden Reifen ein riesiger SUV auf den Bahnhofsvorplatz ein. Er bremste, und Philippe Delaron stieg aus.

»Der schon wieder«, bemerkte Amélie trocken, die bei ihrem letzten Besuch bei dem jungen Reporter und Fotografen der *Sud Ouest* angeeckt war. Philippe hatte sich lange Zeit für Gottes Geschenk an das weibliche Geschlecht gehalten und mit seiner Kamera und seinem Presseausweis immer wieder versucht, junge Frauen zu beeindrucken.

»Er hat sich verändert«, sagte Bruno leise. »Eine unglückliche Liebesgeschichte hat ihn erwachsen werden lassen. Ich glaube, ihm ist zum ersten Mal in seinem Leben wirklich was ans Herz gegangen. Seien Sie höflich zu ihm. Ich will, dass er unseren Konzerten jede Menge Publizität verschafft.«

»Hallo, Bruno«, grüßte Philippe und streckte die Hand aus. »Und willkommen, Amélie. Ich erinnere mich gut an Ihr Ständchen auf Horsts und Clothildes Hochzeit. Sie waren phantastisch.«

»Der Bürgermeister und ich sind ganz Ihrer Meinung, Philippe«, erwiderte Bruno lächelnd. »Amélie wird auch eines unserer Sommerkonzerte bestreiten.«

»Großartig. Bei Gelegenheit würde ich gern ein paar Fotos machen. Aber jetzt hole ich Verwandtschaft ab. Wir feiern übers Wochenende mit der Familie.« Er winkte den beiden Paaren auf dem Bahnsteig zu, die ihr Gepäck einsammelten und auf ihn zugingen. »Wie lange sind Sie bei uns, Amélie?«

»Das ganze Wochenende«, sagte sie höflich, aber etwas reserviert. »Melden Sie sich bei Bruno, dann machen wir einen Fototermin aus. Morgen hätten wir vielleicht auch ein paar Neuigkeiten über ein Sonderkonzert für Sie.«

»Prima, danke. Hätten Sie noch was für mich zu dieser anderen Geschichte, Bruno? Sie haben bestimmt den Beitrag im Radio gehört. Jetzt interessiert sich auch die Pariser Presse dafür.«

»Ich habe dazu nichts zu sagen, Philippe. Wenden Sie sich an den Pressesprecher der Polizei in Périgueux.«

»Verstehe.« Philippe zwinkerte mit den Augen und ging, um seine Angehörigen zu umarmen. Bruno ließ Amélie und Balzac in seinen Transporter einsteigen und machte sich auf den Weg zu Ivans Bistro.

»Scheint ruhiger geworden zu sein, dieser Philippe«, sagte Amélie. »Steht ihm besser.«

»Wann sind Sie mit den Leuten vom Château Les Milandes verabredet?«

»Für den späten Nachmittag. Ich werde mir einen Wagen mieten.«

»Sie können auch meinen alten Land-Rover haben«, bot

Bruno an. »Nach dem Mittagessen können Sie ihn bei mir abholen. Übrigens gebe ich morgen ein Abendessen, zu dem ich Sie als unseren Stargast einlade. Pamela, der Baron, der Bürgermeister und Jacqueline und zwei Fans von Josephine Baker werden mit uns am Tisch sitzen.« Er erklärte ihr die Anwesenheit von Hodge und Claudias Mutter. »Es wird sie vielleicht ein bisschen aufheitern oder ihr zumindest für eine kleine Weile über den Tod ihrer Tochter hinweghelfen.«

»Ist der Fall inzwischen aufgeklärt?«

Er schüttelte den Kopf und hielt vor Ivans Bistro an.

23

Obwohl es für den Mittagstisch eigentlich schon zu spät war, war Ivans Lokal noch halb gefüllt. Fast alle Gäste erinnerten sich an Amélies gesanglichen Beitrag zu Clothildes Hochzeit. Zu ihnen gehörte zufällig auch das nun schon seit zwei Jahren verheiratete Paar selbst, das sich sofort von seinen Plätzen erhob, auf den neuen Gast zueilte und ihn umarmte.

»Was für ein herzliches Willkommen«, sagte Amélie mit glücklichem Lächeln, als sie sich mit Bruno an einen Tisch setzte. Ivan servierte in einer Terrine eine reichhaltige Gemüsesuppe, holte Brot dazu sowie eine kleine Schale mit grüner Soße, auf der ein paar rote Kleckse schwammen. Amélie lachte laut auf über den Anblick und ließ dabei ihre volle Stimme erklingen, die alle, die sie hörten, zum Mitlachen animierte.

»Sie vergreifen sich also immer noch am Rezept der haitianischen *épice,* auf das meine Mutter ein Urheberrecht hat, Sie Schlingel«, sagte sie und stand auf, um Ivan zu umarmen. »Es schmeichelt mir, dass Sie das leckere Gericht auf der Speisekarte haben.«

»Bruno würde nicht zulassen, dass ich ein anderes Rezept ausprobiere«, antwortete Ivan. »Heute gibt's eine Wildpastete, dann ein Wiener Schnitzel mit Kartoffelsalat und zum Abschluss Apfelkuchen mit Eiscreme. Rot- oder Weißwein?«

»Für mich ein Mineralwasser. Ich muss noch fahren«, sagte sie zu Bruno, der ein Glas Weißwein bestellte.

»Wie lebt es sich als Magistratin?«, fragte er. Mit dem Ende der sozialistischen Regierung hatte Amélie ihren Posten im Justizministerium aufgeben müssen. Jetzt arbeitete sie in gehobener Position für die Pariser Stadtverwaltung.

»Bescheiden«, antwortete sie. »Ich habe mein Büro in Belleville und arbeite in der Prävention von Jugendkriminalität.«

»Belleville liegt doch voll im Trend, wie ich gehört habe«, sagte Bruno.

»Das trifft allenfalls auf einige wenige Teile zu, auf Ménilmontant zum Beispiel. Im großen Ganzen ist das Viertel aber immer noch ein Sammelbecken von Immigranten und Arbeitslosen, mit Schulen, vor denen in der Pause gedealt wird, der schäbige Rand der funkelnden Großstadt. Aber nun zu Ihnen. Wie geht es Ihnen mit Ihrer Beförderung?«

»Das kann ich erst nach meiner ersten Steuererklärung sagen.« Er grinste. »Ich muss sehr viel mehr fahren, durch das ganze Tal, hin und her, und habe jede Menge zusätzliche Büroarbeit. Und zwei Mitarbeiter: Juliette, eine junge Kollegin aus Les Eyzies, und einen alten Sturkopf in Montignac, der sauer ist, dass er nicht befördert wurde. Louis heißt er. Er kennt sich in der Umgebung bestens aus und ist mir allein deshalb sehr nützlich. Aber erzählen Sie doch von sich. Treten Sie immer noch als Sängerin auf?«

»Zweimal in der Woche, meist in Jazzclubs. Die Jugendlichen, mit denen ich zu tun habe, nennen mich die ›singende Magistratin‹, was sie cool finden und was mich in ihren Augen aufwertet. Sie sehen in mir eben nicht nur das Gesetz, und das hilft. Auch bei manchen Lehrerinnen und Lehrern, mit denen ich zusammenarbeite.«

»Und was macht die Politik?«

Amélie seufzte. »Wir haben eine schwere Schlappe erlitten, und viele von uns lassen die Köpfe hängen. Es braucht wohl eine Zeit, ehe sich die Partei wieder findet. Wir müssen unser Profil schärfen und deutlicher machen, wofür wir stehen. Allein auf die Gewerkschaften können wir uns nicht mehr verlassen, denn denen laufen die Mitglieder schneller weg als uns die Wähler. Aber was bleibt uns anderes übrig? Wenn wir es nicht schaffen, zusammen mit der Arbeiterschaft den rechten Rand zurückzudrängen, sehe ich schwarz. Immerhin freut es mich, zu hören, dass im Périgord immer noch mehrheitlich links gewählt wird.«

»Ja, und das, obwohl wir hier kaum das haben, was man als klassische Arbeiterschaft bezeichnet, und es nur wenige Fabriken gibt«, erwiderte Bruno. »Vielleicht sollte Ihre Partei einmal darüber nachdenken, warum das so ist. Aber Sie sind nicht gekommen, um mit mir über Politik zu reden. Sie haben mit Mademoiselle Neyrac telefoniert. Gibt es noch offene Fragen, was den Vertrag angeht?«

»Nein, der ist unter Dach und Fach. Sie meint nur, dass Ton- und Bildaufzeichnung nicht zweimal honoriert werden sollten. Ich bin sicher, wir werden einen Kompromiss finden. Davon abgesehen bin ich nach dem Winter in Paris froh, wieder hier zu sein und auszuspannen. Ich freue mich, meine Freunde in Saint-Denis wiederzusehen. Apropos, gestern habe ich mit Isabelle gesprochen; sie lässt herzlich grüßen und will kommen, wenn ich meine Konzerte gebe.«

»Sehen Sie sich häufiger?« Isabelle ließ, dachte er, anscheinend kaum eine Gelegenheit aus, über gemeinsame Freunde Kontakt zu halten und sich ihm in Erinnerung zu rufen, ganz zu schweigen von den rätselhaften Postkarten, mit denen sie ihn überraschte, Postkarten aus London, Berlin, Brüssel, sogar Washington – wo immer ihr Job sie hinführte. Typisch für sie waren übertriebene Worte der Zuneigung für Balzac, während für ihn, Bruno, allenfalls ein symbolisches Küsschen abfiel. Gleichwohl erschienen sie ihm als Ausdruck dafür, dass sie ihn sich warmhalten wollte; und auch wenn er selbst nicht so recht daran glauben mochte, konnte er diesem Gedanken kaum widerstehen.

»Wir essen manchmal miteinander zu Mittag«, antwortete Amélie. »Und sie hat mich mit einer Gruppe von Frauen aus Polizeidienst, Staatsschutz und Justiz bekannt gemacht, die sich einmal im Monat trifft. Mein Bekanntenkreis hat sich damit beträchtlich erweitert. Gelegentlich kommt sie auch zu meinen Konzerten. Isabelle ist eine echte Netzwerkerin, und es ist gut, mit ihr befreundet zu sein.«

Sie legte eine kurze Pause ein und schaute ihn aufmerksam an. »Sie haben mich noch nicht nach Yacov gefragt. Sie wissen doch, dass wir nicht mehr zusammen sind, oder?«

Bruno nickte und blickte auf seinen Teller. »Er hat es mir gesagt und wirkte ziemlich zerknirscht dabei.«

Sie legte ihm eine Hand unters Kinn und hob seinen Kopf an, bis er ihr in die Augen schaute.

»Wir hatten eine schöne Zeit. Sie war zwar nur kurz,

aber alles andere als bedauerlich. Wir haben sie beide sehr genossen. Und Sie, Bruno, brauchen kein Blatt vor den Mund zu nehmen. Ich bin eine erwachsene Frau. Er war nicht mein erster Liebhaber und wird gewiss auch nicht der letzte gewesen sein. Und wenn Sie mit mir über Isabelle reden wollen, nur zu. Ich weiß, dass Sie verrückt nach ihr sind, was umgekehrt auch auf sie zutrifft, aber es wird zwischen Ihnen nicht funktionieren. Sie hängt an ihrem Beruf und an Paris, und Sie wären niemals bereit, das Périgord zu verlassen. Suchen Sie sich jemand anderen, eine Frau, die will, was Sie wollen. Sie wissen, dass dies das Beste wäre, nicht wahr?«

Er nickte. »Sie haben recht. Aber wenn wir uns begegnen, ist es um uns wieder geschehen. Wir können nicht voneinander lassen.«

»Verstehe. Von ihr höre ich Ähnliches. Aber immerhin spricht sie darüber, das heißt, sie wird sich ihre Flausen ausreden können. Für euch Kerle mit eurem Machogehabe ist es anscheinend kaum möglich, zuzugeben, dass auch ihr verletzlich seid. Aber Sie müssen lernen, über Ihre Gefühle zu reden. Schließlich sind wir alle davon betroffen. So, genug der weisen Worte.«

Vor dem Dessert verschwand Amélie auf der Toilette, was Bruno die Gelegenheit gab, sich ihre Worte noch einmal durch den Kopf gehen zu lassen und einen Blick auf sein Handy zu werfen. Jean-Jacques hatte ihm eine Nachricht geschickt und ihm mitgeteilt, dass er sich mit de Bourdeille am nächsten Morgen um neun treffen werde. Auch von Madame de Breille war eine SMS mit den Worten »Bitte um Rückruf« eingegangen.

»Meine Verabredung ist um drei«, sagte Amélie, als sie wieder am Tisch saß und sich über ihren Apfelkuchen hermachte. »Auf den Kaffee sollten wir lieber verzichten.«

Bruno nickte und verlangte nach der Rechnung. Ivan zuckte mit den Achseln.

»Die ist schon beglichen, verbucht als Agentenkommission«, sagte Amélie. »Außerdem haben Sie mich ja für morgen Abend eingeladen.«

Er fuhr mit Amélie zu sich nach Hause, gab ihr die Schlüssel für seinen Land-Rover und eine Straßenkarte und sagte: »Wenn Sie vor dem Château einen alten Herrn im Rollstuhl sehen, grüßen Sie ihn von mir. Und natürlich auch Laurent, den Falkner.«

Sie öffnete die Tür, stieg auf den Fahrersitz und faltete die Karte auseinander.

»Bleiben Sie auf der Hauptstraße, die über Le Buisson und Siorac nach Saint-Cyprien führt. Zwei Kilometer hinter der Ortschaft biegen Sie rechts ab nach Allas-les-Mines. Die Schilder führen Sie dann zum Château des Milandes.« Er hielt kurz inne und fügte hinzu: »Danke für die Lektion. Ich glaube, ich hatte sie nötig.«

»Dann besteht noch Hoffnung. Ist es okay für Sie, wenn ich Ihren Wagen bei Pamela abstelle?«

»Sie können ihn behalten und morgen Abend zurückbringen, wenn Sie zum Essen kommen«, antwortete er. »Vielleicht sehen wir uns auch schon heute Abend bei Pamela. Jedenfalls viel Erfolg für Ihr Gespräch mit Mademoiselle Neyrac.« Er winkte ihr nach. Dann setzte er sich mit Balzac in den Garten und versuchte, sich gedanklich wieder mit seinem Fall zu beschäftigen.

Was, wenn dieses Yaba gar nicht ihres gewesen war? Konnte jemand über den Balkon in ihr Zimmer geklettert sein und den mit Pillen gefüllten Strohhalm im Rucksackgestell versteckt haben? Möglich, dass dieser Jemand ihr auch unbemerkt eine Dosis verpasst hatte, wohl wissend, dass sie in Kombination mit den Opioiden hochgefährlich sein würde. Dieser Verdacht kam ihm zwar selbst weit hergeholt vor, war aber nicht auszuschließen. Vielleicht hatte sie die Droge mit der Bowle eingenommen, die vor dem Vortrag gereicht worden war. Bruno versuchte, sich an Florence' Worte über die servierten Drinks zu erinnern. Und war es nicht Félicité gewesen, die die Bowle ausgeschenkt hatte?

Warum jemand Claudia getötet haben mochte, war ihm nach wie vor schleierhaft. De Bourdeille hätte vielleicht ein Motiv gehabt, wirkte aber völlig entspannt, was ihre Unterstellung falscher Zuschreibungen anging. Die Frau vom Louvre hatte sie in Bausch und Bogen abgelehnt, und selbst Professor Porter schien ihren Verdacht nicht allzu ernst genommen zu haben. Ihr Exfreund Jack schied als möglicher Täter aus und Marcel ebenfalls.

Balzac, der zu seinen Füßen lag, hielt die Augen geschlossen. Sein Kopf ruhte zwischen den ausgestreckten Vorderpfoten, und die Ohren hingen wie schwere Vorhänge zu beiden Seiten herab. Sein Schwanz fing automatisch zu wedeln an, als er spürte, dass sich die Aufmerksamkeit seines Herrchens auf ihn richtete. Bruno bückte sich und kraulte ihm liebevoll den Nacken, was Balzac mit einer Lautäußerung quittierte, wie sie Bruno noch bei keinem anderen Hund gehört hatte: einem langgezogenen, weichen, zufriedenen Schnauben, das wie rasselnder Atem klang. Wäre Balzac eine Katze gewesen, hätte man diesen Laut als Schnurren bezeichnet.

Bruno lehnte sich zurück und beschloss, die Prinzipien der Kriminalistik lehrbuchmäßig anzuwenden. Motiv, Mittel und Gelegenheit – diese drei Kriterien waren ihm in der Polizeiakademie eingetrichtert worden. Aber im vorliegenden Fall waren nicht einmal die Gelegenheit oder die Frage nach den Mitteln eindeutig zu klären. Hatte zur Ausführung der Tat der Brunnen allein gereicht oder war zusätzlich die Verabreichung von Drogen nötig gewesen? Auch ein Motiv konnte Bruno nicht erkennen, und wer von den Verdächtigen tatsächlich auch die Gelegenheit hatte, Claudia in den Brunnen zu stürzen, musste noch festgestellt werden. In Betracht kam jeder aus dem Publikum am Vortragsabend. Florence hatte neben der Tür gesessen und war sich sicher, dass niemand vorzeitig den Raum verlassen hatte. Wie er aus eigener Anschauung wusste, war es aber auch gut möglich, dass von außen jemand unbemerkt in den Park gelangt war.

Wen aus der Region hatte Claudia sonst noch gekannt? Hatte sie mit jemandem ein heimliches Treffen im Park verabredet und ihre Übelkeit nur vorgetäuscht, um den Saal verlassen zu können? Doch falls es diesen Jemand gab, musste er nicht notwendig ihr Mörder sein. Bruno versuchte, ein plausibles Szenario zusammenzustellen. Sie hatte eine Katze miauen hören und den unbekannten Mann gebeten, ihr auf den Brunnenrand zu helfen, wo sie das Gleichgewicht verloren hatte, vielleicht weil sie von der Katze gekratzt worden war.

Wen mochte sie getroffen haben und warum? Hatte der Grund etwas mit ihrem Verdacht gegen de Bourdeille zu tun gehabt oder mit ihrer Absicht, dessen Anwesen und Kunstsammlung zu kaufen? Aber wozu all die Umstände, um ein solches Treffen geheim zu halten? Bruno erinnerte sich an sein Gespräch mit Dominique. Er hatte angegeben, gleich nach Ende des Vortrags hinausgelaufen zu sein, um sich zu erleichtern. Wer mochte die einzige Toilette besetzt gehalten haben? Claudia womöglich? Daran hatte Bruno noch gar nicht gedacht. Hatte Félicité auf der Toilette nachgeschaut, bevor sie den Hauseingang abgeschlossen hatte? Er würde sie fragen müssen.

Er runzelte die Stirn und ließ sich die Zeitabläufe durch den Kopf gehen. Dominique hatte ausgesagt, nur noch Pamela, Florence und Clothilde vor der Tür angetroffen zu haben. Wie lange dauerte es, sich die Blase zu entleeren? Eine Minute, höchstens zwei. Félicité erinnerte sich, dass Dominique noch am Hosenstall genestelt hatte, als er aus den Büschen aufgetaucht war.

Wie lange dauerte es wohl, bis etwa dreißig Leute einen Vortragsraum geräumt hatten? Sie würden ihre Mäntel und Jacken aus der Garderobe holen und sich voneinander verabschieden, was alles in allem mindestens zwanzig Minuten in Anspruch nahm. Vielleicht war also Dominique länger draußen gewesen. Aber hätte er auch Zeit gehabt, Claudia ausfindig zu machen, sie in den Brunnen zu stoßen und zum Haupttor zurückzukehren? Wahrscheinlich nicht, es sei denn, ein Komplize hätte Claudia schon gestellt. Aber welches Motiv mochten er und dieser Komplize für eine solche Tat gehabt haben? Bruno kam kein Stück weiter.

Plötzlich vibrierte sein Handy. Auf dem Display sah er, dass ihn jemand über einen Festnetzanschluss zu erreichen versuchte.

»Sie sind ja nicht gerade höflich, *Monsieur le chef de police*«, meldete sich eine forsche Frauenstimme mit Pariser Akzent. »Wenn eine Dame Sie bittet zurückzurufen, sollten Sie das auch tun.«

»Madame de Breille«, sagte er und gab sich ungerührt. Er würde den Teufel tun und sich entschuldigen. »*Bonjour.* Wie kann ich Ihnen behilflich sein? Funktioniert Ihr Handy nicht oder wollen Sie Ihre Nummer nicht preisgeben?«

»Nennen Sie mich doch von jetzt an Monique. Mein Handy ist in Ordnung, aber ich sitze in einem Café, und weil ich nicht allein bin, wollte ich nicht vom Tisch aus anrufen. Haben Sie schon einen Blick in die heutige Ausgabe der *Sud Ouest* geworfen? Die Zeitung hat den Fall aufgegriffen. Der Druck auf die Ermittler nimmt zu. Und ich hätte eine interessante Information für Sie. Sind Sie in Saint-Denis?«

»Ich könnte in zehn oder fünfzehn Minuten bei Ihnen sein. Und ja, ich habe gelesen, womit Claudias Mutter zitiert wird.«

»Wir sehen uns in dem netten Café hinter der *mairie.* In zehn Minuten.«

24

Madame de Breille trug heute ein anderes, ebenfalls sehr teuer aussehendes Kostüm und war tatsächlich in Begleitung. Am Tisch neben ihr saß ein stämmiger Mann um die fünfzig in einem altmodischen dunklen Anzug mit blauer Seidenkrawatte um den Stiernacken. Die Füße steckten in schweren schwarzen Schuhen. Bruno hatte das vage Gefühl, ihm schon einmal begegnet zu sein, was aber vielleicht daran lag, dass dieser Mann den Eindruck eines Kollegen machte.

»Darf ich vorstellen: Gustave Pellier, Privatdetektiv aus Périgueux und gewissermaßen ein Experte in Sachen de Bourdeille.«

»Madame de Breille, Monsieur Pellier, das ist mein Hund Balzac«, sagte Bruno und schüttelte den beiden die Hände. »Was hätten Sie gern? Einen Kaffee?«

»Ist schon bestellt«, antwortete sie und ignorierte den Hund. Pellier hingegen bückte sich und streichelte ihn.

»Ein feiner Hund. Ist er schnell genug für die Jagd?«, fragte er.

»Nun ja, sprinten kann er nicht, folgt aber der Schweiß-spur, und das einen ganzen Tag lang, wenn es sein muss. Ob Rot- oder Schwarzwild, er läuft alles müde. Wir jagen allerdings hauptsächlich *bécasses,* und das macht er großartig. Zurzeit versuche ich ihn darauf abzurichten, Trüffeln aufzuspüren.«

Pellier streichelte Balzac immer noch und lächelte Bruno an, als hätte sich im Handumdrehen ein Männerbund geschlossen.

»Ich war Mitarbeiter von Jean-Jacques im Kommissariat, als Sie nach Saint-Denis gekommen sind. Wir sind uns mal im Zusammenhang mit einem Banküberfall begegnet. Es ging da um diese Bande aus Toulouse«, sagte Pellier und richtete sich wieder auf. »Nach meiner Pensionierung ist mir langweilig geworden. Gartenarbeit war nichts für mich. Ich habe mich dann als Privatdetektiv selbständig gemacht und wurde von der echten Familie de Bourdeille engagiert, als dieser Kunsthistoriker beschloss, seinen Namen zu ändern, und sich als Spross ihrer Familie ausgab. Er hat sich von einem schicken Anwalt aus Bordeaux vertreten lassen und ein Dokument aus dem sechzehnten Jahrhundert vorgelegt, angeblich aus der Hand des Abts von Brantôme, mit dem dieser ein Landgut und eine beträchtliche Geldsumme einer Frau vermacht haben will, um ihr die Finanzierung der Ausbildung ihres Sohnes zu ermöglichen. De Bourdeille verwies auch auf einen Familienstammbaum in einer alten Bibel, der belegen sollte, dass seine Mutter in direkter Linie von diesem Abt abstammte.«

»Das ist nicht neu. Das steht bereits alles in dem Bericht über de Bourdeille, den Sie, Madame, für Claudia erarbeitet haben«, sagte Bruno. »Sie deuten darin an, dass sein Freund Paul Juin, der sich schon im Widerstand als Fälscher hervorgetan hatte, auch dieses Dokument gefälscht haben könnte.«

»Claudia hat auch in anderen Fällen Beweise zusammengetragen, die vermuten lassen, dass de Bourdeille mit Hilfe von Fälschungen viel Geld gemacht hat«, entgegnete sie, als eine Kellnerin drei Tassen Kaffee und eine Schale mit Wasser für Balzac brachte. »Die Story geht weiter. Ich habe die Familie auf die Verbindung zwischen de Bourdeille und Paul Juin aufmerksam gemacht. Sie wollte daraufhin vor Gericht gehen und Juin als Zeugen vorladen lassen. Doch dem wollte sich der Kunsthistoriker dann lieber doch nicht stellen.«

Sie erklärte, dass die Anwälte der echten de Bourdeilles und der Vertreter des Kunsthistorikers einen außergerichtlichen Kompromiss ausgehandelt hatten, mit dem die Familie ihre Einwände gegen seine Verwendung ihres Namens zurückzog und de Bourdeille schriftlich auf Erbschaftsansprüche verzichtete. In Anbetracht der hohen Kosten für ein langwieriges Gerichtsverfahren gab sich die Familie damit zufrieden.

»Wichtig ist, festzuhalten, dass er nachgegeben hat«, bemerkte der ehemalige Polizist.

»Vielleicht«, meinte Bruno. »Kann aber auch sein, dass er seinem Freund Paul nicht zumuten wollte, den Vorwurf der Fälschung vor Gericht widerlegen zu müssen. Von solchen Vorwürfen bleibt immer etwas haften.«

Pellier zuckte mit den Achseln, trank einen Schluck Kaffee und sagte: »Stimmt.«

»Haben Sie das Dokument von Experten untersuchen lassen?«, fragte Bruno.

»De Bourdeille hat vorgeschlagen, dass wir es den Fachleuten des Louvre oder der Bibliothèque Nationale vorlegen, aber weil er dort hoch angesehen ist, waren wir damit nicht einverstanden. Deshalb kam es zu diesem Kompromiss.«

»Ist doch erstaunlich, wie gelegen uralte Dokumente auftauchen, wenn de Bourdeille sie braucht«, sagte Madame de Breille.

»Haben Sie noch etwas gegen ihn in der Hand?«, fragte Bruno. Pellier schüttelte den Kopf.

»Bleiben Sie bitte noch einen Augenblick. Ich möchte Monsieur Pellier nur kurz zur Tür begleiten«, sagte Madame de Breille und stand auf. Bruno bemerkte, dass sie dem ehemaligen Kollegen an der Tür einen Briefumschlag zusteckte.

»Ich hoffe, er war sein Geld wert«, sagte Bruno, als sie wieder an den Tisch kam.

»Es hat uns immerhin zusammengebracht«, erwiderte sie. »Mir gefällt Ihre Theorie, wonach Claudia womöglich gar nicht wusste, dass sie diese exotischen Pillen eingenommen hatte. Und ihrem Vater wird diese These noch mehr gefallen. Er hat sich sehr anerkennend geäußert, als ich ihm berichtet habe, was Sie und die Ärztin herausgefunden haben, nämlich, dass Claudia nicht allein gewesen sein kann, als sie in den Brunnen gestürzt ist.«

»Wieso wissen Sie davon? Haben Sie Zugriff auf unsere Fallakte?«, fragte Bruno empört. Das Polizeinetz war angeblich sicher.

»Nein, jedenfalls nicht direkt. Aber Hodge hat Zugriff darauf und ist auf Geheiß seines Botschafters und des FBI verpflichtet, mich als Repräsentantin von Claudias Vater auf dem Laufenden zu halten. Und weil Sie die laufenden

Ermittlungen mit Ihren Ideen voranzutreiben scheinen, war ich neugierig, zu erfahren, was Sie der Fallakte hinzuzufügen haben.«

»Von mir erfahren Sie nichts.«

Sie grinste herablassend. »Na schön. Aber wenn ich Ihnen helfen kann, bin ich gern dazu bereit. Ich kann auf Ressourcen und Methoden zurückgreifen, die Ihnen nicht zur Verfügung stehen. Es ist mir ein Leichtes, Spezialisten anzuheuern, Archivare zu bestechen, Bankgeheimnisse zu lüften oder Telefongespräche mitzuhören. Lassen Sie mich wissen, wann und wie ich helfen kann. Claudias Vater hat mir einen Blankoscheck ausgestellt.«

Bruno rückte auf seinem Stuhl vom Tisch ab. »Ich komme gegebenenfalls auf Ihr Angebot zurück, Madame.«

»Nennen Sie mich doch bitte Monique. Es wäre mir recht, wenn wir uns als Kollegen verstehen würden. Ich habe mich über Sie erkundigt, Bruno, und weiß, dass Sie als Soldat in Sarajevo gekämpft haben, dass Ihnen das *Croix de Guerre* verliehen wurde und dass Sie in Verbindung mit Geheimdiensten stehen. Das sieht man allein schon an Ihrem Handy. Es gehört zu den wenigen, in die ich mich nicht einloggen kann, und General Lannes gibt nicht viele davon aus.«

Vermutlich, dachte Bruno, hatte Yacov Kaufman ihr von seiner Beziehung zu dem Mann berichtet, den er, Bruno, als den Brigadier kannte, eine hochgestellte Person im französischen Geheimdienst. Egal, unter welcher Regierung, fungierte General Lannes immer als Stabschef des Innenministeriums.

»Übrigens, Isabelle lässt Sie herzlich grüßen«, fügte sie

hinzu und lächelte dünn, als sie sah, dass er überrascht reagierte.

Es wollte Bruno kaum gelingen, sich seine Gefühle nicht anmerken zu lassen. Das Beste, was er dagegen tun konnte, war die Anwendung eines alten Soldatentricks: eine starre Miene aufsetzen, Augen geradeaus auf das Abzeichen an der Mütze des Offiziers und wiederholt »Bien sûr« bellen. Doch den Trick konnte er hier leider nicht anwenden.

»Ich weiß, Sie haben Yacov über mich ausgefragt, und vermute, dass Sie auch Isabelle anrufen werden«, sagte sie. »Nur zu. Rufen Sie sie gleich an. Ich rauche draußen eine Zigarette, damit Sie ungestört mit ihr reden können. Und grüßen Sie sie von mir. Wir sind alte Freundinnen.«

»Was wollen Sie von mir, das Sie nicht von Hodge oder aus unserer Fallakte erfahren könnten?«, fragte er.

»Das habe ich Ihnen schon gesagt. Ich will Sie für Hexagon gewinnen. Sie verdienen hier, soviel ich weiß, siebzehnhundert Euro im Monat. Wir bieten Ihnen fünfmal so viel und eine Einstiegsprämie von zwanzigtausend. Das ist mehr als Ihr Erspartes, wobei Ihre Anteile an der städtischen Winzerei allerdings nicht berücksichtigt sind.«

»Sie haben also auch Zugriff auf meine Bankdaten. Ich bin mir nicht sicher, ob ich für Leute arbeiten möchte, die so etwas ohne richterlichen Beschluss tun und obendrein Telefongespräche belauschen«, entgegnete er. »Nein, ich passe nicht in Ihren Laden. Ich gehöre zu Saint-Denis und ins Périgord, wo man mich seit Jahren kennt und mir vertraut. In einer großen Stadt wäre ich verloren.«

»Ihre Militärgeschichte sagt etwas anderes«, konterte sie. »Bosnien, Tschad, Elfenbeinküste – Sie haben sich auch in anderen Teilen der Welt bewährt. Und von Isabelle weiß ich von Ihrer guten Arbeit hier in der Provinz.«

»Hexagon beschäftigt sich hauptsächlich mit Ermittlungen im Finanzsektor. Davon verstehe ich gar nichts«, sagte er.

»Finanzexperten zu finden, ist nicht schwer. Wir hätten andere Aufgaben für Sie, Bruno. Sie unterhalten Kontakte zu französischen, britischen und amerikanischen Geheimdiensten, und von wichtigen Leuten weiß ich, dass Sie ein Allrounder sind.« Sie hielt inne und zeigte zum ersten Mal ein Lächeln, das echt wirkte. »Isabelle sagt, dass Sie sogar kochen können.«

»Ich müsste nach Paris ziehen«, bemerkte er und fragte sich, ob genau das der Grund war, warum Isabelle mit dieser Frau über ihn gesprochen hatte. Sie hatte wiederholt erklärt, dass sie nur dann eine Beziehung aufrechtzuerhalten bereit wäre, wenn er nach Paris käme; mit dem Périgord könne sie nicht konkurrieren.

»Uns ist egal, wo Sie Ihren Wohnsitz haben, solange Sie schnell genug da sind, wo wir Sie brauchen. Das kann überall sein. Ihr Englisch ist, wie ich höre, ausbaufähig. Wir würden Ihnen also einen Intensivkurs spendieren, vielleicht in London. Da könnten Sie Inspektor Moore, Ihren Freund von der Special Branch, besuchen.«

Diesmal wirkte ihr Lächeln wieder leicht verschlagen. Es schien ihr Spaß zu machen, ihm *peu à peu* auf die Nase zu binden, was sie alles über ihn wusste. Als spielte sie mit ihm wie eine Katze mit der Maus. Er fragte sich, ob sie sich in der Rolle einer manipulativen Frau gefiel, die gelernt hatte, sich in einer Männerwelt zu behaupten und durchzusetzen.

Kollegial wäre sie wohl eher nicht, dachte Bruno. Er würde ihr nicht über den Weg trauen und ständig auf der Hut vor ihr sein müssen.

Aber vielleicht saß er nur einem typisch männlichen Vorurteil auf und suchte unwillkürlich nach einer Entschuldigung für die Schwierigkeit, Frauen zu verstehen, indem er ihnen durchweg Raffinesse und Hinterlist unterstellte. Er erinnerte sich daran, dass ihm Fabiola während eines gemeinsamen Abendessens einmal gesagt hatte, dass Frauen intuitiver und in der Einschätzung ihres Gegenübers treffsicherer seien als Männer, weil sie über die Jahrtausende mit der Entwicklung dieser Qualität ihre körperliche Unterlegenheit zu kompensieren gelernt hätten. Ob diese Ansicht wissenschaftlich haltbar war, wusste Bruno nicht, aber nachvollziehen konnte er sie sehr wohl.

»Sie müssen sich nicht sofort entscheiden. Denken Sie darüber nach«, sagte Madame de Breille und stand auf. »Und wenn wir Ihnen bei Ihren Ermittlungen in der Causa Claudia irgendwie helfen können, sagen Sie mir einfach Bescheid.«

»Sind Pelliers Angaben über die echte de Bourdeille-Familie überprüft worden?«, wollte er wissen. »Hat Ihr Kollege mit der Familie oder mit den beiden Anwälten gesprochen?«

»Das weiß ich nicht. Ich glaube, eher nicht. Aber wenn Sie darauf bestehen, lässt sich das nachholen. Sonst noch etwas?«

»Claudia hatte in ihrem Zimmer ein paar Familienfotos aufgehängt, eines von ihr als Kind mit ihren Eltern, ein anderes aus späteren Jahren. Es zeigt sie mit ihrem Vater. Daneben hat eine weitere Person gestanden, die aber aus dem Bild herausgeschnitten wurde. Ich weiß, dass ihr Vater von Claudias Mutter geschieden wurde und wieder geheiratet hat. Das zerschnittene Bild lässt vermuten, dass es familiäre Spannungen gibt.«

»Das geht nur unseren Mandanten etwas an«, antwortete sie. »Ich finde, es sollte uns auch nicht weiter kümmern.«

»Warum nicht? Denken Sie wie eine Polizistin. Claudia war die Tochter eines sehr reichen Mannes und Anwärterin auf ein großes Erbe. Seine zweite Frau scheint mir die einzige Person mit einem handfesten Mordmotiv zu sein. Wissen Sie, ob sie Kinder hat?«

»Vergessen Sie das, Bruno.«

»Sehen Sie, wie sehr wir uns unterscheiden, Madame?« Er mochte sie immer noch nicht mit ihrem Vornamen anreden. »Sie arbeiten für einen Mandanten, von dem Sie sich honorieren lassen. Ich arbeite für das Recht.«

»*Touché*«, erwiderte sie. »Gut pariert. Ich werde darüber nachdenken. Mein Angebot steht. Sie können jederzeit bei uns anfangen. Überlegen Sie sich's.«

Bruno schaute ihr nach, als sie das Lokal verließ. Unwillkürlich fragte er sich, ob es einen Monsieur de Breille gab und, wenn ja, ob sie noch verheiratet waren und was für ein Mann er sein mochte. Wer immer er war, er hatte Brunos Mitgefühl. Er ging die Treppe zu seinem Büro hinauf und stellte eine Notiz über Mullers zweite Frau in die Fallakte. Hodge würde sie lesen und wahrscheinlich Madame de Breille informieren. Bruno war sich darüber im Klaren, dass er sich kleinlich verhielt, fand es aber doch immerhin interessant, zu sehen, wohin all dies führte. Prunier und Jean-Jacques wollten allen Hinweisen nachgehen. Also würden sie vielleicht auch Hodge fragen, ob nicht das FBI einen Blick auf den Fall werfen könne. Von der französischen Polizei darum gebeten, würde das FBI die zweite Mrs. Muller zumindest vernehmen.

Nicht, dass Bruno ernsthaft daran glaubte, dass Claudias Stiefmutter etwas mit ihrem Tod zu tun hatte. Wenn sie tatsächlich ermordet worden war, musste der Täter mit den Örtlichkeiten vertraut sein und von dem Vortrag am Sonntagabend gewusst haben, von den Bauarbeiten am Brunnen und dem Umstand, dass die Baustelle unbeaufsichtigt geblieben war. Claudia wäre dann entweder einem Gelegenheitsverbrechen zum Opfer gefallen oder bei dem Versuch, die Katze zu retten und sich dabei helfen zu lassen, in den Brunnen gestürzt, worauf der mutmaßliche Helfer in panischer Flucht das Weite gesucht hätte. Wenn dem so war, würde wahrscheinlich nur in Limeuil Aufklärung zu finden sein. Bruno rief David an und fragte, ob Félicité an diesem Tag arbeitete.

25

Es klarte zu einem sonnigen Frühlingstag auf, als Bruno und Balzac im Transporter den Hügelkamm über Limeuil erreichten. Vor dem kommunalen Weinberg fuhr Bruno langsamer und sah das erste Grün aus den Reben sprießen. Auf der anderen Straßenseite standen die Kirschbäume in voller Blüte. Balzac, der auf dem Beifahrersitz saß, schaute sein Herrchen erwartungsvoll an und schien auf einen Spaziergang zu hoffen. Bruno tätschelte ihn zwischen den Ohren und versprach, dass er in dem schönen großen Park frei herumschnuppern dürfe.

Sie fanden Félicité in der Kastanienallee, wo sie mit einer Mistgabel das modernde Laub vom Vorjahr in eine Schubkarre schaufelte. Sie streifte die Arbeitshandschuhe ab, bückte sich, um Balzac zu begrüßen, und blickte fragend zu Bruno auf.

»Ich hätte nur ein paar letzte Fragen«, erklärte er. »Dominique sagte, er sei zum Pinkeln in den Garten gegangen, weil die Toilette besetzt war. Wissen Sie vielleicht, von wem?«

Sie schüttelte den Kopf und richtete sich wieder auf. »Ich habe die Punschgläser eingesammelt und saubergemacht. Ob jemand auf die Toilette gegangen ist, habe ich nicht gesehen, geschweige denn, wer. Tut mir leid.«

»Haben Sie sich, bevor Sie gegangen sind, davon überzeugt, dass niemand mehr im Haus ist, auch nicht auf der Toilette?«

»Ich denke schon, das machen wir immer so. Ist Routine. Natürlich kann ich mich nicht an jeden Schritt erinnern, den ich Sonntagabend zurückgelegt habe, aber als ich den Hauptschalter umgelegt habe, ist auch auf der Toilette das Licht ausgegangen, und wenn jemand drin gewesen wäre, hätte er oder sie sich bestimmt bemerkbar gemacht.«

»Nicht wenn dieser Jemand bewusstlos oder krank gewesen ist. Oder unter Drogen gestanden hat.«

Sie zuckte mit den Achseln. »Ja, dann vielleicht nicht.«

»Wie nahe haben Sie Claudia gestanden?« Bruno wusste, dass sie im Haus von Madame Darrail das Badezimmer miteinander geteilt hatten.

»Wir verstanden uns gut, aber Freundinnen waren wir keine. Wie denn auch! Sie hatte Geld wie Heu, und ich bin pleite. Was würde jemand mit einem Kleiderschrank voller Designerfummel ausgerechnet mit mir zu tun haben wollen? Selbst ihre Jeans waren von Armani.«

»Klingt, als wären Sie ein bisschen neidisch auf sie gewesen«, bemerkte Bruno schmunzelnd und so beiläufig wie möglich, um zu verhindern, dass Félicité sich angegriffen fühlte.

»Ich war nicht neidisch auf sie. Ich fand sie nett. Aber mir war klar, dass sie als reiches Kind zur Welt gekommen ist und ich einen Vollzeitjob habe und trotzdem noch jeden Samstag im Bioladen arbeiten muss, um über die Runden zu kommen. Ich habe nicht einmal ein Auto.«

Bruno nickte. »Ja, fair ist das nicht«, sagte er ehrlich mitfühlend und in Erinnerung an Madame de Breilles Angebot, ihm zu ungeahnten Einkünften zu verhelfen, wenn er für Leute arbeitete, die noch weitaus reicher waren.

»Und sie war so schön, hatte eine makellose Haut und eine Superfigur«, fuhr Félicité fort, als hätte sie ihn gar nicht gehört, den Blick in die Ferne gerichtet. »Männern stand der Mund offen, wenn sie sie angegafft haben. Kann man ihnen auch nicht verdenken.« Sie seufzte. »Und ich bin noch nicht mal hübsch, hab dicke Oberschenkel und Haare, mit denen sich nichts machen lässt. *Merde,* warum sage ich das eigentlich? Verdammt, Bruno, ich mochte sie, sie fehlt mir, und ihre Mutter tut mir aufrichtig leid. Claudia hatte alles, was man sich wünschen kann, und das alles wurde ihr genommen, einfach so.«

»Sie sind jung und leben«, sagte er. »Und Sie irren, wenn Sie sich nicht für hübsch halten. Sie haben wunderschöne Augen, ein attraktiv geschnittenes Gesicht und einen der gesündesten Jobs auf der Welt mit einem Panorama, für das andere Geld bezahlen, um es genießen zu können. Madame Darrails nächste Mieterin wird Sie darum wahrscheinlich beneiden.«

Sie lachte. »Danke. Sie haben recht: Ich lebe und habe eine Arbeit, die mir Spaß macht, auch wenn ich bis zu meinem *brevet* mit einem Taschengeld abgespeist werde, das unter dem Mindestlohn liegt.«

»Wann haben Sie Ihre Prüfungen?«

»Ende Juni. Aber erst im September werde ich wissen, ob ich sie bestanden habe und als voll qualifizierte Gärtnerin anerkannt bin. Das heißt, ich werde während der

Sommerferien wieder wild campen und am Strand schlafen müssen.«

»Und von Pizza leben.« Er lachte. »So ist es mir auch mal gegangen. Sie sind jung genug, um Gefallen daran zu finden. Wo wollen Sie denn hin, in die Provence?«

»Nein, nach Gruissan im Naturpark Narbonnaise. Kennen Sie die Gegend? Toll ist es da.«

Er schüttelte den Kopf und fand, dass es an der Zeit war, mit der eigentlichen Befragung zu beginnen. »Wie oft waren Sie mit Claudia zusammen? Ich nehme an, Sie haben täglich zusammen gefrühstückt.«

»Ja, meist oben in der Küche. Pappige Croissants, die Madame Darrail im Supermarkt kauft, und aufgewärmten Kaffee. Letzte Woche haben wir, wenn das Wetter schön war, auf dem Balkon gegessen. Eine von uns hat immer eine Flasche Orangensaft besorgt, die wir uns dann geteilt haben. Ein paarmal hat sie mich abends zum Essen eingeladen, einmal hier oben im Schlossrestaurant, ein anderes Mal unten in der Pizzeria.«

»Hat sie von ihrer Arbeit erzählt, ihrer Dissertation?«

»Ein bisschen, nicht viel. Sie sprach meist von ihrem *mec*, mit dem sie seit Jahren zusammen war, und dass sie sich von ihm trennen wollte, um auch noch andere Männer kennenzulernen, solange sie jung ist. Gleichzeitig hat sie sich aber über Typen beklagt, die sie anzumachen versuchten. Ich sagte, sie könne mir ja ein paar abgeben. Darüber haben wir gelacht.«

»War Madame Darrail jemals bei einem solchen Gespräch dabei?«

»Die faschistische Kuh? *Mon Dieu*, im Leben nicht! Die

ist doch von vorgestern, schwärmt für Le Pen und schimpft immer noch über de Gaulle. Aber was will man anderes erwarten? Sie ist eine *pied-noir*, in Algerien geboren, aber schon früh mit ihren Eltern nach Frankreich gezogen, als Algerien unabhängig wurde und die Weißen das Land fluchtartig verlassen haben. Sie kann Araber nicht ausstehen. Eigentlich komisch, dass Weiße *pieds-noirs* genannt werden, nicht? Wissen Sie, warum?«

»Weil, als die Franzosen einmarschierten, die Soldaten schwarze Stiefel trugen. Für die Araber waren sie die mit den schwarzen Füßen.«

»Verstehe. Man lernt jeden Tag dazu.«

»Hat einer dieser Typen ihr besonders hartnäckig nachgestellt?«

»David vielleicht, aber der ist harmlos. Dominique lag ihr ständig mit seinem Kanutrip in den Ohren, den er mit ihr unternehmen wollte. Claudia fand ihn gruselig.«

»Heute Morgen hat er mir gegenüber angedeutet, dass Sie mal was miteinander hatten. Stimmt das?«

Félicité kniff die Brauen zusammen. »Geht Sie das was an?«

»Ja, ich ermittle in einem ungeklärten Todesfall. Solche Fragen zu stellen, gehört zu meinen Amtspflichten.«

Sie reagierte merklich schockiert. »Aber alle sagen doch, es sei ein blöder Unfall gewesen.«

»Das steht noch nicht fest«, erwiderte Bruno. »Und deshalb werden wir so lange Nachforschungen anstellen, bis der Fall geklärt ist. Fangen wir also noch mal an. Sie und Dominique hatten was miteinander. Wie ist die Sache auseinandergegangen?«

»Man könnte sagen, im gegenseitigen Einvernehmen. Wir waren nur ein paar Wochen zusammen. Ich wollte mich eigentlich nur über die Trennung von einem *mec* aus Sarlat hinwegtrösten, den ich ziemlich gerngehabt hatte. Dominique ist ein paarmal mit mir ausgegangen, hat für leckeren Wein gesorgt, und ich dachte, warum nicht? Aber wir ticken einfach anders. Für mich war endgültig Schluss, als er einen Witz anzubringen versuchte. ›Wie nennt man eine Bootsladung arabischer Migranten auf dem Meeresgrund?‹ Seine Antwort: ›Einen guten Anfang.‹ Widerlich. Politisch ist er um kein Haar besser als seine Mutter. Wenn es hier in Limeuil irgendwo eine billigere Wohnung gäbe, würde ich sofort umziehen.«

»Dominique hat sich also bei Claudia sehr ins Zeug gelegt?«, fragte Bruno.

Sie nickte. »Ihm war anscheinend überhaupt nicht klar, dass sie in einer ganz anderen Liga spielte. Er ist nur deshalb zu dem Vortrag am Sonntag gekommen, weil sie da war. Auf einer solchen Veranstaltung war er vorher noch nie. Er hat auch gar nicht richtig zugehört und bloß ständig auf sein Handy geguckt. Als für die Diashow das Licht ausgeschaltet wurde, sah man das Display leuchten.«

»Das ist nicht ungewöhnlich. Heutzutage sind doch die meisten ständig mit ihren Handys beschäftigt.«

Bruno hatte noch nicht zu Ende gesprochen, als er sein Handy vibrieren spürte. Mit einer Entschuldigung wandte er sich ab, um den Anruf entgegenzunehmen, und nickte zustimmend, als Félicité fragte, ob sie jetzt mit ihrer Arbeit weitermachen könne.

»Wollen Sie meinen Rausschmiss provozieren?«, bellte

Hodges Stimme wütend in sein Ohr. »Wie kommen Sie dazu, diese Notiz über Claudias Stiefmutter in Ihr Netz zu stellen?«

Bruno erschrak über Hodges Tonfall. Er kannte den FBI-Mann als lässig entspannte Person, die gut in einen Western gepasst hätte, als Sheriff zum Beispiel, der hart durchzugreifen imstande war, sich aber ansonsten durch nichts aus der Ruhe bringen ließ. Fiese Typen hatten bei ihm nichts zu lachen. Ihm war allerdings auch bewusst, dass Hodge unter Druck stand; und von FBI-Bossen, die ihr Geschäft aus dem Effeff kannten, unter Druck gesetzt zu werden, war gewiss etwas völlig anderes, als auf einen Diplomaten oder gar auf einen politischen Beauftragten Rücksicht nehmen zu müssen, der sich im Auftrag eines launischen Mannes im Weißen Haus als amerikanischer Botschafter in Paris amüsierte.

»Die meisten Tötungsdelikte werden von Tätern begangen, die die Opfer kennen«, sagte Bruno. Er bewegte sich außer Félicités Hörweite und erklärte ruhig und sachlich, was jeder Polizist in Frankreich während seiner Ausbildung gelernt hat. »Und nicht blutsverwandte Familienmitglieder sind statistisch häufiger Täter als direkte Angehörige. Es liegt auf der Hand, zu prüfen, ob es zwischen Claudia und ihrer Stiefmutter Auseinandersetzungen zum Thema Erbe gegeben hat. Sie haben doch als Erster darauf angespielt.«

»Aber ich hätte nicht gedacht, dass Sie so blöd sind, darauf einzugehen«, blaffte Hodge.

»Mögliche Nutznießer eines Todesfalls in den Blick zu nehmen, ist polizeiliche Routine. Wenn wir das nicht täten, würden wir uns selbst verdächtig machen. Nur darauf habe ich hingewiesen. Ich möchte wissen, ob sich die Stiefmutter in New York aufgehalten hat oder nicht, als Claudia starb, und in welchem Verhältnis die beiden zueinander standen. Sie erinnern sich doch an das zerschnittene Familienfoto, oder?«

»Ich verstehe Sie ja, Bruno, aber Muller und seine zweite Frau sind persönliche Freunde des Botschafters und gerngesehene Gäste im Weißen Haus, um Himmels willen. Jetzt macht sich die Presse über sie her.«

»Daran können Sie mir nicht die Schuld geben«, erwiderte Bruno. »Es ist doch Ihre Aufgabe, Claudias Mutter abzuschirmen, trotzdem hat sie mit einem Reporter sprechen können.«

»Zugegeben, aber amerikanische Pressevertreter bestürmen den Botschafter in Paris und wollen wissen, warum er nicht interveniert und die Freigabe des Leichnams verlangt hat. Und jetzt wollen Sie noch, dass ich die Stiefmutter vernehme. Der Botschafter wird in die Luft gehen.«

»Erklären Sie ihm doch, dass es Ihnen nur darum geht, seine Freunde aus der Schusslinie zu nehmen. Ich sehe da kein Problem für Sie.«

»Ich aber. Die Presse zweifelt an der Unfallversion.«

»Dann raten Sie doch dem Botschafter, mit seinen Freunden eine Erklärung aufzusetzen, in der sie ihre Trauer zum Ausdruck bringen und darauf vertrauen, dass die Sache in den Händen der französischen Polizei gut aufgehoben ist. Und fragen Sie doch bitte Madame Muller, wie das Verhältnis zwischen Claudia und der zweiten Frau ihres Vaters war. Denken Sie an das Foto. Die Frage ist mehr als berechtigt. Übrigens, Sie haben mir noch gar nicht gesagt, wie Ihr Gespräch mit Professor Porter verlaufen ist.«

»Mit wem? Oh, diesem Yale-Prof. Ich habe von ihm erfahren, dass Claudias Vater seine Uni mit beträchtlichen Geldsummen unterstützt und dass er, dieser Prof, sich allein deswegen noch einmal mit Claudias Verdächtigungen gegenüber de Bourdeille beschäftigen muss. Zu diesem Zweck hält er sich zurzeit in einem Museum in Bordeaux auf. Wenigstens ist er uns so nicht im Weg. Wissen Sie eigentlich, wie die *Sud Ouest* an die Story gekommen ist? Ich meine mich zu erinnern, dass Sie mit einem ihrer Reporter auf gutem Fuß stehen.«

»Wenn Sie selbst ein bisschen recherchieren, werden Sie herausfinden, dass dieser Reporter einen Hinweis von einem Hotelmitarbeiter bekommen hat.«

Hodge schnaubte. »Tun Sie mir nur einen Gefallen, Bruno. Bevor Sie weitere Granaten in die Fallakte werfen, geben Sie mir bitte Bescheid.«

26

Bruno ging zu Félicité zurück und bedankte sich für ihre Auskünfte. Dann pfiff er Balzac zu sich und ging nachdenklich in Richtung seines Wagens. Wie oft würde er noch hierherkommen müssen, bis Claudias Tod endlich aufgeklärt wäre? Unterwegs machte er einen Abstecher zum Brunnen, um nachzusehen, ob der Deckel weiterhin zu war. Doch er war offen, weil wieder daran gearbeitet wurde. Ein Mann stand mit dem Rücken zu ihm auf dem Mauerrand, hielt ein Seil in der Hand und rief einem Kollegen in der Tiefe etwas zu.

»Hat der *procureur* erlaubt, dass die Arbeiten wiederaufgenommen werden?«, fragte Bruno.

Der Mann drehte sich verärgert um. Er war stämmig gebaut, Anfang dreißig, gebrochene Nase und kahl geschorener Schädel. Aus dem Ausschnitt seines T-Shirts quollen schwarze Brusthaare, und seine muskulösen Unterarme waren ebenso dicht behaart. Das Gesicht kam Bruno bekannt vor. Es verriet eine instinktive Ablehnung gegenüber Uniformträgern. Er schob das Kinn vor und verengte die Augen zu Schlitzen. Als er Bruno erkannte, schien er sich ein wenig zu entspannen.

»Ach, Sie sind's. Ja, die Erlaubnis kam heute Morgen per Fax, nachdem ich ein Foto geschickt habe, auf dem zu sehen ist, dass wir den Deckel gestern Abend aufgelegt haben. Das tun wir heute nach Feierabend wieder. David hat das Fax in seinem Büro.«

»Na schön, ich wollte nur mal nachsehen«, erwiderte Bruno freundlich, als Balzac nach einem kurzen Ausflug in die Büsche neben ihm Platz machte. »Sind Sie hier in derselben Besetzung wie am Tag vor dem Unfall?«

»Ja, ich und mein Partner Grégoire – der allerdings glaubt, er wäre mein Boss. Sind Sie der Mistkerl, der uns in die Scheiße reiten will, weil der Brunnen nicht verschlossen war?«

»Nein«, antwortete Bruno gelassen. »Ich bin der Mistkerl, der am Montagmorgen in den Brunnen gestiegen ist, um nach einer vermissten Frau zu suchen. Das will ich nicht noch einmal tun müssen.«

»Weshalb haben Sie überhaupt reingeguckt?«

»Mein Hund hat mich hergeführt.«

»Ein netter Köter. Und Sie sind doch dieser Bruno aus Saint-Denis, oder?«

»Richtig. Und Sie?«

»Luc Bonnet. Ich glaube, Sie kennen meine Mutter.«

»Wenn sie die Madame Bonnet ist, die sich um Monsieur de Bourdeille kümmert – ja.«

»Ich würde Ihnen die Hand geben, aber mein Partner ist da unten«, sagte Luc.

»Ich glaube, Grégoire sitzt im Stadtrat, stimmt's?« Bruno fragte sich, woher er Luc kannte. Vielleicht spielte er Rugby oder war Mitglied irgendeines Jagdvereins. Möglich auch, dass er einen Marktstand unterhielt, wenn es keine Baustelle für ihn gab.

»Stimmt, in einer so winzigen Gemeinde wie Limeuil kommt jeder mal dran. Aber bevor *ich* im Rat sitze, muss man mich erst in Ketten legen.«

»Sind wir uns schon mal auf einem Rugbyfeld begegnet?«, fragte Bruno.

»Kann sein. Ich habe ein paar Jahre für Limeuil gespielt. So, genug geschwätzt. Wir haben zu tun und müssen hier fertig werden.«

»Verstehe. Passen Sie auf sich auf und vergessen Sie nicht, den Deckel wieder aufzulegen.«

»Wird gemacht. Übrigens, knöpfen Sie sich doch mal den Ex-Knacki vor, diesen Laurent, der vor zehn Jahren im Suff die Pfadfinder über den Haufen gefahren hat.«

»Wie kommen Sie denn darauf?«, fragte Bruno überrascht. »Ich dachte, diese Amerikanerin wäre aus Versehen in den Brunnen gefallen.«

»Kann ja sein, vielleicht aber auch nicht. Ich habe gehört, dass er mit ihr hier oben war und ihr den Park gezeigt hat. Zehn Jahre im Bau, ohne Frauen – er muss ziemlich kaputt gewesen sein, als er rausgekommen ist.«

»Wir haben mit ihm gesprochen. Er hat ein Alibi.«

»Das würde ich an Ihrer Stelle aber mal genau unter die Lupe nehmen.«

Bruno wunderte sich über Lucs Gehässigkeit und hielt es für angebracht, ein bisschen nachzuhaken. »Kennen Sie ihn näher?«

»Ich hab mit dem Arsch die Schulbank gedrückt. Hielt sich schon immer für was Besseres und wollte unbedingt aufs Landwirtschaftskolleg. Stattdessen ist er in den Knast gewandert. Geschieht ihm recht.«

»Er ist schwer bestraft worden und hat seine Zeit abgesessen. Gönnen Sie ihm etwa keine zweite Chance?«

»Das ist das Problem in diesem Land heutzutage«, fauchte Luc. »Selbst die *flics* sind windelweich geworden. Und dann die ganzen arabischen Immigranten, die sich als Flüchtlinge ausgeben. Die Muselmänner, von denen die Hälfte Terroristen sind, machen sich hier breit, und ihr tut nichts, um sie daran zu hindern. Zum Kotzen ist das.«

»Es gab Zeiten, in denen auch Landsleute aus Frankreich fliehen mussten und froh waren, dass sie woanders aufgenommen wurden«, sagte Bruno.

»Ach ja? Gut, dass wir die los sind, kann ich da nur sagen. Wer unser Land nicht liebt, soll gefälligst verduften.«

»Warum machen Sie nicht Nägel mit Köpfen?«

»Was soll denn das nun wieder heißen?«

»Bevor ich Polizist geworden bin, war ich zehn Jahre beim Militär«, antwortete Bruno. »Und mit mir haben viele gute Männer gedient – Araber, Afrikaner und so weiter. Etliche sind in ihrer französischen Uniform ums Leben gekommen oder zu Krüppeln geschossen worden. Ich bezweifle, dass Sie dieses Land jemals genug geliebt haben, um für es zu kämpfen.«

Luc verzog das Gesicht und wandte sich ab. Bruno schüttelte den Kopf. Auf dem Weg zurück zu seinem Wagen ging ihm die hässliche Stimmung durch den Kopf, die sich im Land breitmachte. Es war nicht das erste Mal, dass er solche Reden hörte, wenn auch nicht häufig dermaßen krude vorgetragen. Seufzend passierte er den steinernen Torbogen hinter der Kapelle und bog in die Straße ein, die auf das Hochplateau führte, wo Sylvestre, ein Mitglied seines Jagdvereins, seine Schafe weiden ließ, die als die besten der Region galten.

Brunos Stimmung hob sich ein wenig, als er die neugeborenen, schneeweißen Lämmer an den Muttertieren trinken und im frischen grünen Gras herumspringen sah. Auf einer Bank vor dem aus Steinen gemauerten Bauernhaus saß Sylvestres Frau Marie-Hélène in der Sonne und stillte ein Lämmchen mit einer Babyflasche. Er gab ihr einen Kuss auf beide Wangen und erkundigte sich nach dem Tier.

»Es geht ihm gut, aber es ist eins von dreien, und die Mutter scheint zu glauben, dass sie mit den beiden anderen genug hat. Also ziehen wir das Kleine jetzt von Hand auf«, antwortete sie. »Möchten Sie Fleisch kaufen?«

»Morgen Abend erwarte ich Freunde zum Essen. Wir werden zu zehnt sein, und ich würde gern einen *navarin* zubereiten«, sagte Bruno. »Ich erinnere mich noch an das Ragout, das ich letztes Jahr bei Ihnen gegessen habe. Es war köstlich.«

»Das wird Sylvestre freuen. Die meisten Kunden möchten Keule oder Schulter, dabei sitzt das schmackhafteste Fleisch im Nacken. Trotzdem verkauft es sich schlecht. Mein Mann ist übrigens in der Scheune.«

Sylvestre kümmerte sich gerade um ein hochträchtiges Schaf, das anscheinend krank war. Er bat Bruno, sich selbst aus dem obersten Fach des Kühlschrankes zu bedienen, wo er die Nackenkoteletts von zwei einjährigen Lämmern aufbewahrte, die er am Morgen geschlachtet hatte. Bruno holte eine Plastiktüte mit der Aufschrift *collets* daraus hervor und legte sie auf die Waage. Zweieinhalb Kilo. Er fragte Sylvestre nach dem Preis.

»Du hast mir auch nichts berechnet für das halbe Wildschwein, das du letzten Monat geschossen hast«, antwortete er. »Also will ich dafür auch nichts.«

»Das war etwas anderes«, erwiderte Bruno. »Du hast mir beim Tragen geholfen.«

»Wie du mir schon oft genug vorher.«

Im Grunde hatte Bruno damit gerechnet. Er bedankte sich bei Sylvestre und trug das Lammpaket zu seinem Transporter, wo er unter dem Sitz eine Flasche *Eau-de-vie* hervorholte, die ein Freund von ihm schwarz gebrannt hatte, und kehrte damit in die Scheune zurück. Er stellte sie auf ein Bord, an das die Schafe nicht herankamen.

»Dann nimm die hier für das Fleisch«, sagte er. Sylvestre hockte immer noch neben dem kranken Schaf am Boden und blickte grinsend zu ihm auf. »Danke.«

Ein *navarin* schmeckte am besten wieder aufgewärmt. Bruno drehte, kaum dass er bei sich zu Hause angekommen war, den Backofen auf hundertachtzig Grad, wusch sich die Hände und spülte die Koteletts unter fließendem Wasser ab. Nachdem er sie trockengetupft hatte, wälzte er sie in einer Mischung aus je einem gehäuften Teelöffel Salz und schwarzem Pfeffer, drei Teelöffeln *Herbes de Provence* und drei Esslöffeln Mehl. Dann schälte und halbierte er ein halbes Kilo Schalotten und sechs Knoblauchzehen. Unter seinem größten Bräter drehte er die Gasflamme seines Herds auf mittlere Hitze, brachte einen Esslöffel Entenfett darin zum Zerlaufen und warf eine Handvoll *lardons* hinein. Aus dem Garten holte er drei Zweige frischen Rosmarin.

Als die *lardons* eine goldbraune Farbe angenommen hatten, schöpfte er sie aus dem Bräter und ließ sie auf Küchenpapier abtropfen. Dann briet er die Lammkoteletts an, jeweils drei auf einmal, wobei er sie mehrmals wendete, bis er sicher sein konnte, dass sie durchgegart waren. Bei heruntergedrehter Hitze dünstete er die Schalotten und den Knoblauch im Bratensatz an. Nach fünf Minuten gab er das Fleisch zusammen mit den *lardons* zurück in den Bräter und goss den Bratensatz mit einer halben Flasche trockenem Weißwein sowie einem halben Liter Entenfond auf. Mit der flachen Seite einer Messerklinge zerdrückte er die Rosmarinzweige, um ihr Aroma zur Entfaltung zu bringen, legte sie zum Fleisch und wartete, bis die Flüssigkeit zu köcheln anfing. Schließlich setzte er den Deckel auf, schob den Bräter in den vorgewärmten Ofen und räumte in der Küche auf.

Wie so oft, wenn er am Herd stand, beschäftigte er sich mit den Fragen, die er im Hinterkopf hatte und die dort auf ihre Weise leise vor sich hinköchelten. Spontan rief er das Hotel in Trémolat an und fragte, ob Madame Muller zu sprechen sei. Er wurde zu ihrem Zimmer durchgestellt.

»Hallo?«, meldete sie sich mit belegter Stimme, die darauf schließen ließ, dass sie geweint hatte. Bruno hatte ein schlechtes Gewissen. Er gab sich zu erkennen und entschuldigte sich für die Störung. Es dauerte eine Weile, bis sie sich gefasst hatte und mit klarer Stimme sprechen konnte.

»Ah, Sie sind der Polizist, der uns freundlicherweise morgen Abend zum Essen eingeladen hat«, sagte sie. »Ihre Freundin Jacqueline hat mir gestern viel von Ihnen erzählt. Kann ich irgendwie behilflich sein?«

»Wenn Sie ein paar Minuten Zeit hätten, würde ich Ihnen gern ein paar Fragen stellen, Madame. Unter vier Augen.«

»Sie sind herzlich willkommen«, erwiderte sie. »Professor Porter ist nach Bordeaux gefahren, und Hodge arbeitet in seinem Zimmer, weil er um diese Zeit mit Washington in Kontakt treten kann.«

Zehn Minuten später saßen die beiden mit zwei gefüllten Rotweingläsern an einem Tisch auf der Terrasse des Hotels und bewunderten den Topiari-Garten mit seinen auf dem frischgemähten Rasen sorgfältig verteilten und ebenso sorgfältig in Form gebrachten Buchsbäumen und Ligusterbüschen. Madame Muller hatte Bruno mit geröteten Augen begrüßt und ihm eine Hand gereicht, die noch feucht war von dem Taschentuch, das sie darin umklammert gehalten hatte. Auch dass Balzac mitgekommen war, schien sie ein wenig zu trösten. Er streifte jetzt forschend durch den weitläufigen Garten, nachdem sie ihn gestreichelt und gebührend bewundert hatte. Lächelnd sah sie jetzt zu, wie er mit Entschlossenheit an jedem der vielen Bäumchen seine Duftmarke zu setzen versuchte.

»Verzeihen Sie, Madame, aber ich muss Sie fragen, wie Claudia mit der zweiten Frau Ihres Mannes zurechtgekommen ist«, sagte Bruno.

»Überhaupt nicht«, antwortete sie scharf und mit Geringschätzung im Blick. »Claudia hat sie schlicht und einfach ignoriert. Wenn sie bei gesellschaftlichen Anlässen mit ihr konfrontiert war, hat sie sie abblitzen lassen. Auch für sie war die Trennung sehr bitter.«

»Haben Sie eine Erklärung dafür?«

»Es kam alles völlig überraschend, für uns beide. Mein Mann hat von einem auf den anderen Tag die Scheidung eingereicht.« Sie presste die Lippen aufeinander und versuchte, ihre verbitterte Miene in ein Lächeln zu verwandeln, was ihr allerdings nicht gelang.

»Es tut mir leid, dass ich Sie darauf ansprechen muss.«

»Was soll's?«, erwiderte sie beherzt. Bruno staunte über den plötzlichen Umschwung von Trauer in Angriffslust, die das Thema Scheidung in ihr auszulösen schien. Es brachte sie in Schwung.

»Ich bin sogar froh, dass Sie darauf zu sprechen kommen. Es wurde ja auch Zeit. Die Frau, für die er mich verlassen hat, war eine seiner Mitarbeiterinnen. Sie hatten eine Affäre, und sie wurde schwanger. Mein Mann wollte immer schon einen Sohn, und nach Claudias Geburt konnte ich keine Kinder mehr bekommen.«

»Claudia hat einen Halbbruder?«, fragte Bruno.

»Nein, nach den Flitterwochen hatte diese Frau eine Fehlgeburt. Bis jetzt ist sie nicht mehr schwanger geworden. Wie ich gehört habe, versucht sie es seit einiger Zeit mit einer Hormonbehandlung.« Jetzt gelang ihr ein Lächeln, wenn auch nur halbwegs. »Ich muss mich hüten, nicht schadenfreudig zu sein.«

»Verstand sich Claudia denn noch mehr oder weniger mit ihrem Vater?«

»Mehr oder weniger trifft es ganz gut. Sie stand ihm höflich distanziert gegenüber und ließ sich von ihm, wenn er oder sie Geburtstag hatte, zum Essen einladen. Aber immer nur in Restaurants, nie zu sich in sein neues Zuhause. Und da die Firma ein Familienunternehmen ist, saß sie im Vorstand. Sie trafen sich also auf Sitzungen.«

»War sie seine einzige Erbin?«

»Und jetzt hat er keine mehr ... Außer seiner zweiten

Frau.« Sie nippte an ihrem Glas. »Mir wurde zugetragen, dass sie in letzter Zeit einen gehetzten Eindruck macht, als fürchtete sie, gegen ein neues, fruchtbareres Modell ausgetauscht zu werden. Kann natürlich auch sein, dass er auf dem Leihmüttermarkt Ausschau halten lässt nach einer geeigneten Duplikatorin seiner kostbaren Gene.«

»Sie können ihn nicht mehr ausstehen, stimmt's?«

»Ich liebe immer noch den Mann, der er war, als wir unsere Familie gegründet haben«, antwortete sie und wählte ihre Worte mit Bedacht. »In den letzten Jahren aber ist er ein anderer geworden. Grund dafür ist wohl das Geld, die monströse Menge an Geld, die er angehäuft hat, und wohl auch der Umstand, dass ihm das kriecherische Lob seiner Investoren zu Kopf gestiegen ist und er sich inzwischen für Superman hält. Ich fürchte, er bildet sich ein, sein glückliches Händchen bei den Finanzgeschäften sei Ausdruck irgendeiner besonderen moralischen Tugend. Sie können sich wahrscheinlich nicht vorstellen, wie obszön das Ausmaß an Schmeichelei und Beweihräucherung ist, das extremer Reichtum um sich schart. Dem können wohl nur die wenigsten widerstehen.«

»Claudia hat auf mich und meine Freunde hier einen recht besonnenen Eindruck gemacht«, sagte Bruno. »Sie war diskret, was ihr privates Leben und ihre Familie anging, und hat nie über Geld gesprochen, wenngleich der einen oder anderen jungen Frau die Qualität ihrer Kleidung aufgefallen ist. Glauben Sie, dass sie sich von Geld hätte korrumpieren lassen?«

»Jedenfalls habe ich gehofft, dass das bei ihr nicht der Fall sein würde, und es schien mir auch so. Sie war entschlossen, zu promovieren und einen Beruf zu ergreifen, an dem ihr gelegen ist. Ich war stolz auf sie. Aber jetzt wird sich Ihre Frage letztlich nicht beantworten lassen. Möge sie in Frieden ruhen.«

Sie hob ihr Glas und trank, aber die Hand zitterte, als sie es auf den Tisch zurückstellte. Bruno erinnerte sich daran, dass ihm eine gebildete und erfolgreiche Frau gegenübersaß, die daran gewöhnt war, dass man ihr Hochachtung entgegenbrachte. Sie war selbst vermögend und trug Mitverantwortung für die Zentralbank einer der weltgrößten Volkswirtschaften. Aber sie war auch eine Mutter, die gerade ihr einziges Kind verloren hatte. Als einfacher Polizist, der versuchte, Licht ins Dunkel eines ungeklärten Todesfalls zu bringen, fühlte sich Bruno etwas eingeschüchtert.

»Ich möchte Ihnen eine Frage stellen«, sagte sie. »Wenn bei uns in den Vereinigten Staaten jemand in einer Diskussion die Oberhand zu gewinnen scheint, sagt die Gegenseite aller Wahrscheinlichkeit nach in gereiztem Ton: ›Wenn du so verdammt schlau bist, wie kommt's eigentlich, dass du kein Vermögen gemacht hast?‹ Haben Sie einen solchen Ausspruch jemals in Frankreich gehört?«

»Nicht direkt, aber auch unsereins wird unter entsprechenden Umständen wohl ähnlich denken.«

»Vielleicht ist es eine amerikanische Besonderheit«, meinte sie mit einem Anflug von Lächeln. »Es tröstet mich, zu wissen, dass meine Tochter hier Freunde hatte. Nennen Sie mich doch bitte Jennifer.«

»Gern. In Frankreich haben wir ein Problem mit übergroßem Reichtum, Machtfülle und Ehrerbietung. Uns kommen sofort Louis Quatorze und andere Könige in den Sinn, und dann wären da noch Robespierre, Louis Napoléon, Marschall Pétain und so weiter. Zu viel Geld und Macht kann einen Menschen um den Verstand bringen. Ich habe einmal gelesen, dass die Eigentümer großer Zeitungsverlage in dieser Hinsicht besonders anfällig sein sollen.«

Jennifer lachte laut auf. »Das macht doch Mut, oder?«, bekräftigte sie. »Und wie schön, mal wieder zu lachen trotz … Ach, Bruno, Sie wissen schon, was ich meine. Ich muss mir irgendwie Luft verschaffen. Dürfte ich Sie zum *dîner* einladen?«

»Da sag ich nicht nein«, antwortete er, zumal ihm klar war, was diese Einladung bedeutete.

Sie setzten sich ins Hotelrestaurant, wo sie von ihrer Zeit in Paris vor dreißig Jahren erzählte. Als *hors-d'œuvre* wurde ihnen frische *foie gras* serviert, pochiert in Weißwein und mit einem Apfel-Walnuss-Kompott. Es folgten *coquilles Saint-Jacques* und eine Taube, die Brüstchen geröstet und die Schenkel als Confit.

Yves, der *maître d'hôtel*, empfahl ihnen passende Weine, die auch glasweise ausgeschenkt werden konnten. Bruno genoss es, einige seiner Lieblingsweine angeboten zu bekommen, Monbazillac von Tirecul la Gravière zur Gänseleber, einen Château Feely zu den Jakobsmuscheln und zur Taube ein Glas Montravel von Château Puy Servain. Derselbe Wein begleitete auch die reichhaltige Auswahl an Käsesorten und das zum Abschluss gereichte Soufflé mit eingelegten Pflaumen.

»Sie erinnern sich vielleicht an meine Bemerkung über Kommentare zu Claudias Kleidung«, sagte er, als sie das Dessert zu sich nahmen. »Ich dachte dabei vor allem an eine junge Frau von der Parkgärtnerei, Félicité. Sie wohnte im selben Haus wie Claudia. Die beiden haben häufig miteinander gefrühstückt und sind auch manchmal zusammen ausgegangen. Félicité muss jeden Cent umdrehen, um über die Runden zu kommen. Falls Sie nicht schon wissen, was mit Claudias Garderobe geschehen soll, fände ich es schön, wenn sie dieser jungen Frau zugutekäme. Vielleicht möchten Sie sich auch mal mit ihr unterhalten und über sie ein wenig über Claudias Alltag hier bei uns in Erfahrung bringen. Ich glaube, sie war hier sehr glücklich.«

»Auch das ist eine sehr gute Idee, Bruno. Mir graute schon davor, Claudias Sachen zusammenzupacken, und ich dachte daran, sie einem Wohltätigkeitsbazar in der Nähe anzubieten. So ist es doch viel besser, zu wissen, dass sie gebraucht und wertgeschätzt werden. Ich weiß übrigens aus einer E-Mail von Claudia, dass sie sich mit einer jungen Mitbewohnerin des Hauses angefreundet hatte.«

»Sie werden Félicité in der Parkanlage von Limeuil antreffen. Und da wäre noch jemand, den Sie vielleicht sprechen möchten, ein junger Mann, den sie bei ihrer Ankunft hier kennengelernt hat.«

»Sie meinen Laurent? Von dem hatte sie mir auch geschrieben. Mit ihm hat sie Lascaux besucht.«

»Ja«, sagte Bruno. »Ich glaube nicht, dass es mehr war als Freundschaft, aber sie mochten einander sehr. Und Claudia interessierte sich für seinen Job.«

»Falknerei. Ja, auch davon weiß ich. Sie hat mir von einem Vortrag über mittelalterliche Beizjagd berichtet, den die beiden zusammen mit Ihnen gehört haben. Es würde mich sehr freuen, den jungen Mann zu treffen. Sie hat ihn in ihren E-Mails mehrfach erwähnt und jedes Mal mit viel Wärme.«

»Sie erfahren es besser von mir als durch andere: Dieser junge Mann hat als Verursacher eines tödlichen Verkehrsunfalls zehn Jahre in Haft verbracht.«

»Zehn Jahre!«, wiederholte sie bestürzt. »So viel bekommt man doch nicht einmal für Totschlag. War er betrunken?«

»Knapp über der zulässigen Grenze. Wäre er ohne diesen Unfall kontrolliert worden, hätten ihn die meisten Kollegen durchgewinkt oder ihm schlimmstenfalls für drei Monate den Führerschein abgenommen. Aber in Anbetracht der Opfer und weil die Nationalversammlung kurz vorher für eine Verschärfung des Strafkatalogs gestimmt hatte, standen seine Chancen schlecht. Umso verwunderlicher ist es, dass er sich nicht hat verbittern lassen.«

»Wusste Claudia von alldem? Davon hat sie in ihren E-Mails nichts erwähnt.«

»Das weiß ich nicht.«

»Ich würde Laurent trotzdem gern treffen und mit ihm reden. Claudia bezeichnete ihn als einen Freund und als einen guten Menschen.«

»Vielleicht lässt sich was für morgen Nachmittag arrangieren. Er arbeitet mit den Greifvögeln am Château Les Milandes, wo Amélie, eine befreundete Jazzsängerin, bei einem Konzert zu Ehren von Josephine Baker auftreten wird. Hodge hat Ihnen wahrscheinlich davon berichtet. Sie wird vermutlich auch vor Ort sein. Wenn nicht, lernen Sie sie spätestens morgen Abend bei mir kennen.«

Sie verzichteten auf einen Kaffee, worauf Yves die Rechnung brachte.

»Ich würde mich gern beteiligen«, sagte Bruno und griff nach seinem Portemonnaie.

»Auf gar keinen Fall«, entgegnete sie entschieden. »Ich habe den Abend mit Ihnen genossen. Seit Claudias Tod war es das erste Mal, dass ich an etwas anderes denken und mit jemandem reden konnte. Der heutige Abend geht auf mich, und morgen Abend werde ich bei Ihnen essen. Darauf freue ich mich sehr. Hodge schwärmt, Sie seien ein großartiger Koch.« Jennifer erhob sich vom Tisch. »Danke für Ihre Gesellschaft, Bruno.«

27

Am nächsten Morgen stand Bruno noch vor Tagesanbruch auf und drehte mit Balzac seine Runde durch den Wald. Es war noch so still, dass er nur das Schnaufen des Hundes hörte, seinen eigenen Atem und die Schritte. Erst nach und nach wurde Vogelgezwitscher laut, und als die Sonne aufging und ihre Strahlen durch die Zweige warf, kannte Balzac kein Halten mehr und folgte einer quälend aufregenden Duftspur durchs Unterholz. Bruno genoss die Morgenstimmung, musste dann aber unwillkürlich an das Gespräch am Vorabend denken. Jennifer Muller hatte großen Eindruck auf ihn gemacht. Was für eine tapfere Frau, die den wohl schrecklichsten Verlust, den eine Mutter erleiden kann, in würdevoller Gefasstheit hinnehmen konnte.

Und zu ihm, dem Polizisten, der die Umstände des unglückseligen Todes ihrer Tochter aufklären sollte, war sie ausgesprochen freundlich und zugewandt. Dabei war bisher nicht einmal sicher festgestellt, ob Claudia einem tragischen Unfall oder einer vorsätzlichen Tat zum Opfer gefallen war. Und jetzt hatte sich in seine Arbeit auch noch diese seltsame Frau von Hexagon Trust eingemischt, der es offenbar egal war, ob der Kopf, den sie ihrem Mandanten auszuliefern gedachte, der eines Killers oder der eines Polizisten war. Bruno fragte sich, welche mögliche Spur er bislang unbeachtet gelassen hatte. Vielleicht würde das für den Vormittag geplante Gespräch mit de Bourdeille einen neuen Ansatz bieten.

Wieder zu Hause, fütterte Bruno seine Enten und Hühner, füllte deren Wassernäpfe und sammelte die über Nacht gelegten Eier ein. Dann warf er einen Blick in den Bräter mit dem am Vortag zubereiteten Ragout und löffelte die Fettschicht ab, die sich auf dem Bratensaft abgesetzt hatte. Danach ging er unter die Dusche, rasierte sich und stieg in seine Uniform. Mit Balzac auf dem Beifahrersitz fuhr er zu Pamelas Reiterhof, sattelte Hector und gesellte sich zu seinen Freunden, die wie jeden Morgen die Pferde bewegten. Kurz vor acht hatte er seinen ersten Patrouillengang über den Markt absolviert, Hände geschüttelt und *bisous* verteilt, eine Amtshandlung, die für ihn mehr Vergnügen war als Pflicht.

Anschließend ließ er sich seinen Kaffee und ein Croissant bei Fauquet schmecken und blätterte dabei in der jüngsten Ausgabe der *Sud Ouest,* innerlich darauf gefasst, dass Philippe Delaron weitere Peinlichkeiten ausgebrütet hatte. Er fand etwas auf Seite drei unter der Schlagzeile »Tod in Limeuil – USA greifen ein«. Zitiert wurde der Pressesprecher der amerikanischen Botschaft, der seine Zuversicht zum Ausdruck brachte, dass die französische Polizei die Ermittlungen »zügig und mit der gebotenen Sorgfalt« abwickeln werde. Kein Problem, dachte Bruno.

»Was sagst du zu dieser Radiomeldung?«, fragte Fauquet, der sich Bruno unter dem Vorwand, den Tresen zu polieren, genähert hatte und ihm ins Ohr flüsterte. »Stimmt das?«

»Was?«

»Dass das Mädchen drauf und dran war, Betrügereien aufzudecken, und zum Schweigen gebracht wurde. Es heißt, sie soll für den Louvre investigative Nachforschungen angestellt haben. Das behauptet jedenfalls eine amerikanische Zeitung, hieß es im Radio.«

Auf seinem Handy rief Bruno die Website von *France Inter* auf und fand tatsächlich Auszüge aus einem Artikel der *Washington Post* über Claudia. Sie wurde darin als »brillante junge Kunsthistorikerin« beschrieben, die schockierende Betrugsvorwürfe gegen den französischen Résistancehelden und Kunstwissenschaftler Pierre de Bourdeille erhoben habe. Die Polizei werde ihn noch heute vernehmen.

Merde, dachte Bruno und hatte spontan Madame de Breille als Informantin in Verdacht, die der Fallakte entnommen haben würde, dass Jean-Jacques den alten Herrn besuchen wollte. Er las weiter, stieß auf ein Zitat der Louvre-Mitarbeiterin Madame Massenet, die von Claudias wissenschaftlichen Leistungen schwärmte, und nahm zur Kenntnis, dass alle übrigen Angaben auf Aussagen des »ehemaligen Polizeiermittlers Gustave Pellier« zurückgingen. Der Privatdetektiv hatte sich entweder, um kostenlos Werbung für sich zu machen, selbst ins Spiel gebracht oder war von Madame de Breille vorgeschickt worden. Bruno erinnerte sich an Hodges Warnung, der gesagt hatte, dass Hexagon die französische Polizei diskreditieren würde, wenn es ihr, der Agentur, nicht selbst gelänge, den Fall aufzuklären.

»Na, was sagst du?«, fragte Fauquet, gespannt auf einen

weiteren Happen Klatsch, mit dem er ebenso handelte wie mit seinen unvergleichlichen Croissants und dem exzellenten Kaffee, den er servierte.

»Erstaunlich, diese Journalisten.« Mit dieser ausweichenden Antwort und nachdem er ein Zweieurostück und etwas Kleingeld auf die Untertasse gelegt hatte, eilte Bruno mit seinem erst halb gegessenen Croissant zur Tür. Innerlich fluchte er. ›Was fällt denen wohl als Nächstes ein?‹

Doch Balzac machte seinem eleganten Abgang einen Strich durch die Rechnung. Er hatte seinen obligaten Anteil an Brunos Croissant noch nicht bekommen und war deshalb vor dem Tresen hocken geblieben, den Blick mal auf Bruno an der Tür, mal auf Fauquet gerichtet, der über den Tresen gebeugt auf ihn herabschaute. Erst als Bruno seufzend klein beigab und ihm den letzten Rest des Croissants zuwarf, trottete Balzac zufrieden Bruno hinterher, der zur Gendarmerie eilte, wo er seinen Transporter abgestellt hatte.

Ein paar Minuten vor neun erreichte er de Bourdeilles *chartreuse*. Der Balkon über der Eingangstür, auf dem de Bourdeille oft saß, war leer. Auch nach Jean-Jacques' Wagen suchte Bruno vergebens. Dafür parkte der SUV von Philippe Delaron in der Einfahrt. Er selbst stand vor der Tür und klingelte – zum wiederholten Mal, wie er sagte, als Bruno auf ihn zutrat.

»Sie können den Hausherrn nicht zwingen, Ihnen zu öffnen«, sagte Bruno. »An Ihrer Stelle würde ich jetzt lieber Amélie vor die Kamera bitten. Denn vermutlich wird de Bourdeille für Sie nicht zu sprechen sein.«

»Warum sind Sie gekommen, Bruno? Wollen Sie ihn vernehmen?«

»Nein, ich bin hier, um einen Mitbürger, Steuerzahler und Résistance-Veteranen vor aufdringlichen Pressevertretern zu beschützen. Er ist neunzig Jahre alt, Philippe. Ein bisschen mehr Respekt wäre doch angebracht, oder?«

»Ich gehe nicht mit leeren Händen. Mein Redakteur macht mir die Hölle heiß. Das verfluchte Radio soll uns nicht noch einmal zuvorkommen.«

»Haben Sie den Artikel in der *Washington Post* gelesen?« Philippe schüttelte den Kopf.

»In der eigentlichen Story geht es dort um diesen Ex-*flic*, diesen bemerkenswert erfolglosen Privatschnüffler aus Périgueux. Er steckt hinter alldem. Er wurde von einer Frau namens Monique de Breille angeheuert, die im Vieux Logis abgestiegen ist. Aber das haben Sie nicht von mir, *d'accord?* Sie leitet die Pariser Dependance einer nebulösen Firma aus ehemaligen Geheimdienstlern und Top-Wirtschaftsprüfern, die sich Hexagon Trust nennt und ihren größten Reibach damit macht, dass sie stinkreichen Mandanten hilft, die Steuer zu umgehen. Zu denen gehört auch der Vater des toten Mädchens. Das ist die eigentliche Story. Wenn Sie sich beeilen, können Sie diese de Breille beim Frühstück antreffen.«

Philippe verschwand in seinem Wagen Richtung Osten, als Jean-Jacques mit seinem großen Citroën von Westen kam. Er parkte neben Brunos Transporter und mühte seinen massigen Leib aus dem Beifahrersitz. Seine Assistentin Josette schaltete die Zündung aus und hievte eine schwere Schultertasche von der Rückbank, ehe sie Bruno ihre Wange zur *bise* präsentierte.

»Haben Sie die Nachrichten im Radio gehört?«, fragte

Jean-Jacques. »Pellier war schon, als er noch für mich gearbeitet hat, keine Leuchte.«

»Dahinter steckt eindeutig Madame de Breille«, entgegnete Bruno. »Sie hat ihn engagiert und gestern nach Saint-Denis kommen lassen, damit er mir dasselbe Märchen aufzubinden versucht.«

Jean-Jacques schnaubte. »Der Fall ist das reinste Wespennest.«

»Ich habe Sie gewarnt«, zischte Josette an die Adresse ihres Chefs. »Wir sollten die Sache an die Kollegen vom Betrugsdezernat abtreten.«

»Die würden doch ewig brauchen, und mir macht man jetzt schon Beine.«

Bruno bot sich an, die schwere Tasche zu tragen. Josette aber warf ihm nur einen wütenden Blick zu, marschierte auf de Bourdeilles Haus zu und hämmerte mit der Faust gegen die Tür. Bruno wandte sich an Jean-Jacques und runzelte fragend die Stirn. Jean-Jacques zuckte nur mit den Achseln. Normalerweise war Josette freundlich und aufgeräumt, ganz abgesehen davon, dass Jean-Jacques nicht auf sie verzichten konnte.

»Polizei … Wir werden erwartet!«, brüllte sie und marschierte an Madame Bonnet vorbei, kaum dass diese die Tür geöffnet hatte. »Commissaire Jalipeau ist gekommen, um Monsieur de Bourdeille zu vernehmen.«

Madame Bonnet führte die drei nach oben in die imposante Bibliothek, wo de Bourdeille in seinem Rollstuhl hinter einem großen Tisch, an dem wahrscheinlich Claudia gearbeitet hatte, auf sie wartete. Darauf stand ein Tablett mit Kaffeekanne, Milchkännchen, Zuckerdose, drei Tassen

samt Untertassen sowie einem Teller mit Keksen. De Bourdeille hatte einen dünnen Aktenordner vor sich, einen
Aschenbecher und ein Päckchen Zigaretten.

»*Messieurs-dame,* willkommen in meinem Haus. Madame Bonnet, wir brauchen noch eine Tasse, bitte«, sagte
de Bourdeille mit einem Seitenblick auf Josette, die ihre
Tasche auf einem Stuhl abstellte und sich Madame Bonnet
anschloss, als sie wieder nach unten ging. Der Gang war
nicht nur der fehlenden Tasse geschuldet, sondern Jean-
Jacques legte Wert darauf, dass sich Josette in fremder Umgebung gründlich umsah.

»Bruno, ich möchte Ihnen noch einmal danken, dass
Sie mich mit Laurent bekannt gemacht haben. Es war ein
wunderschöner Tag, den ich mit ihm und seinen Greifvögeln verbracht habe. Auch Ihre Freundin aus der Karibik
war entzückend. Sie hat uns im Foyer des Schlosses ein
paar Lieder vorgesungen. Um die Akustik auszuprobieren,
wie sie sagte, aber ich hatte den Eindruck, es war aus purer
Freude am Singen. Und ich war begeistert.«

Er wandte sich an Jean-Jacques und fragte auf betont altmodische Weise höflich: »Und wie kann ich Ihnen dienen,
Monsieur le Commissaire?«

Jean-Jacques öffnete Josettes Tasche und holte eine dicke
Akte daraus hervor. »Claudia Muller hat schwere Vorwürfe
gegen Sie erhoben und sich diesbezüglich ihrem Doktorvater in den Vereinigten Staaten anvertraut. Es geht um Betrug und Fälschung. Mich interessiert, ob dieser Vorgang
irgendwie im Zusammenhang mit ihrem Tod steht.«

»Mit anderen Worten, Sie halten es für möglich, dass ich
ihr Leben beendet habe, um sie zum Schweigen zu bringen.

Habe ich Sie richtig verstanden?«, entgegnete de Bourdeille leichthin. »Wie sollte ich das getan haben, in meinem Alter und mit diesem Gefährt?« Er klopfte auf die Armstützen seines Rollstuhls.

»Sie haben, wie ich weiß, meinem Kollegen Courrèges gegenüber erwähnt, dass Sie nicht an einen Unfalltod glauben.«

»Stimmt, daran glaube ich immer noch nicht«, erwiderte de Bourdeille. »Claudia war eine intelligente und besonnene Frau, die sich nicht leichtfertig in Gefahr gebracht hätte.«

»In ihren E-Mails an ihren Professor in Yale bezichtigt sie Sie der Fälschung in mehreren Fällen, namentlich im Hinblick auf Werke von Antoine Caron, Josse Lefrinc von Cambrai und Ambroise Dubois. Hat sie mit Ihnen darüber gesprochen?«

»Haben Sie diese Namen jemals zuvor gehört?«, fragte de Bourdeille lächelnd. »Wissen Sie, ob es sich bei den Genannten um Maler, Kupferstecher oder Bildhauer handelt?«

»Ich bin kein Kunsthistoriker, Monsieur. Und die Fragen stelle ich.«

»Um keine Missverständnisse aufkommen zu lassen: Claudia hat die Echtheit der Gemälde nicht angezweifelt«, sagte de Bourdeille und erklärte, dass es heutzutage nahezu unmöglich sei, Renaissancewerke zu fälschen. Auch wenn Holz, Leinwand, Grundierung und Farbe in entsprechender Zusammenstellung und Alterung zum Einsatz kämen und das Bild täuschend echt reproduziert würde, ließen sich solche Kunstgriffe durch moderne wissenschaftliche Techniken eindeutig aufdecken.

»Die drei genannten Gemälde existieren, und Experten bestätigen ihre Entstehungszeit«, fuhr er fort. »Die Frage ist: Wer hat sie gemalt? Viele, vielleicht die meisten Experten stimmen mit meiner Zuschreibung überein, die unter Berücksichtigung des Sujets, der Komposition, Stilistik und individuellen Pinselführung den jeweiligen Künstler klar identifiziert.«

Solange keine Gegenbeweise vorlägen, würden die Zuschreibungen renommierter Experten als geltend erachtet, erklärte de Bourdeille. In den von Claudia problematisierten Fällen hätten Dokumente, die er aus Archiven ans Licht gebracht habe, seine ursprünglichen Expertisen bestätigt. Und dass diese Dokumente echt seien, sei von ihr nie angezweifelt worden. Sie habe lediglich kritisch angemerkt, dass in anderen Archiven keine beglaubigenden Referenzen zu finden seien.

»Aus den vielen hundert Zuschreibungen, die ich in meinem langjährigen Berufsleben vorgenommen habe, hat sie diese drei Fälle herausgepickt«, sagte de Bourdeille. »Zugegeben, sie fußen auf schriftlichem Material, das bislang noch nicht durch entsprechende Hinweise aus anderen Archiven verifiziert werden konnte. Das Problem ließe sich aber leicht lösen, wenn Experten zu Rate gezogen würden. Ich habe ihr diesen Vorschlag gemacht und sogar Kollegen vom Louvre angeschrieben mit der Bitte um Prüfung dieser drei Fälle.«

Er öffnete den Aktenordner vor sich und zog eine Kopie seines Briefes daraus hervor.

»Sie sollten auch zur Kenntnis nehmen«, fuhr de Bourdeille fort, »dass Claudia in diesem Zusammenhang nie von Fälschung gesprochen hat, jedenfalls nicht in meiner Gegenwart und auch nicht gegenüber Madame Massenet, ihrer Betreuerin in Paris. Etwas anderes hätte mich auch sehr gewundert, denn ihr werden ja doch die forensischen Möglichkeiten bewusst gewesen sein, mit denen sich neben Kunst- auch Dokumentenfälschungen aufdecken lassen.«

»Altes Papier kann man sich beschaffen, Monsieur«, sagte Jean-Jacques. »Es gibt, soviel ich weiß, einen blühenden Markt für historische Bücher voll unbeschriebener Seiten.«

»Aber mit den Möglichkeiten der Massenspektrometrie und des Peptidmassenfingerprints lässt sich solches aus Lumpen hergestelltes Papier präzise datieren. Wir können heute zum Beispiel nachweisen, dass frisch geschöpfter Papierbrei auf Filzmatten zum Trocknen ausgelegt oder mit einer pneumatischen Presse verarbeitet wurde, wie ab den neunziger Jahren des achtzehnten Jahrhunderts üblich. Damals wurde übrigens neben Flachs und Hanf auch schon Baumwolle unter den Faserbrei gemischt. Wo und wann Papier hergestellt wurde, lässt sich also klar bestimmen. Das Gleiche trifft auf die Tinte zu. Meist und fast überall aus Eisensulfat und Gallussäure zusammengemixt, enthält sie organische Spuren, die heute präzise datiert werden können. Jeder Versuch, Rezepturen alter Tinten zu fälschen, muss scheitern wie in dem Fall Mark Hofmann. Vielleicht erinnern Sie sich an die Affäre um das sogenannte Anthon-Transkript, das dem Mormonenvater Joseph Smith zugeschrieben wurde.«

Bruno presste die Lippen aufeinander und ahnte, dass de Bourdeilles virtuose Ausführungen zum Thema Jean-

Jacques ähnlich beschämten und kleinlaut werden ließen wie ihn, der sich wie ein Dorftrottel vorkam.

»Sie behaupten also, dass die Dokumente, auf die Sie Ihre Zuschreibungen stützen, unmöglich gefälscht sein können?«, fragte Jean-Jacques.

»Nein, Fälschungen gibt es immer wieder. Ich sage nur, dass solche einer Überprüfung mit modernen forensischen Mitteln unmöglich standhalten können.«

Jean-Jacques versuchte es mit einem anderen Ansatz. »Sie waren eng mit Paul Juin befreundet, einem Meisterfälscher.«

De Bourdeille lehnte sich zurück, schüttelte den Kopf und grinste. »Ja, Paul war ein großartiger Fälscher, als es noch keine Massenspektrometrie und Röntgenfluoreszenzanalyse gab. Heute würde er mit seinen Fälschungen nicht mehr durchkommen, denn selbst kleine Flughäfen bringen Spektrometer zum Einsatz. Auch bei der Mülltrennung werden sie verwendet, um Metallreste auszusortieren.«

De Bourdeille beugte sich vor und schaute Jean-Jacques in die Augen. »Mir scheint, Sie haben sich noch nicht mit Ihren Fachkollegen von der *Police nationale* in Verbindung gesetzt, die kriminaltechnisch bestens ausgestattet ist. Bevor Sie mich mit lächerlichen Anschuldigungen konfrontieren, hätten Sie doch lieber Marc d'Alentour zu Rate ziehen sollen, der die zuständige Abteilung leitet. Er ist ein weltweit geachteter Experte. Ich habe persönlich an seiner Ausbildung mitgewirkt.«

»Und Sie behaupten, Monsieur, die von Ihnen erwähnten technischen Methoden seien unfehlbar?«, schaltete sich Bruno ein, nicht so sehr, weil er seine Frage für besonders relevant hielt, sondern vor allem, um die Spannung zwischen Jean-Jacques und de Bourdeille abzubauen.

»Unfehlbar? Ich bin mir nicht sicher, ob es so etwas überhaupt gibt. Nehmen wir als Beispiel die Vinland-Karte, die angeblich mehrere Jahrzehnte vor der Entdeckung Amerikas durch Christoph Kolumbus entstanden ist und auf der Wikingersiedlungen eingezeichnet sind. Damit wäre sie die erste Karte, auf der ein Küstenabschnitt Nordamerikas zu sehen ist. Sie wurde 1957 entdeckt, für echt befunden und von einem Antiquar aus Connecticut für dreihunderttausend Dollar erworben. Spätere Analysen fanden in der Tinte Spuren des Titandioxids Anatas, das erst seit den 1920er Jahren für manche Pigmentmischungen verwendet wurde. Ließ sich damit die Echtheit der Karte widerlegen? Nein, denn Spuren von Anatas hätten etwa in dem Sand enthalten sein können, mit dem man im späten Mittelalter Tinte gelöscht hat. Unabhängig davon kamen Forscher von der Smithsonian Institution in Washington zu dem Schluss, dass in einer frühen Phase der Herstellung von Eisengallustinte durchaus Anatas zum Einsatz gekommen sein mag. Das Problem ist nur, dass die Vinland-Karte offenbar mit einer aus Ruß bestehenden Tinte gezeichnet wurde.

Als eine interessante Fußnote dieser Geschichte sei angemerkt, dass erste Zweifel von Forschern aus dem Britischen Museum laut wurden, die bemerkt hatten, dass das Pergament, das eindeutig aus dem frühen fünfzehnten Jahrhundert stammte, eine Substanz enthielt, die sie mit ihren Mitteln nicht identifizieren konnten. Inzwischen wissen wir, dass es sich um radioaktive Spuren aus dem nuklearen

Fall-out von Atom- und Wasserstoffbombentests aus den 1940er und -50er Jahren handelt. Heutzutage sind in allen Archiven weltweit solche Spuren zu finden, nicht aber auf der Oberfläche der Tinte des fraglichen Artefakts, was für mich und viele meiner Kollegen die Vermutung nahelegt, dass die Karte tatsächlich eine Fälschung sein dürfte. Aber wäre ein solcher Befund unfehlbar? Nein.«

De Bourdeille strahlte über das ganze Gesicht und schien sich für den von ihm erwarteten Applaus verbeugen zu wollen. Und Bruno war tatsächlich drauf und dran zu applaudieren. Was für eine Darbietung! Er warf einen Seitenblick auf Jean-Jacques, der nachdenklich den Kopf wiegte, dann auf die Zigaretten zeigte und fragte: »Darf ich?« Der alte Herr schob ihm das Päckchen zu. Jean-Jacques steckte sich eine Zigarette an und lehnte sich zurück.

»Wenn sich also auf der Tinte keine radioaktiven Spuren abgesetzt haben, müsste die Karte nach den Fall-outs gezeichnet worden sein«, bemerkte Jean-Jacques. »Es wurden aber bis in die 1960er Jahre hinein Atombomben getestet. Vielleicht hat die Tinte diesen Fall-out nicht absorbiert. Hat man das Pergament unter der Tinte auf radioaktive Spuren untersucht?«

»Eine ausgezeichnete Frage«, erwiderte de Bourdeille und steckte sich selbst eine Zigarette an. »Vor ein paar Jahren habe ich auf einem Symposion genau diese Frage gestellt und vorgeschlagen, wenigstens zu prüfen, ob die Tinte wirklich strahlenresistent ist.«

»Was, glauben Sie, ist mit Claudia geschehen?«, wechselte Jean-Jacques abrupt das Thema.

»Wenn ich das wüsste ... Sie könnte getötet worden sein,

aber weiß der Himmel, von wem oder warum. Vielleicht war sie betrunken, krank oder verwirrt, kann auch sein, dass jemand nachgeholfen hat, um sie in einen solchen Zustand zu versetzen.« De Bourdeille zuckte mit den Achseln und stieß einen Schwall Rauch aus. »In dem Fall hätten wir es wiederum mit Heimtücke und Mord zu tun.«

»Warum wollen Sie Ihr Anwesen und Ihre Kunstsammlung der Stadt Saint-Denis vermachen?«, fragte Jean-Jacques in diesmal freundlicherem Tonfall. »Warum nicht dem Louvre, Ihrem akademischen Zuhause?«

»Der Louvre hat mehr Gemälde, als er ausstellen kann«, antwortete der Alte, »trotz seiner Satellitenmuseen in Lens und Abu Dhabi. Zurzeit wird ein großes neues Lager in Liévin gebaut. Sein Bestand ist überwältigend, und meine kleine Sammlung würde darin untergehen. Für Saint-Denis aber könnte sie eine wertvolle Bereicherung sein.«

Jean-Jacques stand auf und drückte seine Zigarette im Aschenbecher aus. »Nun denn, Monsieur. Danke für Ihre Zeit. Ich glaube, wir müssen Sie nicht weiter bemühen.«

Er schüttelte de Bourdeille die Hand und verließ, von Bruno gefolgt, schweigend die Bibliothek. Josette erwartete sie unten in der Halle. Als sie nach draußen zu den Autos gingen, zückte sie ihr Handy.

»Hören Sie sich das an, Jean-Jacques!« Dann ließ sie eine Tonaufzeichnung abspielen. Bruno hörte de Bourdeille über die Vinland-Karte reden. »Ich war mit Madame Bonnet in der Küche«, erklärte Josette. »Als sie kurz aufs Klo musste, habe ich einen kleinen Lautsprecher entdeckt und ein bisschen daran herumgespielt.«

»Er ist Invalide. Vielleicht hat er so was wie einen Baby-

Alarm oder eine Gegensprechanlage einbauen lassen. Ganz praktisch, solche Dinger«, meinte Jean-Jacques.

»Oder sie belauscht ihn systematisch«, sagte Bruno. »Wie lange haben Sie unten an der Treppe auf uns gewartet?«

»Seit ich Sie aus der Bibliothek habe kommen hören.«

»Hat Madame Bonnet Jean-Jacques' letzte Frage mitbekommen?«

»Das bezweifle ich. Ich habe den Ton abgedreht und bin dann raus in die Halle gegangen. Sie war da noch nicht wieder zurück.«

»Worauf wollen Sie hinaus, Bruno?«, fragte Jean-Jacques ungeduldig.

»Madame Bonnet weiß nicht, dass de Bourdeille alles der Stadt vermachen will, und glaubt, sie sei seine Erbin. Wenn sie erfährt, dass er anderes im Sinn hat, könnte es Ärger geben.«

»Den gibt es sowieso.« Ächzend wuchtete sich Jean-Jacques auf den Beifahrersitz und gab Josette zu verstehen, dass sie losfahren solle. Bruno blieb noch eine Weile neben seinem Fahrzeug stehen und fragte sich, inwieweit Madame Bonnet von de Bourdeilles Plänen oder Claudias Kaufabsichten tatsächlich unterrichtet sein mochte.

28

Bruno hatte seinen freien Tag und eigentlich Zivil tragen wollen. Aber weil Amélie mit seinem Land-Rover unterwegs war und ihm darum nur der Polizeitransporter zur Verfügung stand, entschied er sich wieder für seine Uniform. In Le Buisson angekommen, wo Markttag war, wechselte er allerdings das Polizeijackett gegen eine Windjacke, um wenigstens etwas freizeitmäßiger auszusehen, und kaufte für das Abendessen ein. Er brauchte Käse, ein Kilo rote Zwiebeln, *lardons,* Blätterteig, Schlagsahne, Zitronen, ein paar Rübchen so groß wie Säuglingsfäuste und einen großen runden Laib Brot aus der Bäckerei. Alles andere hatte er im Garten oder in der Vorratskammer.

Am Käsestand von Stéphane kaufte er gutgereiften Comté aus der Haute-Savoie, ein Viertel Brie und ein großzügiges Stück Bleu d'Auvergne, dazu die Sahne und ein halbes Kilo von Stéphanes selbstgemachter Butter. Einen letzten Stopp legte er vor Léopolds Stand ein, um Kaffee aus Burundi zu kaufen, eine Sorte, an der er Geschmack gefunden hatte.

Wieder zu Hause, machte Bruno auf die Schnelle im Wohnzimmer sauber, holte Brennholz von draußen herein, stellte den Weißwein und den Monbazillac in den Kühlschrank und deckte den Tisch. Auf einem Spickzettel notierte er, was in welcher Reihenfolge zu erledigen war. Zuerst musste er das Lammragout aufwärmen, bevor er das Gemüse hinzugab, das dann eine knappe Stunde mitköcheln sollte. Die Gäste kämen um acht, also sollte der erste Gang spätestens um halb neun, das Hauptgericht gegen neun serviert werden. Der Rotwein wäre noch vor sieben zu dekantieren. Die Backzeit der *tarte tatin* betrug dreißig Minuten; er würde sie kurz vor Ankunft der Gäste in den Ofen schieben. Das Zitronen-Syllabub nahm zehn Minuten in Anspruch und musste dann noch eine Weile kalt gestellt werden. Die Erbsen, Frühkartoffeln, Babykarotten und der Salat mochten bis kurz vor ihrer Verarbeitung im Garten bleiben. Er wusch sich die Hände, legte Besteck und Geschirr für den Abend zurecht, bereitete die Käseplatte vor und bedeckte sie mit einem Geschirrtuch.

Anschließend fuhr er zu Pamelas Reiterhof, um Balzac abzuholen, den er nach dem Frühstück im Stall zurückgelassen hatte, und bog dann mit ihm auf die Straße durchs Tal der Dordogne ein, an Audrix, Le Coux und Siorac vorbei zum Château des Milandes. Dort stellte er den Wagen ab, nahm Balzac wegen der Greifvögel an die Leine und fand Amélie, Hodge und Madame Muller unter Laurents Führung auf einer Besichtigungstour durch die Stallungen. Balzac hätte ihm fast den Arm ausgekugelt, so zerrte er an der Leine, um Amélie zu begrüßen, die er ganz besonders ins Herz geschlossen hatte. Als sie ihn sah, kniete sie nieder, breitete die Arme aus und wappnete sich gegen Balzacs Ansturm, der sie ansprang und ihr zutraulich den Hals leckte.

»So würde ich auch gern mal begrüßt werden«, meinte

Hodge grinsend. Amélie befreite sich von Balzacs Liebesbezeugungen und stand auf, um Bruno zu umarmen.

»Haben Sie schon gegessen?«, fragte Laurent. »Wir hatten eben einen kleinen Imbiss drüben in der Brasserie, nur einen *croque-monsieur*. Schließlich wollen wir ja noch bei Ihnen zu Abend essen. Ich wollte gerade meinen Bussard fliegen lassen, und dann möchte Amélie unseren Besuch herumführen.«

»Nein, ich muss jetzt nichts essen«, antwortete Bruno. »Kommen Sie, zeigen Sie uns Ihren Rotschwanz.« Laurent führte den Weg zu den Volieren an.

»Ich war heute Morgen in Limeuil und habe mich mit Félicité unterhalten«, sagte Jennifer. »Danke für Ihren Tipp, Bruno. Sie war außerordentlich nett und hat sich von Madame Darrail den Schlüssel zu Claudias Zimmer geben lassen, damit ich einen Blick hineinwerfen konnte. Sie war außer sich vor Freude, als ich ihr sagte, sie könne Claudias Kleider haben. Und ein paar hübsche Selfies von sich und Claudia hat sie mir auch gezeigt und ein paar davon auf mein Handy überspielt. Eben hat Amélie den Vorschlag gemacht, zusammen mit mir und Claudias Freundin Chantal essen zu gehen, wenn wir wieder in Paris sind. Alle sind so …«

Sie stockte und schnappte nach Luft, als Laurent mit seinem Rotschwanzbussard auf dem Lederhandschuh ins Freie trat. Der Vogel hatte eine Haube auf dem Kopf und war über seine Geschührimen mit dem Handschuh verbunden.

»Gütiger Himmel, wie groß so ein Tier ist!«, staunte Jennifer.

Balzac legte sich platt auf den Bauch und knurrte. Bruno fasste die Leine kürzer und bückte sich, um ihn streichelnd zu beruhigen.

»Macht der Hund Ihren Bussard nervös?«, fragte er Laurent.

»Kein Problem«, antwortete der und ging mit ihnen in den weiten Garten hinaus, wo er die Haube entfernte und wieder die Zähne zu Hilfe nahm, um die Riemen zu lösen. Der Bussard schaute sich um und gab ein leises Glucksen von sich. Balzacs Aufmerksamkeit war hin- und hergerissen. Unten auf der Wiese bewegte sich etwas, und Bruno flüsterte: »Ein Kaninchen hinter meiner rechten Schulter.«

»Ich sehe es«, sagte Laurent und gab den Vogel frei.

Er flog etwa fünf Meter geradeaus, stieg dann auf, weit über die Wipfel der Bäume hinaus, und kreiste in luftiger Höhe. Das Kaninchen rührte sich nicht, woran es gut tat. Es schien die Bedrohung von oben zu spüren und rannte plötzlich los, vielleicht um im Gebüsch Deckung zu finden.

Aber seine Bewegung verriet es. Der Bussard schien für einen Moment in der Luft stillzustehen, legte aber dann die Flügel an und schoss pfeilschnell in die Tiefe. Für Bruno sah es nicht danach aus, dass er sein Ziel erreichen würde, denn er stürzte auf die Stelle zu, an der das Kaninchen gehockt hatte, und nicht in dessen Laufrichtung. Doch knapp einen halben Meter über dem Boden breitete der Vogel die Flügel wieder aus und sauste seiner Beute hinterher. Auch dass das Kaninchen einen letzten Haken schlug, konnte ihm nicht mehr helfen. Die Krallen packten zu, zwei Schnabelhiebe, und es war um das Kaninchen geschehen. Nur die Hinterläufe zuckten noch ein wenig.

Mit der Beute in den Fängen schwang sich der Bussard wieder auf, heftig mit den Flügeln schlagend. Nur mit Mühe gewann er wieder an Höhe und kam auf Laurent zugeflogen, der ihn mit einem langen, klaren Pfeifton lockte, ein Stück rohes Fleisch aus seiner Tasche holte und es ihm mit ausgestreckter Hand entgegenhielt. Der Vogel ließ seine Beute vor Laurents Füße fallen, ging elegant auf der ledergeschützten Hand nieder und verschlang den Fleischhappen. Laurent sicherte ihn wieder an den Riemen, bückte sich und steckte das Kaninchen in seine Tasche.

»*Mon Dieu*«, sagte Bruno. »Was für ein Schauspiel, erschreckend und faszinierend zugleich.«

»Frisst er nur das Fleisch, das Sie ihm geben?«, fragte Hodge.

»Nein, auch Feld- und Wühlmäuse oder kleine Vögel, denn er braucht Fell und Federn als Ballaststoffe für die Verdauung. Von mir bekommt er aber immer nur rohes Rindfleisch.« Damit stülpte Laurent seinem Bussard wieder die Haube über den Kopf.

»Wie lange hat es gedauert, ihn abzurichten?«, wollte Jennifer wissen.

»Ziemlich lange, weil ich selbst noch lerne«, antwortete Laurent. »Am zeitaufwendigsten war das, was wir als ›locke machen‹ bezeichnen, nämlich einen Vogel an seinen Falkner, den Lederhandschuh und die Haube zu gewöhnen. Das kann Monate dauern. Ein erfahrener Falkner hat seinen Vogel in zwei bis drei Wochen abgetragen. Ich habe zwei Monate dafür gebraucht, aber mein Bussard war auch sehr geduldig und hat mir viel verziehen.«

»Was heißt ›abgetragen‹?«, erkundigte sich Amélie.

»Abgetragen ist ein Greif, wenn er sich auf der Hand des Falkners führen lässt. Erst dann kann man ihn für die Beizjagd ausbilden. Das geschieht mit einer Beuteattrappe oder einem sogenannten Federspiel, einem kleinen Lederbalg mit Flügeln, an dem ein Stück Fleisch hängt. Den schwinge ich dann an einer langen Schnur durch die Luft, und der Vogel lernt, ihn im Flug zu erwischen. Meine andere Attrappe ist ein Lederbalg mit Kaninchenfell und zwei langen Ohren. Auch an der steckt, wenn ich sie einsetze, ein Stück Fleisch. Sie wird an einer Schnur ruckhaft über den Boden gezogen, um die Bewegung eines Kaninchens zu simulieren. Das haben die Vögel meist schnell verstanden.«

»Aber wie stellen Sie es an, dass der Vogel seine Beute fallen lässt und sich mit einem kleinen Stück Fleisch auf Ihrem Handschuh zufrieden gibt?«, fragte Amélie.

»Das ist weniger eine Frage der Ausbildung und hat mehr mit dem Vertrauen zu tun, das zwischen Tier und Mensch entwickelt werden muss. Mein Bussard weiß: Wenn ich die Hand hebe und pfeife, gibt es für ihn einen Leckerbissen.«

»Mit Hunden und Pferden verhält es sich ähnlich«, bemerkte Bruno. »Vertrauen ist oft noch wichtiger als Belohnung.«

»Ja, und ich finde es immer wieder erstaunlich, wie wichtig es für uns Menschen war und ist, mit Greifvögeln, Hunden, Pferden, ja selbst mit Delphinen umzugehen«, sagte Laurent. »Ich wette, ohne diese besondere Beziehung zu den Tieren hätte sich unsere Zivilisation nicht entwickeln können.«

»Toller Gedanke und ziemlich überzeugend, finde ich«,

stimmte Jennifer zu. »Hat Claudia Ihnen beim Training zugesehen?«

»Ja, allerdings nur ein paarmal, ziemlich genau hier an dieser Stelle nahe dem Château. Sie sprach davon, dass es schön wäre, wenn wir es mal von einem Pferd aus versuchen würden. Aber dafür ist mein Vogel noch nicht weit genug.«

»Können Sie reiten?«, fragte Bruno.

»Als Junge konnte ich es. Und wenn es stimmt, dass man Reiten nicht verlernt, kann ich es wohl immer noch.«

»Die Beizjagd war früher sehr verbreitet, nicht wahr?«, meldete sich Hodge zu Wort. Laurent nickte, und Hodge hatte noch eine Frage: »Wieso heute eigentlich nicht mehr? Ist sie aus der Mode gekommen oder gab es Probleme damit?«

»Im siebzehnten, achtzehnten Jahrhundert wurden Feuerwaffen so treffsicher, dass man lieber mit ihnen gejagt hat. Einen Vogel im Flug abzuschießen gelingt aber nach wie vor den wenigsten Jägern. Die meisten legen mit einer Flinte an und verwenden sogenannten Vogeldunst, das ist sehr feiner Schrot. Für uns Falkner ist das ein Problem. Wir wollen nicht, dass unsere Vögel Beute machen, die Bleikügelchen in sich hat. Daran kann ein Greif verenden.«

»Was haben Sie mit dem Kaninchen vor?«, fragte Amélie.

»Ich wollte es Bruno anbieten, doch wenn er es nicht will, gebe ich es Arnaud und Myrtille, bei denen ich wohne.«

»Ich nehme es sehr gern«, sagte Bruno, worauf Laurent das Tier an den Ohren aus seinem Beutel zog und ihm reichte. »Danke.«

Bruno ging zu seinem Transporter, und als er das Kaninchen in eine Plastiktüte steckte, sah er Balzacs Lefzen triefen. Bruno grinste. Sein Hund war schon oft Kaninchen hinterhergerannt, hatte aber noch nie eins erbeutet. Er war zwar ausdauernd, aber längst nicht so schnell wie ein Kaninchen und auch zu groß, um ihm in seinem Bau nachstellen zu können. Viel geeigneter zur Jagd auf Kaninchen war eine Meute von Foxterriern; während einer sich durch den engen Tunnel eines Baus wühlte und die Beute aufschreckte, warteten andere auf sie an den Ausgängen. Diese Art von Jagd gefiel Bruno nicht. Er fand sie zu mechanisch und abgeschmackt. Ihm fehlte daran der eigentliche Reiz der Jagd, das Unberechenbare und der Nervenkitzel, den er zum Beispiel bei Laurents Vorführung empfunden hatte.

»Würden Sie unseren Gästen das Château zeigen, Amélie?«, fragte Laurent. »Ich muss jetzt die Volieren ausmisten und mich um die Vögel kümmern.«

Bruno schloss sich der kleinen Gruppe an, nicht weil er durchs Museum geführt werden wollte – das kannte er schon –, sondern weil er hoffte, Amélie singen zu hören. Jennifer und Hodge schienen aber begeistert von Josephine Bakers Geschichte zu sein, die 1906 in ärmsten Verhältnissen in Saint Louis zur Welt gekommen und zum ersten schwarzen Superstar aufgestiegen war. Verehrt als »Black Pearl«, nahm sie, scheinbar nur mit einem winzigen Bananenröckchen bekleidet, als Diva der Folies Bergère Paris im Sturm. Das war Ende der zwanziger Jahre gewesen.

Dieses Kostüm, das in Wirklichkeit aus Stoffbananen genäht war, hatte sich über die Jahre verfärbt und war nicht mehr gelb, sondern braun wie eine verfaulte Banane. Hodge schaute sich das Exponat in der Vitrine genau an, während Jennifer durch den Raum streifte, in dem andere, prächtigere Kostüme der Diva ausgestellt waren. Bruno interessierte sich vor allem für Bakers Einsatz für die Résistance und ihre multinationale Familie aus adoptierten Kindern, eine Geschichte, der in diesem Museum ebenso viel Raum gewidmet war wie ihren Nightclub-Jahren. Immer noch berührte ihn das Foto von ihr, das sie gealtert, gebrochen und gedemütigt auf den Eingangsstufen ihres Châteaus zeigte, aus dem sie vertrieben worden war, weil sie ihre Schulden nicht mehr hatte bezahlen können.

»Dort werde ich singen, wenn das Wetter nicht mitspielt«, sagte Amélie und führte sie ins große Foyer zurück. »Aber wenn es warm und trocken ist, könnten wir Stühle auf die Terrasse stellen, und ich singe vom Balkon aus – vor einem Prospekt des Schlosses für die Fernsehkameras. Dort gäbe es mehr Platz, zumal sich Zuschauer auch im Garten aufhalten könnten. Die Akustik wäre draußen allerdings heikel und hier drinnen sehr viel besser.«

Sie stieg auf eine kleine Bank und fing zu singen an – »Sous les Ponts de Paris«. Von ihrem Körper schien plötzlich eine enorme Kraft auszugehen, die ihre Stimme durch den Raum trug.

Bruno realisierte plötzlich, dass er bislang nie richtig auf den Text geachtet hatte. Was er für eines der vielen Pariser Liebeslieder gehalten hatte, handelte in Wirklichkeit von einer obdachlosen Mutter mehrerer Kinder, die unter den Brücken schliefen, und von einem Liebhaber, der seiner Angebeteten nur ein paar Blumen schenken kann, die er im Park gepflückt hatte, und sich mit ihr in einem dunklen Winkel am Seineufer ein Bett machen muss. In den letzten Zeilen hieß es: »Wenn wir den wirklich Elenden nur ein wenig helfen könnten, gäbe es unter den Brücken von Paris weder Selbstmorde noch Verbrechen.«

Übergangslos stimmte Amélie plötzlich das Lied »En Avril à Paris« an, und ihre Stimme klang sehr viel heiterer, als sie von der im Frühling erwachenden Stadt schwärmte, von der Sonne, die aus ihrem Exil zurückkehrt, von verstohlenen Küssen im Jardin du Luxembourg und davon, dass ganz Frankreich im Liebestaumel nach Paris strömt.

»Sie ist großartig«, fand Jennifer, die neben Bruno stand und begeistert applaudierte, als Amélie von der Bank sprang. Bruno sah, dass Jennifer sich Tränen aus den Augen wischte. Amélie verbeugte sich und grinste wie ein Teenager, winkte kurz und verschwand hinter einer Tür.

»Wussten Sie, dass sie so gut ist?«, fragte Jennifer Hodge.

»Warum sonst hätte ich Ihnen wohl empfohlen, sie zu hören?«, erwiderte er. »Sie hat ein bemerkenswertes Stimmspektrum. Wenn ich die Augen schließe, höre ich mal Ella Fitzgerald, mal Sarah Vaughan oder Judy Garland. Dann würde ich am liebsten meinen Job hinschmeißen, ihr Manager werden und mit ihr die Welt erobern.«

»Sie will in die Politik«, sagte Bruno. »Ich glaube, auch auf diesem Gebiet ist sie ziemlich gut. Ich habe mit ihr zusammengearbeitet und kann aus eigener Erfahrung sagen, dass sie sogar eine starke Polizistin abgeben könnte.«

Amélie kam zurück, völlig verwandelt. Sie trug ein hautenges Kleid aus weißer Seide, eine weiße Pelzstola und große weiße Ohrringe. Die Haare hatte sie gegelt und an den Schläfen in nach vorn stehenden Locken auslaufen lassen, die man früher als Herrenwinker bezeichnet hatte. Bruno spürte, wie es Jennifer und Hodge bei Amélies Anblick den Atem verschlug, die jetzt als die Frau vor ihnen stand, die vor neunzig Jahren den Kontinent verzaubert hatte.

Amélie zog die Tür hinter sich zu. Hatte sie soeben noch mit tiefem, melancholischem Timbre gesungen, ließ sie nun einen hellen Sopran in exakt der gleichen Stimmlage und mit einem ganz ähnlichen Vibrato wie Josephine Baker erklingen, in deren vielleicht bekanntestem Song »J'ai Deux Amours« – Ich habe zwei Geliebte, meine Heimat und Paris.

Ja, das ist sie, La Baker, dachte Bruno, nicht zu fassen; das lebende Abbild einer Frau, deren Mutter noch von Sklaven aufgezogen worden war und die nach einem Pogrom an Afroamerikanern ihre Heimatstadt Saint Louis verlassen, später auch ihren amerikanischen Pass abgegeben und sich für die französische Staatsbürgerschaft entschieden hatte; die sich für die Résistance starkgemacht, geheime Dokumente in ihrer Unterwäsche an Kontrollpunkten der Nazis vorbeigeschmuggelt und mit unsichtbarer Tinte in ihren Notenheften deren Truppenbewegungen festgehalten hatte; die sich geweigert hatte, in den USA vor einem nach Hautfarbe getrennten Publikum aufzutreten, die an der Seite von Martin Luther King in der Bürgerrechtsbewegung aktiv gewesen war und für ihren Traum einer multiethnischen Familie ein Vermögen geopfert hatte.

Tief bewegt wischte sich Bruno seine plötzlich feucht gewordenen Augen und sah, dass Jennifer neben ihm ihren Tränen freien Lauf ließ.

»Es ist, als wäre ihr Geist wiedergekommen«, murmelte sie, »der Geist der Baker. So etwas habe ich noch nie erlebt.«

Plötzlich bemerkte Bruno, dass Mademoiselle Neyrac auf der anderen Seite neben ihn getreten war. Auch sie, die so kühl und tüchtig verhandeln konnte, hatte ihre Brille abgesetzt und trocknete ihre Augen.

»Wie hoch ihre Gage auch am Ende sein mag, sie ist wahrhaftig jeden Cent wert«, sagte sie. »Danke für Ihre Vermittlung, Bruno.«

29

Mit Balzac auf dem Beifahrersitz fuhr Bruno nach Hause. Hodge und Jennifer kehrten in ihre jeweiligen Hotels zurück, um sich für das gemeinsame Essen um acht fertig zu machen. Amélie würde mit Laurent in Brunos Land-Rover kommen, die anderen mit eigenen Fahrzeugen. In Le Buisson kaufte er ein paar Flaschen Badoit, weil manche seiner Gäste womöglich lieber Mineralwasser tranken als Wein. Es würde noch genug Zeit bleiben, mit Balzac durch den Wald zu laufen, das Ragout in den Ofen zu schieben, zu duschen und sich umzuziehen.

Für die *tarte tatin* streute er eine Handvoll Mehl auf die Marmorplatte, die er als Nudelbrett benutzte, rollte den gekauften Blätterteig darauf aus, beschnitt ihn so, dass er aufs Backblech passte, und stellte beides in den Kühlschrank.

Er zog sich seinen Trainingsanzug an, holte Laurents Kaninchen aus dem Transporter, zog ihm das Fell über die Ohren und nahm es aus, bevor er es im Waschbecken abspülte und in die Vorratskammer hängte. Balzac schaute ihm erwartungsvoll zu, aber weil die Knochen eines so kleinen Tieres für Hunde gefährlich werden konnten, packte Bruno die Pfoten zusammen mit den Innereien in eine Plastiktüte und lenkte Balzac mit einem kurzen Sprint durch den Wald ab. Auf dem Rückweg pflückte er zwei Salatköpfe, holte ein paar frühe Kartoffeln aus dem Boden, erntete Karotten und wählte unter den jungen Erbsen die dicksten Schoten aus. Dann machte er Feuer im Ofen, schälte die roten Zwiebeln und ging unter die Dusche. Vor dem Kleiderschrank entschied er sich für eine khakifarbene Stoffhose und sein altes wollenes Lieblingshemd, dessen einst dunkelgrüne Farbe über die Jahre und nach zahllosen Waschgängen zu einem fast herbstlichen Ton verschossen war.

Er schaute sich im Wohnzimmer um und inspizierte den Esstisch, um sich zu vergewissern, dass alles vorbereitet war, die Weingläser glänzten und die Servietten an ihrem Platz lagen. Bei zehn Gästen, dachte er, empfahl es sich vielleicht, Tischkarten zu verteilen, damit jeder gleich wusste, wohin er oder sie sich setzen sollte, und nicht lange hin und her überlegen musste. Er benutzte dafür seine Visitenkarten, faltete sie in der Mitte und beschrieb sie mit den Namen seiner Gäste. Jennifer und Amélie sollten links und rechts von ihm sitzen, damit er sie gut bedienen konnte, Hodge ihm genau gegenüber zwischen Pamela und Jacqueline; Florence und der Bürgermeister jeweils an den Kopfenden des Tisches, wobei Florence Laurent und den Baron als Tischnachbarn hätte, und der Bürgermeister zwischen Pamela und Jennifer säße.

In der Küche zerpflückte und wusch er den grünen Salat. Die Vinaigrette würde er erst im letzten Moment zubereiten. Er palte die Erbsen und wusch Karotten und Kartoffeln. Dann stellte er den Ofen auf hundertsiebzig Grad ein, halbierte die roten Zwiebeln und ließ hundert Gramm Entenfett in einer schweren, flachen Pfanne zerlaufen. Darin verrührte er zwei Teelöffel Zucker, und als es zu sprudeln begann, verteilte er die Zwiebelhälften mit der Schnittfläche nach unten in der Pfanne und viertelte die letzte Hälfte, um die Lücken damit zu schließen.

Mit aufgelegtem Deckel ließ er die Zwiebeln fünfzehn Minuten vorsichtig Farbe annehmen. Zwischendurch besprenkelte er sie mit einem Esslöffel Balsamico, würzte mit Salz und Pfeffer und den Blättchen von sechs frischen Thymianzweigen. Die verbleibende Garzeit nutzte er für die Zubereitung des Syllabub. Mit dem Schneebesen schlug er hundert Gramm Puderzucker unter einen halben Liter Sahne, bis eine steife Masse zustande gekommen war, in der er ein Glas Weißwein, den Saft einer Zitrone und einen Esslöffel Zesten verrührte. Diese Mischung löffelte er in Gläser, streute den Rest der Zesten darüber und stellte sie in den Kühlschrank.

Die Zwiebeln waren jetzt angebräunt. Er stellte die Pfanne mitsamt dem Deckel für fünfundvierzig Minuten in den Ofen und widmete sich nun dem *navarin*. Er setzte den Bräter auf den Herd und gab, als der Bratensaft zu köcheln anfing, die kleinen Karotten und Kartoffeln hinzu, schob ihn dann auf die unterste Schiene in den Ofen und drehte die Hitze auf zweihundert Grad hoch. Die Eieruhr stellte er auf fünfzehn Minuten ein; danach würde er die Rübchen hinzufügen, nach weiteren zehn Minuten die Erbsen, die dann noch zehn Minuten mitschmoren sollten.

Es war jetzt Zeit, die Zwiebeln aus dem Ofen zu holen. Mit einer Messerspitze prüfte er, ob sie weich genug waren. Sie ließen sich leicht einstechen, waren also gut durchgebacken. Auf dem Boden der Pfanne war noch etwas Flüssigkeit, die er auf mittlerer Flamme aufkochen ließ und reduzierte, bis nur noch ein sirupartiger Fond übrig blieb. Aus dem Kühlschrank holte er nun das Backblech, legte den Blätterteig zurück auf die Marmorplatte, bestäubte ihn mit einer Prise Mehl und rollte ihn so weit aus, dass eine kreisförmige Scheibe entstand, die um rund fünf Zentimeter den Rand der Pfanne überlappen würde.

Vorsichtig legte er den Teig über die Zwiebeln, faltete den Rand unter und drückte den Teig behutsam fest. Mit einer Gabel stach er ihn an verschiedenen Stellen ein, damit der Dampf entweichen konnte, und schob die Pfanne auf der oberen Schiene in den Ofen. Nach ungefähr vierzig Minuten würde die Tarte knusprig und goldbraun gebacken sein. Vor dem Servieren musste sie noch eine Viertelstunde abkühlen. Bevor es so weit war, spülte er das benutzte Geschirr und die Töpfe und stellte sie auf dem Trockenständer ab. Dann schnitt er den Brotlaib auf und verteilte die Stücke auf zwei Körbe.

Als alles vorbereitet war, ging er mit Balzac vor die Tür und betrachtete den Sonnenuntergang. Jenseits von Bordeaux tauchte die glühende Scheibe in eine dünne Wolkendecke ein, deren Ränder weißgolden aufleuchteten und im rötlichen Spektrum allmählich an Strahlkraft verloren, während die Schatten des Waldes länger wurden und die Vögel verstummten.

Pamela, Florence und der Baron kamen als Erste in dessen altem stattlichem Citroën DS. Kaum hatte Bruno die drei begrüßt und eine gekühlte Flasche Champagner in Empfang genommen, bogen der Bürgermeister und Jacqueline in die Auffahrt ein. Auch sie hatten Champagner mitgebracht. Kurz nach ihnen trafen auch Hodge und Jennifer in dem von Hodge gemieteten Peugeot ein, mit noch einer weiteren Flasche Champagner. Wenig später hörte Bruno von fern das vertraute Motorengeräusch seines Land-Rovers. Amélie saß am Steuer, Laurent auf dem Beifahrersitz. Balzac war fast außer sich vor Freude über das Zusammenkommen so vieler alter Freunde und die Möglichkeit, auch ein paar neue Gäste kennenzulernen.

Bruno führte alle ins Haus und bat sie, Mäntel und Jacken auf seinem Bett im Schlafzimmer abzulegen. Nachdem er seine Gäste einander vorgestellt hatte, öffnete er die ersten Champagnerflaschen und schenkte ein. Der Bürgermeister sprach Jennifer sein Beileid aus und lobte ihr gutes Französisch. Pamela berichtete von Claudias Reitkünsten, worauf Florence von dem wunderbaren T-Bone-Steak schwärmte, das Claudia zubereitet hatte. Der Baron erinnerte Hodge daran, dass der ihn einmal als »deputy« bezeichnet hatte, was ihm, dem Baron, geschmeichelt habe, weil er sich wie ein Held in einem der alten Westernfilme vorgekommen sei, die er so liebte.

Plötzlich spürte Bruno, dass ihm jemand eine Hand auf den Arm gelegt hatte. Es war der Bürgermeister, der ihn zur Seite führte und ihm zuflüsterte, ein Treffen mit einer Gruppe »von Weisen«, wie er sagte, arrangiert zu haben, die beglaubigen sollte, dass de Bourdeille im Vollbesitz seiner geistigen Kräfte und sein Vermächtnis rechtskräftig sei. Es war für den nächsten Morgen um zehn in der Kanzlei eines Anwalts in Périgueux angesetzt. Der Bürgermeister hatte bereits im Seniorenheim ein behindertengerechtes Fahrzeug vorbestellt. Ob er, Bruno, so freundlich sei, sie zu fahren? De Bourdeille habe sie anschließend zum Mittagessen in Brantôme eingeladen. Bruno sagte bereitwillig zu. Bevor er jedoch zu seinen Gästen zurückkehrte, schrieb er Juliette, seiner Kollegin aus Les Eyzies, sicherheitshalber eine Textnachricht, in der er sie bat, seinen Patrouillengang auf dem Markt am nächsten Vormittag zu übernehmen, wofür er ihr ein Frühstück bei Fauquet um acht versprach.

Laurent kniete vor dem offenen Kamin, streichelte Balzac und schaute sich wie benebelt um. Bruno dachte, dass er, der wohl seit über zehn Jahren nicht mehr an einer solchen Gesellschaft teilgenommen hatte, befangen war, bemerkte aber dann, dass Laurents Blicke immer wieder zu Florence zurückkehrten, die in ihrem Kleid aus schwerer, cremefarbener Seide besonders hübsch aussah, das mit seinem körperbetonten Schnitt ihre schlanke Figur perfekt zur Geltung brachte. Die regelmäßige Teilnahme an Pilates-Kursen, Reit- und Tennisstunden tat, wie Bruno fand, allen seinen Freundinnen ausgesprochen gut. Er fragte sich, ob Laurent ihr Begleiter an dem Abend gewesen war, als er, Bruno, auf ihre Kinder aufgepasst hatte.

Als guter Gastgeber ging Bruno auf Laurent zu und verwickelte ihn in ein Gespräch mit Jacqueline und Jennifer, denen er auch gleich das Thema der Falknerei antrug. Amélie machte, entspannt und ansprechend, wie es geborenen Politikern im besonderen Maße gegeben ist, die Runde, was auch dem Bürgermeister auffiel, der mit ihr bald über Politik zu reden begann. Bruno zog sich in die Küche zurück, schaute nach der *tarte* und dem Lamm, öffnete eine weitere Flasche Champagner und ging ins Wohnzimmer zurück, um leere Gläser nachzufüllen.

»Für mich nicht mehr«, sagte Laurent. Bruno erinnerte

sich an Lucs Kommentare am Brunnen tags zuvor und fragte, ob er als Schüler mit Luc befreundet gewesen sei. Laurent bestätigte, dass sie in Limeuil zusammen die Schulbank gedrückt hätten und gemeinsam auf das *collège* in Saint-Denis gewechselt seien.

»Aber Freunde waren wir nie, ganz und gar nicht. Er hing ständig mit Dominique zusammen. Die beiden sind sozusagen Cousins, und so nannten wir sie auch. Zwei ausgemachte Rüpel, das waren sie damals. Bernard und ich hatten einmal eine wüste Schlägerei mit ihnen. Die halbe Schule stand um uns herum und feuerte uns an. Ich hatte am Ende ein blaues Auge, Bernard eine aufgeplatzte Lippe und Luc eine blutige Nase. Wer von uns beiden den Treffer gelandet hat, war nicht klar, jedenfalls wurden wir beide dafür bestraft. Aber bedauert haben wir es nicht.«

»Worum ging es bei dem Streit?«

»Eigentlich um nichts. Wir konnten uns einfach nicht ausstehen, vom ersten Tag an nicht. Erinnern Sie sich an die Antirassismus-Kampagne unter dem Motto ›*Touche pas à mon pote*‹?«

Mittlerweile hörten auch Florence, Jacqueline und der Bürgermeister dem Gespräch zu. Laurent blickte sich verlegen um, aber Bruno bat ihn weiterzureden.

»Es gab da diese Buttons, Autoaufkleber und Poster – wissen Sie noch? Bernard trug einen solchen Button und wurde von den Cousins immer wieder dafür angemacht. Und dann hackten sie auf einem arabischen Mitschüler namens Karim herum, dem Sohn unseres späteren Mathelehrers im *collège*.«

»Momu?«, fragte Florence. »Er unterrichtet immer noch

an unserer Schule, und Karim spielt im Sturm des Rugby-teams von Saint-Denis und ist ein absoluter Star.«

»Er führt mit seiner Frau Rashida das Café des Sports. Die beiden haben zwei Kinder«, schaltete sich der Bürgermeister ein. »Wenn Sie wollen, bringe ich Sie mit ihnen zusammen. Karim wird sich bestimmt an Sie erinnern. Aber fahren Sie fort.«

»Er war damals der einzige Araberjunge in unserer Schule und wurde entsprechend gehänselt, vor allem von einem Mitschüler, der aus einer *pied-noir*-Familie stammte, also Eltern hatte, die Araber hassen. Ich glaube, sie stehen oder standen dem Front National nahe, jedenfalls haben sie vor Parlamentswahlen immer laut dessen Parolen gebrüllt. Eines Tages, es muss kurz vor den Wahlen '92 gewesen sein, haben die Cousins Karim buchstäblich vom Schulhof getreten. Das war der Auslöser für die Schlägerei.«

»Hat sich die Feindschaft im *collège* fortgesetzt?«, wollte Florence wissen. »Ich frage, weil ich dort selbst unterrichte und Momu ein guter Freund ist.«

»Unterschwellig vielleicht. Aneinandergeraten sind wir nicht mehr. Sie waren in der Parallelklasse. Und in der Rugby-Mannschaft hatten wir kaum Kontakt miteinander.«

»Ich erinnere mich an die beiden«, sagte der Baron, der jahrelang geholfen hatte, die Jugendteams zu trainieren. »Diese Flegel hatten Fouls drauf, wie man sie unter Jugendlichen sonst nicht sieht. Wir mussten sie schließlich aus der Mannschaft nehmen.«

»Und geprügelt haben Sie sich nicht mehr?«, fragte Pamela.

»Nein. Es gab allenfalls böse Blicke, Beleidigungen und

Rempeleien im Flur. Sie wussten, dass sie es mit der halben Schülerschaft zu tun bekämen, wenn sie einen von uns attackieren würden.«

»Als Cousins stehen sie sich also ziemlich nah«, dachte Bruno laut.

»Sie waren unzertrennlich.«

In der Küche klingelte die Eieruhr. Bruno entschuldigte sich und holte die *tarte* aus dem Ofen. Mit einem Messer löste er den Teig vom Pfannenrand und stürzte die *tarte* auf einen Servierteller, so dass die Zwiebelseite nach oben zu liegen kam. Ein herrlicher Thymianduft stieg von ihr auf. Bruno krümelte einen *crottin*-Ziegenkäse darüber, gab dann die Rübchen zum *navarin* und kehrte mit einer weiteren Flasche Champagner zu seinen Gästen zurück. Als die Eieruhr wieder klingelte, gab er die Erbsen zum Ragout, trug die *tarte* ins Esszimmer und bat die Gäste, sich an den Tisch zu setzen und die Champagnergläser mitzunehmen. Als er ein letztes Mal in die Küche ging, um den Weißwein zu holen, sah er, dass Juliette geantwortet und sich bereit erklärt hatte, seine Morgenrunde zu übernehmen. Daraufhin kehrte er beruhigt mit zwei Flaschen Cuvée Osée zu den Freunden zurück.

»Hier habe ich einen interessanten Weißwein von Château Richard, rein biologisch angebaut und ungeschwefelt«, sagte er. »Der Hersteller nennt ihn Osée, weil alle Experten meinten, was er vorhabe, sei unmöglich, und er hat es gewagt, sie eines Besseren zu belehren.«

»Die *tarte* duftet köstlich, ich liebe Thymian«, schwärmte Jacqueline, als Bruno zu servieren begann. »Als ich klein war und eine Erkältung hatte oder Halsschmerzen, gab mir meine Mutter immer Thymiantee zu trinken. Aber Thymian hat auch ein so kräftiges Aroma, dass es alles andere überdecken kann.«

Bruno hatte das Gefühl, irgendetwas Wichtiges vergessen zu haben, aber man unterhielt sich jetzt über Kräutertees und Naturheilkunde, und er konnte sich nicht mehr besinnen. Dann klopfte der Bürgermeister mit einem Messer an sein Glas und sagte: »Ich schlage vor, bevor wir zu essen beginnen, sollten wir auf Claudia und ihr Andenken anstoßen.«

Gläser wurden erhoben, ein jeder sprach ihren Namen aus und trank ein Schlückchen. Es blieb eine Weile still am Tisch, und Bruno war ein wenig beklommen, weil er nicht wusste, wie er wieder ein Gespräch in Gang bringen konnte, ohne respektlos zu erscheinen. Doch dann ergriff Jennifer die Initiative und bedankte sich mit rührenden Worten bei Bruno und dem Bürgermeister.

»Meine Tochter hätte wohl liebend gern den Abend mit uns verbracht. Sie wusste gutes Essen und Freundschaft sehr zu schätzen, und ich weiß aus ihren E-Mails, dass Sie alle nach Kräften versucht haben, ihr hier einen angenehmen Aufenthalt zu bereiten«, sagte sie. »Und Sie sind alle so freundlich zu mir, dass ich mir jetzt genau vorstellen kann, was sie meinte.«

Schön formuliert, dachte Bruno. Amélie wurde nun gefragt, welche Chansons sie bei ihrem Konzert auf dem Schloss zu singen gedachte, und der Baron – typisch für ihn – wollte wissen, ob sie Bakers berühmtes Bananenkostüm tragen würde.

Amélie nahm es mit Humor. »Schlingel Sie!«, sagte sie

grinsend und drohte ihm scherzhaft mit dem Finger. »Gleich werden Sie mich wohl noch zu einer Privatvorführung einladen. Übrigens hat mir Bruno von dem Kostüm abgeraten. Ich könnte damit womöglich meine politische Karriere aufs Spiel setzen. Sehen Sie das ähnlich?«

»Die Stimmen der männlichen Wähler wären Ihnen sicher«, antwortete der Baron lachend und hob sein Glas. »Einschließlich meiner, und ich habe noch nie links gewählt.«

Damit war das nächste Thema des Tischgesprächs angeschnitten: Politik. Bruno brachte das Geschirr in die Küche, gefolgt von Pamela mit dem leeren Servierteller. Im Garten pflückte er ein paar Zweige Minze, die er dann kleinhackte und über den *navarin* streute. Mit dem Bräter kehrte er an den Esstisch zurück und bat den Bürgermeister und den Baron, den Rotwein auszuschenken.

Als alle bedient waren und zu essen anfingen, wurde es erneut still. Bruno genoss diesen Moment, wenn nur ab und an schwelgerisches Gemurmel laut wurde. Laurent brach schließlich das Schweigen mit der Frage, was Bruno mit dem Kaninchen vorhabe.

»Es hängt in der Vorratskammer. Ich würde es gern auf die altmodische Art mit *verjus* zubereiten«, antwortete er. »Dazu sind Sie herzlich eingeladen, Laurent.«

»Dank unseren ausländischen Gästen wird unsere Küche hier experimentierfreudiger«, bemerkte der Baron. »Ich habe mich von Pamelas Lamm mit Minzsoße überzeugen lassen. Und Amélies haitianisches *épice* schmeckt gut zu beinahe allem. Wissen Sie, dass Ivan an Ihrem Rezept festgehalten hat und seine Gäste immer noch damit beglückt,

Amélie? Es ist sehr beliebt. Ich mag Ihr *épice* am liebsten mit einer Wildpastete oder einer *pâté de campagne.*«

Die Karaffe mit dem Château Tiregand kreiste wieder, und mancher verlangte nach einem Nachschlag vom Ragout.

»Einfach köstlich«, sagte Florence. »Besonders mit der kleingehackten Minze darauf. Aber ich fürchte, ich schaffe nicht mehr, denn wie ich dich kenne, Bruno, hast du auch noch ein Dessert vorbereitet. Was gibt's?«

»Das ist noch ein Geheimnis. Nach dem Lamm kommen aber erst einmal ein frischer Salat aus dem Garten und Käse. Lass dich überraschen.«

Es war nur noch ein kleiner Fleischrest übrig geblieben, als Bruno den Bräter in die Küche brachte und für Balzac auskratzte. Pamela folgte mit den leeren Tellern und flüsterte ihm zu: »Ich würde gern über Nacht bleiben, muss aber mit Florence zurück und will nicht, dass über uns geredet wird. Vielleicht morgen. Ich rufe dich an.«

Sie gab ihm einen Kuss auf die Wange und trug die Salatteller zum Tisch. Bruno bereitete eine Vinaigrette aus Haselnussöl und Trüffelessig von Tête Noire zu, einer kleinen Manufaktur aus der Region. Die Weinkaraffe war leer, als er mit der Salatschüssel ins Esszimmer zurückkehrte. Die Gäste wurden offenbar übermütig. Der Baron fragte Amélie bereits, wann sie endlich singen werde. Bruno öffnete eine weitere Flasche Tiregand und sprach einen Toast auf seinen Freund Stéphane aus, der für den Käse gesorgt hatte.

Als auch die Käseplatte leer war, holte Bruno die Nachspeise und eine halbvolle Flasche Clos L'Envège Montbazillac aus dem Kühlschrank.

»*Et voilà*«, rief er in die Runde. »Zitronen-Syllabub! Nach einem Rezept von Pamela. Dazu empfehle ich diesen leckeren Dessertwein. Anschließend gibt's Kaffee – und vielleicht ein Chanson?«

»Aber nur eins«, sagte Amélie. »Ich bin pappsatt und kann mich kaum mehr rühren.«

Der Bürgermeister klopfte wieder mit einem Messer an sein Glas. »Ich bitte um Ihre Aufmerksamkeit für eine sehr positive Nachricht. Wir können Florence gratulieren. Ich finde es immer wieder erfreulich, wenn jemand aus Saint-Denis eine Wahl gewinnt, und wie ich heute erfahren durfte, ist sie Anfang dieser Woche in den Vorstand der Lehrergewerkschaft unseres Departements gewählt worden.«

»Ich hätte es beinahe nicht geschafft, nach Périgueux zu fahren und zu kandidieren«, sagte Florence, als alle die Gläser auf ihren Erfolg erhoben. »Von meinen Babysittern hatte niemand Zeit, und wenn Bruno nicht eingesprungen wäre, hätte ich mir die Wahl abschminken können.«

Ah, dachte Bruno, dem jetzt ein Licht aufging. Es war kein Rendezvous gewesen, weswegen Florence das Haus verlassen hatte. Und so endete der Abend bei ihm mit einer Tasse Kaffee aus Burundi, einem Glas Armagnac für den Bürgermeister und den Baron und einer versonnen swingenden Darbietung des Cole-Porter-Klassikers »Just One of Those Things« von Amélie.

30

Am nächsten Morgen – Bruno hatte seine übliche Wald-
runde mit Balzac schon hinter sich – saß er auf seinem Wallach Hector und ritt im leichten Galopp von der
sonnenbeschienenen Hügelkuppe ins Tal, wo sich der Ne-
bel über dem Fluss allmählich auflöste. Pamela, die ihm auf
Primrose gefolgt war, schloss zu ihm auf.

»Wie wär's mit heute Abend?«, fragte sie. »Oder hast du
schon was anderes vor?«

»Nein. Was wäre dir lieber? Willst du zu mir kommen
oder sollen wir essen gehen?«

»Das Problem ist, wenn ich zu dir komme und mein
Auto die ganze Nacht über weg ist, wird sich Miranda einen
Reim darauf machen. Und wenn sie Bescheid weiß, wird's
auch Jack erfahren. Und auch Gilles, Fabiola, Florence und
der Baron werden im Bilde sein. Wir könnten genauso gut
eine Anzeige in der *Sud Ouest* schalten.«

»Wenn wir ins Restaurant gehen, läuft's aufs Gleiche
hinaus«, erwiderte Bruno lächelnd, überrascht von Pamelas
Vorsicht, obwohl ihm selbst durchaus bewusst war, dass
Nachbarn und Freunde ein reges Interesse an seinem Lie-
besleben hatten.

»Ich beginne zu verstehen, warum Seitensprünge immer
auch logistische Schwierigkeiten mit sich bringen«, sagte

sie und grinste. Ihre Haltung aber verriet eine für sie ungewöhnliche Steifheit, saß sie doch sonst immer beneidenswert locker im Sattel.

»Ach, was soll's?«, sagte sie schließlich. »Ich komme zu dir und fahre am Morgen mit frischen Croissants zurück. Die sind mein Alibi.«

Bruno verstand nicht, warum sie vor Miranda verheimlichen wollte, dass sie miteinander ins Bett gingen, hielt es aber für besser, diese Frage auf den Abend zu verschieben. Dass Pamela ihre Privatsphäre so weit wie möglich zu schützen versuchte, war ihm immerhin bekannt.

»Der Bürgermeister hat mich heute weitgehend verplant«, sagte er. Aber ich werde zwischen sechs und sieben wieder zu Hause sein. Der Garten und meine Vorräte bieten genug für unser Abendessen. Ich freue mich auf dich.«

»Bitte nur leichte Kost«, gab sie zurück und zog spöttisch eine Augenbraue hoch. Dann trieb sie ihre Stute an und lieferte sich mit Bruno ein Wettrennen zurück zum Stall.

Zwanzig Minuten später saß Bruno in Fauquets Café und unterhielt sich mit ein paar Markthändlern. Er wollte gerade einen Blick in die *Sud Ouest* werfen, als Juliette aufkreuzte. Sie sah hübsch aus mit ihrem unters Képi gesteckten Haar. Auch die Uniform, die sie hatte anpassen lassen, stand ihr sehr gut. Sie begrüßte Bruno mit dem üblichen Kuss und fragte: »Was steht an?«

»Ich muss mit dem Bürgermeister zu einem Treffen nach Périgueux«, antwortete er, bestellte zwei Kaffee und zwei Croissants und führte sie an einen Tisch in der Ecke. »Danke, dass Sie für mich einspringen.«

»Das haben Sie oft genug für mich getan«, erwiderte sie.

»Geht's immer noch um diese tote Amerikanerin? Haben Sie gelesen, was die Zeitung heute darüber bringt?«

»Nein, in Périgueux geht's um etwas anderes.« Er faltete die jüngste Ausgabe der *Sud Ouest* auseinander, wischte sich müde mit der Hand über die Augen und murmelte: »*Merde.*«

Der Aufmacher handelte von der neuen Zugverbindung zwischen Paris und Bordeaux, die eine beträchtliche Verkürzung der Reisezeit versprach. Der zweite Artikel auf der Titelseite war überschrieben mit: »Drogen und Delinquenz – das heimliche Leben der toten Amerikanerin von Limeuil«.

Auf den Seiten zwei und drei fand er zwei weitere ganzseitige Artikel, in deren Verfasserzeile der Name von Philippe Delaron stand. Zum ersten gehörte ein Foto von Claudia, das offenbar ihrem Reisepass entnommen war. Die Überschrift lautete: »Unter Drogeneinfluss, als sie starb«. Der Artikel auf der anderen Seite fragte reißerisch: »Ließ sich die Tochter aus gutem Haus mit Ex-Knacki ein?« Dazu hatte Philippe ein Foto der Polizei einrücken lassen.

»Ich glaube, Ihrer Miene ablesen zu können, dass Sie nicht die Quelle sind, obwohl aus dem toxikologischen Bericht zitiert wird«, sagte Juliette.

»Natürlich bin ich nicht die Quelle. Aber ich weiß, wer sie ist. Ist Ihnen Madame de Breille schon über den Weg gelaufen, eine teure Privatermittlerin im Designerlook?«

»Nein, nie von ihr gehört. Für wen arbeitet sie?«

»Für Claudias Vater.« Bruno überflog die Artikel und bemerkte, dass Philippe über ihre Medikamente nur teilweise informiert war. Er schrieb etwas über die Opioide und hob hervor, dass sie von einem amerikanischen Arzt verschrieben worden seien, in Frankreich aber auf der Verbotsliste stünden. Die Yaba-Pillen erwähnte er nicht. Die Story um Laurent war maßlos aufgeblasen. Er nannte ihn den Falkenmann und schrieb, dass er und Claudia sich mehrmals verabredet hätten, unter anderem zu einem romantischen Picknick und gemeinsamen Ausflügen nach Périgueux und Lascaux. Dass sie auch an Claudias Todestag zusammen gewesen waren und einen Vortrag besucht hatten, betonte er wie ein überführendes Indiz.

»Aus Polizeiquellen« hieß es wiederholt, was ja auch zutreffen mochte, wenn er von Madame de Breille informiert worden war, die Zugriff auf die Fallakte hatte. Ihr eigener Name und das, was sie eigentlich bezweckte, kamen in dem Artikel nicht vor. Ebenso wenig die Tatsache, dass Laurents Alibi überprüft und bestätigt worden war.

Bruno warf die Zeitung zurück auf den Tresen und biss in sein Croissant. Mit vollem Mund erklärte er Juliette, worum es ging.

»Sie gehen also von einem Tötungsdelikt aus und haben noch keinen Verdächtigen«, fasste sie zusammen. »Der Täter wird die Zeitung auch gelesen haben und glauben, dass er aus dem Schneider ist. Laurent scheint ja so gut wie überführt zu sein. Sehen Sie's von der positiven Seite: Der Täter könnte Fehler begehen, weil er sich in Sicherheit wiegt. Kommt denn für Sie jemand ernsthaft in Betracht?«

Bruno runzelte die Stirn. »Laurents Alibi steht und fällt mit den Aussagen seiner Freunde, des Falkners vom Château Les Milandes und dessen Frau. Sie beschwören, dass er den ganzen Abend mit ihnen zusammen gewesen ist.«

»Könnte er denn ein Motiv gehabt haben?«

»Ich sehe keins. Mögliche Erben von Claudia hätten vielleicht eins, oder jemand, dem es nicht passte, dass sie de Bourdeilles Kunstsammlung kaufen wollte. Aber konkrete Verdachtsmomente gibt es bislang nicht. Ich habe verschiedene Szenarien durchgespielt, doch keins erscheint mir wirklich plausibel. Das Problem ist: Niemand konnte voraussehen, dass Claudia wegen Übelkeit den Vortragsraum vorzeitig verlassen würde.«

»Was, wenn jemand gewusst hat, dass ihr schlecht werden würde?« Juliettes Frage versetzte ihm einen Stich. Warum hatte er sie sich noch nicht gestellt?

»Sie nahm diese Opioide ein, was für sie in Ordnung war, weil sie ihr von ihrem Arzt verschrieben worden waren«, fuhr Juliette fort. »Könnte ihr jemand noch ein anderes Mittel untergeschoben haben?«

»Allenfalls mit der Bowle, die an dem Abend gereicht wurde. Aber davon hat sie kaum etwas getrunken, und die anderen hatten keine Probleme damit«, antwortete Bruno. »Und dann sind da ja auch diese Yaba-Pillen, die in ihrem Zimmer gefunden wurden, wobei ich mir kaum vorstellen kann, dass Claudia dieses Zeug geschluckt hat. Es passt einfach nicht zu dem, was ich von ihr weiß.«

»Wo war Claudia, bevor sie zu dem Vortrag gegangen ist?«

»Bei de Bourdeille. Anschließend war sie einkaufen und dann in ihrer Unterkunft. Essen wollte sie nichts.« Bruno stockte. »Sie hat eine Tasse Kräutertee getrunken, zubereitet von ihrer Wirtin.«

»Könnte sie ein Motiv haben?«

»Nicht dass ich wüsste.« Plötzlich fiel ihm wieder ein, dass Madame Darrail von einem Thymiantee gesprochen hatte. Davon war auch am Vorabend die Rede gewesen. Bei der *tarte tatin* hatte Jacqueline gesagt, dass das Aroma von Thymian alles andere überdecken könne.

»Haben Sie schon einmal Thymiantee getrunken?«, fragte er Juliette, die sofort den Webbrowser auf ihrem Smartphone aufrief und eine Suchanfrage startete.

»Meine Mutter hat ihn mir verabreicht, wenn ich Kopfschmerzen oder Halsweh hatte«, antwortete sie. »Aber hören Sie sich das hier an.«

Sie las laut vor: »Thymian enthält die ätherischen Öle Thymol, Geraniol, Campher, Cineol, Linalool und so weiter. Diese Öle sind krampflösend und schmerzlindernd.

Aus Thymian wird unter anderem Pyridoxin gewonnen«, las sie weiter. »Dieser Stoff spielt eine wichtige Rolle in der Synthese von Gamma-Aminobuttersäure, kurz GABA, einem wichtigen Neurotransmitter im Zentralnervensystem, der zum Beispiel den Schlafrhythmus reguliert.«

»Ein natürlicher Tranquilizer zusätzlich zu den Opioiden«, sagte Bruno nachdenklich.

»Thymiantee in hoher Konzentration kann auch zu Nebenwirkungen wie Ekel- oder Schwindelgefühlen führen«, fuhr Juliette fort und blickte von ihrem Handy auf. »Ich weiß nicht, ob man sich auf diese Gesundheitsseiten im Internet verlassen kann, erinnere mich aber, von meiner Mutter gehört zu haben, dass der Thymiangeschmack um einiges stärker ist, wenn man den Tee über Nacht ziehen lässt. Und sie hat für mich immer einen Löffel Honig und ein kleines Stück Ingwer mit eingerührt.«

»Das könnte den Geschmack in der Tat übertünchen«, sagte Bruno. »Ich glaube, Sie sind da auf etwas gestoßen. Aber jetzt muss ich los, und Sie sollten sich auf den Weg über den Markt machen. Reden wir später weiter in der Sache.«

Bruno ließ sich von Fauquet die Rechnung geben. Als er zahlen wollte, fiel ihm etwas ein, mit dem er Philippe Delaron eine Lektion würde erteilen können. Es würde womöglich auch den Täter glauben machen, dass die Polizei im Dunkeln tappte.

»Was in der Zeitung steht, scheint dir nicht gepasst zu haben«, sagte Fauquet und beugte sich weit über den Tresen, wie immer, wenn er hoffte, dass man ihm interessanten Klatsch anvertraute.

»Ach, ich bin sauer auf Philippe und sein Geschreibsel. Woher hat er bloß seine Informationen? Er kommt uns damit in die Quere.«

»Du meinst die Geschichte über den Exknacki und das tote Mädchen?«

Bruno nickte. »Was er da schreibt, dürfte er eigentlich gar nicht wissen. Irgendein Kollege sticht unverantwortlicherweise Informationen durch, und das ist das eigentliche Problem. Dass der Täter die Zeitung liest und untertaucht, ist das Letzte, was wir wollen.«

Fauquet nickte mitfühlend. Bruno hatte allerdings keinen Zweifel daran, dass Philippe binnen einer Stunde zu hören bekam, im Fall Laurent richtigzuliegen. Wollen doch mal sehen, was morgen in der Zeitung steht, dachte Bruno und ging zum Seniorenheim, vor dem schon der vom Bürgermeister angeforderte Behindertentransporter parkte. Bevor er ins Haus ging, um sich die Schlüssel geben zu lassen, rief er Laurent an.

»Ich muss Sie warnen. In der *Sud Ouest* steht heute Morgen ein unangenehmer Artikel«, sagte er.

»Schon gelesen«, erwiderte Laurent ärgerlich. »Mademoiselle Neyrac, meine Chefin, hat mich zu sich bestellt. Es scheint, sie will mich feuern. Und mit meinem Bewährungshelfer gibt's wahrscheinlich auch Probleme. Was sind das eigentlich für Quellen, auf die sich die Zeitung bezieht?«

»Machen Sie sich keine Sorgen«, versuchte Bruno zu beruhigen. »Sie stehen nicht unter Verdacht. Falls Sie in Schwierigkeiten geraten, werde ich mich persönlich für Sie verbürgen, bei Ihrer Chefin und Ihrem Bewährungshelfer. Nebenbei verspreche ich mir was davon, dass der wirkliche Täter glaubt, aus dem Schneider zu sein und dass sich unsere Ermittlungen auf Sie konzentrieren. Also, tragen Sie's mit Fassung, versprochen?«

Laurent antwortete nicht sofort, sagte dann aber: »Na schön, wenn Sie es sagen, Bruno. Und danke für den Anruf. Übrigens, Bernard will mich gleich zum Café des Sports fahren. Ich freue mich schon darauf, Karim wiederzusehen.«

»Schön. Bestellen Sie ihm schöne Grüße und sagen Sie ihm, was in der Zeitung steht, ist dummes Zeug.«

Bruno besorgte sich die Schlüssel und fuhr zu de Bourdeilles *chartreuse*. Unterwegs fragte er sich, ob es wirklich vorstellbar war, dass Madame Darrail Claudia in mörderischer Absicht den Tee zu trinken gegeben hatte. Eigentlich war es ihr doch darum gegangen, Claudia und Dominique, ihren Sohn, zusammenzubringen, der mit ihr den Vortrag besucht und den Raum erst ganz zum Schluss verlassen hatte.

Augenblick mal, dachte Bruno. Hatte nicht jemand gesagt, Dominique habe während des Vortrags sein Handy benutzt? Da war doch die Rede davon gewesen, dass sich der Schein des Handys in seinem Gesicht gespiegelt habe. Und plötzlich fiel ihm wieder ein, dass ihm Félicité diese Auskunft gegeben hatte. Hatte Dominique eine Textnachricht geschrieben oder erhalten? Vielleicht hatte er jemandem von Claudias vorzeitigem Aufbruch berichtet, der dann in den Park eingedrungen war. Möglich, dachte Bruno, aber was für ein Motiv sollte er gehabt haben?

Noch bevor er den Klingelknopf drückte, öffnete sich die Tür. De Bourdeille wartete schon in Anzug und Krawatte auf ihn in der Eingangshalle. Er saß in seinem Rollstuhl und hatte einen dicken Aktenordner auf dem Schoß. Er erklärte, dass Madame Bonnet nach Bergerac fahren würde, während er geschäftlich unterwegs sei.

»Sie haben nicht zufällig die Telefonnummer von Dominique, dem Freund ihres Sohns, oder?«, fragte Bruno, als sich die Frau zurückgezogen hatte.

De Bourdeille zeigte sich verwundert und schüttelte den Kopf. »Nein. Aber Madame Bonnet führt eine Liste mit Telefonnummern, die neben dem Apparat in der Küche liegt. Schauen Sie doch da nach.«

Das Telefon hing in der Küche an der Wand. Auf einem kleinen Bord darunter lag ein Notizblock mit Kuli. Darin eingetragen waren die Namen und Telefonnummern von Luc, ihrem Sohn, von Véronique, womit, wie Bruno vermutete, wohl Madame Darrail gemeint war, von deren Sohn Dominique und von Claudia. Mit auf der Liste standen noch eine gewisse Émilie, ferner eine Mireille und jemand namens Marie-France. Auch das Bürgermeisteramt, der Hausarzt, die Apotheke und ein Pizza-Service waren aufgeführt. Bruno notierte sich, was er wissen wollte, blätterte den Block ein paar Seiten zurück, fand aber keine weiteren Namen mehr, sondern nur noch flüchtig hingeworfene Zahlen und Gekritzel.

Nun schob er de Bourdeille auf seinem Rollstuhl in den Kleinbus und machte sich auf den Weg nach Saint-Denis, wo der Bürgermeister zustieg. Auf der Schnellstraße nach Périgueux erklärte der Bürgermeister, dass sie eine Anwaltskanzlei aufsuchen würden und de Bourdeille dort vor einer kleinen Gruppe kompetenter Persönlichkeiten sein Anliegen darstellen sollte. Die Runde bestünde aus einem ehemaligen Bürgermeister und Senator, einem kürzlich pensionierten Richter vom Berufungsgericht in Périgueux sowie der Chefärztin der Psychiatrie des Zentralkrankenhauses.

»Den Anwalt möchte ich sehen, der deren Urteil anzweifelt«, sagte der Bürgermeister und drehte sich zu de Bourdeille um. »Bruno und ich werden an dem Gespräch nicht teilnehmen, sondern im Vorzimmer auf Sie warten, da wir ja nicht ganz unvoreingenommen sind. Aber Sie werden nicht allein sein. Maître Lucier, der Anwalt, der für unsere Stadt arbeitet und in dessen Kanzlei die Unterredung stattfindet, hat sich bereit erklärt, Sie zu beraten, wenn Sie es wünschen.«

»Danke für alles. Ich habe mir von meinem Hausarzt

ein Attest ausstellen lassen, das ich vorlegen kann«, sagte de Bourdeille. »Es bescheinigt, dass ich körperlich und geistig in guter Verfassung bin. Wenn die Formalitäten erledigt sind, würde ich Sie beide gern zum Mittagessen einladen. Ich habe einen Tisch im Le Moulin de l'Abbaye reservieren lassen, einem Restaurant, das jüngst mit einem Michelin-Stern ausgezeichnet wurde.«

»Sehr großzügig von Ihnen«, erwiderte der Bürgermeister. »Es wird uns ein Vergnügen sein, nicht wahr, Bruno?«

Sie hielten vor der Kanzlei an. Bruno schob de Bourdeille in seinem Rollstuhl in einen Aufzug und ins Büro von Maître Lucier. Der Bürgermeister wartete im Vorzimmer, wohingegen Bruno noch kurz nach unten ging, um den Kleinbus woanders zu parken.

Als er neben dem Bürgermeister im Vorzimmer Platz nahm, fragte dieser: »Haben Sie die *Sud Ouest* gelesen?«

»Ja, und ich ahne, wer dahintersteckt. Madame de Breille. Sie wirbelt Staub auf, um Claudias Vater zu zeigen, wie tüchtig sie ist. Ich habe da eine Idee.«

Über eine geschützte Verbindung rief er bei Orange an, gab sich mit seinem offiziellen Passwort zu erkennen und bat um eine Liste der Mobilfunkdaten von Dominiques Handy zur Zeit des Vortrags am Sonntagabend. Man versprach ihm, die gewünschte Liste per E-Mail auf sein Konto in der *mairie* von Saint-Denis zu schicken.

»Können Sie auch gesendete oder empfangene Textnachrichten lesen?«, fragte er seinen Gesprächspartner beim Mobilfunkbetreiber.

»Ja, aber für eine Auskunft bräuchten wir einen richterlichen Beschluss«, wurde ihm geantwortet.

Als Nächstes meldete sich Bruno bei Jean-Jacques, schilderte ihm seine neue Theorie im Zusammenhang mit dem Thymiantee und Dominiques Handygebrauch während des Vortrags und bat den *commissaire,* den verlangten Beschluss zu beantragen.

»Besorgen Sie ihn sich doch von Ihrer Freundin Annette«, erwiderte Jean-Jacques. »Sie ist schließlich wegen dieser Bauordnungsgeschichte zumindest mittelbar mit dem Fall befasst und kann den Beschluss selbst ausstellen. Halten Sie mich auf dem Laufenden.«

»Danke für den Tipp. Da hätte ich auch selbst drauf kommen können.« Über einen richterlichen Beschluss verfügte das Büro eines *procureur* oder der mit einer Straftat befasste *juge d'instruction.* Annette hatte dazu die Befugnis. Er rief sie unter ihrer Privatnummer an und erklärte, was er wollte und warum, worauf sie versprach, ihren Beschluss direkt an France Télécom zu faxen. Bruno lehnte sich erleichtert zurück.

»Kommen Sie voran?«, fragte der Bürgermeister.

»Ich weiß nicht so recht«, antwortete Bruno. »Vielleicht. Eventuell lässt sich immerhin das eine oder andere ausschließen.«

De Bourdeille war schon gut eine Stunde im Büro von Maître Lucier, als dieser lächelnd vor die Tür trat und berichtete, dass die Sitzung vorüber sei. Man habe sich darauf verständigen können, dass der alte Herr im Vollbesitz seiner geistigen Kräfte sei. Wenig später rollte de Bourdeille ins Vorzimmer und winkte Bruno und dem Bürgermeister mit einem Papier zu, das wie ein offizielles Dokument aussah. »Messieurs, wir haben Grund zu feiern. Maître Lucier, es wäre mir eine Ehre, wenn Sie uns Gesellschaft leisten würden. Sie kennen doch bestimmt das Moulin de l'Abbaye in Brantôme, nicht wahr?«

De Bourdeille bat Bruno, ihn mit dem Kleinbus durch möglichst viele der kleinen Gassen und Einbahnstraßen des historischen Stadtkerns zu chauffieren, denn er wollte es noch einmal sehen, dieses *Venedig des Périgord,* das sein angeblicher Vorfahr während der Religionskriege vor der protestantischen Armee von Admiral Coligny in Schutz genommen hatte. Schließlich forderte er Bruno auf, ihn am Pont Coudé abzusetzen, der berühmten Renaissance-brücke, die zur Abtei führte. Zusammen mit dem Bürger-meister wartete der alte Herr am Flussufer, bis Bruno den Kleinbus geparkt hatte und ihn dann im Rollstuhl über die Brücke und zum Restaurant schob, wo sich Maître Lucier schon eingefunden hatte.

Der Anwalt stand von seinem Platz auf und bot den dreien an, ihn doch Jim zu nennen. Diesen Spitznamen trage er seit seiner Schulzeit, als sein Englischlehrer der Klasse erklärt habe, dass Jacques im englischen James heiße und zu Jim abgekürzt werde.

De Bourdeille hatte das Menü schon vorbestellt – ge-räucherten Lachs mit gebeizter Roter Bete, Entenbrust mit gerösteten Aprikosen und ein täuschend simples, köst-liches Dessert, nämlich einen zehn Stunden gebackenen Apfel, der mit einem Cidre-Sorbet serviert wurde. Zum Auftakt gab es ein Glas Champagner, gefolgt von einer Flasche Hospices de Beaune, und zwar einem 2006er Clos des Avaux.

»Verzeihen Sie, dass ich mich nicht für einen Wein aus

unserer Region entschieden habe, aber ich finde, ein so vorzüglicher Burgunder passt ideal zur Ente«, sagte de Bourdeille. »Ich habe telefonisch darum gebeten, ihn beizeiten zu dekantieren.«

»Großartig. Nur schade, dass Claudia nicht mit uns am Tisch sitzen kann«, meinte Bruno. »Ich weiß, dass sie die Weine, die Sie ihr vorgesetzt haben, sehr geschätzt hat. Apropos, Sie wissen vielleicht noch nicht, dass ihre Mutter hier im Périgord ist. Sie würde sich gern bei Ihnen für die freundliche Aufnahme ihrer Tochter bedanken.«

»Und ich würde ihr gern mein Beileid aussprechen«, sagte darauf de Bourdeille. »Wie lange bleibt sie?«

»Bis die polizeilichen Ermittlungen abgeschlossen sind und der *procureur* den Leichnam freigegeben hat.«

»Vielleicht lässt es sich einrichten, dass Sie morgen mit ihr zu mir kommen, so gegen elf. Ich kann ihr zwar kein anständiges *déjeuner* anbieten, wohl aber ein Glas Wein.«

»Klingt gut«, antwortete Bruno. »Ich werde sie fragen und Ihnen Bescheid geben.«

»Herzlichen Dank für dieses köstliche Essen«, sagte der Bürgermeister. »Bei der Gelegenheit möchte ich Ihnen erklären, wie wir Ihre überaus großzügige Zuteilung an unsere Stadt zu verwalten gedenken, und fragen, ob Sie damit einverstanden wären. Der Stadtrat ist wohl nicht in der Lage, eine Kunstgalerie zu betreiben, und so dachte ich an die Einrichtung einer unabhängigen Stiftung mit einem Kuratorium, das aus Experten des Louvre und des Museums von Périgueux einerseits und dem Direktor des *collège* von Saint-Denis und mir als dem Bürgermeister andererseits zusammengesetzt sein könnte. Unabhängig davon haben wir vor, für unser neues Résistance-Museum, das sich noch im Bau befindet, eine Sonderausstellung vorzubereiten, die sich dem Werk Ihres Freundes Paul Juin widmet.«

De Bourdeille nickte bedächtig, sagte aber nichts. Bei der Erwähnung der »Zuteilung an unsere Stadt« war Bruno jedoch aufgefallen, wie sich die Augen von Maître Lucier überrascht geweitet hatten, er sich aber sofort wieder hinter der professionell ausdruckslosen Miene des erfahrenen Anwalts versteckte. Was wusste er, was sie, der Bürgermeister und er, nicht wussten? Auf welcher Seite stand er?

31

Nach dem Essen und nachdem sie sich von Lucier verabschiedet hatten, äußerte de Bourdeille den Wunsch, auf dem Rückweg an der Ortschaft und dem Château vorbeizufahren, deren Namen er trug. Den Umweg weniger Kilometer nahmen Bruno und der Bürgermeister gern in Kauf.

»Wer weiß, wann ich noch einmal die Möglichkeit habe, es zu sehen«, sagte der alte Herr, als Bruno durch das mittelalterliche Tor in den Vorhof steuerte. Vor ihnen ragte der achteckige Bergfried aus dem vierzehnten Jahrhundert auf, und ringsum waren sie von Festungsmauern umschlossen. Rechter Hand zeigte sich das Juwel der Anlage, ein Renaissanceschloss aus dem sechzehnten Jahrhundert.

»Bestimmt kennen Sie das alles hier. Es ist wahrscheinlich nichts Besonderes für Sie, aber für mich bedeuten der Name und der Ort sehr viel, obwohl meine Beziehung zur Familie verlorengegangen ist. Die Witwe des letzten de Bourdeille hat das Schloss vor fünfzig Jahren dem Département überschrieben. Mich begeistert es seit meiner Kindheit, als mir meine Mutter von unseren Vorfahren erzählte. Es war damals natürlich in Privatbesitz, und wir konnten es nur von der Ortschaft und der Brücke aus betrachten. Sie sagte, die Festung sei zweimal von den Engländern besetzt und beide Male zurückerobert worden. Als ich während des Kriegs im Gefängnis saß, machten mir der Gedanke daran und dass hoffentlich bald ein weiterer Besatzer das Feld räumen musste, immer wieder Mut – die historische Perspektive sozusagen. Aber jetzt will ich Ihre Gutmütigkeit nicht länger in Anspruch nehmen. Fahren wir zurück nach Saint-Denis.«

Den Rest der Fahrt verbrachte der alte Herr dösend in seinem Rollstuhl, und seine beiden Begleiter schwiegen, um ihn nicht zu stören, obwohl Bruno vor Neugier bezüglich Lucier und dessen Rolle fast platzte. Außerdem fragte er sich, ob Madame Bonnet wohl von den Plänen des alten Herrn Wind bekommen hatte. Doch als Bruno ihm samt Rollstuhl aus dem Kleinbus geholfen hatte, fragte er de Bourdeille nur etwas scheinbar Nebensächliches: »Warum schreiben Sie sich eigentlich ohne ›s‹ am Ende, das Château heißt doch Bourdeilles mit ›s‹.«

»Ich nehme an, weil es für die ganze Familie stand, hat man ihm ein Plural-S angehängt. Kann aber auch sein, dass der Grund darin liegt, dass die Festungsmauern zwei Châteaus umfassen. Interessante Frage.«

»Ich hätte da noch eine«, sagte Bruno und schob ihn auf sein Haus zu. Der Bürgermeister folgte. »Sie erinnern sich: Als ich mit dem *commissaire* bei Ihnen in der Bibliothek war, erzählten Sie von der Vinland-Karte.«

»Ja, es war eine anregende Unterhaltung.«

»Vielleicht wissen Sie, dass die junge Frau in unserer Begleitung unser Gespräch über einen Lautsprecher in der Küche mitverfolgen konnte.«

»Ich habe in jedem Raum einen kleinen Lautsprecher,

über den ich Madame Bonnet rufen kann. Manchmal vergesse ich, den einen oder anderen auszuschalten.«

Bruno bat darum, sich die Lautsprecheranlage einmal ansehen zu dürfen. De Bourdeille gab ihm mit einem Handzeichen zu verstehen, dass er sich im Haus frei bewegen könne. Daraufhin führte Bruno den Bürgermeister vor den Lautsprecher in der Küche, ging dann nach oben und zählte in jedem Raum laut bis zehn, bis er mit der Hilfe des Bürgermeisters jedes Mikrophon lokalisiert hatte – im Schlafzimmer, dem Badezimmer, der Bibliothek, in einem kleinen Wohnzimmer mit Fernseher und einem größeren Arbeitszimmer. Auch auf dem Balkon über dem Eingangsportal fand er ein Mikrophon.

»Ich konnte Sie überall hören«, berichtete der Bürgermeister, als Bruno wieder in der Küche war.

»Versuchen wir mal das Gleiche bei ausgeschalteten Mikrophonen.« Bruno ging wieder nach oben, stellte nacheinander alle Mikrophone aus, zählte dann jeweils bis zehn und identifizierte die einzelnen Räume. Anschließend kehrte er nach unten zurück.

»Da war jedes Mal ein Klicken, wenn Sie die Mikrophone ausgeschaltet haben. Hören konnte ich Sie dann aber trotzdem«, berichtete der Bürgermeister verwundert. »Ich werde jetzt mal nach anderen Lautsprechern suchen. Sie könnten derweil die Anschlüsse der Schalter überprüfen. Und sagen Sie ständig irgendwas – das hilft mir, die anderen Lautsprecher zu finden.«

Mit einer kleinen Nagelfeile, die er im Badezimmer gefunden hatte, schraubte Bruno das Mikrophon in der Bibliothek auf und stellte fest, dass es am Schalter vorbei verdrahtet war. Die anderen ebenso. Madame Bonnet konnte jedes Wort mithören, das im Haus gesprochen wurde, auch wenn de Bourdeille die Mikrophone ausschaltete und davon ausging, nicht belauscht werden zu können. Als Bruno wieder nach unten ging, fand er die beiden Männer in einem kleinen Zimmer hinter der Küche vor, das der Haushälterin offenbar als Horchposten diente. Dabei hatte sie es sich anscheinend gemütlich gemacht, denn unter einem Lautsprecher standen ein bequemer Sessel und auf einem Tischchen daneben eine Flasche *vin de noix* mit Glas.

»Alle Mikrophone im Obergeschoss sind ständig eingeschaltet«, sagte Bruno zu de Bourdeille. »Die Anlage ist so eingerichtet, dass Madame Bonnet immer hören kann, was gesprochen wird. Sie wird auch unser Gespräch auf dem Balkon mitbekommen haben, als wir uns über Claudias Absicht unterhalten haben, die *chartreuse* und das gesamte Inventar zu kaufen.«

»Na und?«, entgegnete de Bourdeille. »Erstens habe ich einem solchen Verkauf nie zugestimmt, und zweitens, selbst wenn, was hätte sie dagegen unternehmen können? Im Grunde überrascht es mich nicht einmal, dass sie mir nachspioniert.«

»Ihretwegen mache ich mir auch keine Sorgen«, sagte Bruno. »Ich frage mich allerdings, ob Madame Bonnets Neugier Claudia zum Verhängnis geworden sein könnte.«

Bruno schaute sich in dem Zimmer um. An der Wand neben dem Sessel hingen Familienfotos. Eines zeigte Madame Bonnet im Hochzeitskleid neben einem hochaufgeschossenen, dünnen Mann, der mindestens zehn Jahre älter als sie zu sein schien. Sie standen im Garten vor der *mairie* von Limeuil. Auf einem anderen Foto waren beide in einem Krankenzimmer zu sehen; im Bett liegend, strahlte sie übers ganze Gesicht und hielt ein neugeborenes Kind im Arm. Ein drittes Foto zeigte das Paar mit einem kleinen Jungen in kurzen Hosen. Er war darauf vielleicht drei oder vier Jahre alt. Fotos von de Bourdeille oder anderen gab es nicht.

»Es war ein langer Tag«, sagte de Bourdeille. »Würden Sie mich jetzt bitte nach oben geleiten und mir in meinem Arbeitszimmer auf die Couch helfen? Vielleicht interessiert sich der Bürgermeister für meine Kunstsammlung. Hier ist der Schlüssel.« Aus seiner Westentasche holte er einen kleinen Sicherheitsschlüssel hervor, der anstelle eines Bartes kleine Vertiefungen aufwies.

Der Bürgermeister nahm den Schlüssel entgegen, und Bruno schob den alten Herrn in seinem Rollstuhl zum Aufzug. Weil er selbst nicht mit in die Kabine passte, nahm er die Treppe. Oben half er ihm aus dem Jackett und auf eine hübsche Chaiselongue.

»Kann ich noch etwas für Sie tun?«, fragte Bruno. »Wollen Sie einen Drink, ein Buch?«

»An meine Bücher komme ich selbst heran«, antwortete de Bourdeille. »Aber ich möchte jetzt nicht lesen. Ich muss mir durch den Kopf gehen lassen, was soeben zur Sprache gekommen ist. Angenommen, Madame Bonnet hat gehört, dass Claudia an meinem Haus interessiert war – halten Sie es wirklich für möglich, dass sie deshalb das Mädchen aus dem Weg schaffen wollte?«

»Möglich ist vieles, und wir sollten diese Möglichkeit in Betracht ziehen. Sie haben sich hier oben bestimmt auch über andere Dinge unterhalten und Telefongespräche geführt, die sie besser nicht mitbekommen sollte, vor kurzem zum Beispiel mit dem Bürgermeister, mit dem Sie nicht bei sich zu Hause, sondern auf der *mairie* sprechen wollten, und zwar über Ihre Pläne betreffend Haus und Sammlung.«

»Ich erinnere mich. Wir haben uns zu einem Gespräch zu dritt verabredet, und dabei fiel auch das Wort ›Vermächtnis‹.« Normalerweise schreibe ich E-Mails, aber manchmal benutze ich eben auch mein Handy.«

»Hat sie Zugriff auf Ihren Computer?«

»Der ist passwortgeschützt und mein Handy auch. Aber das ist mit einem einfachen vierstelligen Code zu öffnen, und den kennt sie. Sie sagt, sie müsse im Notfall darauf zurückgreifen können. Kann sein, dass sie meine Korrespondenz mit meinem Anwalt und meinem Steuerberater gelesen hat. Vielleicht weiß sie auch, was ich Ihnen in der *mairie* gesagt habe, dass nämlich mein Haus in eine SCI überführt worden ist, an der ich Hauptanteilseigner bin.«

»Ihre Hoffnungen, Sie zu beerben, wären damit geplatzt«, sagte Bruno.

»Wenn sie sich ein bisschen im Erbrecht und mit den Strukturen einer SCI auskennt, müsste ihr einiges klargeworden sein. Aber das bezweifle ich. Immerhin könnten Sie recht haben, was Claudias Ableben angeht. So, und nun würde ich mich gern ein wenig ausruhen.«

»Eine letzte Frage noch. Haben Sie heute den Herrschaften in der Kanzlei von Maître Lucier den Text Ihres Vermächtnisses zu lesen gegeben?«

De Bourdeille starrte ihn wütend an. »Worauf wollen Sie hinaus?«

»Ich frage mich, was in diesem Text eigentlich steht. Ob Saint-Denis tatsächlich Nutznießerin sein soll, oder ob Sie in Wirklichkeit ganz andere Pläne verfolgen.«

»Wie kommen Sie darauf?«

»Wir wissen nicht, was in Ihrem Testament steht, genauer gesagt, in dem Dokument, das heute beglaubigt worden ist.«

»Sie beleidigen mich. Bitte gehen Sie jetzt.«

De Bourdeilles Blicke huschten durch den Raum; es schien, als suchte er etwas. Bruno ahnte, wonach. Lächelnd verabschiedete er sich. Er verließ das Haus und bestieg den Kleinbus, wo noch der Aktenordner lag, den de Bourdeille am Vormittag mit in die Kanzlei gebracht hatte. Die Frage nach der Buchstabierung seines Namens hatte ihn offenbar abgelenkt und vergessen lassen, beim Aussteigen den Ordner mitzunehmen. Bruno klappte ihn auf und überflog den Inhalt. Zuoberst lag ein handgeschriebenes, von Lucier und den drei Zeugen unterzeichnetes Dokument. Es attestierte ihm, Monsieur de Bourdeille, körperliche und geistige Gesundheit und stellte fest, dass er aus freien Stücken, bei vollem Bewusstsein und ohne irgendwelchem Druck ausgesetzt gewesen zu sein das Testament den Anwesenden vorgelesen und unterzeichnet habe.

Darunter fand Bruno das besagte Testament, unterschrieben und beglaubigt an diesem Tag. De Bourdeille hatte seine Anteile an der SCI, der das Anwesen gehörte, und darüber hinaus die von ihm gegründete Kunststiftung, die Inhaberin seiner Gemäldesammlung und seiner Bibliothek war, sowie seine Anteile an einer Körperschaft namens Entreprises Juin Société Anonyme einer gewissen Fondation Juin-Bourdeille vermacht. Ferner hatte er verfügt, dass Madame Bonnet das Haus, in dem sie wohnte, sowie dem Gärtner dasjenige, das dieser bewohnte, überschrieben werden und ihnen eine Rente von monatlich tausend Euro zukommen solle.

»Hat er uns doch tatsächlich geleimt«, murmelte Bruno vor sich hin.

Er blätterte durch die restlichen Unterlagen und suchte vergebens nach einem Hinweis auf die mysteriöse Fondation Juin-Bourdeille. Stattdessen fand er einen Prüfungsbericht über die Société Anonyme, hinter der sich mehrere Raffinerien und Versicherungsgesellschaften, Banken und ein multinationales Druckereiunternehmen verbargen. Der gegenwärtige Marktwert belief sich auf etwas über vierzig Millionen Euro.

Bruno kehrte ins Haus zurück und fand den Bürgermeister im Durchgang vom sechsten zum letzten Galerieraum, den er bei seiner Führung durch de Bourdeille nicht gesehen hatte.

»Da drinnen ist eine Art Doppelschrein«, sagte der Bürgermeister, ohne sich nach ihm umzudrehen. »Die eine Hälfte ist seinem angeblichen Urahn Pierre de Bourdeille gewidmet. Darin befinden sich Erstausgaben seiner Bücher, gerahmte Briefe aus dessen Korrespondenz, darunter einer von Maria Stuart, Kupferstiche und so weiter. In der anderen Hälfte sammeln sich Relikte aus dem Lebenswerk von Paul Juin, zum Beispiel ein von de Gaulle unterschriebenes Originaldokument, das diesen Paul als *Compagnon de la Libération* aufführt.«

»Und nichts von alldem wird Saint-Denis zugutekommen«, erklärte Bruno und reichte dem Bürgermeister den Aktenordner. »Die kleine Feier, an der wir nicht teilnehmen durften, hat de Bourdeilles eigentliches Testament bezeugt, mit dem er seinen ganzen Besitz einer sogenannten Fondation Juin-Bourdeille zukommen lässt. Was es mit dieser Stiftung auf sich hat, ist den Unterlagen nicht zu entnehmen.«

Er öffnete auf seinem Handy den Webbrowser und gab »Fondation Juin-Bourdeille« in die Suchmaske ein. Einen direkten Link fand er nicht, wohl aber eine Anmeldung der Stiftung im Vorjahr. Darin hieß es, dass sie gemäß den Rechtsvorschriften von 1987 beantragt und bewilligt worden sei, gemäß denen eine Einrichtung als *fondation* bezeichnet werden könne, die »von einer oder mehreren natürlichen oder juristischen Personen aus privatem Vermögen zur Verwirklichung gemeinnütziger Zwecke gegründet wird«.

»Ich glaube kaum und finde auch keine Hinweise darauf, dass sich unsere Stadt von dieser *fondation* irgendetwas versprechen darf«, sagte Bruno.

»Immer mit der Ruhe«, entgegnete der Bürgermeister. »Vergessen Sie nicht, was ich beim Mittagessen gesagt habe. Es wäre mir ohnehin nicht recht, dass Saint-Denis das in Aussicht gestellte Vermächtnis in Eigenverantwortung verwaltet. Eine *fondation* ist exakt die Konstruktion, an die ich selbst gedacht habe – eine Einrichtung, die keinerlei Erwerbszwecke verfolgt und ausschließlich dem Gemeinwohl dient. Allerdings bin ich davon ausgegangen, dass wir eine solche Einrichtung schaffen. Fragen wir de Bourdeille doch gleich, was er dazu zu sagen hat.«

Als sie sein Arbeitszimmer betraten, lag der alte Herr dösend auf der Chaiselongue. Er öffnete ein Auge und richtete den Blick auf sie, dann aber sehr schnell auch das zweite, und seine Miene verfinsterte sich.

»Sie haben das hier im Wagen vergessen, Monsieur«, sagte der Bürgermeister und legte den Aktenordner auf den Tisch.

»Ich vermute, Sie haben darin geblättert«, erwiderte de Bourdeille.

»Zuerst einmal möchte ich Ihnen zu Ihrer Kunstsammlung gratulieren, nicht zuletzt auch zu dem bemerkenswerten Raum, den Sie Ihrem Vorfahren und Paul Juin gewidmet haben«, sagte der Bürgermeister höflich. »Danke, dass ich Ihre Schätze bewundern durfte. Sie zeugen von großer Kennerschaft und Stilsicherheit.«

»Sie haben also gelesen, was in dem Ordner abgeheftet ist.« De Bourdeilles Stimme war ein einziger Vorwurf.

»Natürlich. Es war schließlich ganz in unserem Interesse«, antwortete der Bürgermeister gefällig. »Ihre *fondation* entspricht ganz den Vorstellungen, die mir vorschwebten, als ich mich am Mittagstisch dazu geäußert habe.«

»Was haben Sie mit meinem Jackett gemacht, als Sie mir daraus herausgeholfen haben?«, fragte de Bourdeille.

»Ich habe es auf einen Bügel hinter die Tür gehängt«, antwortete Bruno. »Das erschien mir sinnvoll.«

»In der Innentasche finden Sie ein weiteres Dokument. Holen Sie's doch bitte heraus.«

Bruno folgte der Aufforderung. Es waren vier Blätter guter Papierqualität, so gefaltet, dass sie in die Tasche passten. Bruno reichte sie dem alten Herrn.

»Geben Sie es dem Bürgermeister. Er kann ja laut vorlesen.«

Der Bürgermeister warf einen Blick auf alle vier Seiten und las dann von Anfang an. »Die Fondation Juin-Bourdeille setzt sich ein für die Erhaltung und Pflege der *chartreuse* samt allen darin enthaltenen Vermögenswerten, die von Paul Juin und Pierre de Bourdeille geschaffen und zusammengetragen wurden. Sie sollen der Öffentlichkeit zugänglich gemacht werden und in Partnerschaft mit dem Bürgermeister und dem Stadtrat von Saint-Denis der Erbauung und Bildung dienen. Die von der *fondation* bereitgestellten Mittel gelten ausschließlich diesem Zweck. Geleitet wird sie von einem Kuratorium, das vom Bürgermeister, dem Stadtrat und Lehrkräften der Stadt zu besetzen ist. In beratender Funktion wirken fürderhin der gegenwärtige Treuhänder Pierre de Bourdeille sowie der Großmeister der Confrérie du Pâté de Périgueux.«

»Dieses Schriftstück ist als Testamentsnachtrag ausgewiesen und wurde von den Anwesenden der heutigen Kanzleisitzung unterschrieben«, sagte der Bürgermeister. »Ich danke Ihnen im Namen von Saint-Denis.«

»Sie wirken argwöhnisch, Bruno«, bemerkte de Bourdeille.

Bruno nickte. »Das gehört zu meinem Job. Neugierig bin ich auch. Warum der Großmeister?«

»Ich habe Verständnis für Ihren Argwohn.« De Bourdeille machte eine Handbewegung, die wohl als Verzeihensgeste gedeutet werden sollte. »Der Großmeister ist ein alter Freund von mir und Bewahrer einer von mir sehr geschätzten Spezialität dieser Gegend. Auch Paul Juin liebte

378

die *pâté* über alles und hat mit finanziellen Mitteln dafür gesorgt, dass die uralte *confrérie* zu neuem Leben erwachen konnte.«

»Warum haben Sie diesen Nachtrag aus dem Ordner genommen und in die Tasche gesteckt?«, wollte Bruno wissen.

»Wegen einer Bemerkung, die der Bürgermeister am Mittagstisch über Paul Juin und Ihr Résistance-Museum fallen ließ. Ich wollte den Nachtrag dahingehend ergänzen. Aber ich glaube, auch in der jetzigen Form erfüllt er seinen Zweck. Nehmen Sie ihn an sich. Ich kann mir jederzeit eine Kopie von der Kanzlei anfertigen lassen.«

»Bringt Ihnen nicht Madame Bonnet die Post?«, fragte Bruno.

»Doch, aber ich würde sehen, wenn sie sie vor mir öffnet. So etwas hat sie bisher noch nicht getan.«

»Sie würden aber nicht bemerken, wenn sie Ihnen einen Brief unterschlägt, oder? Jetzt wissen Sie, dass sie Sie abhört.«

»Ja, leider«, erwiderte de Bourdeille. »Ich werde für Montag einen Elektriker bestellen, der die Anlage abbaut.«

»Verstehe, aber ich bin mir nicht sicher, ob das günstig ist«, entgegnete Bruno. »Es könnte doch sein, dass es unter Umständen geeignet wäre, Madame Bonnet irrezuführen.«

Noch während er diesen Gedanken aussprach, fragte sich Bruno, ob sich nicht auch die Fallakte Claudia vielleicht dafür verwenden ließe, der lästigen Madame de Breille ein Schnippchen zu schlagen. Die dann ihrerseits Philippe Delaron einen Bären aufbinden würde.

»Ein interessanter Gedanke«, sagte de Bourdeille, der Bruno unter seinen buschigen weißen Augenbrauen hinweg musterte und dann einvernehmlich nickte.

»Haben Sie einen Plan, Bruno?«, fragte der Bürgermeister.

»Noch nicht, aber ich arbeite daran.«

32

Es war kurz nach vier am Nachmittag, als sie de Bourdeilles *chartreuse* verließen. »Was haben Sie jetzt vor?«, wollte der Bürgermeister auf dem Rückweg nach Saint-Denis wissen.

»Ich werde auf meinem Computer im Büro ein paar genealogische Forschungen anstellen«, antwortete Bruno. »Die Familienfotos in Madame Bonnets kleinem Aufenthaltsraum haben mein Interesse geweckt. Ich möchte wissen, wer der Mann und das Kind sind.«

»Soll das heißen, sie könnte nicht die Einzige sein, die auf de Bourdeilles Erbe aus ist?«

»Genau. Wir sollten in Erfahrung bringen, wer sonst noch darauf hoffen könnte.«

Bruno setzte den Bürgermeister vor seinem Haus ab und brachte den Kleinbus zum Seniorenheim zurück. Als er wieder in seinem Büro war, schaltete er seinen Dienstcomputer ein und fand eine E-Mail von France Télécom vor, in der die angefragten Mobilfunkverbindungen von Dominiques Handy aufgelistet waren, samt Sender- und Empfängernummer sowie dem Inhalt der Textnachrichten. Jede Verbindung war außerdem datiert und über den jeweils nächsten Sendemast lokalisiert. Bei der Durchsicht der Nummern bestätigte sich Brunos Verdacht.

Er nahm nun die Suche nach einer in Limeuil vorgenommenen Eheschließung eines Mannes namens Bonnet auf und stieß auf den Namen Jean-Luc Bonnet, der sich im September 1983 mit einer Nathalie Descaux vermählt hatte. Sie entstammte der Familie de Bourdeille, doch ihr Name war – vermutlich schon vor Ausstellung ihrer Geburtsurkunde – in Descaux umgeändert worden. Zum Zeitpunkt der Eheschließung war sie achtzehn Jahre alt und in der Ausbildung als Krankenschwester gewesen. Ihr Ehemann war ein sechsunddreißigjähriger Landwirt. Bruno fand heraus, dass der gemeinsame Sohn Luc am 1. März 1984 zur Welt gekommen war, und lächelte, als er die Monate zwischen Hochzeit und Geburt abgezählt hatte.

Er suchte dann nach weiteren Familien in Limeuil mit dem Namen Descaux, fand aber keine. Im ganzen Département gab es etliche, von denen die meisten zwischen Mussidan im Westen und Brantôme im Norden ansässig waren. Als er den Namen Juin zurückzuverfolgen versuchte, stellte er fest, dass erst ab 1980 digitalisierte Unterlagen dazu zur Verfügung standen. Frühere Einträge würden nur in Archiven zu finden sein. Bei der Suche nach dem Namen de Bourdeille stieß Bruno auf eine Familie, die in der gleichnamigen Ortschaft gemeldet und wahrscheinlich in direkter Linie mit dem Höfling aus dem sechzehnten Jahrhundert verwandt war. In der Rubrik Namensänderungen machte er schließlich eine weitere Entdeckung: Der Kunsthistoriker Pierre Descaux hieß nunmehr de Bourdeille. Nathalie war dessen rechtmäßige Enkelin.

In einer E-Mail an die Meldestelle des Départements bat Bruno um die Zustellung kopierter Geburts-, Todes- und

Heiratsurkunden der Geschwister Paul und Rebekkah Juin aus Périgueux sowie von Rebekkah Descaux und Rebekkah de Bourdeille – mit dem Vermerk »dringend«. Dann suchte er in den Datenbanken der Polizei und Gendarmerie nach Jean-Luc und Luc Bonnet mit Eingabe der jeweiligen Geburtsdaten. Zu Jean-Luc, dem Vater, lagen keine Informationen vor. Luc Bonnet war vorbestraft, er war einmal als Sechzehnjähriger wegen Autodiebstahls, ein weiteres Mal zwei Jahre später wegen Tätlichkeit und Körperverletzung verurteilt worden. Zusammen mit Dominique Darrail hatte er zwei Jugendliche vor einer Bar in Bergerac zusammengeschlagen; der Barbesitzer hatte die Polizei alarmiert. In beiden Verfahren war eine Strafe zur Bewährung ausgesetzt worden. Interessant fand Bruno die Beziehung zu Dominique. Beide, Luc und Dominique, waren im selben Jahr in Limeuil geboren worden, was plausibel erscheinen ließ, dass sie, wie Laurent ausgesagt hatte, als »Cousins« galten.

Laut Geburtsurkunde, die Bruno über seinen Dienstcomputer in der Meldestelle von Limeuil online einsehen konnte, war Dominiques Mutter Véronique Darrail 1959 als Tochter der Eheleute Cassini in Bab El Oued zur Welt gekommen, einem Stadtteil von Algier, der als eine der Hochburgen der frankreichtreuen Separatisten gegolten und in dem fast ausschließlich Algerienfranzosen der Arbeiterklasse gelebt hatten. Bruno erinnerte sich an Félicités Worte, wonach ihre Vermieterin eine *pied-noir* sei, die Araber verabscheute. Sie hasste auch de Gaulle, dessen Politik die Unabhängigkeit Algeriens ermöglicht und den *pieds-noirs,* wie sie es sahen, nur die Wahl zwischen »*la valise ou le cercueil*« – Koffer oder Sarg – gelassen hatte. Véronique

Cassini hatte 1982 Jacques Darrail in Bergerac geheiratet. Sie war zu dieser Zeit Verkäuferin gewesen, er ein selbständiger Unternehmer. Bruno vermutete, dass mit »Unternehmen« wahrscheinlich sein Bootsverleih gemeint war.

Er rief den Baron an, einen Veteranen des Algerienkrieges, und fragte ihn, ob er jemals von einer *pied-noir*-Familie namens Cassini gehört habe. Sie sei mutmaßlich aus Algerien geflohen und habe sich in der Region niedergelassen.

»Auf Anhieb nicht«, antwortete er. »Willst du, dass ich mich mal unter den *anciens combattants* umhöre? Manche von ihnen haben noch Kontakt zu *pieds-noirs,* von denen die meisten politisch rechtsaußen stehen. Nicht dass ich irgendwas mit denen zu schaffen hätte oder andersherum. Die wählen das Rassemblement National, und ich bin Gaullist, wie jeder weiß.« Er lachte. »Der Unterschied zwischen uns besteht darin, dass ich damals ein Transistorradio hatte und sie nicht. Als die Generäle 1961 putschten und sich die meisten Offiziere ihnen anschlossen, haben wir, die Wehrpflichtigen, vor unseren Radios gehockt und Popmusik gehört und zwischendurch eben auch de Gaulle, der den Putsch verurteilt und von der Armee Loyalität gefordert hat. Deshalb sind wir in unseren Kasernen geblieben, und der *coup d'état* ist gescheitert.«

Bruno sagte, er würde sich über jede Hilfe freuen, und beendete das Gespräch. Danach meldete er sich bei Juliette in Les Eyzies und dankte ihr für ihre Patrouille auf dem Markt von Saint-Denis.

»Wenn ich mich richtig erinnere, haben Sie mal erwähnt, dass Ihr Vater 1991 im Ersten Golfkrieg gekämpft hat«, sagte er.

»Ja, als Fernmelder. Es war sein letzter Einsatz vor seiner Ausmusterung. Ich war noch ein Kind, als er zurückkam, und überglücklich. Wir lebten damals in Châlons, wo er stationiert war, und sind dann, als er bei France Télécom anfing, umgezogen. Warum fragen Sie?«

»Ich wüsste gern, ob er jemals den *anciens combattants* angehört hat.«

»Ja, hat er. Er dachte, es könnte ganz nützlich sein, als er sich um einen Ratssitz bemüht hat. Außerdem wollte sein Vater, dass er sich den Veteranen anschließt.«

»Wieso?«

»*Le papi* war im Algerienkrieg. Die *anciens combattants* bedeuteten ihm sehr viel. Das tun sie immer noch. Er geht zu allen ihren Treffen und Paraden.«

»Ist Ihr Großvater noch bei guter Gesundheit?«

»Und ob. Für seine achtzig Jahre ist er geistig und körperlich topfit.«

»Würden Sie ihn bitte fragen, ob er eine Familie Cassini kennt, die nach der Unabhängigkeit Algeriens ins Périgord gezogen ist? Ein Teil von ihr nach Bergerac, ein anderer in unsere Gegend. Eine Tochter namens Véronique, Jahrgang 1959, hat in Limeuil geheiratet.«

»Kein Problem. Ich sehe ihn morgen beim Mittagessen und ruf Sie dann zurück. Oder soll ich Ihnen seine Nummer geben?«

»Sprechen Sie mit ihm. Vielen Dank.«

Bruno dachte nach und versuchte sich an einer Skizze. Er schrieb ein *B* für de Bourdeille, zog einen Kreis darum und zeichnete einen Pfeil, der auf ein *R* für Rebekkah Juin zielte. Ein zweiter Pfeil führte zu MC für Michel Cagnac, den Vichy-Milizionär, der de Bourdeille gefoltert und Rebekkah Juin vergewaltigt hatte. Über ein umkringeltes *C* für Cassini setzte er ein Fragezeichen. Er griff wieder zum Hörer seines Schreibtischtelefons und wählte die Nummer des Centre Jean Moulin in Bordeaux, eines der größten Résistance-Archive in ganz Frankreich, das eine einzigartige Sammlung von aufgezeichneten Interviews mit ehemaligen *résistants* aufbewahrt. Mit Alain Tournoux, dem Leiter des Forschungsressorts, hatte sich Bruno während eines fürstlichen Mittagessens angefreundet, zu dem er ihn und seine Frau aus Dankbarkeit für dessen Hilfe in früheren Fällen eingeladen hatte.

»Was kann ich für Sie tun, Bruno?«, fragte Tournoux.

»Ich interessiere mich für ein Mitglied der *milice,* das in Périgueux stationiert war, einen gewissen Michel Cagnac. Er wurde nach der *libération* verhaftet und hat sich später zum Militärdienst gemeldet. Er war in Indochina und schließlich in Algerien, wo er sich der OAS angeschlossen hat. Haben Sie weitere Informationen über ihn?«

»Interessant. Sie sind der Zweite, der sich innerhalb einer Woche nach Cagnac erkundigt. Gestern kam jemand aus Périgueux und hat nach ihm gefragt. Die Akte Cagnac liegt noch auf meinem Schreibtisch.«

»War dieser Jemand vielleicht ein Mann um die sechzig, ein ehemaliger Polizist namens Pellier?«

»Stimmt. Es geht also um eine polizeiliche Ermittlung, nehme ich an.«

»So ist es. Ich recherchiere Cagnacs persönliche Geschichte und würde gern so viel wie möglich darüber in Erfahrung bringen. Vor allem interessiert mich, was er nach seiner Haftentlassung Ende der vierziger Jahre und als Mitglied der OAS getrieben hat.«

»Cagnac muss ein echter Dreckskerl gewesen sein«, erwiderte Tournoux. »Er war nicht nur Vichy-treuer Milizionär, sondern auch ein ausgemachter Nazi.«

Er erklärte, dass Cagnac 1941 im Alter von achtzehn Jahren dem Service d'Ordre Légionnaire, kurz SOL, beigetreten war, der aus einer militanten politischen Gruppe, die das Vichy-Regime unterstützt hatte, hervorgegangen war. Unverhohlen antisemitisch und radikal antikommunistisch, verstand sie sich als französisches Pendant zur Nationalsozialistischen Partei Deutschlands. Vom SOL wechselte Cagnac zur *milice* über, kaum dass diese im Januar 1943 gegründet worden war. Im September desselben Jahres wurde er dem Büro von Michael Hambrecht zugewiesen, dem Gestapo-Chef in Périgueux und Untersturmführer der SS.

»Moment«, unterbrach Bruno. »Soll das heißen, dass Cagnac 1942, als er de Bourdeille und Paul Juin festgesetzt hat, noch gar nicht der Miliz angehörte?«

»Ja, zu der Zeit gehörte er der sogenannten Avant-Garde an, einer kasernierten Eliteeinheit des SOL, die als Hilfstruppe der Polizei fungierte. Sie machte Jagd auf Widerständler.«

»Was ist über ihn bekannt?«

»Er kam aus einer in Périgueux ansässigen Arbeiterfamilie. Sein leiblicher Vater starb kurz nach seiner Geburt an den Folgen einer Kriegsverletzung. Den zweiten Mann seiner Mutter hasste er zutiefst. Der war Kommunist und Eisenbahngewerkschafter gewesen, hatte wohl übermäßig viel getrunken und sich immer wieder an seiner Frau und seinem Stiefsohn vergriffen. Cagnac schlug die entgegengesetzte Richtung ein und wurde Nazi.«

Nach der Befreiung im August 1944, fuhr Tournoux fort, schloss sich Cagnac den abziehenden deutschen Truppen an und diente wie viele ehemalige Milizionäre in der Division Charlemagne, einem Verband der Waffen-ss, der hauptsächlich aus kollaborierenden Freiwilligen aus Frankreich bestand und an der Ostfront kämpfte. Im Februar 1945 wurde die inzwischen stark reduzierte Division in Pommern eingesetzt, wo sie wiederum große Verluste hinnehmen musste. Nur ein kleiner Teil erreichte die Küste und wurde von der deutschen Marine nach Dänemark ausgeschifft. Neu formiert, wurden die Männer in die Schlacht um Berlin geworfen, um Hitlers Bunker wider alle Erfolgsaussichten zu verteidigen.

»Einer von ihnen«, berichtete Tournoux, »Hauptsturmführer Henri Joseph Fenet, ebenfalls ein Ehemaliger der *milice,* wurde mit einem der letzten Ritterkreuzorden Hitlers ausgezeichnet.«

»Und Cagnac?«, fragte Bruno.

»Er diente unter Fenet, dessen Rotte in den Trümmern von Berlin vierzehn sowjetische Panzer zerstörte. Es gelang ihnen, die britischen Truppen in Wismar zu erreichen, wo sie gefangen genommen und an Frankreich ausgeliefert wurden. Fenet wurde zu zwanzig Jahren Arbeitslager verurteilt, Cagnac zu zehn. 1950 durfte er sich der französischen Fremdenlegion anschließen, nachdem in Korea der Krieg ausgebrochen war und Ho Chi Minhs Truppen eine Offensive führten und die französischen Festungen entlang der chinesischen Grenze stürmten.«

Bruno machte sich Notizen, während Tournoux weiter ausführte.

»Paris geriet in Panik. Die Regierung sträubte sich, Wehrpflichtige in diesen entsetzlichen Krieg zu schicken, gleichwohl suchte das Militär verzweifelt nach Freiwilligen. Man graste die Gefängnisse ab und versprach Häftlingen Freiheit im Gegenzug für den Dienst in der Fremdenlegion. Und bei allem, was man über Cagnac aussagen kann, muss man wohl auch einräumen, dass er ein tapferer und sehr erfahrener Soldat war.«

»Das alles ist mir neu«, sagte Bruno. »Ich wusste zwar von der Division Charlemagne, nicht aber, dass sie auch in Berlin zum Einsatz gekommen ist.«

»Seltsamerweise ist über Cagnac aus der Zeit vor 1950 mehr bekannt als aus den späteren Jahren. Die Fremdenlegion ist sehr zurückhaltend mit Informationen zu ihren Truppen. Wir wissen, dass Cagnac im vietnamesischen Dien Bien Phu verletzt wurde und einer der Letzten war, die aus der belagerten Festung ausgeflogen wurden. 1955 war er mit der neuen REP, dem Fremdenregiment der Fallschirmjäger unter Oberst Pierre Paul Jeanpierre, in Algerien. Viele der Kämpfer waren Deutsche, ehemalige Angehörige der Wehrmacht und Waffen-ss, ironischerweise, bedenkt man, dass Oberst Jeanpierre für die Résistance gekämpft hatte, von der Gestapo festgesetzt worden war und fünfzehn Monate in Mauthausen überlebte.«

»War Cagnac an der Schlacht von Algier und dem sogenannten *Putsch d'Alger* beteiligt?«, fragte Bruno, der immer noch konzentriert mitschrieb.

»Ja, man hat ihn in dem bekannten Wochenschaubeitrag

wiedererkannt, in dem zu sehen ist, wie die Fallschirmjäger nach dem gescheiterten Putsch in ihre Kasernen zurückgekehrt sind und alle das Chanson ›Non, je ne regrette rien‹ von Edith Piaf gesungen haben. Was aus den verfügbaren Unterlagen nicht hervorgeht, ist, dass er anscheinend auch Adjutant in einer Kompanie war, die von Lieutenant Roger Degueldre befehligt wurde, einem Helden des Indochinakriegs. Degueldre desertierte dann aus der Fremdenlegion und formierte die sogenannten Delta Commandos der Untergrundorganisation OAS. Cagnac schloss sich ihm an und nahm an wenigstens einem versuchten Anschlag auf de Gaulle teil. Ende 1962 wurde Cagnac bei einer Schießerei in Madrid getötet.«

»Ist bekannt, ob er irgendwann geheiratet hat?«

»Nein, die Unterlagen der Fremdenlegion sind sicher unter Verschluss. Warum sind Sie an ihm interessiert?«

Bruno berichtete von der Vergewaltigung von Paul Juins Schwester Rebekkah und der Geburt ihrer Tochter.

»De Bourdeille glaubt, dass Cagnac der Kindsvater war, und will verhindern, dass dessen Nachkommen sein Vermögen erben, ungeachtet der Tatsache, dass er durch die Heirat mit Rebekkah der rechtmäßige Vormund des Mädchens geworden ist«, erklärte Bruno. »Und die Erbschaftsfrage könnte mit dem Tötungsdelikt in Zusammenhang stehen, in dem wir ermitteln.«

»Mit einem entsprechenden Beschluss käme die Polizei vielleicht an die Unterlagen der Legion heran. Viel Glück. Ich fürchte allerdings, dass man mit Informationen über Cagnac wegen der Zusammenhänge mit de Gaulle und der Division Charlemagne besonders zurückhaltend ist.«

»Danke, Alain. Ich schulde Ihnen ein Essen, wenn ich wieder in Bordeaux bin.«

»Darauf komme ich gern zurück.«

Bruno legte den Hörer auf, überflog seine Notizen und schüttelte den Kopf über Cagnacs bizarre Saga. Wäre sie anders verlaufen, wenn sein Vater nicht an seinen Verletzungen aus dem Ersten Weltkrieg gestorben oder sein Stiefvater nicht dieser Unmensch gewesen wäre? Und was, wenn Cagnac nicht unter dem charismatischen Lieutenant Degueldre gedient hätte?

Es schien, dass dieser Mann das Zeug gehabt hatte, andere in tiefempfundener Loyalität an sich zu binden. Alle seine Getreuen wussten von seiner schändlichen Hinrichtung, nachdem er in Fort d'Ivry gefangen genommen und zum Tode verurteilt worden war. Drei französische Offiziere hatten sich geweigert, am Erschießungskommando teilzunehmen, weil er für sie ein Held gewesen war. Andere aus diesem Kommando zielten absichtlich daneben, und nur eine Kugel traf. Der junge Offizier, der den Feuerbefehl hatte erteilen müssen, war gefordert, ihm den Gnadenschuss zu geben. Der Hysterie nahe, schoss er ein ganzes Magazin auf ihn ab und brauchte ein zweites, um dem scheußlichen Vorgang ein Ende zu machen.

Bruno holte aus der Schreibtischschublade ein Bic Phone hervor, auf das er immer zurückgriff, wenn er nicht wollte, dass sein Anruf zurückverfolgt werden konnte. Er hatte es in einem der Billigläden an der Pariser Metrostation Barbès-Rochechouart gekauft, wo man darauf verzichtete, Name und Adresse des Käufers festzuhalten. Damit rief er nun einen älteren Mann an, der im Militärarchiv arbeitete und ihm früher schon einige Male behilflich gewesen war. »Ich hoffe, Sie erkennen meine Stimme wieder«, sagte Bruno.

»Natürlich, schön, Sie zu hören. Warum so vorsichtig?«

»Ich versuche etwas über einen ehemaligen *légionnaire* der Fallschirmspringer zu erfahren«, antwortete Bruno und skizzierte kurz Cagnacs verworrene und politisch brisante Geschichte.

»Die Unterlagen der Fremdenlegion werden gesondert aufbewahrt. Sie nimmt es sehr ernst mit dem Versprechen, dass ein Rekrut seine Vergangenheit vergessen und mit neuer Identität einen Neuanfang machen kann. Sie könnten es auf anderen Wegen versuchen, werden aber wegen der OAS-Verstrickungen wahrscheinlich nicht weit kommen. Haben Sie konkrete Fragen, was diesen Cagnac betrifft?«

»Seine Zeit in Algerien. Hat er geheiratet? Gibt es erbberechtigte Angehörige? Wer von seinen alten Kameraden lebt noch? Taucht der Familienname Cassini irgendwo auf?«

»Ich werde sehen, was sich machen lässt. Rufen Sie mich morgen wieder an.«

Bruno räumte das Bic Phone wieder weg und griff zu seinem geschützten Handy, das der Brigadier ihm gegeben hatte. Der Offizier vom Dienst antwortete. Bruno wusste, dass er sich nicht identifizieren musste; dafür sorgte schon das Handy. Er bat darum, den Brigadier persönlich zu sprechen.

»In welcher Angelegenheit?«

»Streng vertraulich.«

»Wir rufen zurück.«

Wenig später klingelte sein Handy, und ein grünes Blinklicht signalisierte, dass sich jemand aus dem geschützten Netz des Brigadiers meldete.

»Ah, Bruno, ich habe mich schon gefragt, wann ich mal wieder von Ihnen höre. Diese Woche habe ich ein paarmal Ihren Namen gelesen im Zusammenhang mit dieser toten Frau, deren Vater im Weißen Haus ein und aus geht.«

»Wir ermitteln jetzt in einem Tötungsdelikt, und ich brauche Informationen über Michel Cagnac, einen ehemaligen Fremdenlegionär, der zur OAS übergewechselt ist. Ich muss wissen, ob er rechtmäßige Erben hinterlassen hat«, sagte Bruno und skizzierte Cagnacs Hintergrund.

»*Putain,* Bruno – Division Charlemagne, die *paras* der Fremdenlegion, OAS, Delta Commandos und dann noch die Namen Degueldre und de Gaulle. Sie verlangen da nicht wenig. Die relevanten Akten sind fest unter Verschluss.«

»Deshalb wende ich mich an Sie, Monsieur.«

»Und Sie wollen nur wissen, ob er Erben hinterlassen hat?«

»*Oui,* Monsieur.« Bruno fiel automatisch in den Jargon des altgedienten Soldaten zurück und nahm innerlich Haltung an.

»Haben Sie schon eine Festnahme im Blick?«

»Wenn ich mir meiner Sache sicher bin, lasse ich Sie's wissen, Monsieur.«

Der Brigadier beendete das Telefonat.

Der Baron rief zurück und berichtete ihm, dass die Cassinis von Algier nach Bergerac umgezogen seien, wo es in einer Tabak- und einer Munitionsfabrik Arbeit für sie gab. Als große Familie mit drei Brüdern und vier Schwestern schafften sie den Anschluss und verteilten sich in ganz

Frankreich. In der Nähe von Saint-Denis lebte nur Véronique, die als Säugling nach Frankreich gekommen war und sich später in Limeuil niedergelassen hatte. Einer ihrer Brüder hatte bei der letzten Parlamentswahl in Bergerac für das Rassemblement National kandidiert, war aber gescheitert.

Bruno meldete sich daraufhin bei Hodge und sagte, dass de Bourdeille Madame Muller sein Beileid aussprechen wolle und sie zusammen mit Amélie zu sich nach Hause eingeladen habe, um ihnen seine Kunstsammlung zu zeigen, von der Claudia so angetan gewesen war. Wenn sich die beiden Damen pünktlich um zehn bei Fauquet's einfänden, könne er, Bruno, sie chauffieren.

»Und dann würde ich Sie gern noch um einen Gefallen bitten«, fügte Bruno hinzu. »In dem letzten Fall, mit dem wir beide beschäftigt waren, hat uns das FBI vertrauliche Facebook-Informationen zukommen lassen. Könnten Sie sich noch einmal für uns verwenden? Es geht um zwei französische Staatsbürger. Ich wüsste gern, welche Auslandsreisen sie unternommen haben.«

»Nennen Sie mir ihre Namen, am besten gleich auch Adressen und Geburtsdaten.«

33

Bruno erreichte den Reiterhof, kurz nachdem seine Freunde schon ihren abendlichen Ausritt angetreten hatten, aber Hector stand immer noch in seiner Box. Balzac, der den Tag mit seinem großen Freund verbracht und Brunos Land-Rover schon am Motorengeräusch erkannt hatte, wartete am Stalltor auf ihn. An das Tor war eine Notiz geheftet: »Hügelpfad, Saint-Chamassy – P.«

Bruno holte eine Möhre aus dem Gepäcknetz an der Rückenlehne des Fahrersitzes, wo er immer welche in Reserve hatte, und gab sie Hector, bevor er ihn sattelte und die Trense anlegte. Er stieg in seine Reitstiefel, setzte sich den Helm auf und machte sich auf den Weg – in einer Formation, die ihm so alt wie die Menschheitsgeschichte vorkam: ein Mann, sein Pferd und sein Hund.

Hector gefiel es, allein laufen zu können, ohne von anderen Pferden ausgebremst zu werden, und legte ein Tempo vor, das Balzac kaum mithalten konnte. Auf dem Hügelgrat angekommen, parierte Bruno Hector durch und rechnete sich aus, dass es vielleicht noch eine Stunde hell sein würde. Balzac holte auf, wurde dann aber von einem verlassenen Kaninchenbau abgelenkt, den er schon Dutzende Male inspiziert hatte. Hector ging unruhig vor und zurück und scharrte mit den Hufen, als er das weite Feld vor sich sah, das wie geschaffen war für ein Rennen, wie er es sich wünschte. Bruno pfiff Balzac zu sich, drückte den Helm in die Stirn und ließ die Zügel schießen.

Hector ließ sich nicht lange bitten. Nach zwei, drei Anlaufschritten flog er im Galopp dahin, so schnell, dass Bruno, dem der Wind ins Gesicht schlug, die Augen halb zukneifen und sich ducken musste, bis er vom Gelände nur noch den Ausschnitt zwischen den Ohren seines Pferdes wahrnahm. Hören konnte er nur noch das Trommeln der Hufe, und die Geschwindigkeit war alles, was er spürte.

Als er sich dem Waldrand näherte, öffnete er die Oberschenkel und entspannte sein Kreuz, worauf Hector, ohne am Zügel pariert werden zu müssen, in den versammelten Trab und schließlich in den Schritt wechselte. Dann blieb er stehen, und noch vor Erregung zitternd drehte er den Kopf, als wollte er nach Balzac sehen, der mit flappenden Ohren und hängender Zunge von weit hinten angelaufen kam. Bruno atmete schwerer als Hector. Er beugte sich vor, tätschelte den breiten Hals und murmelte: »*Merci, mon brave.*«

Von seiner hohen Warte aus konnte er bis nach Limeuil blicken, das sich über den grasbewachsenen Ufern der zusammenfließenden Wasserläufe an den Hügelhang schmiegte. Hinter den Mauern der maurischen Festung lag der Garten mit seinem Brunnen, in dem Claudia vor sechs Tagen gestorben war. Brunos Verdacht hatte sich erhärtet. Er war sich sicher, was Motiv und Tathergang anging, doch es fehlten ihm Beweise. Bisher gab es nur Indizien. Ob sich der Täter eine Falle würde stellen lassen? Welcher Köder böte sich an?

Hector warf den Kopf, er wollte weiter. Bruno schaute nach links in Richtung auf Saint-Chamassy. Die Kirche und, leicht versetzt davon, das Herrenhaus mit seinem konischen Turmdach waren deutlich auszumachen. Und er sah auch eine kleine Gruppe von Reitern, die sich hügelwärts im Schritttempo auf diese Gebäude zubewegten. Er glaubte sogar, Pamela, Gilles und Fabiola an der Art, wie sie im Sattel saßen, erkennen zu können. Félix bildete das Schlusslicht. Hector schien sie auch bemerkt zu haben und richtete die Ohren auf sie. Mit leichtem Schenkeldruck trieb Bruno ihn wieder an. Hector kannte den Weg, vielleicht besser noch als Bruno. Im leichten Trab, so dass Balzac folgen konnte, schlugen sie eine Abkürzung ein und schlossen am Friedhof hinter der Ortschaft zu den Freunden auf.

»Schön, dass du noch kommen konntest«, rief Pamela und winkte. »Wir sind schon auf dem Rückweg. Fabiola und Gilles wollen mit Félix ins Kino nach Le Buisson fahren. Es hat eine Reihe von Klassikern im Programm, heute Abend läuft *Jules et Jim*.«

»Ich bin mit dem Bürgermeister verabredet«, erwiderte Bruno, laut genug, dass alle ihn hören konnten. Er war jetzt auf gleicher Höhe mit Félix. »Schade, den Film hätte ich auch gern gesehen.«

»Und wir haben jede Menge Bürokram zu erledigen«, erwiderte Pamela. »Buchungen für die neue Saison, die Kochkurse müssen abgerechnet werden, und dann sind noch die Anmeldungen für die Reitstunden zu bearbeiten.«

Bruno lächelte bei dem Gedanken daran, dass ihrer beider Alibis nunmehr wasserdicht sein würden.

Als die drei anderen sich beeilten, rechtzeitig ins Kino zu kommen, rieben Bruno und Pamela die Pferde trocken, füllten die Heuraufen und Tränken und schafften die Sättel und das Zaumzeug fort.

»Ich springe jetzt unter die Dusche und ziehe mir was anderes an. Wir sehen uns in einer halben Stunde oder so«, sagte sie und breitete die Arme aus. »Komm mal kurz her und drück mich. Ich mag es, wenn ein Mann nach Pferd riecht.«

Bruno liebte es, sie zu küssen. Er nahm sie in die Arme und hörte, als er ihre vollen, weichen Lippen auf seinen spürte, ein leises Gurren in ihrer Kehle.

»So, das reicht«, sagte sie und wandte sich ab. »Sonst geht's noch hier im Stall mit uns durch, und ich will anschließend nicht voller Strohspelzen sein. Bis gleich.«

Bruno fuhr mit Balzac zurück nach Saint-Denis. Unterwegs kaufte er Brot. Bevor er ins Haus ging, fütterte er die Hühner, sammelte die frischgelegten Eier ein und erntete ein paar Kräuter. Dann duschte er, rasierte sich und bezog sein Bett neu. Aus dem Schuppen holte er Brennholz und machte Feuer im Kamin, dekantierte eine Flasche Rotwein von Château Lestevénie und deckte den Tisch für zwei.

Dabei fragte er sich, ob er die wieder aufgelebte Affäre mit Pamela wirklich wollte. Er erinnerte sich, ein wenig erleichtert gewesen zu sein, als sie im Jahr zuvor ihre Liaison beendet hatte. Die war für seinen Geschmack ohnehin zu oberflächlich gewesen, hatte Pamela ihn doch stets auf Abstand gehalten und trotzdem erwartet, dass er ihr nach Lust und Laune zur Verfügung stand. Bestand nicht die Gefahr, ins gleiche Muster zurückzufallen? Andererseits war ja nicht auszuschließen, dass es zwischen ihnen nunmehr anders verlaufen würde. Sind Liebesbeziehungen, fragte er sich, nicht immer Reisen mit unbekanntem Ziel? Seine Grübeleien wurden von zunehmender Vorfreude und hohen Erwartungen abgelöst, als er Pamelas Wagen auf der Auffahrt hörte, und er wusste, dass er wieder einmal schwach werden würde, egal, was ihm der Verstand soufflierte.

»Du siehst toll aus«, sagte er, ergriff ihre ausgestreckten Hände und betrachtete sie. Unter dem offenen Trenchcoat trug sie ein knappes schwarzes Kleid, das offenbar neu war, denn er hatte es noch nie an ihr gesehen. Es schmiegte sich eng um ihren vom Pferdesport trainierten Körper und reichte bis knapp unter das Knie. Die hellgraue Strumpfhose passte farblich zu ihrer Schultertasche, und das hochgesteckte kastanienbraune Haar ließ den langen weißen Hals frei, den er so gern mit Küssen bedeckte. Die Lippen hatte sie nur ganz dezent geschminkt, und der zarte Duft, den sie verströmte, kam, wie er wusste, von Guerlain Vol de Nuit.

»Wie schaffst du das bloß?«, fragte er lächelnd und hob ihre Hände, um sie im Kreis herumdrehen zu können. »Soeben noch ein Stallmädchen und jetzt ein Supermodel.«

Sie lehnte sich an seine Brust.

»Schmeichler«, sagte sie nach einem langen, wohligen Moment. »Aber dürfte ich jetzt den Mantel und die Tasche ablegen?« Sie gab ihm noch ein Küsschen auf den Mund. »Im Wagen habe ich eine Tasche mit Jeans und einem Sweater, denn so angezogen kann ich mich morgen doch nicht sehen lassen, wenn ich Croissants für uns kaufen gehe.«

»Wozu die Heimlichtuerei?«, fragte er. »Unsere Freunde wissen doch längst Bescheid.«

»Ich weiß nicht. Vielleicht bin ich ein bisschen schüchtern, vielleicht gefällt mir aber auch gerade das Heimliche. Es hat seinen eigenen Reiz, findest du nicht? Nun, jedenfalls freue ich mich, hier zu sein und zu sehen, dass das Feuer brennt und der Wein umgefüllt ist. Auch wenn es nicht gerade romantisch klingt, muss ich gestehen, dass ich einen Bärenhunger habe. Ich habe übrigens Käse mitgebracht. Der Beutel ist noch im Wagen.«

»Ich hole ihn«, sagte er. »Leg ab und mach es dir am Kamin bequem. Und schenk dir schon mal ein.«

Als er zurückkehrte, hörte er Musik spielen, die nicht aus seiner Sammlung stammte. Sie hatte eine eigene CD mitgebracht mit Originalversionen der Chansons von Jean Sablon aus den späten dreißiger und frühen vierziger Jahren. Manche von ihnen kannte er auswendig, so oft hatte er sie von anderen Künstlern gehört.

»Bei Sablon habe ich zum ersten Mal den Klang der französischen Sprache vernommen«, sagte sie und lauschte mit geschlossenen Augen der Musik. »Er sang ›C'est si bon‹ im Radio, als ich noch klein war, so klein, dass mir nicht einleuchten wollte, warum jemand eine andere Sprache spricht.«

Er trat hinter sie, die neben seinem CD-Player stand, und fuhr ihr mit den Händen über Taille und Hüfte bis zu den Oberschenkeln, wo ihm an den kleinen Knöpfen auffiel, dass sie einen Strumpfgürtel trug, ein Dessous, das er schon immer ungemein erotisch fand. Sie drehte sich in seinen Armen.

»Du bist dahintergekommen«, sagte sie, gab ihm einen leichten Kuss aufs Kinn und verschränkte ihre Hände in seinem Nacken. Sie hatte die Schuhe ausgezogen und wiegte sich mit der Musik. Er führte sie in einen sehr langsamen Tanz.

»Ich wollte dich überraschen«, flüsterte sie.

»*Mon Dieu,* das ist dir gelungen.«

Eine ihrer Hände schob sich unter seinen Kragen, und er spürte ihre Fingerspitzen leicht auf seinem Rückgrat kreisen. Die andere Hand knöpfte ihm das Hemd auf und glitt über seine Brust. Er hörte sich wohlig stöhnen.

»Du musst dich nicht für mich rasieren«, bemerkte sie und strich mit den Lippen über seine Wange.

Er küsste ihre geschlossenen Augenlider und wollte sie an sich drücken und in voller Länge zu spüren bekommen, hielt sich aber zurück. Es war besser, ihr die Initiative zu überlassen. Wahrscheinlich hatte sie sich schon eine Vorstellung davon gemacht, wie es weitergehen sollte, Schritt für Schritt, und sorgfältig ihre Antwort auf seine Reaktionen vorbedacht. Darauf ließ er sich gern ein, zumal ihren kehligen Lautäußerungen zu entnehmen war, dass sie an diesen Manövern genauso viel Vergnügen fand wie er.

»Ich habe mich geirrt und möchte jetzt doch noch nicht essen«, flüsterte sie ihm ins Ohr, führte ihren Mund zurück auf seine Lippen und neckte sie spielerisch mit ihrer Zunge.

»So könnte es stundenlang fortgehen mit uns«, sagte sie. »Wie klingt das für dich?«

»Wunderbar. Fragt sich nur, ob ich so lange durchhalte.« Er hielt sie in der Taille umfasst und spürte ihr Herz durch die Rippen schlagen.

»Oh, das schaffst du. Du musst, mir zuliebe.« Wieder mit der Zunge seine Lippen umspielend, zog sie ihm das Hemd aus.

»Gern. Du überraschst mich.«

»Wieso? Weil ich nicht immer so bin … Geradeheraus?« Sie rollte eine seiner Brustwarzen zwischen zwei weichen Fingern.

»*Ma belle,* ich kenne dich nicht anders. Aber früher konnte es dir nicht schnell genug gehen.« Bruno atmete schwer. »Wie viel Zeit du uns jetzt lässt!«

»Ich habe in all den Monaten gelernt, mich zu zügeln.« Sie fuhr ihm mit den Fingernägeln sanft über den Rücken. Er hielt die Luft an und spürte ihren warmen Atem in seinem Mund.

»Aber wir haben doch erst kürzlich wieder miteinander geschlafen.«

»Das kam Knall auf Fall«, erwiderte sie kichernd. »Jetzt kommt noch was Entscheidendes hinzu.«

Sie griff nach seiner Gürtelschnalle und zog ihn hinter sich her ins Schlafzimmer.

Später, die Kerze war ein gutes Stück heruntergebrannt, lag Pamela auf ihm und stützte sich auf ihren Ellbogen ab. Sie betrachtete ihn mit einem hintergründigen Lächeln, das er so an ihr noch nicht kannte. Ihr zuvor hochgestecktes Haar fiel jetzt lang herab und kitzelte seine Schultern. Ihr Lippenstift war weggeküsst.

Er hob den Kopf, küsste sie wieder und fragte: »Hast du jetzt Hunger?«

»Jetzt, wo du fragst, könnte ich mindestens zwei Bären verschlingen.«

»Sollen wir hier im Bett essen, vorm Feuer oder am Tisch?«

»Vorm Feuer.«

»Hier habe ich was für dich«, sagte er, holte einen großen Frotteebademantel aus dem Kleiderschrank und legte ihn auf das Fußende des Bettes. Nachdem er kurz im Badezimmer verschwunden war, machte er sich in der Küche zu schaffen. In einem leichten Baumwollbademantel kehrte er mit einem Glas Wein in der Hand zurück und stellte es auf das Nachttischchen neben einen Stapel Bücher.

»Fünf Minuten«, sagte er und ging wieder in die Küche, wo er die kleinen grünen Knospen von *pissenlits,* die er draußen gepflückt hatte, vorsichtig in heißem Entenfett schwenkte. Im Kamin legte er ein dickes Holzscheit nach. Vom Tisch holte er Teller, Besteck und die Weinkaraffe. Zurück in der Küche, öffnete er eine Dose Wildpastete, die er im Winter zubereitet hatte, stürzte sie auf einen Servierteller und plazierte eingelegte Gürkchen und den von ihr mitgebrachten Käse dazu. Dann schlug er ein paar Eier auf, verquirlte sie mit einem Schuss Sahne, würzte mit Salz und Pfeffer und ließ einen Stich Butter und einen Teelöffel Entenfett in der Omelettpfanne zergehen. Von der *tourte,* die er eingekauft hatte, schnitt er ein paar dicke Scheiben ab, gab, als sich das Fett in der Pfanne braunzufärben begann, die Eiermasse hinzu und verteilte sie mit einer Gabel auf dem Pfannenboden. Kurz bevor er das Omelett zusammenfaltete, streute er die *boutons de pissenlit* darüber und sog das nussige Aroma, das sie verbreiteten, in sich auf.

»Das Essen ist fertig«, rief er, worauf Pamela mit gebürsteten Haaren und dem Weinglas in der Hand aus dem Badezimmer kam. Als ihr die verführerischen Kochdüfte entgegenwehten, leuchtete ihr Gesicht auf. Sie holte ein paar Kissen vom Sofa, ließ sich im Schneidersitz darauf nieder und stellte den Teller auf ihrem Schoß ab. Mit einem großen Stück Brot schob sie eine Ecke des Omeletts auf ihre Gabel.

»Genau das, was ich gebraucht habe«, sagte sie, als ihr Teller leer, die Pastete aufgegessen und in der Karaffe nur noch eine kleine Neige übrig war.

»Kaffee?«, fragte er.

Pamela schüttelte den Kopf und stellte den Teller weg. Sie glitt von den Kissen und legte sich neben ihn, den Rücken an seine Brust geschmiegt. »Ich mag es, einfach so ins Feuer zu schauen, und du wärmst mir den Rücken. Als ich klein war, hat mich meine Mutter darauf aufmerksam gemacht, dass man in den Flammen Gesichter erkennen kann. Meine Freundinnen behaupteten sogar, der zukünftige Ehemann würde darin zu sehen sein. Gibt's einen solchen Aberglauben auch in Frankreich?«

»Bei uns blickt man beim ersten Vollmond nach Ostern in einen Brunnen und sieht im Wasserspiegel das Gesicht der wahren Liebe.«

»Bei uns ist von stillen Wassern und tiefen Brunnen die Rede, aber ich weiß nicht mehr, in welchem Zusammenhang. Es erinnert mich jedenfalls an den tragischen Unfall in Limeuil. Hast du herausgefunden, was wirklich mit Claudia passiert ist?«

»Ich bin nahe dran. Apropos, hättest du Lust, dir morgen Vormittag de Bourdeilles Gemäldesammlung anzusehen?

Er hat mich gebeten, Claudias Mutter und auch Amélie mitzubringen, die morgen wieder zurück nach Paris muss.«

»Sehr gern. Aber das ist erst morgen. Jetzt möchte ich von dir ins Bett zurückgetragen werden.«

34

Formvollendet und zugleich herzlich begrüßte de Bourdeille Claudias Mutter an seiner Türschwelle, drückte ihr die Hand und sagte, dass Claudia eine der interessantesten und vielversprechendsten Studentinnen gewesen sei, die er je betreut habe, und dass er ihren Tod zutiefst betraue. Er war auch sehr freundlich Amélie gegenüber, machte ihr Komplimente zu ihrem Auftritt im Château Les Milandes und sagte, dass es ihm hoffentlich möglich sein werde, ihrem Josephine-Baker-Konzert beizuwohnen. Aus den Worten, mit denen Bruno Pamela vorstellte, hörte der alte Herr heraus, dass sie mehr war als eine Freundin. Er küsste ihr die Hand und fragte, ob sie diejenige sei, die Madame Bonnet immer noch als »die verrückte Engländerin« apostrophierte, mit dem Spitznamen, den ihr Alteingesessene verpasst hatten, ehe sie sie kennenlernten.

Bruno war den ganzen Vormittag über beschäftigt gewesen. Mit Befriedigung hatte er einen Artikel in der *Sud Ouest* gelesen, in dem es hieß, dass die Polizei fürchte, ihr Hauptverdächtiger Laurent könne das Weite suchen. Philippe würde noch einiges zu erklären haben. Die Rückrufe von Juliette und dem Baron hatten Brunos Verdacht im Hinblick auf die Familie Cassini und deren hartnäckige Ansichten zu *Algérie française* weiter erhärtet. Hilfreich gewesen war auch ein Anruf von Professor Porter. Bruno hatte daraufhin ein paar Telefongespräche geführt, um vorzubereiten, was er später am Tag zu tun gedachte. Jean-Jacques, der am Vormittag auf dem Golfplatz sein wollte, hatte ihn gefragt, ob er denn sicher sei. Durchaus, war Brunos Antwort gewesen, der sich durch Annettes Beschluss bestätigt sah.

Trotzdem war ihm etwas mulmig, als sich de Bourdeille aus eigener Kraft in seinem Rollstuhl in Bewegung setzte und den Besuchern seine Gemäldesammlung zeigte. Der alte Herr hielt sich mit seiner Gelehrsamkeit zurück und versuchte, möglichst unterhaltsam die Geschichte jedes der von ihm erworbenen Gemälde nachzuerzählen. Im letzten Raum ließ er sich über das Leben seines illustren Vorgängers aus dem sechzehnten Jahrhundert und seine Freundschaft mit Paul Juin aus. Im Anschluss an die Führung bat er seine Gäste ins Arbeitszimmer, wo zwei Flaschen Château Haut-Brion von 2009 bereits geöffnet für sie bereitstanden.

Er füllte gerade die Gläser, als Madame Bonnet mit einem Tablett das Zimmer betrat, darauf Canapés – kleine Toastscheiben, die mit *foie gras,* geräucherter Entenbrust oder Ei belegt waren – sowie ein Wurstteller und mit Obststückchen aufgespießte Käsehappen.

»Ich möchte mit Ihnen auf Claudias Andenken anstoßen und noch einmal meine tiefe Trauer über das viel zu frühe Ableben einer so talentierten, sprühenden jungen Frau zum Ausdruck bringen«, sagte de Bourdeille. »Auch Madame Bonnet kannte und schätzte sie sehr.« Obwohl sie protestierte, schenkte er ihr ebenfalls ein Glas ein.

»Auf Claudia, meine wundervolle, begabte und schmerzlich vermisste Studentin. Möge sie in Frieden ruhen«, erklärte er und hob sein Glas. Die anderen folgten seinem Beispiel.

»Und jetzt, Madame Muller, möchte ich Sie bitten, ein paar Worte über Ihre großartige Tochter zu sprechen«, sagte de Bourdeille.

Jennifer trank einen Schluck, holte tief Luft und blickte in die Runde.

»Dank der Briefe und E-Mails, die Claudia mir geschrieben hat, weiß ich, dass sie hier im Périgord glücklich war. Wie ich meine Tochter kenne, hat sie sich nicht nur mit Hingabe ihrer Arbeit gewidmet, sondern auch Freundschaften geschlossen und Menschen kennengelernt, die sich ihrer erinnern werden als jemandes, der Freude in ihr Leben gebracht hat. Ich danke Ihnen allen, dass Sie sie hier willkommen geheißen und dazu beigetragen haben, dass sie ein paar glückliche Wochen im Périgord verleben konnte. Und danke, dass ich heute hier sein und die Gastlichkeit von Monsieur de Bourdeille genießen darf und umgeben bin von Kunstschätzen, die Claudia so sehr liebte. Ich werde nie vergessen, wie rührend Sie sich hier im Périgord um meine Tochter gekümmert haben.«

»Danke, Madame. Es ist uns eine Ehre, Sie in unserem Kreis zu wissen«, erwiderte de Bourdeille und sah sich um.

»Madame Amélie, darf ich Sie bitten, ein Lied für uns und im Andenken an Claudia zu singen?«

»Gern«, antwortete sie. Sie sammelte sich, faltete die Hände vor der Brust, hob den Kopf und stimmte eine Strophe aus dem wunderschönen Gospel von den Baumwollfeldern im amerikanischen Süden an, der schon so vielen Menschen Trost im Angesicht des Todes gegeben hatte.

I looked over Jordan and what did I see,
Comin' for to carry me home?
A band of angels comin' after me,
Comin' for to carry me home.
Swing low, sweet chariot,
Comin' for to carry me home.

Mit Tränen in den Augen trat Jennifer auf Amélie zu und umarmte sie, bückte sich dann und drückte de Bourdeille einen Kuss auf die Stirn. Bruno bemerkte, dass Madame Bonnet den Moment genutzt und das Tablett hinausgetragen hatte. Jennifer richtete sich auf, und es blieb eine Weile still, bis de Bourdeille sich zu Wort meldete.

»Sind Sie der Auflösung des Rätsels ein Stück näher gekommen, Bruno?«, fragte er und warf einen Blick auf das Mikrophon auf dem Schreibtisch, der hinter ihm stand.

»Ja«, antwortete Bruno und wählte seine Worte mit Bedacht. »Kurz bevor ich hierhergefahren bin, habe ich erfahren, dass unsere Experten von der Spurensicherung Proben vom Brunnenrand und der Mauerstelle miteinander verglichen haben, über die sich nach unseren Erkenntnissen jemand Zutritt zum Park verschafft hat. Sie haben DNA-Spuren von Claudia und einer unbekannten Person isolieren können. Leider reicht das Material noch nicht, weshalb weitere Proben genommen werden müssen. Wir sind trotzdem zuversichtlich, dass sich diese andere Person identifizieren lässt. Ich werde von hier aus nach Limeuil fahren und Posten beziehen, bis Verstärkung aus Périgueux eintrifft, die am frühen Nachmittag zur Stelle sein will.«

»Wozu müssen Sie Posten beziehen?«, fragte de Bourdeille. »Dass DNA-Spuren verschwinden, ist doch wohl nicht zu befürchten, oder?«

»Nur wenn der oder die Täter die entscheidenden Stellen mit Lauge oder Benzin bearbeiten würden«, antwortete Bruno. »Ganz abwegig wäre das nicht. Ich muss jetzt jedenfalls aufbrechen. Danke für den sehr bewegenden Moment, Jennifer, Amélie, Monsieur de Bourdeille.«

»Wie schade«, sagte Jennifer. »Ich hatte gehofft, Sie alle zum Mittagessen zu mir ins Hotel einladen zu können, aber natürlich habe ich Verständnis dafür, dass Sie gehen müssen, Bruno. Vielleicht begleiten mich die anderen? Ich habe einen Tisch reservieren lassen und dafür gesorgt, dass Sie, Monsieur, mit einem speziellen Fahrzeug abgeholt werden.«

Bruno eilte die Treppe hinunter und hinaus zu seinem Land-Rover. In weniger als zehn Minuten hatte er Limeuil erreicht und parkte den Wagen vor der Festungsmauer. Der Ort sah verlassen aus, aber aus der Kirche auf dem Hügel war Gesang zu hören. Leise öffnete er die Heckklappe und holte das Seil und den Wurfanker aus dem Laderaum, die er sich am Morgen bei den Stadtwerken ausgeliehen hatte. Er zog seine SIG Sauer aus dem Holster und checkte Magazin und Schlitten. Das Restaurant neben dem Parkeingang war geschlossen, das Tor zum Park ebenso, wie er es verlangt hatte. An den Gitterstäben hing ein handbeschriebenes Schild mit der Aufschrift WEGEN REPARATURARBEITEN VORÜBERGEHEND GESCHLOSSEN.

Bruno schlug den Pfad ein, der links vom Tor um das Gelände herumführte, warf den Anker über die Mauer und hangelte sich am Seil empor. Mit Anker und aufgewickeltem Seil ging er am Mittelaltergarten und dem Riesenmammutbaum vorbei, passierte die Bienenkörbe und brachte sich hinter einigen Büschen auf der Anhöhe in Position.

Zur einen Seite hin konnte er auf den Brunnen hinabblicken, dem der Deckel aufgelegt war, zur anderen Seite auf die Mauerstelle, über die er Anfang der Woche geklettert war. Direkt vor ihm breitete sich der Panoramagarten aus. Warum er so genannt wurde, wurde ihm nun von seiner Warte aus klar. Der Ausblick über die beiden Flüsse und die weite Auenlandschaft im Westen, die jedes Jahr im Winter von der Dordogne überflutet wird, ist spektakulär.

Er schaltete sein Handy auf stumm und richtete sich auf eine längere Wartezeit ein. Auf dem Display sah er, dass zwei Textnachrichten eingegangen waren. Jean-Jacques meldete ihm, dass er Stellung bezogen hatte. Die andere war von Hodge und lautete: »Über Facebook erfahren, dass die Verdächtigen im November vorigen Jahres eine Pauschalreise nach Phuket in Thailand unternommen haben.« Bruno lächelte in sich hinein. Die Beweiskette schloss sich allmählich. Er prüfte noch einmal seine Waffe und hoffte inständig, dass sein Manöver nicht umsonst war und er sich hier nicht zum Narren machte.

Die Zeit verstrich. Ein milder Wind raschelte im frischen Laub. Ab und zu taumelte wie betrunken oder orientierungslos eine Hummel vorbei. Als erfahrenem Jäger fiel es ihm nicht schwer, absolut stillzuhalten und das Wild an seine Gegenwart zu gewöhnen. Kaum hatte sich dieser Gedanke in seinem Hinterkopf gebildet, raschelte es neben seinem Fuß. Ein Maulwurf vielleicht oder eine Feldmaus. Laurents Bussard fände hier wohl reiche Beute.

Womit, fragte sich Bruno, würden die, denen er auflauerte, anrücken? Mit Lauge oder Benzin? An einem Sonntagmorgen kam man leichter an Benzin heran, aber ein Feuer fiel auf und war deshalb für jemanden, der unentdeckt bleiben wollte, zu riskant. Die großen Supermärkte hatten nur bis Mittag geöffnet und verkauften Bleichmittel bloß in 10-Liter-Kanistern, wie sie von den Reinigungskräften in der *mairie* verwendet wurden. Mit einem solchen Gebinde über die Mauer zu steigen wäre nicht einfach, es sei denn, es steckte in einem Rucksack, was allerdings auf Kosten der Bewegungsfreiheit gehen würde. Es wäre damit auch schwieriger, unbemerkt über die Mauer zu kommen, und das machte den Einstieg an der Stelle, die Bruno überwunden hatte, wahrscheinlicher. Möglich war aber auch, einen Schlüssel für das Tor zu besorgen. Damit rechnete Bruno sogar. In dem Fall würde er Schritte auf dem Kiesweg hören. So oder so kam es darauf an, die Falle nicht voreilig zuschnappen zu lassen. Er brauchte gerichtsfeste Beweise.

Immer schön ruhig bleiben, redete sich Bruno zu; du hast schon in gefährlicheren Situationen und an gefährlicheren Orten ausharren müssen, verantwortlich für das Leben anderer und abhängig von deiner eigenen Entscheidung; wenn du hier schiefliegst und es kommt niemand, ist das nur eine kleine persönliche Niederlage, und die tut dir vielleicht gut.

Er spürte sein Handy im Etui am Gürtel vibrieren, kurze

Impulse, die ihm mitteilten, dass eine Textnachricht eingegangen war. Das grüne Blinklicht zeugte von einem Absender aus dem Netzwerk des Brigadiers. Er zog es aus dem Etui und las, was er als das letzte Stück im Puzzle begriff.

»Cagnac – eine Tochter, Véronique Cassini, geboren am 30. März 1959.«

Interessant, dachte Bruno, eine Tochter, aber keine Frau. Und Véronique war offenbar ziemlich genau neun Monate nach dem Militärputsch in Algier im Mai 1958 zur Welt gekommen, der der Vierten Republik ein Ende gesetzt und de Gaulle an die Macht gebracht hatte, was von der französischen Armee und den *pieds-noirs* frenetisch gefeiert worden war, weil sie glaubten, dass damit Algerien französisch bliebe. Als *pied-noir* würde damals auch Véroniques Mutter einen *légionnaire* mit offenen Armen willkommen geheißen haben. Wie sehr sich diese Menschen doch geirrt hatten. Und wie geschickt de Gaulle vorgegangen war, der in quasi-diktatorischer Manier die Demokratie in Frankreich gerettet hatte und schließlich aus freien Stücken zurückgetreten war.

An der Geschichte Frankreichs kommt keiner vorbei, dachte er; und hier stehe ich in der Umgebung einer ehemaligen Steinzeitsiedlung und gallischen Festung, die dann von Römern, Franken und Engländern besetzt wurde; und es ist noch gar nicht so lange her, dass unten, am Fuß des Hügels, französische Partisanen von deutschen Truppen an die Wand gestellt wurden, während Charles de Gaulle vom englischen Exil aus den Widerstand organisierte und sich zähneknirschend zur Notwendigkeit der angloamerikanischen Unterstützung bekannte.

Noch ehe er Schritte hörte, vernahm Bruno Stimmen. Dann fiel das Parktor ins Schloss. Zwei Männer, die sich offenbar den Schlüssel der Bauarbeiter besorgt hatten, kamen den Pfad herauf und unterhielten sich keuchend miteinander. Als er sie sah, verspürte er einen Anflug von Erleichterung. Dominique und Luc schleppten an schweren Rucksäcken. Beide waren Nachkommen von Michel Cagnac, der auf Landsleute Jagd gemacht, mit den Nazis kollaboriert und später im Namen Frankreichs in Vietnam und Algerien gekämpft hatte. Der eine war die Folge einer Affäre in Algier, der andere das Ergebnis der Vergewaltigung Rebekkahs im Jahr 1942. Beide hofften auf die Erbschaft eines großen Vermögens und schreckten vor Mord nicht zurück.

Vor dem Brunnen angekommen, nahmen sie die Rucksäcke von den Schultern und holten zwei Plastikkanister mit der Aufschrift EAU DE JAVEL daraus hervor; der Name erinnerte an den Pariser Stadtteil, in dem erstmals Bleiche gewerblich hergestellt worden war. Bruno wartete, bis sich beide an den Kanistern zu schaffen machten, ehe er hinter den Büschen hervortrat.

Die Pistole steckte noch im Holster. Er streckte die Arme seitlich von sich weg. »Luc Bonnet, Dominique Darrail, ich verhafte Sie wegen des dringenden Verdachts, Claudia Muller getötet zu haben«, rief er ihnen zu.

Kaum hatte er zu Ende gesprochen, schleuderte ihm Luc einen der beiden *bidons* entgegen, der, in der Luft kreisend, Bleichmittel verspritzte, und kam selbst auf ihn zugerannt.

Bruno hatte damit gerechnet. Er wartete, bis Luc ihn fast erreicht hatte, sprang zur Seite und trat ihm vors Knie. Als

Luc im Fallen nach ihm zu schlagen versuchte, packte er ihn beim Handgelenk und zwang ihm, noch während er stürzte, den Arm auf den Rücken. Bleichmittel quoll aus dem Kanister, der neben ihm lag.

Bruno blickte auf und sah Dominique wie angewurzelt vor dem Brunnen stehen. In der einen Hand hielt er seinen *bidon,* in der anderen den Verschluss. Anscheinend wusste er nicht, was er tun sollte.

»Seien Sie vorsichtig, Dominique«, sagte Bruno und zog seine Dienstpistole. »Ich mache notfalls von der Schusswaffe Gebrauch.«

Dominique bückte sich langsam, stellte den Kanister ab und richtete sich mit hocherhobenen Händen wieder auf. Hinter ihm stürmte Yveline, dicht gefolgt von Jean-Jacques, Josette und vier bewaffneten Gendarmen, aus dem Portal des maurischen Châteaus.

»Bringen Sie Wasser mit, um die Bleiche von dem Mann hier abzuspülen«, rief Bruno, stellte den umgekippten Kanister auf und wälzte einen vor Schmerzen wimmernden Luc aus der Lache. Josette eilte ins Château zurück. Die Gendarmen legten den beiden Männern Handschellen an.

»Ziehen Sie Ihre Hose aus«, sagte Yveline zu Bruno. »Sie ist voll von dem Zeug, und das ätzt doch bestimmt.«

»Kümmert euch um den da«, sagte Bruno und zeigte auf Luc, als Josette mit einem Eimer Wasser angerannt kam. »Er hat sehr viel mehr von dem Zeug abgekriegt.«

Bruno zog seine Stiefel und dann die Hose aus und ging damit ins Schloss, wo er sich auf der Toilette mit kaltem Wasser die Beine abspülte.

»Kompliment«, sagte Jean-Jacques, der ihm gefolgt war

und sich mit dem Rücken an die Tür lehnte. »Der Einsatz hat sich gelohnt.«

»Diese Yaba-Pillen – Dominique und Luc waren im November vorigen Jahres in Thailand«, erklärte Bruno. »Brauchen Sie mich für das Verhör?«

»Nicht wirklich. Dank dem Beschluss, den Annette ausgestellt hat, haben wir die Textnachricht lesen können, die Dominique während des Vortrags an seinen Kumpel geschickt hat, der offenbar draußen auf der Lauer lag. Aus ihr wird deutlich, dass sie geplant haben, Claudia zu töten. Josette wird ihre Wohnungen durchsuchen. Ich wette, wir finden mehr von diesen Yaba-Pillen, die sie dem Mädchen in den Kräutertee gerührt haben. Yveline wird Dominiques Mutter und Madame Bonnet festnehmen. Wir haben Aufzeichnungen von ihren Telefonaten.«

»Würden Sie das bitte mir überlassen?«, fragte Bruno. »Sie können mich auch gern begleiten. Warten wir mit den Verhören noch ein Weilchen. Sie haben mir selbst einmal gesagt, dass es sich manchmal empfiehlt, Verdachtspersonen in ihrer Zelle ein bisschen schwitzen zu lassen. Ja, es wäre bestimmt gut, wenn Sie mich begleiten würden, denn ich glaube, der Fall ist noch nicht abgeschlossen.«

35

Bruno holte eine Trainingshose aus seinem Land-Rover und fuhr mit Jean-Jacques zum Vieux Logis in Trémolat. Jean-Jacques meldete sich bei Prunier in Périgueux und erstattete ihm Bericht. Bruno hielt an, führte selbst zwei Telefonate und dachte, als er weiterfuhr, seinen Plan noch einmal durch. Er hoffte richtigzuliegen.

»Wir müssen hier jemanden einsammeln«, sagte Bruno, vor dem Hotel angekommen. »Er wird gleich aufkreuzen.«

»Sie meinen Hodge?«, fragte Jean-Jacques.

»Nein, Claudias amerikanischen Doktorvater. Sein Name ist Porter. Ich habe heute Morgen mit ihm telefoniert und muss ihn unbedingt vor dem Hotel abfangen, bevor es für alle Beteiligten sehr unangenehm wird.«

Jean-Jacques betrachtete ihn ratlos. Plötzlich klingelte sein Handy. Es war Josette, die berichtete, unter Lucs Bett in einem Koffer einen größeren Vorrat an Yaba-Pillen gefunden zu haben.

»Danke, das sind gute Nachrichten«, sagte Jean-Jacques und klappte sein Handy zu. »Und jetzt? Warten wir hier und drehen Däumchen?«

»Ich schildere Ihnen meinen Plan, und Sie sagen mir, ob er womöglich irgendwelche Haken hat.«

»Wieso Plan? Wir haben die beiden Täter, und die Textnachricht beweist, dass sie das amerikanische Mädchen vorsätzlich getötet haben. Sie hatten ein Motiv und die Gelegenheit dazu. Wir haben sie auf frischer Tat ertappt, als sie versucht haben, DNA-Spuren zu beseitigen, auf die Sie die beiden gebracht haben. Jetzt wurden auch noch diese Pillen sichergestellt. Und ich werde Madame Bonnet festnehmen, die auf Ihre Finte hereingefallen ist und die beiden informiert hat.«

»Die Sache könnte ein bisschen komplizierter sein«, meinte Bruno und stieg aus seinem Land Rover, als ein Fahrzeug vor dem Hotel anhielt.

Porter saß am Steuer. Jean-Jacques sah, wie Bruno ein paar Worte mit ihm wechselte, worauf der Professor nickte, seinen Mietwagen weiter hinten auf dem Parkplatz abstellte und mit Bruno zu dessen Land-Rover zurückging. Bruno stellte ihn Jean-Jacques vor und fuhr mit ihnen hinunter zur Chapelle Saint-Martin, wo er den Wagen parkte. Jean-Jacques und Porter lasen das kleine Schild mit Informationen über die Kirche.

»Aus dem zwölften Jahrhundert. Hätte nicht gedacht, dass sie schon so alt ist«, sagte Jean-Jacques, als sich Porter absonderte, um den Friedhof zu erkunden. »Ziemlich gut erhalten, nicht wahr? Was wissen Sie darüber, Bruno?«

»Die Kirche wurde vom englischen König Henry II. als Wiedergutmachung für seinen Mord an Thomas Becket gebaut, dem Erzbischof von Canterbury. So wollte es der Papst«, erklärte Bruno. »Henry war zu dieser Zeit nicht zuletzt dank seiner Vermählung mit Eleonore von Aquitanien Herrscher über weite Teile Frankreichs und lag im Dauerstreit mit der französischen Krone. In der Kirche sind noch ein paar mittelalterliche Fresken erhalten. Der wunderbaren Akustik wegen werden im Sommer immer wieder Kammermusikkonzerte in ihr aufgeführt.«

Jean-Jacques folgte Porter auf den Friedhof und ging zwischen Gräberreihen auf den Eingang der Kirche zu. Mehrere flache Stufen führten ins Kirchenschiff hinab. Vom Tonnengewölbe hing ein Seil herab. Bruno erklärte, dass damit bei Beerdigungen die Glocken geläutet wurden.

»Warum sind wir hier?«, wollte Jean-Jacques wissen.

»Wir warten auf Madame de Breille.«

»Eine unmögliche Frau, trotzdem hat sie beziehungsweise Claudias Vater wohl Anspruch darauf, ins Bild gesetzt zu werden«, meinte Porter. Er betrachtete die Fresken und stieß einen leisen Pfiff aus. »Donnerwetter, die sind wirklich großartig – dreizehntes Jahrhundert, vermute ich.«

»Könnte stimmen«, erwiderte Bruno. »Die Kirche wurde 1194 geweiht. Sie steht übrigens auf den Fundamenten eines römischen Tempels.«

Jean-Jacques ignorierte ihn. »Mich interessiert, warum de Bourdeille Madame Bonnet von seinem Erbe ausschließen will. Sie ist doch seine rechtmäßige Erbin. Und was hat Saint-Denis je für ihn getan, dass er die Stadt in seinem Testament so großzügig bedenkt?«

»Tja, das ist die Frage«, entgegnete Bruno, »oder zumindest eine von vielen.«

»Claudia hat doch, wie Sie sagten, de Bourdeille seine Gemäldesammlung abkaufen wollen«, fuhr Jean-Jacques fort. »Ich hoffe, die sind in besserem Zustand als diese Fresken. Die sind ja völlig hin, wegen der Feuchtigkeit hier, vermute ich.«

»Er wird Ihnen seine Sammlung bestimmt gern zeigen«, erwiderte Bruno. »Sie soll an die fünf Millionen wert sein.«

Porter betrachtete die Fresken aus der Nähe. »Da sehe ich Jesu Einzug in Jerusalem, und das soll wohl entweder Mariä Verkündigung oder die Geburt Christi darstellen, genau lässt sich das nicht mehr erkennen. Hier hätten wir die Kreuzigung und die Kreuzabnahme. Wunderschöne Arbeiten. Und wer könnten diese beiden sein?«, fragte er und zeigte auf zwei Gestalten, die an einer Seitenwand nebeneinander abgebildet waren.

»Manche sagen, es seien König Henry und Thomas Becket, als sie noch Freunde waren«, antwortete Bruno. Er drehte sich um, als er draußen Schritte auf dem Kiesweg hörte, und ging zur Tür, um Madame de Breille zu begrüßen. Sie trug wieder einen eleganten Hosenanzug und hatte einen langen, hellroten Seidenschal um den Hals gelegt, der farblich zu ihrem Lippenstift passte.

»Sie können Ihrem Mandanten Monsieur Muller melden, dass wir heute Morgen zwei junge Männer verhaftet haben, die in dem dringenden Verdacht stehen, seine Tochter getötet zu haben. Beide wohnen in Limeuil und haben eine recht interessante Herkunft«, erklärte Bruno. »Verzeihung, ich vergaß meine gute Erziehung. Darf ich vorstellen: Commissaire Jean-Jacques Jalipeau. Professor Porter kennen Sie ja bereits.«

»Messieurs«, grüßte sie kühl und nahm die Herren allenfalls zur Kenntnis. »Interessante Neuigkeiten. Wer sind diese Täter und warum treffen wir uns hier?«

»Beide sind Nachfahren von Michel Cagnac, dem Milizionär, über den sich Ihr Privatdetektiv Pellier letzte Woche in Bordeaux erkundigt hat«, antwortete Bruno. »Der eine ist der Sohn von Madame Bonnet, der rechtmäßigen Erbin von de Bourdeille. Der andere, Cagnacs Enkel, ist der Nachkomme einer kurzen Liaison Cagnacs in Algerien. Die beiden jungen Männer sind Freunde und Cousins. Ich glaube, sie und ihre Mütter sind übereingekommen, de Bourdeilles Vermögen untereinander aufzuteilen. Cagnacs in Algerien gezeugte Tochter, Dominiques Mutter, hat Claudia eine Yaba-Pille in den Tee gerührt, die von den aromatischen Kräutern geschmacklich überdeckt wurde. Auch Dominiques Mutter, Véronique Dorrail wurde festgenommen.«

»Damit wäre der Fall ja abgeschlossen. Gratuliere«, bemerkte sie trocken. »Das hätten Sie mir auch telefonisch mitteilen können.«

»Ich dachte, es wäre auch in Ihrem Interesse, uns in die nächste Phase unserer Operation zu begleiten. Ich habe Sie dazu eingeladen, weil Monsieur Muller wissen sollte, was hier gespielt wird. Entschuldigen Sie mich einen Augenblick. Ich muss jemanden anrufen.«

Bruno wählte Pamelas Nummer und erfuhr, dass das Mittagessen beendet sei und de Bourdeille in seinem Spezialtaxi nach Hause gebracht werde. Gleich darauf meldete er sich beim Bürgermeister und sagte: »Es wird Zeit. Wir machen uns jetzt auf den Weg.«

Er klappte sein Handy zu. »Wir können los. Wir fahren zur *chartreuse,* wo Jean-Jacques Madame Bonnet festnehmen kann. Wir anderen werden uns zusammen mit Monsieur de Bourdeille anhören, zu welchen Ergebnissen Professor Porter in seiner Recherche gekommen ist. Danach klärt sich vielleicht auch die Frage, wie alles wieder ins Lot zu bringen ist.«

De Bourdeille saß bereits vor seinem Schreibtisch, als Bruno das Arbeitszimmer betrat, gefolgt von Porter, dem Bürgermeister und Madame de Breille.

»Ihnen ist ein köstliches Mittagessen entgangen, Bruno«, sagte der alte Herr. »Bonjour, Monsieur le Maire, was für eine unverhoffte Ehre. Und wer sind die charmante Dame und der Herr in Ihrer Begleitung?«

»Madame de Breille vertritt die Interessen von Claudias Vater, und Professor Porter von der Yale University war Claudias Doktorvater. Er würde sich gern mit Ihnen unterhalten.«

Porter warf einen nervösen Blick auf Bruno und schien sich im Unklaren zu sein, welche Rolle ihm hier zukam. Bruno lächelte ermunternd. Porter fuhr sich mit der Hand durchs Haar und wandte sich an de Bourdeille.

»Sie wissen wohl, dass Claudia eine sehr begabte Studentin war. Bei allem Respekt, Monsieur de Bourdeille, ich finde, Sie sollten ihre Bedenken bezüglich mancher Ihrer Zuschreibungen durchaus ernst nehmen. Ich habe die letzten Tage im Labor des Museums in Bordeaux zugebracht. Gleichzeitig haben ehemalige Kollegen von Ihnen im Louvre, darunter Ihre ehemalige Schülerin Madame Massenet, eigene Untersuchungen angestellt. Um es geradeheraus zu sagen: Wir sind inzwischen überzeugt, dass zwei fragliche Zuschreibungen auf Fälschungen von Dokumenten aus dem achtzehnten Jahrhundert basieren. Claudia hatte recht.«

»Es ist korrekt, was Sie über Claudia sagen, Monsieur le

Professeur«, erwiderte de Bourdeille höflich. »Sie war eine sehr begabte Studentin. Ich trauere sehr um sie. Und dass Sie von Fälschungen sprechen, bestürzt mich. Sie wollen mir aber doch wohl nicht unterstellen, dass ich mich in meinen Zuschreibungen wissentlich auf Fälschungen eingelassen und diese billigend in Kauf genommen habe, oder? Zur damaligen Zeit waren die wissenschaftlichen Methoden zur Sicherung einer eindeutigen Provenienz längst nicht so fortgeschritten wie heute. Im Lichte neuer Erkenntnisse werde ich natürlich Irrtümer, die mir unterlaufen sind, mit Freude korrigieren.«

»Ja, Monsieur, die besagten Methoden haben sich enorm verbessert«, sagte Porter, der nun ein wenig selbstbewusster klang. »Gas-Chromatografie in Kombination mit Massenspektrometrie sind für unsereins ein großes Geschenk. Die Dokumente, die wir untersucht haben und die angeblich aus verschiedenen Ländern stammen und zu unterschiedlichen Zeiten verfasst wurden, sind nachweislich mit derselben Tinte geschrieben worden. Noch bemerkenswerter ist, dass eben diese Tinte von Ihrem Freund Paul Juin benutzt wurde, als er die Mitschrift des Interviews mit ihm im Centre Jean Moulin mit seiner Unterschrift beglaubigt hat. Sie erinnern sich vielleicht, dass Sie am selben Tag ein Interview gegeben und unterschrieben haben – mit derselben Tinte.«

De Bourdeille starrte den Professor an und schwieg. Die Stille im Raum lastete schwer. Bruno hielt die Luft an. Schließlich sagte de Bourdeille: »Ja, ich glaube mich zu erinnern, dass ich mir von Paul den Füllfederhalter habe geben lassen.«

»Das nehme ich Ihnen nicht ab«, entgegnete Porter. »Sie sind ein Betrüger, Monsieur.«

»Ich glaube, wir können noch weiter gehen«, sagte Bruno. »Sie waren entweder Mitwisser des an Claudia verübten Tötungsdelikts oder haben sogar Beihilfe geleistet. Darüber wird dann die Staatsanwaltschaft befinden müssen.

Sie wussten«, fuhr er fort, »dass Claudia Ihnen auf die Schliche gekommen ist und dass sie nicht lockerlassen würde. Sie hatten ein Motiv, sie zum Schweigen zu bringen, und glaubten, schlau genug zu sein, den Verdacht von sich abzulenken. Sie wissen natürlich auch, dass die Mikrofone in Ihrem Haus immer eingeschaltet sind, damit Madame Bonnet schnell zur Stelle ist, wenn Sie Hilfe brauchen. Sie wollten aus persönlichen und nachvollziehbaren Gründen Madame Bonnet von Ihrem Erbe ausschließen, haben ihr aber mit Hilfe der Gegensprechanlage zu verstehen gegeben, dass die eigentliche Gefahr für ihr Erbe und das ihres Sohnes von Claudia ausging. Der Rest ist bekannt.«

»Was reden Sie da, Bruno?«, empörte sich de Bourdeille. »Können Sie Ihre infamen Vorwürfe auch beweisen?«

»Warten wir doch ab, was Madame Bonnet zu alldem zu sagen hat«, entgegnete Bruno. »Sie ist unten gerade festgenommen worden. Véronique Darrail und ihr Sohn Dominique wurden schon heute Morgen in Limeuil verhaftet. Ich bin gespannt auf ihre Reaktion, wenn sie erfahren, dass Sie sie enterben und ihren Besitz der Stadt Saint-Denis vermachen wollten. Oder war das auch nur ein Täuschungsmanöver?«

»Saint-Denis bekommt keinen Sous von mir«, blaffte

de Bourdeille. Sein Blick fiel auf Madame de Breille: »Was hat eigentlich diese Frau hier zu suchen?«

»Ich bin diejenige, die Monsieur Muller anraten wird, Privatklage gegen Sie zu erheben, selbst dann, wenn es nicht zu einem Strafprozess kommen sollte«, sagte Madame de Breille. »Er wird alles daransetzen, Ihren Ruf zu zerstören und Sie fertigzumachen.«

In diesem Moment trat Madame Bonnet durch die Tür, gefolgt von Jean-Jacques.

»Natürlich wusste er, dass die Mikrophone immer eingeschaltet sind«, sagte sie und fixierte de Bourdeille mit vernichtendem Blick. »Unten liegt der Vertrag mit dem Elektriker mit der ausdrücklichen Anweisung, dafür zu sorgen, dass die Gegensprechanlage ständig in Betrieb ist. Angeblich, Monsieur, zu Ihrer eigenen Sicherheit. Sogar in meinem Haus drüben sind Mikrophone und Lautsprecher installiert worden, damit ich ständig zur Verfügung stehe. Sie haben meinen Sohn und Dominique in Ihr hinterhältiges kleines Spielchen mit hineingezogen, Sie mieser alter Krüppel. Kein Wunder, dass sich meine Großmutter vor den Zug geworfen hat, statt weiter mit Ihnen verheiratet sein zu müssen. Ich spucke auf Sie.«

Sie streckte Jean-Jacques die Hände entgegen, wie um ihn aufzufordern, ihr Handschellen anzulegen. »Schaffen Sie mich fort. Ich will den Kerl nicht länger sehen müssen.«

»Monsieur de Bourdeille, ich muss Sie bitten, mich ins *commissariat de police* nach Périgueux zu begleiten«, sagte Jean-Jacques. »Ich bin sicher, meine Kollegen, die für Kunstbetrug zuständig sind, werden Ihnen auch ein paar Fragen stellen wollen.«

Epilog

An einer der schönsten Stellen im Tal der Dordogne gelegen, leuchtete das Château Les Milandes im magischen Licht der tief stehenden Sommersonne. Bruno fühlte sich ein wenig befangen in seinem geliehenen Smoking. Pamela, die neben ihm stand, sah phantastisch aus in ihrem bodenlangen weißen Brokatkleid mit weitem Bateauausschnitt, in dem die von ihrer Mutter geerbte Smaragdkette besonders gut zur Geltung kam. Die grünen Steine, fand er, passten wunderbar zu ihren Augen und den kastanienbraunen Haaren mit dem bronzenen Schimmer.

Sie standen auf dem Balkon und schauten Laurents Bussard nach, den er zur Unterhaltung der Gäste hatte aufsteigen lassen. Alle waren festlich gekleidet. Der Baron und Gilles aber schienen der Flugshow mehr Aufmerksamkeit zu schenken als den Frauen in ihrer Begleitung, und so bezog Bruno die beiden mit in seine kleine Runde ein.

Fabiola trug ein *directoire*-Kleid mit hoher Taille. Florence erklärte ihr gerade, dass ihres selbst genäht sei; den Stoff – burgunderrote schwere Seide – habe sie zufällig bei einer *brocante* gefunden. Zu schneidern habe sie gelernt, sagte Florence, weil sie sich und den Zwillingen vor ihrer Anstellung am *collège* keine Kleidung kaufen und darum aus der Not eine Tugend gemacht hatte. Bruno, neugierig geworden, fragte, ob er den Stoff einmal anfassen dürfe, worauf Florence ihm den Kelchkragen ihres Kleids hinhielt. Der Seidenstoff war dicker, als er erwartet hatte, und fiel in hübschen Falten.

»Steht dir sehr gut«, sagte er. »Ihr seht alle großartig aus – wie die drei Grazien.« Er wandte sich an Pamela. »Wer war noch mal der Mann, von dem du gesprochen hast und der gesagt hat, dass er sich unter Sozialismus eine Gesellschaft vorstellt, in der jede junge Frau in einem Abendkleid zum Ball gehen kann?«

»George Bernard Shaw. Heute hätte er sich mit einem solchen Spruch bestimmt blamiert«, antwortete sie. »Was meint ihr? Sollten wir nicht Jennifer zu Hilfe eilen?«

Jennifer Muller machte einen etwas abwesenden Eindruck. Schweigend stand sie neben dem amerikanischen Botschafter, der einem Fernsehreporter ein Interview gab. Bevor Bruno reagieren konnte, tauchte Hodge in Begleitung seiner Frau und mit drei gefüllten Champagnerflöten in den Händen neben Jennifer auf und führte sie auf die Gruppe um Bruno zu.

»Mit mehreren Gläsern zu jonglieren, lernt man in diplomatischen Kreisen«, erklärte er. Bruno half, die Gläser an Pamela, Florence und Fabiola zu verteilen.

»Haben Sie Amélie gesehen?«, fragte Hodge.

»Nicht seit unserem gemeinsamen Frühstück heute Morgen«, antwortete Bruno. »Entweder sie probt oder sie gibt Interviews, schätze ich. Wie wir Amélie kennen, lässt sie sich durch nichts aus der Ruhe bringen, auch nicht von einem bevorstehenden Auftritt und Fernsehkameras.« Er wandte sich an Jennifer. »Sind Sie gerade erst gekommen?«

»Ja, im Privatflieger des Botschafters und zusammen mit dem Kulturattaché und seiner Frau. Cheers.« Sie erhob ihr Glas.

»So lässt es sich bequem reisen«, meinte Hodge. »Zu dumm nur, dass wir schon morgen wieder mit ihm zurückmüssen.«

»Sie sollten mit Eleanor bei uns Urlaub machen und das Périgord kennenlernen«, sagte Pamela und lächelte Hodges Frau an.

»Waren Sie auf de Bourdeilles Beerdigung?«, fragte Hodge. Zehn Tage nach dem Verhör durch Jean-Jacques war der alte Herr im Krankenhaus in seinem Bett eingeschlafen und nicht mehr aufgewacht. Eine formelle Anklage oder Untersuchungshaft war ihm erspart geblieben.

»Ja, ich habe mit dem Bürgermeister und einigen der noch übrig gebliebenen Veteranen teilgenommen. Trotz allem, was ihm vorzuwerfen ist, hatte er doch einen ehrenvollen Abschied verdient, bedenkt man, was er im Krieg geleistet hat. Yacov Kaufman war auch anwesend. Wie ich erfahren habe, hat de Bourdeille Yacovs Kanzlei über zwanzig Jahre geholfen, von Nazis geraubte Kunstschätze aus jüdischem Besitz den rechtmäßigen Eigentümern zurückzuerstatten. Und hat keinen Sous dafür in Rechnung gestellt.«

»Ironischerweise hat sich im Nachhinein herausgestellt, dass die inkriminierten Gemälde ausnahmslos echt sind«, fügte Hodge hinzu. »Gefälscht waren nur die Dokumente, mit denen er ihre Provenienz zu belegen versucht hat.«

»Ich frage mich, ob de Bourdeille wirklich wusste, dass sie gefälscht wurden, oder ob er seinem Freund Paul Juin einfach nur blind vertraut hat«, sagte Jennifer.

»Das werden wir nie erfahren«, erwiderte Hodge. »Davon abgesehen hat mich der Botschafter gebeten, für den Prozess gegen die Cousins wieder herzufliegen. Gibt es schon einen Termin?«

»Wohl erst im Herbst«, antwortete Bruno. »Im Oktober vielleicht. Von der Staatsanwaltschaft war allerdings schon zu hören, dass sich Luc und Dominique schuldig bekennen werden. Ob das auch Madame Bonnet und Madame Darrail tun, bezweifle ich.«

Ein Gong ertönte. Die Gäste verließen den Balkon und verteilten sich auf die Sitzreihen im Foyer. Amélie hatte für Bruno und Pamela zwei Plätze reservieren lassen, weshalb die beiden die anderen vorgehen ließen.

»Du siehst wunderschön aus«, flüsterte er ihr ins Ohr.

Sie lächelte und drückte seinen Arm.

»Es freut mich, dass man dem Konzert einen so festlichen Rahmen gegeben hat«, sagte sie. »Warum trägst du deine Orden nicht? Ich habe schon einige Herrschaften gesehen, die voller Lametta sind.«

»So festlich ist die Veranstaltung denn doch nicht. Außerdem sind meine Orden eher bescheiden. Und da ich dich begleiten darf, werden ohnehin alle wissen, dass ich der glücklichste Mann hier im Schloss bin.«

»Ist dir eigentlich klar, dass das Konzert ohne dich gar nicht zustande gekommen wäre und dass du Amélie im Grunde entdeckt hast? Der amerikanische Botschafter hätte nie ein solches Event auf die Beine stellen können.«

»Amélie ist der geborene Star, und es war Hodge, der den Botschafter auf sie aufmerksam gemacht hat«, erwiderte er. »Ich habe mit alldem nur wenig zu tun.«

Plötzlich hielt Pamela inne. Ihre Hand klammerte sich um seinen Arm, als eine vertraute schlanke Gestalt durch die Menge auf sie zukam. Isabelle sah wieder einmal umwerfend aus. Sie hatte ihre kurzgeschnittenen Haare zu einem Bob im Stil der 1920er Jahre frisiert und trug einen langen schwarzen Neckholder, der die Schultern freigab. Um die Taille war ein roter Seidenschal geschlungen, dessen Enden bis auf den Boden herabfielen. Abgesehen von einer schwarzen Swatch-Uhr am linken Handgelenk waren die farblich zum Schal passenden roten Glitzerohrringe der einzige Schmuck, den sie trug.

Bruno dachte unwillkürlich an Momente zurück, in denen sie nichts anderes als diese Uhr getragen hatte. Als er sie eines Nachts deswegen gehänselt und in Erwägung gezogen hatte, ihr ein kostbares Accessoire zum Geburtstag zu schenken, hatte sie geantwortet: »Ein Maximum an Effizienz ist immer das Stylischste.«

»*Bonjour*, Pamela, Sie sehen großartig aus«, grüßte Isabelle leicht unterkühlt und gab Bruno einen Kuss auf beide Wangen. »*Ça va*, Bruno? Amélie war so lieb, mich einzuladen. Für ihr Konzert habe ich alles liegen und stehen lassen. Der Brigadier begleitet mich, und ich weiß, dass er darauf brennt, sich nach dem Konzert mit dir unterhalten zu können.«

Immer noch ein wenig benommen von ihrem Anblick, stammelte Bruno ein paar Worte der Begrüßung und fragte sich im Stillen, warum Amélie diese Begegnung eingefädelt hatte. Er erinnerte sich an das Mittagessen bei Ivan, als Amélie sein Kinn angehoben, ihm tief in die Augen gesehen und ihm geraten hatte, endlich erwachsen zu werden und zu akzeptieren, dass es für ihn und Isabelle keine gemeinsame Zukunft gebe. Aber hatte sie nicht auch erwähnt, dass sich Isabelle das Konzert nicht entgehen lassen wollte? Er wusste, dass die beiden befreundet waren, hatte den Hinweis aber anscheinend verdrängt.

All dies ging Bruno durch den Kopf, während er sich an Isabelles Anblick heimlich weidete: an ihrer Körperhaltung, die ihm so vertraut war, dem selbstsicheren Auftreten, das ihre Verletzlichkeiten so überzeugend kaschierte, an ihrer Gestalt, die er ebenso gut wie seine eigene kannte, vielleicht sogar besser, an ihren Ohren, dem Kinn und der Art, wie sie durch ein kaum merkliches Heben ihrer Augenbrauen Bände sprechen konnte, an ihrem herausfordernden Blick und dem halb lächelnden Schmollmund, den er auch jetzt wieder zu küssen versucht war.

Mit dem Rest seiner Sinne nahm er am Rande die Verkrampfung in Pamelas Pose wahr, den festen Griff ihrer Hand an seinem Arm.

Isabelle nickte ihr kurz zu und wandte sich ab, um ihren Platz in den Sitzreihen zu suchen.

»Wusstest du, dass sie kommt?«, fragte Pamela in einem Tonfall wie splitterndes Eis.

Betroffen schüttelte Bruno den Kopf, riss seinen Blick von Isabelles Rückenansicht los und fragte sich verzweifelt, wie er Pamela besänftigen mochte. Er konnte ihr doch nicht sagen, dass er es einfach vergessen oder den Gedanken daran ausgeblendet hatte. Aus seiner Verlegenheit rettete ihn Jennifer, die, beim Botschafter und seiner Frau links und rechts untergehakt, herbeigeschwebt kam und sie mit Bruno bekannt machte, der den Fall gelöst hatte. Der Botschafter schüttelte ihm herzlich die Hand und sagte, dass Hodge ihn schon eingeweiht habe. Es sei aber nun Zeit, die Plätze einzunehmen.

Sie waren die Einzigen, die noch standen, und zu Brunos Überraschung und Pamelas sichtlicher Freude hatte Amélie sie neben dem Botschafter und Jennifer plaziert. Es wurde still im Foyer, aber dann fingen die Zuhörer an zu klatschen, als die Musiker des kleinen Orchesters ihre Instrumente zu stimmen anfingen. Der Dirigent betrat die Bühne und verbeugte sich unter doppeltem Applaus, der dann plötzlich zur Ruhe kam, als sich langsam der Vorhang öffnete und die ersten Takte von »J'ai deux amours« erklangen.

Als es ihm mehr oder weniger gelungen war, die Frage, was der Brigadier wohl diesmal von ihm wollte, aus dem Hinterkopf zu verdrängen, dachte Bruno: Auch ich habe zwei Lieben, und er wünschte sich, darüber wenigstens annähernd so glücklich sein zu können wie Amélie in ihrer Interpretation des kultigen Liedes von Josephine Baker.

Danksagungen

Schon lange hatte mir vorgeschwebt, Bruno in Limeuil auftreten zu lassen, das zu Recht stolz darauf ist, als eine der schönsten Ortschaften Frankreichs zu gelten. Sie liegt an einem Hügel über dem Zusammenfluss von Vézère und Dordogne. Wie beschrieben, hatte sie in prähistorischer Zeit eine Kunstschule, eine eisenzeitliche Hügelfestung, ein römisches Oppidum, eine mittelalterliche Burg mit ihrem Brunnen und das neomaurische Schloss. Der Schlossgarten ist heute eine hübsche Parkanlage, die mit ihrem Riesenmammutbaum und ihren Beeten für Heil- und Kräuterpflanzen einen Besuch wert ist.

Als ich amerikanische Freunde aus Boca Grande auf der Florida vorgelagerten Insel Gasparilla, die zu Besuch gekommen waren, durch den Park führte, fiel mir zum ersten Mal der mit einem Deckel sicher verschlossene Brunnen auf. In diesem Moment war die Idee für dieses Buch geboren. Einen Teil des Buches habe ich dann auf jener Insel geschrieben, genauer: in dem sehr gastlichen und kultivierten Haus von Jane und Bob Geniesse. Die mittelalterlichen Mauern der Festung Limeuil können tatsächlich, wie es Bruno tut, bestiegen werden, und das Restaurant auf dem Hügel mit dem phantasievollen Namen Garden Party ist sehr zu empfehlen.

Alle Figuren in diesem Roman sind aber frei erfunden. Die Betreiber des beliebten Kanuverleihs haben einen makellosen Ruf. Es gibt keine Menschen wie die Darrails und Bonnets, und der aktuelle Bürgermeister, Guy Thomasset, ist ein feiner und einfallsreicher Mann, der zusammen mit seiner Frau Terez den kulturellen Horizont unserer Region erweitert hat, indem sie dafür sorgten, dass uns Opernübertragungen aus der New York Metropolitan Opera erreichen. Monsieur de Bourdeille ist auch eine Erfindung; sein vermeintlicher Vorfahr, Pierre de Bourdeilles, war aber tatsächlich der indiskrete Chronist am Hof von Königin Caterina de' Medici und der Soldat, der die Schottenkönigin Maria Stuart zurück in ihre Heimat begleitete.

Claudia und ihre Familie sind ebenfalls rein fiktiv, obwohl sie, wenn es sie wirklich gäbe, mit Sicherheit im Vieux Logis in Trémolat übernachten würden, wo mein Freund Vincent Arnould so vorzüglich kocht, Yves einen beeindruckenden Weinkeller führt und Estelle den Hotelbetrieb mit einer Diskretion und charmanten Effizienz verwaltet, die ans Genialische grenzt. Ich fühle mich geehrt, den legendären Eigentümer Bernard Giraudel zu meinen Freunden zu zählen. Er ist noch im Alter von zweiundneunzig Jahren ausgesprochen rüstig und aktiv. Seine Großmutter gründete das Gasthaus in der alten Priorei, die die Familie seit fünfhundert Jahren bewohnt. Bernard, der große Anekdotenerzähler, Gourmet und Literaturliebhaber, erinnert sich an die unerwartete Ankunft des amerikanischen Schriftstellers Henry Miller im Paddelboot: »Barfuß, nur in Shorts gekleidet und kahl wie ein Neugeborenes, bat er um ein Bett für eine Nacht und blieb einen ganzen Monat.«

Der Vichy-Getreue Michel Cagnac ist eine frei erfundene Figur; doch seine Karriere in der französischen Armee, seine Einsätze in Vietnam und Algerien sowie seine Mitgliedschaft in der ss-Division Charlemagne, die zu großen Teilen aus französischen Freiwilligen bestand und zur Verteidigung von Hitlers Bunker in den Ruinen Berlins herangezogen wurde, basieren samt und sonders auf historischen Gegebenheiten. Es war in der Tat ein französischer Soldat, nämlich Henri Joseph Fenet, der mit dem letzten Ritterkreuz des Zweiten Weltkriegs ausgezeichnet wurde, und die verpfuschte Hinrichtung des legendären Leutnants Degueldre durch ein Erschießungskommando fand tatsächlich statt wie hier erzählt. In Algerien und Indochina erlitt die Vierte Französische Republik ihr bitteres Ende.

Die Geschichte produziert Dramen, die kein Schriftsteller zu erfinden wagen würde, und die Geschichte Frankreichs ist vielleicht dramatischer als die der meisten Nationen. Sie fasziniert und inspiriert mich immer wieder aufs neue, wenn ich mich im Tal der Vézère aufhalte und schreibe, eine Gegend, in der es mehr Legenden und Denkmäler der Menschheit gibt als sonstwo auf der Welt. In fußläufiger Entfernung von unserem Haus befinden sich ein Château, das 1944 der geheime Befehlsstand des Widerstandes war; eine Höhle mit Cro-Magnon-Ritzzeichnungen verschiedener Tiere, durchsetzt mit den Krallenspuren echter Höhlenbären; ein Nonnenkloster, das von Protestanten in den Religionskriegen geplündert und während der Französischen Revolution geschlossen wurde; mittelalterliche Burgen, Renaissanceschlösser und ein Neandertalerfriedhof, siebzigtausend Jahre alt und der erste Beweis dafür, dass unsere Urahnen ihre Toten rituell und mit Respekt begraben haben.

Dazu die Weinberge und Wälder mit ihren Trüffeln, Pilzen und zahlreichem Wild, die Bauernhöfe, auf denen Enten und Gänse, Lämmer, Kälber und mit Eicheln gemästete Schweine aufgezogen werden und die das Périgord zum gastronomischen Herzland Frankreichs gemacht haben. Die Beschreibung der alljährlichen Verkostung der *pâté de Périgueux* basiert auf persönlichen Erfahrungen, und ich habe die Ehre, Mitglied der *confrérie* zu sein. Und nunmehr haben wir – nicht zuletzt dank nachhaltiger Verordnungen der Europäischen Union zur Wiederherstellung der Wasserreinheit – wieder Lachse und Störe in den Flüssen, wie schon vor 25 000 Jahren, als die meterlange Zeichnung eines Lachses im Abri du Poisson in der Gorge d'Enfer bei Les Eyzies in den Felsen geritzt wurde. Bei Limeuil findet jedes Jahr zum Ausklang des Sommers ein großes öffentliches Fischbratfest statt, das die Gäste an die Lebensmittel erinnert, die uns die Flüsse spenden.

Nach zwanzig Jahren, in denen ich hier ein Haus habe, und nach fast vierzig Jahren regelmäßiger Besuche ist meine Vorliebe für das Périgord ungebrochen. Sie wurde bereichert durch viele Freundschaften, die meine Familie und unsere Hunde hier geschlossen haben, auch um Geschichten und Anekdoten, die wir an den Tischen aufgeschnappt haben, wenn köstliche Weine der Region ausgeschenkt wurden. Ohne diese Geschichten und Freundschaften, das Essen und die Historie gäbe es keine *Bruno*-Romane.

Ein besonderer Dank gilt meiner geliebten Frau Julia Watson, mit der ich seit vierzig Jahren verheiratet bin und die immer die Erste ist, die meine Entwürfe liest, meine Rezepte zusammenstellt und Brunos Küche verfeinert, sowie unseren Töchtern Kate (zuständig für die Website) und Fanny, die mit ihrem Algorithmus dafür sorgt, dass Figuren, Orte und Begebenheiten in den Romanen nicht durcheinandergeraten. Caroline Wood, eine Freundin und wunderbare Literaturagentin, ist mir eine verlässliche Hilfe. Außerdem bin ich gesegnet mit großen LektorInnen: Jane Wood in London, Anna von Planta in Zürich und Jonathan Segal in New York.

Zu den weniger bekannten Vergnügen eines Autors gehört die Möglichkeit, eine Vielzahl von Buchhändlern kennenzulernen, die – wie auch Winzer und Köche – mit ihrer Arbeit einen Großteil zu dem beitragen, was das Leben lebenswert macht. Fast alle von ihnen sind stets freundlich und einladend, und nicht wenige sind Freunde von mir geworden. Wer mit Büchern handelt, wird selten reich an Geld, aber wir alle wären ohne sie sehr viel ärmer. Es war mir wieder eine große Freude, vielen von ihnen und vielen Lesern den einzigartigen und zeitlosen Charme des Périgord nahezubringen.

Martin Walker, Périgord, 2018

Das Diogenes Hörbuch zum Buch

Martin Walker
Connaisseur

Ungekürzt gelesen von JOHANNES STECK

8 CD, Gesamtspieldauer 680 Min.

Martin Walker
im Diogenes Verlag

Bruno
Chef de police

Roman. Aus dem Englischen
von Michael Windgassen

Bruno Courrèges – Polizist, Gourmet, Sporttrainer und begehrtester Junggeselle von Saint-Denis – wird an den Tatort eines Mordes gerufen. Ein algerischer Einwanderer, dessen Kinder in der Ortschaft wohnen, ist tot aufgefunden worden. Das Opfer ist ein Kriegsveteran, Träger des Croix de Guerre, und weil das Verbrechen offenbar rassistische Hintergründe hat, werden auch nationale Polizeibehörden eingeschaltet, die Bruno von den Ermittlungen ausschließen wollen. Doch der nutzt seine Ortskenntnisse und Beziehungen, ermittelt auf eigene Faust und deckt die weit in der Vergangenheit wurzelnden Ursachen des Verbrechens auf.

»Martin Walker hat mit Bruno einen großartigen Charakter geschaffen, den man beim Ermitteln genauso gerne begleitet wie beim Schlemmen! Dieser Flic macht Appetit auf mehr.« *Emotion, München*

Auch als Diogenes E-Hörbuch erschienen,
gelesen von Johannes Steck

Grand Cru
Der zweite Fall für Bruno,
Chef de police

Roman. Deutsch von Michael Windgassen

In vino veritas? Ja, aber manchmal ist die Wahrheit gut versteckt.
Ein geheimes Paradies auf Erden, das ist das Périgord. Oder vielmehr war, denn die Weinberge der Gegend sollen von einem amerikanischen Weinunternehmer

aufgekauft werden. Es gärt im Tal, in den alten Freund-
und Seilschaften, und in einem Weinfass findet man
etwas völlig anderes als Wein – eine Leiche.

»Martin Walker hat schon viele Ideen für die nächsten
Folgen. Spannend, lehrreich genug sind die *Brunos* all-
emal geschrieben. Und zumindest die beiden ersten
erinnern uns in leuchtenden Farben daran, dass Gott
in Frankreich wohnt. Wo sonst.«
Tilman Krause / Die Welt, Berlin

Auch als Diogenes Hörbuch erschienen,
gelesen von Johannes Steck

Schwarze Diamanten
*Der dritte Fall für Bruno,
Chef de police*
Roman. Deutsch von Michael Windgassen

Was haben Trüffeln mit Frankreichs Kolonialkrieg in
Vietnam und mit chinesischen Triaden zu tun? Die
Lösung von Bruno Courrèges' drittem Fall ist so tief
vergraben wie die legendären schwarzen Diamanten
unter den alten Eichen im Périgord – und genauso
schwer zu finden.

»Der Autor schafft das Kunststück, den Fall in ein halbes Jahrhundert französischer Kulturgeschichte einzu-
betten und damit nicht nur spannend, sondern auch
lehrreich zu erzählen.«
Manfred Papst / NZZ am Sonntag, Zürich

»Martin Walker hat wieder ein ebenso packendes wie
lehrreiches Buch geschrieben. Dem Leser läuft das
Wasser im Munde zusammen, und er beginnt unwei-
gerlich von einer der schönsten Regionen Frankreichs
zu träumen.« *Ute Wolf / Nürnberger Zeitung*

Auch als Diogenes Hörbuch erschienen,
gelesen von Johannes Steck

Delikatessen
Der vierte Fall für Bruno,
Chef de police
Roman. Deutsch von Michael Windgassen

Für Brunos Geschmack ist im malerischen Saint-Denis im Périgord entschieden zu viel los: Ein spanisch-französisches Gipfeltreffen ruft die Separatistenbewegung ETA auf den Plan, eine Gänsefarm wird von Tierschutzaktivisten attackiert, und dann ist da auch noch die archäologische Ausgrabungsstätte, deren deutscher Forschungsleiter nach einem prähistorischen Menschen sucht. Das Skelett, das gefunden wird, ist allerdings längst nicht so alt wie erhofft, und Bruno muss Nerven beweisen, um all die Fäden zusammenzuführen.

»Martin Walker fängt die beschauliche Kulisse des Périgord mit liebevollem Blick ein.«
Ralf Kramp / Focus Online, München

Auch als Diogenes Hörbuch erschienen,
gelesen von Johannes Steck

Femme fatale
Der fünfte Fall für Bruno,
Chef de police
Roman. Deutsch von Michael Windgassen

Das Périgord ist ein Paradies für Schlemmer, Kanufahrer und Liebhaber des gemächlichen süßen Lebens. Doch im April, kurz vor Beginn der Touristensaison, stören ein höchst profitables Touristikprojekt, Satanisten und eine nackte Frauenleiche in einem Kahn die beschaulichen Ufer der Vézère. Und Bruno, den örtlichen Chef de police, stören zusätzlich höchst verwirrende Frühlingsgefühle.

»Martin Walker schafft es erneut, Gemütlichkeit und Spannung zu paaren.« *SonntagsZeitung, Zürich*

Auch als Diogenes Hörbuch erschienen,
gelesen von Johannes Steck

Reiner Wein
Der sechste Fall für Bruno,
Chef de police
Roman. Deutsch von Michael Windgassen

Es ist Sommer im Ferienparadies Périgord. Doch Bruno, Chef de police, muss eine Serie von Raubüberfällen aufklären. Deren Spuren führen zurück in den Sommer 1944, als Résistance-Kämpfer einen Geldtransport überfielen und mit Milliarden alter Francs das Weite suchten. Eine Beute, die in dunklen Kanälen versickerte …

»*Reiner Wein* ist – einmal mehr – nicht nur geschmeidig geschrieben, sondern auch wieder exzellent recherchiert.« *Axel Hill / Kölnische Rundschau*

Auch als Diogenes Hörbuch erschienen,
gelesen von Johannes Steck

Provokateure
Der siebte Fall für Bruno,
Chef de police
Roman. Deutsch von Michael Windgassen

Saint-Denis im Périgord ist ein Sehnsuchtsort für viele. Auch für einige, die hier aufgewachsen sind. Doch als ein autistischer Junge aus Saint-Denis auf einer französischen Armeebasis in Afghanistan auftaucht und nach Hause möchte, ist unklar, ob als Freund oder Feind. Dies herauszufinden ist die dringende Aufgabe für Bruno, *Chef de police*, ehe sich verschiedene Provokateure einmischen und alle in tödliche Gefahr bringen können.

»Martin Walker holt mit seinem Buch *Provokateure* zum siebten Schlag aus und ist dabei so aktuell und politisch wie noch nie.«
Frauke Kaberka / Focus Online, München

Auch als Diogenes Hörbuch erschienen,
gelesen von Johannes Steck

Eskapaden
Der achte Fall für Bruno,
Chef de police

Roman. Deutsch von Michael Windgassen

Das Périgord ist das gastronomische Herzland Frankreichs – neuerdings auch wegen seiner aus historischen Rebsorten gekelterten Weine. Doch die Cuvée Éléonore, mit der die weitverzweigte Familie des Kriegshelden Desaix an ihre ruhmreiche Vergangenheit anknüpfen will, ist für Bruno, *Chef de police*, eindeutig zu blutig im Abgang.

»Spannungsgeladen. Faszinierend. Ein Pageturner der Extraklasse.« *Ingrid Müller-Münch / WDR 1, Köln*

Auch als Diogenes Hörbuch erschienen,
gelesen von Johannes Steck

Grand Prix
Der neunte Fall für Bruno,
Chef de police

Roman. Deutsch von Michael Windgassen

Es ist Hochsommer im Périgord und Hochsaison für ausgedehnte Gaumenfreuden und Fahrten mit offenem Verdeck durch malerische Landschaften. Eine Oldtimer-Rallye, von Bruno, *Chef de police*, organisiert, bringt auch zwei besessene junge Sammler nach Saint-Denis. Sie sind auf der Jagd nach dem begehrtesten und wertvollsten Auto aller Zeiten: dem letzten von nur vier je gebauten Bugattis Typ 57 SC Atlantic, dessen Spur sich in den Wirren des Zweiten Weltkriegs im Périgord verlor. Ein halsbrecherisches Wettrennen um den großen Preis beginnt …

»Martin Walker hat die definitive Erfolgsformel für den literarischen Krimi gefunden.«
Frank Dietschreit / Mannheimer Morgen

Auch als Diogenes Hörbuch erschienen,
gelesen von Johannes Steck

Revanche
Der zehnte Fall für Bruno,
Chef de police
Roman. Deutsch von Michael Windgassen

Martin Walkers Romane spielen im geschichtsträchtigen Périgord mit seinen herrlich trutzigen Burgen. Von einer davon, Commarque, brachen im Mittelalter die Tempelritter zu Kreuzzügen nach Jerusalem auf. Tausend Jahre später nimmt das einstige Morgenland eine späte Revanche in der Person einer jungen Archäologin, die bei den damaligen Eroberern einen sagenumwobenen geraubten Schatz sowie ein politisch höchst explosives altes Dokument zutage fördern will.

»*Revanche* ist hervorragende Unterhaltung.«
Martin Ellerich / Westfälische Nachrichten, Münster

Auch als Diogenes Hörbuch erschienen,
gelesen von Johannes Steck

Menu surprise
Der elfte Fall für Bruno,
Chef de police
Roman. Deutsch von Michael Windgassen

Bruno steht vor einer ungewohnten Herausforderung: Er soll in Pamelas Kochschule Feriengästen lokale Geheimrezepte beibringen. Die Messer sind gewetzt, die frischen Zitaten bereit, doch die prominenteste Kursteilnehmerin fehlt: die junge Frau eines britischen Geheimdienstoffiziers, die sich im Périgord erholen wollte. Bruno spürt sie auf – in einem vermeintlichen Liebesnest, das jedoch bald zum Schauplatz eines Doppelmords wird.

»Lust auf Frankreich? Wenn ja, müssen Sie unbedingt *Bruno, Chef de police* kennenlernen.«
Brigitte Woman, Hamburg

Auch als Diogenes Hörbuch erschienen,
gelesen von Johannes Steck

Connaisseur
Der zwölfte Fall für Bruno,
Chef de police

Roman. Deutsch von Michael Windgassen

Bruno ist neu Mitglied einer Wein- und Trüffelgilde, eine große Ehre. Doch lange kann er die pâtés und Monbazillacs nicht verkosten, denn er wird an einen Unfallort gerufen. Auf dem Anwesen des ältesten Gildenmitglieds ist eine Studentin, die in dessen Gemäldesammlung recherchierte, nach einem nächtlichen Rendezvous zu Tode gestürzt. Oder war es in Wahrheit Mord? Eine Spur führt Bruno zum Schloss einer berühmten Tänzerin und Résistance-Heldin: Josephine Baker.

»Das Buch ist genau das Richtige für alle, die Frankreich lieben, seine Menschen, seine Lebensart und seine leiblichen Genüsse.« *Bernd Haasis / Stuttgarter Zeitung*

Auch als Diogenes Hörbuch erschienen,
gelesen von Johannes Steck

Außerdem erschienen:
Schatten an der Wand

Roman. Deutsch von Michael Windgassen

Martin Walkers früher Roman über die Entstehung einer prähistorischen Höhlenzeichnung, deren Verwicklung in blutige Kriege und Intrigen zur Zeit der Höhlenmaler von Lascaux und während des 2. Weltkriegs. Die Geschichte gipfelt in dem erbitterten Kampf von fünf Menschen, sie heute zu besitzen. Denn wer diese Zeichnung findet, erhält den Schlüssel zur Aufklärung eines Verbrechens, das bis in die höchste Politik reicht und von dem bis heute keiner wissen darf.»

»In *Schatten an der Wand* hat Walker die Geschichte der Höhlenmaler mit der Geschichte der Résistance im

Zweiten Weltkrieg und einem aktuellen Kunstkrimi verwoben.« *Martin Wein / taz. die tageszeitung, Berlin*

Germany 2064
Ein Zukunftsthriller
Deutsch von Michael Windgassen

Deutschland 2064: Das Land ist in zwei Welten geteilt. High-Tech-Städte mit selbstlenkenden Fahrzeugen und hochentwickelten Robotern unter staatlicher Kontrolle stehen Freien Gebieten gegenüber, in denen man mit der Natur, bewusst und in selbstverwalteten Kommunen lebt. Als bei einem Konzert die Sängerin Hati Boran entführt wird, muss Kommissar Bernd Aguilar ermitteln. Sein engster Mitarbeiter und Vertrauter: ein Roboter. Doch ist dieser nach dem letzten Update noch uneingeschränkt vertrauenswürdig?

»Faszinierend und ein wenig unheimlich.«
Ariane Arndt-Jakobs / Trierischer Volksfreund

Brunos Kochbuch
Rezepte und Geschichten
aus dem Périgord

100 marktfrische Lieblingsrezepte des Krimihelden Bruno, Chef de police, mit vielen Bildern aus dem gastronomischen Herzen Frankreichs, dem Périgord.
Selbst innerhalb Frankreichs hat die Küche des Périgord einen besonderen Stand: Sie gilt als ursprünglich, köstlich und wird gern in möglichst großer Runde genossen.
Mit vielen Klassikern aus der Gegend wie *Tarte Tatin mit roten Zwiebeln, Kartoffeln à la sarladaise, Bœuf à la périgourdine* oder *Crème brûlée aux truffes*, mit Menüvorschlägen, auch vegetarischen, einem kleinen Weinführer, einer kurzen Produktkunde sowie Brunos hilfreichen Tipps.

Kochbuch und kulinarischer Reiseführer zugleich, garniert mit zwei delikaten Fällen für Bruno, *Chef de police.*

Martin Walker
und Julia Watson
Brunos Gartenkochbuch

Gartenfrisches gegrilltes Herbstgemüse mit Basilikum und Ziegenkäse, Mirabellen-Sorbet – besser lässt sich die Sehnsucht nach Frankreich nicht stillen.

Wenn Bruno, *Chef de police*, für seine Freunde kocht, dann bringt jeder etwas mit: etwas vom Markt, eine selbstgemachte Pâte, eine Flasche Bergerac-Wein. Und dann geht Bruno in seinen Garten und zaubert einfache Köstlichkeiten aus Gemüse und Obst dazu. So leben auch Martin Walker und seine Frau Julia Watson, die nach Stationen als Zeitungskorrespondenten in London, Moskau und Washington im Périgord ihre zweite Heimat und einen Garten gefunden haben, den sie nun zusammen mit Familie, Freunden und Nachbarn bebauen und genießen.

Eine kulinarische Liebeserklärung mitten im gastronomischen Herzen Frankreichs.

»Mehr als nur ein Kochbuch: Landschaften, Schlemmereien und deren heimische Zutaten – für Genießer ebenso wie für alle Leser der Fälle von Bruno, *Chef de police.*« *Focus online, München*